Peter Beeli

Tagliabue

Schatten der Vergangenheit

Kriminalroman

ZYTGLOGGE

Peter Beeli
Tagliabue
Schatten der Vergangenheit

Der Zytglogge Verlag wird vom Bundesamt für Kultur mit einem Strukturbeitrag für die Jahre 2021–2024 unterstützt.

Komplettüberarbeitung des ursprünglich 2018 erschienenen und vergriffenen Titels «Eiszeit – Tagliabues erster Fall»

© 2023 Zytglogge Verlag, Schwabe Verlagsgruppe AG, Basel
Alle Rechte vorbehalten
Lektorat: Thomas Gierl
Umschlaggestaltung: Isabelle Breu
Layout/Satz: 3w+p, Rimpar
Druck: CPI books GmbH, Leck

ISBN: 978-3-7296-5142-5

www.zytglogge.ch

*Der perfekte Mord: Man kann den Täter nie überführen.
Der perfekte Selbstmord: Es gibt kein Motiv.*

Hermann Burger,
Tractatus logico-suicidalis

1

«Ein interessanter Fall.»

Tagliabue beendete seine Runde um den leblosen Körper, versetzte diesem mit seiner Linken einen heftigen Hieb in die Nierengegend: «Die letzte Runde geht an den Bullen.»

Die Leiche nahm die Dynamik der Attacke auf und schwang wie ein Pendel von links nach rechts. Und wieder zurück. Bis sie nach einigem Hin und Her zur Ruhe kam und wieder still im Lot vom Balken hing. Das Kinn lag auf dem Brustbein, die erstarrten, vor Überraschung weit aufgerissenen Augen waren auf den Kommissar gerichtet. Der hatte sich eben die zweitletzte Zigarette aus der zerfledderten Packung genestelt, zwischen die weißen Zähne geklemmt und angezündet, um den Blick des Toten emotionslos zu erwidern.

«Wie lange hängt der schon hier?» Dabei wusste der Ermittler genau, dass es für erste Resultate noch zu früh war.

Wenige Minuten zuvor war Tagliabue von zwei Polizisten durch das Haupttor des Anwesens im Nobelquartier über der Stadt gewinkt worden. Die Uniformierten hatten es bei einem kurzen Blick in den Alfa Romeo Junior Zagato GT 1300, Baujahr 69, bewenden lassen. Als das gelbe Sportcoupé mit dem alten italienischen Nummernschild – die ersten Buchstaben orange, dann vier einst weiße Zahlen – unter sonorem Aufbrüllen des 4-Zylinder-Ottomotors wieder Fahrt aufgenommen hatte, waren die Beamten beruhigt: Sie hatten den heikelsten Part ihres Einsatzes schadlos hinter sich gebracht.

An der nächsten Wegbiegung erkannte der Kommissar in seinem Oldtimer den dunklen Porsche Cayenne, der sich in rasend schneller Fahrt näherte. Der Wagen passte perfekt in die luxuriöse Umgebung, schien aber trotzdem auf der Flucht.

Um das Aneinandergeraten der Autos auf dem schmalen Kiesweg zu verhindern, steuerte der Alfista seinen Klassiker von der Mitte zum Fahrbahnrand, ohne den Rasen zu touchieren – weniger aus Rücksicht auf das satte Grün der Wiese als aus Sorge um das saubere Gelb des Alfas –, und schaltete den Motor aus.

Der andere Lenker steuerte seinen SUV ebenfalls zum Rand und verlangsamte dabei die Fahrt, um ein paar Meter vor ihm erst Schritttempo aufzunehmen und dann ganz anzuhalten. Auf gleicher Höhe angekommen, begann Tagliabue zu kurbeln, um das Seitenfenster zu versenken, während sich die verdunkelte Scheibe des Zuffenhauseners wie von Geisterhand bewegt in die Türe zurückzog.

«Na, Herr Kommissar, wie lange wollen Sie sich denn noch diesen Italiener antun? Wäre es nicht an der Zeit, auf ein deutsches Erzeugnis umzusteigen? Darf es nicht ein BMW, ein Audi, ein VW oder vielleicht ein Opel sein? Aber ihr Italiener geht gern in Schönheit unter. Seid im antiken Rom hängen geblieben.»

Wenigstens hat dieses Reich im Gegensatz zu eurem auch tausend Jahre gedauert, konnte sich der Ermittler zu seinem eigenen Erstaunen beherrschen, seine Meinung laut auszusprechen: «Leider lässt mein Gehalt nicht zu, dass ich über ein neues Auto, geschweige denn ein deutsches Fabrikat nachdenke, Herr Staatsanwalt.»

Der Angesprochene quittierte den Hinweis mit einem kaum wahrnehmbaren Schulterzucken.

«Neu?», fragend blickte der Ermittler zu Hansen hoch über ihm.

«Ja», bestätigte der blonde Mitdreißiger und fixierte seinen Untergebenen. «Vor einer Woche direkt im Werk geholt. Bei dem Eurokurs wäre ich schön doof. Seien Sie vorsichtig, Sie kannten Schläfli ja», wechselte Hansen das Thema unerwartet.

Tagliabue nickte und tat, als ob er seine Erinnerungen in den hintersten Hirnwindungen zusammenkramen müsste: «Ich bin ihm erstmals im Militär begegnet. Dieser Kelch ist an Ihnen leider vorbeigegangen. Denn Sie hätten es auch in unserer besten Armee der Welt vermutlich sehr weit gebracht.»

Staatsanwalt Hansen wusste nicht, was er von dieser Bemerkung halten sollte: «Da war noch die Geschichte mit Schläflis Frau», lehnte er sich weiter aus dem Fenster. «Damals haben Sie sich sehr intensiv mit seinem und dem Leben seiner Frau befasst. Ich muss Ihnen demnach nicht erklären, dass wir diplomatisch und politisch korrekt vorgehen müssen. Herr Schläfli pflegte beste Verbindungen zu den relevanten Stellen unseres privaten und öffentlichen Lebens. Wie das bei uns halt so ist. Also: Vorsicht ist die Mutter der Porzellankiste. Legen Sie mit der Arbeit los, halten Sie mich auf dem Laufenden – ich wünsche, rasch Resultate zu vernehmen und persönlich kommunizieren zu können.»

In absolutem Vertrauen auf dessen Instinkte, Erfahrung und wegen der Ermittlungserfolge ließ der eingebürgerte Deutsche dem eingebürgerten Italiener freie Hand bei den Ermittlungen. Beide profitierten von dieser Symbiose. Dabei war sich der Ermittler bewusst, dass Hansen ihn wie eine heiße Kartoffel fallen lassen würde, wenn die gewünschten Ergebnisse ausblieben oder es dem Staatsanwalt für die Fortsetzung seiner steilen Karriere opportun erschien.

Der Porschefahrer verschwand so langsam und geräuschlos hinter der dunklen Scheibe, wie er aufgetaucht war. Er brachte den Motor zum Aufheulen und schoss davon. So rasch wie möglich kurbelte Tagliabue die Seitenscheibe nach oben, damit der aufgewirbelte Staub nicht in das Wageninnere drang. Immerhin wurde der Alfa nicht vom aufgeschleuderten Kieshagel getroffen.

Der Kommissar startete den Wagen problemlos und freute sich über den charakteristischen, ungebändigten Sound, der noch das Resultat klassischer Motorenbauer und nicht moderner Toningenieure war.

Ruhig setzte er die unterbrochene Fahrt fort und wunderte sich, dass es in der Stadt so große Grünflächen in Privatbesitz gab. Er fragte sich, wie es dem Inhaber des Anwesens gelungen war, sich die einzelnen Parzellen unter den Nagel zu reißen. Alle Möglichkeiten abwägend, dabei die legalen ausschließend, traf er vor der Villa ein. Im Parkverbot – Bentley Parking Only – des Wendebereichs hielt er an, drehte den Motor aus, um, nicht mehr ganz so geschmeidig wie auch schon, auszusteigen.

«Kommissar», grüßte ihn ein junger Uniformierter vor der Haustür, die Mütze mit der Rechten vorschriftsgemäß antippend.

«Eine gründliche Kontrolle ausnahmslos aller Personen, die auf das Grundstück wollen, sieht anders aus. Das hat Konsequenzen.» Er drückte sich an dem Polizisten vorbei, um im Innern der Villa zu verschwinden.

Vor ihm lag beinahe zum Greifen nah der tiefblaue, von Lichtreflexen, bunten Segeln, Booten und Yachten farbig gesprenkelte See in voller Breite. Tagliabue konnte sich nicht von der Sicht aus dem Panoramafenster lösen. Das Bild erinnerte ihn an Werke berühmter Impressionisten. Weder vorne noch links oder rechts von ihm war ein Gebäude auszumachen, das dieses Arrangement aus Park, See und Hügeln am Horizont störte.

«Kommissar», wurde er unvermittelt von einem Kollegen aus den Betrachtungen gerissen. «Wir müssen nach oben. In die Hitze.»

«Ich weiß. Gehen Sie schon vor. Ich komme gleich nach.»

Er schaute sich weiter um. Das Interieur sah aus wie in den Designmagazinen, die in seiner Wohnung auf den weniger exklusiven Möbeln lagen. Der Ermittler kannte die Namen aller Modelle, Designer und Hersteller. Er selbst besaß nur ein Objekt, das einem Vergleich mit der Einrichtung der Villa standgehalten hätte. Den original Lounge Chair von Eames hatte er sich über die Jahre mühevoll von seinem Polizistengehalt abgespart.

Tagliabue fragte sich, wie die Bewohner dieses Anwesens gelebt hatten. Er rückte einen Sessel von van der Rohe zurecht, drehte die silberne Stehleuchte von Castiglioni und verschob eine Vase von Venini, um die inszenierte Harmonie zu zerstören: ohne Erfolg. Parallel zu seiner Erkenntnis, dass er möglicherweise Spuren vernichtete, stieg sein Ärger über diese Makellosigkeit.

«Kommissar!», ertönte es erneut, jetzt unmittelbar hinter ihm.

«Bin schon unterwegs.» Er stellte das Kunstwerk aus Muranoglas an seinen Ursprungsort und folgte dem unbekannten Kollegen zur Treppe. Sobald er einen Fuß aufsetzte, aktivierten sich die in die Wände eingelassenen LEDs.

«Das haben Sie noch nicht gesehen», reagierte der Jüngere auf das Zögern des Älteren. «Made in USA. Und erst im Schlafzimmer. Wenn Sie Durst oder Hunger haben oder mal müssen, dann drücken sie bloß eine Taste und, zack, weisen Ihnen die Lichter den Weg durchs Haus direkt in die Küche oder zur Toilette.»

«Ich weiß.»

«Wieso? Waren Sie schon mal in Amerika?»

«Nein, aber in diesem Haus. Als wenigstens der Hausherr noch lebte. Aber das ist eine alte Geschichte.»

«Dann wissen Sie sicher, dass diese Villa vor mehr als hundertzwanzig Jahren von einem englischen ...»

Tagliabue war nicht sicher, ob er sich über das endlose Geplapper seines Führers ärgerte oder darüber, dass der ihn die wenigen Stufen hinauf abgehängt hatte.

Der Raum befand sich im Halbdunkel. Die Jalousien waren nach heruntergelassen worden. Die leicht schräge Position der Lamellen erlaubte einen eingeschränkten Blick in die Umgebung. Die letzten Sonnenstrahlen des Spätsommertages drangen hinein, sorgten für ein hypnotisierendes Licht-Schatten-Spiel. Vergeblich versuchte der Kommissar, sich an den Namen der lispelnden Schlange im Dschungelbuch zu erinnern.

Der Anblick der Leiche brachte ihn auf andere Gedanken.

Immer noch etwas außer Atem hatte er sich vorsichtig der leblosen Gestalt genähert, um sich geräuschlos mit ihr zu unterhalten – und ihr den Nierenschlag zu verpassen.

«Pass auf, dass du meinen Tatort nicht kontaminierst!» Vor ihm richtete sich eine Person im weißen Schutzanzug auf und beobachtete kopfschüttelnd, wie der Tote nach dem Hieb zur Ruhe fand und wieder senkrecht hing.

«Ungewohnt, diese Hitze zu dieser Jahreszeit», wechselte Tagliabue das Thema. «Trotzdem bleibt der Typ für immer kalt. Wisst ihr, wieso es hier drin noch wärmer ist als draußen?»

«Die Rollladen waren unten und die Heizung voll aufgedreht», kam es von irgendwo.

«Wer dreht bei den Außentemperaturen die Heizung an?» Er widmete sich wieder der Leiche. Sie hing mitten im

Zimmer an einem Holzbalken, der eigentlich für einen soliden Kristalllüster vorgesehen war. Der Kommissar drehte den Körper sacht. Dabei ließ er den Blick von den Füßen bis zum Kopf des Toten und wieder zurück gleiten.

«Du brauchst den Kopf nicht hängen zu lassen», er fischte seine letzte Zigarette aus der Packung, «irgendwann erwischt es uns alle.»

Ein brennender Schmerz holte ihn aus seinen Betrachtungen über das Leben und Sterben zurück. Wütend schnipste er die glühende Kippe auf den Teppich, wo sie mit einem kurzen Zischen erlosch.

«Der Boden unter der Leiche ist gut getränkt», meinte Schläppi, der Kollege von der Spurensicherung. «Möglicherweise Wasser, vielleicht eine andere Flüssigkeit. Genaues wissen wir aber erst nach den Laboruntersuchungen. Riecht auf jeden Fall ziemlich abgestanden.»

«Sicher hat der Typ bei seinem Abgang in die teure Hose gemacht.»

«Vielleicht ist dir ja aufgefallen, dass die Beinkleider trocken und keine Reste oder Ränder einer Flüssigkeit an ihnen zu entdecken sind.» Schläppi schaute kurz auf und machte ihm mit einer Handbewegung deutlich, den Tatort doch endlich freizugeben.

Grinsend sah sich Tagliabue noch etwas um. Die geleerte Packung Parisienne entsorgte er in einer teuren Vase. Er kramte in den auf dem Salontischchen liegenden Sachen und verlieh der eigenen Anwesenheit trotzdem nicht den leisesten Hauch von Sinn. Er untersuchte noch ungeöffnete, an Schläfli adressierte Kuverts, blätterte in Tageszeitungen und durchstöberte die Werbesendungen.

Irgendwann beschloss er, wieder in die Stadt hinunterzufahren und den Abend daheim vor dem Fernseher zu genießen.

2

Am Tag darauf bestätigte sein Assistent, was Tagliabue bereits wusste: «Heinrich oder eben Heiri, wie ihn seine besten Freunde nennen, Schläfli ist – besser: war – ein erfolgreicher Großindustrieller. Er hat marode Firmen zu Spottpreisen erworben, zum Blühen gebracht, um sie teuer weiterzuverkaufen. Dabei hat er des Öfteren einen guten Riecher und ein glückliches Händchen bewiesen.»

Stolz präsentierte Deubelbeiss seinem Chef die Resultate seiner Nachforschungen. Er hatte sich die ganze Nacht um die Ohren geschlagen, um Polizeiarchive und das Internet nach brauchbaren Informationen über den Verstorbenen zu durchforsten.

«Schon seit Jahren erscheint Schläfli auf der Liste der reichsten Einwohner des Landes. Auch hier hat er sich stetig nach oben gearbeitet. Über das Privatleben gibt's wenig. Wenn, vor allem aus Klatschblättern: Wohltätigkeitsbälle, wo er große Summen spendete. Sonst nichts. Verwitwet, keine Geliebte, Kinder oder Skandale. Die Steuern immer bezahlt, wie es sich gehört. Und damit seinen Beitrag gemäß dem rekordtiefen Steuersatz seines Wohnorts geleistet. Er gab nie Anlass zu Ärger oder Aufsehen.»

Mit rasch sinkendem Interesse hörte der Ermittler seinem Assistenten zu, bis er den Faden ganz verloren hatte und sein Blick in den Innenhof des Kommissariats fiel.

«… Schläfli Kommandant einer Grenadiereinheit.»

Das Stichwort ließ Tagliabue aufhorchen.

Vor über einem Vierteljahrhundert hatten sich ihre Wege gekreuzt. Schon damals war der Unterschied zwischen ihnen unübersehbar. Nach Maturabschluss und vor Studienbeginn hatte Schläfli die Rekruten-, die Unteroffiziers-, die Offiziersschule absolviert. Danach sollte es für den angehenden Offizier und Studenten der Wirtschaftswissenschaften erst recht ganz steil nach oben gehen.

Tagliabue hatte die kaufmännische Lehre abgeschlossen, zwei Jahre in der Verwaltung hinter sich und stand kurz davor zu heiraten. Da machte ihm die Einbürgerung einen Strich durch die Rechnung. Das langwierige Verfahren hatte sich träge dahingezogen. Aber kurz bevor er für die Rekrutenschule zu alt geworden wäre, erhielt er seinen roten Pass mit weißem Kreuz und das Aufgebot zur Musterung.

Statt in die Ehe einzutreten und einen Job zu finden, war er im Jahr darauf in die Rekrutenschule eingerückt. Dort wurde er in Schläflis Zug eingeteilt – nicht nur einige Jahre älter als die Kameraden, sondern auch älter als viele der Vorgesetzten. Während andere gut mit der Situation umgehen konnten und «dem Alten» Privilegien einräumten, witterte Schläfli eine vage Gefahr für das sehr fragile Kollektiv, für das er als jüngster aller Offiziere verantwortlich zeichnete.

So entspann sich der Konflikt. Als Schläfli erkannte, dass es Tagliabue immer wieder gelang, seinen Fallen und Intrigen zu entkommen, trieb das den Leutnant an, noch rücksichtsloser mit der Truppe umzugehen. Den Höhepunkt bildete eine Übung mit der Panzerfaust: Tagliabue war Schläflis Assistent, musste die Waffen und die Munition bereithalten und kontrollieren. Gegen Abend bemerkte der Leutnant, dass es einem der Rekruten mit Deckung des Assistenten gelungen war, sich vor der Panzerfaust zu drücken: Egon Burgener, Musterathlet und Mitglied der Rudernationalmannschaft, der sich vor nichts und niemandem fürchtete, hatte sich tags zuvor beim Sturz auf der Kampfbahn an der Schulter verletzt. Trotzdem hatte er einen Abend mit freiem Ausgang der Visite beim Militärarzt und dem Einholen des medizinischen Dispenses vorgezogen.

Deshalb wollte Schläfli nichts davon wissen, seinen besten Mann von der Gefechtsübung zu befreien. Während der Rest des Zugs in die Unterkunft zurückkehrte, bereiteten sich der Leutnant und die zwei Rekruten bei einbrechender Nacht auf die Fortsetzung vor. Rasch zeigte sich, dass die verletzte Schulter ein Schießen, geschweige denn ein Treffen der definierten Ziele nicht zuließ. Im Gegenteil: Der Rückstoß der alten Panzerfaust verschlimmerte die Schmerzen. Mit zunehmender Dunkelheit gestaltete es sich schwieriger, die auf Karton gepinselten Konturen eines russischen Panzers im Gelände auszumachen. Aber Schläfli gab nicht nach. Mal für Mal befahl er, nachzuladen. Mal für Mal verfehlte Burgener das Ziel. Was ihm immer zynischere Beleidigungen eintrug.

«Semper fidelis» dachte Tagliabue, der die Eskalation hilflos betrachtete und ebenso zum Opfer des Leutnants wurde. Als Burgener endlich in Tränen ausbrach, gab sich Schläfli nicht zufrieden. Von seiner uneingeschränkten Macht berauscht, setzte er die zu einer Farce verkommene Übung bis zur letzten Granate, bis weit nach Mitternacht fort.

Noch in der gleichen Nacht hatte sich Burgener mit einem Schuss in den Kopf aus seinem Sturmgewehr umgebracht. In der Folge interessierte nur die Frage, wie der Rekrut an die Munition gelangt war, die zum «Unfall mit tödlichem Ausgang» geführt hatte. Eine Untersuchung gegen Schläfli wurde nie eröffnet – auch weil Tagliabue kein Wort über die Nacht verloren und sich zum Komplizen gemacht hatte.

In die Gegenwart zurückgekehrt, erhob sich der Kommissar jäh vom Bürostuhl und stand wenig später draußen vor dem Kommissariat. Er wandte sich Richtung Altstadt, überquerte den Fluss und wählte den weiteren Weg durch die verwinkelten, engen Gässchen des mittelalterlichen Stadtkerns. Hier kannte er jede Ecke, jeden Haus- und Hinterhofeingang, zunehmend weniger, aber immer noch viele Gesichter. Mit fast jeder Hausnummer war für ihn eine Geschichte verbunden. War es zuerst Privates gewesen, hatten die beruflichen Ereignisse allmählich überhandgenommen. Der Kommissar war sich der Entwicklung erst bewusst geworden, als er viele seiner Freunde und Bekannten bereits verloren oder, wie er es nannte, «seiner Berufung geopfert» hatte.

Die ineinander verschachtelten Häuser der Altstadt hinter sich lassend stieg der Kommissar bedächtig die Rampe hinauf. Die Jacke hatte er ausgezogen und über seine rechte Schulter geworfen. Seine Schritte waren zu lang, um eine Stufe bequem, aber zu kurz, um zwei Stufen auf einmal nehmen zu können. In einem Eins-zwei-eins-zwei-Rhythmus erreichte er die Terrasse. Sein Blick wanderte über nahe Dächer und entferne Hügel, glitt an den Hausfassaden entlang. Durch die von Straßen und Schienen geschlagenen klaffenden Wunden. Der Kommissar war erstaunt, wie ruhig und friedlich sich die Stadt unter ihm präsentierte. Er kehrte ihr und ihren Problemen, die regelmäßig zu seinen wurden, gedankenverloren den Rücken.

Mehr als eine halbe Stunde später, er hatte seine Fahrt vom pulsierenden Zentrum an die leblose Peripherie der Stadt nur unklar wahrgenommen, wies ihn die freundliche, synthetische Frauenstimme auf die bevorstehende Ankunft hin. Ungelenk erhob er sich vom steinharten, während der Fahrt warm gesessenen Sitzplatz. Mit tapsigen Schritten, die vielversprechendsten Tageszeitungen, Zeitschriften und Magazine links und rechts einsammelnd, wankte er in Richtung Führerkabine. Mit einem «Ich wünsche einen guten Abend» kletterte er zum Gehsteig hinunter, die Tramchauffeurin ob so viel Freundlichkeit sprachlos zurücklassend.

Die letzten Strahlen der untergehenden Sonne streiften die Spitzen der benachbarten Hügelketten. Er ignorierte die Abendstimmung, öffnete das hölzerne Tor zur Siedlung mit ihren zehn Reihen zu je fünfundzwanzig Schrebergärten, die sich in perfekter Symmetrie zwischen den Gleisen und der Autobahn ausdehnten. Auf dem Spaziergang vorbei an den Häuschen erkannte er Gärtner, die entweder noch mit ihren Beeten oder bereits mit dem fleischbeladenen Grill beschäftigt waren.

Nachdem der Kommissar seine Parzelle erreicht, Gartentor und Hüttentür ent- und wieder verriegelt hatte, gönnte er sich eine Pause. Er setzte die *3 tazze* von Bialetti auf den Brenner, entledigte sich der Jacke, Hose, Socken und Schuhe. Er füllte ein Glas mit reichlich Gin, nahm das Paket vom Tisch, entzündete die Parisienne, zerrte einen Hocker heran und kontrollierte das iPhone: «Heute Abend nicht. CSJ.» So die frustrierende SMS.

3

Als Tagliabue am darauffolgenden Morgen erwachte, fühlte er sich wie von einer Dampfwalze überrollt. Er war auf einem unbequemen Gartenstuhl eingeschlafen – der Alkohol hatte das Seine dazu beigetragen, dass es der Kommissar nicht einmal mehr in die dafür vorgesehene Koje geschafft hatte.

Seine Rechte im Bund der Unterhose, die Linke ungelenk am Zähneputzen, begab er sich zur *3 tazze*. Der Brenner war zum Glück abgedreht, der Kaffee jedoch vergessen worden. Auf der kalten, dunkelbraunen Brühe hatte sich während der Nacht eine ölige Schicht gebildet.

« Das fängt ja gut an », hörte er sich murmeln.

Eine Viertelstunde später saß Tagliabue in der Pizzeria « Il Sole » und wartete ungeduldig auf den ersten Espresso des Tages. Als frühester Gast an diesem sonnigen Morgen wurde er vom albanischen Inhaber bedient – am Stadtrand hatten sich die Besitzverhältnisse der meisten *Osterie*, *Trattorie*, *Ristoranti* oder *Pizzerie* vom Stiefel auf den Balkan verlagert. Seit Generationen in der neuen Heimat, hatten sich die Italiener nicht nur geografisch von den Peripherien in die Zentren verschoben. Schaufelten und pickelten ihre Väter noch als billige und austauschbare Arbeitskräfte auf den vielen Baustellen, prägten ihre Kinder in allen Bereichen, auf allen Ebenen das Leben der Schweiz. Sie machten zum Teil aufsehenerregende Karrieren in der Wirtschaft, in der Kultur oder in der Politik. Dabei engagierten sich viele in konservativ-bürgerlichen Parteien und setzten sich häufig dafür ein, dass den aktuellen Immigranten nicht die gleichen Möglichkeiten zugestanden wurden wie ihnen oder ihren Eltern. Für Salvatore Tagliabue waren die Ressentiments unerklärlich, wusste er doch, wie schwer sich die Eltern damit getan hatten, sich in der fremden Umgebung zurechtzufinden. Auch der kleine «Tschingg», wie sie ihn schimpften, durfte nie zu ihnen gehören. Das war später – zunächst ungewollt, dann freiwillig – zu einem Prinzip geworden. Er hielt sich abseits aller Gruppierungen und pflegte mit der selbstgewählten Isolation genau jene Eigenschaft, die er seinem *papà* zum Vorwurf machte.

Bei diesen Gedanken nahm sich der Sohn einmal mehr vor, den Vater anzurufen. Anderseits kannte der seine Nummer auch, hatte mehr Zeit und ebenso gute Gründe, den Sohn zu kontaktieren. Und schlussendlich hatte er Salvatore in diese Welt gesetzt und Jahre später ebenso ungefragt in die Schweiz verschleppt.

Mit jedem missglückten Versuch, das Telefon in die Hand zu nehmen, wuchs mit der rein zeitlichen die persönliche sowie die thematische Distanz zwischen den beiden. Noch mehr fürchtete sich der Sohn aber davor, dass der andere mit unreflektierter Selbstverständlichkeit abheben, ihn mit dem gewohnten «pronto» begrüßen und ihr Gespräch so starten würde, als ob sie sich kürzlich – oder überhaupt einmal – über irgendetwas Relevantes unterhalten hätten.

«Bitte, Espresso.»

«Grazie. Hast du *HEUTE?*»

«Nein», drehte sich der Serbe ab.

Die Tür zur Pizzeria ging auf, und der Postbote, einen Stapel Papier unter seinem Arm, trat ein.

«Hallo, Torsten», grüßte der Wirt.

Der Ankömmling eilte zur chromstählernen Bar, ergriff drei Tüten Zucker, riss sie hastig auf. Bammert blickte sich im Restaurant um, begrüßte den Kommissar mit einem angedeuteten Nicken. Seit dem ersten Aufeinandertreffen nannte ihn der seiner Aussprache nach aus Deutschland, der Ermittler tippte auf Sachsen, stammende Postbote nicht mehr beim

Namen, nachdem er ihn damals mit «Tackliabü» angesprochen hatte. «Ta-lja-bu-e» hatte der Ermittler den Namen sequenziert. Genau wie für einen, der nicht richtig zugehört hatte, schwer von Begriff war oder beides in einer Person vereinte.

Der Wirt hatte sich inzwischen zu seiner Kaffeemaschine bewegt, einen Espresso mit billigem Grappa gepimpt und die Tasse vor Bammert hingestellt. Der Polizist fragte sich, ob es Pöstlern erlaubt war, außerhalb der offiziellen Pausen Espresso zu trinken, diesen nicht zu zahlen und mittels Fusel aufwerten zu lassen. Der Gelbuniformierte beeilte sich und vertagte die Unterhaltung mit dem Wirt auf einen Morgen ohne Überwachung. Den Kaffee getrunken, die Werbesendungen, die Zeitungen und Briefe auf die Bar geknallt, eilte Bammert durchs Lokal zum mit laufendem Motor wartenden Mofa inklusive Anhänger.

«Da hast du *HEUTE*», schleuderte der Wirt die Zeitung aus sicherer Distanz knapp vor Tagliabue auf den Tisch.

«Danke.»

Kaum hatte der Polizist das Blatt zum vollen Tabloid entfaltet, überfielen ihn die fetten, großen, weißen Buchstaben auf orangem Grund.

«Großindustrieller tot aufgefunden.» Darunter: «War es Selbstmord?»

Der Ermittler studierte die aus einem Archiv stammende Luftaufnahme von Schläflis Anwesen. Aktuell war hingegen das Bild vom Villaeingang. Dem Pressefotografen war es gelungen, hinter die Mauer und durch den offenen Park bis zur Haustür zu kommen. Dort war dann jedoch Endstation, wie ein kurzer Blick auf die folgenden Seiten bestätigte und beruhigte.

Er begann zu lesen: «Gestern Morgen wurde der Großindustrielle B. S. (Name d. Red. bekannt) leblos in seiner luxuriösen Villa aufgefunden. Nach Angaben der Polizei entdeckte eine Haushälterin den leblosen Körper erhängt in einem Zimmer seines Anwesens. Die Angestellte hatte am Abend vorher noch Kontakt mit B. S. Wie die geschockte Augenzeugin *HEUTE* exklusiv mitteilte, sei ihr nichts Besonderes aufgefallen. ‹S. verhielt sich wie immer. Er hat mich arbeiten lassen und mir Aufträge für den nächsten Tag gegeben.› Zu den genauen Todesumständen kann die Polizei noch keine Angaben machen. Dies sei Gegenstand der laufenden Ermittlungen. Die Medien und die Öffentlichkeit würden zu gegebener Zeit informiert. Das lässt vermuten, dass die Ermittler noch im Dunkeln tappen. So stellt sich die Frage: War es ein Mord oder Selbstmord?»

Den Inhalt des Artikels rekapitulierend nahm Tagliabue die Tasse, führte sie zum Mund, stellte sie, ohne daraus getrunken zu haben, wieder auf den Tresen.

«Toter hinterlässt Lücke», las er den Zwischentitel und weiter: «Die Holding von B. S. ist erschüttert über den Tod ihres Verwaltungsrats- und Ehrenpräsidenten. Aus dem operativen Geschäft hatte sich B. S. bereits vor einigen Jahren zurückgezogen. ‹Sein unerwarteter Tod hinterlässt ein Vakuum, das kaum zu füllen sein wird›, ergänzte Hans Krämer, langer enger Weggefährte des Opfers, gegenüber *HEUTE*.»

Tagliabue hatte den Einstieg in den Beitrag aufmerksam gelesen, dabei aber nichts Überraschendes erfahren. Dazu gehörte auch die Tatsache, dass die Reporter – vor allem jene des Boulevards – viel direkter an die Personen und die Informationen gelangten als er und die Kollegen. Es irritierte ihn immer noch, dass die Polizei mit anderen Regeln spielen musste als die Presse.

«Nach Angaben der Nachbarn hat sich B. S. in den letzten Jahren aus dem öffentlichen Leben zurückgezogen. ‹Nach dem Tod seiner Frau habe ich ihn nicht mehr oft gesehen›, vertraut ein Nachbar *HEUTE* an. Ein anderer Bewohner des Promi-Quartiers hat Ähnliches beobachtet: ‹Früher traf man ihn hin und wieder auf der Straße. Danach sah man nur noch die verdunkelte Limousine vorbeifahren. Er ist wohl recht einsam gewesen.› Die Aussagen der Anwohner decken sich mit den aktuellen Informationen von *HEUTE:* B. S. zog sich nach dem mysteriösen Verschwinden seiner Frau zurück. Er konzentrierte sich auf sein Mandat als VR-Präsident. ‹In jüngster Vergangenheit kämpfte seine Firma mit Schwierigkeiten, und B. S. dachte daran, wieder ins Tagesgeschäft einzugreifen›, so ein Insider.»

Gelangweilt las Tagliabue weiter. Nach wie vor hoffte er, auf etwas gehaltvollere Informationen zu stoßen, und überflog die folgenden Passagen flüchtig: «In der Tat hatte B. S. früh ein glückliches Händchen bewiesen und sich ein gewaltiges Imperium erarbeitet. Seine Karriere begann er nach seiner Verkaufslehre. Er arbeitete sich unaufhaltsam nach oben, führte und übernahm Firmen. Beim Kauf und Verkauf diverser Unternehmen schuf er sich aber einige Gegner.»

Als ob das außergewöhnlich wäre, murmelte der Ermittler zu sich selbst, um weiterzulesen: «‹Der Erfolg gab ihm recht›, schaut ein Bekannter zurück. ‹Nicht jeder hatte sich auf dieses Comeback gefreut.› Jetzt befindet sich alles in der Schwebe, auch bezüglich der Besitzverhältnisse. Für die Mitarbeitenden stellt sich nun die bange Frage: Wie weiter?»

Umständlich fischte der Ermittler das Handy aus der Tasche, tippte eine Nummer. Nach ungeduldigem Warten vernahm er die kaum hörbare Stimme.

«Hallo?»

«Können wir uns in einer halben Stunde treffen?»

«Wo?»

«Wie wär's mit den ‹Drei Königen›?»

«Bist du pünktlich?»

Bevor er antworten konnte, hatte die Gegenseite aufgelegt. Der Kommissar stand auf und langte gedankenverloren nach dem unberührten Espresso. Ohne diesen zu trinken oder zu zahlen, verabschiedete er sich mit einer Handbewegung.

Die Brasserie «Drei Könige» befand sich in der Altstadt und wurde seit Jahren genossenschaftlich, aber dennoch erfolgreich geführt. Über der Gaststätte lagen die Seminar- und die Meetingräume ohne jede moderne technische Infrastruktur. Die kleinen, niedrigen Zimmer in der ersten und zweiten Etage erinnerten in ihrer Kargheit eher an ein Kloster als ein Hotel. Im niedrigen düsteren Erdgeschoss waren seit der frühmittelalterlichen Grundsteinlegung nur die Wirtshaustische und Massivholzstühle ersetzt worden. Der Saal war so dunkel, dass die an zeitloser Stilabstinenz nicht zu übertreffenden Leuchten bis auf den Wirtesonntag am Montag rund um die Uhr von der Kassettendecke herabstrahlen mussten. Als Kompensation des ökologischen Frevels legte die Küche einigen Wert auf biologisch angebaute, fair ge- und behandelte Produkte. Teile davon wurden in diesem Moment von einer rundlichen Köchin vorbereitet. Ihre fleischigen Hände führten die scharfen Werkzeuge mit einer Eleganz und Rasanz, die man ihr niemals zugetraut hätte. Dabei schwitzte sie stark, und Tagliabue beobachtete durch das breite Loch in der Mauer, wie ein Tropfen an ihrer Nase langsam anschwoll, sich löste, um senkrecht in das daruntergestellte Gefäß mit frisch geschälten Karotten zu fallen. Angeekelt nahm er sich vor, im «Drei Könige» künftig nur noch Getränke und industriell gefertigte, keimfrei verpackte Snacks zu konsumieren.

Seine Einladung, wenn nicht Aufforderung, wartete schon an einem der Tische im hintersten Bereich des Raumes. Im

Vorbeistürzen orderte er beim Kellner einen Espresso und warf eine Frage in den Raum: «Finale Wimbledon, 1980?»

«Ein Kinderspiel. Willst du mich beleidigen? Borg gewinnt im fünften Satz gegen McEnroe acht zu sechs. Ein legendäres, episches Duell. Vielleicht noch etwas besser als Nadal-Federer am selben Ort, 28 Jahre später.»

«Okay. Ungesetzte Spieler im Finale der Swiss Indoors der letzten zwanzig Jahre?»

Sichtlich herausgefordert, überlegte der Gefragte kurz: «2004 Jiří Novák sowie 2011 ein Schlitzauge. Nishikori – verlor jedenfalls gegen Federer. Kein Wunder, sieht die Bälle ja nur in Ausschnitten. Dass der so eine Karriere gemacht hat.»

Abgrundtiefer Zynismus verband die zwei älteren Herren und machte sie zu etwas Ähnlichem wie Freunden. Zudem blickten Journalist und Polizist auf eine gemeinsame Zeit auf der *HEUTE*-Redaktion zurück. Als Produzenten hatten sie im Sport begonnen, einer mit Schwerpunkt Tennis und Rad, der andere für Eishockey und Fußball. Ihre Faszination für die schönste Nebensache der Welt verband sie auch über zwanzig Jahre später noch, obwohl sich ihre beruflichen Wege längst getrennt hatten. Für Tagliabue bot selbst der Boulevard auf Dauer viel zu wenig Nervenkitzel. Lüthi hatte zwar den Sprung vom Sport weg zu Unfällen und Verbrechen, allerdings nicht vom Journalismus geschafft. So kam es, dass die beiden hin und wieder zu den gleichen Fällen recherchierten.

«Wie üblich kommst du zu spät. Hast du auf dem Weg noch einen Fall gelöst?»

«Gerade du müsstest das eigentlich wissen. Ihr erfahrt doch immer alles als erste», konterte der Ermittler. «Und was für eine tolle Geschichte bringst du morgen in *HEUTE*?»

«Wie hat dir denn meine Titelstory von heute gefallen?»

«Deckt sich mit unseren Recherchen. Vieles war allgemein bekannt. Bei einer Persönlichkeit von öffentlichem Interesse hättet ihr den Praktikanten schicken können. Die Interviews mit den zufällig ausgewählten Passanten sind einfach nur banal.»

«Die Jungen nutzen Facebook, Twitter und wie sie alle heißen. Für die ältere Generation bleibt die Zeitung noch die soziale Plattform. Viele dieser reichen Alten fanden vor noch nicht allzu langer Zeit dank uns etwas Öffentlichkeit. Sie lieferten die Headlines und die Inhalte für uns Medien. Heute inaktiv, unattraktiv, nicht interaktiv, interessiert sich keiner mehr für sie. War ganz einfach, zu den Aussagen zu kommen. Da kennen wir im Gegensatz zur Polizei keine Probleme», frotzelte der Journalist.

«Wer hat euch an den Tatort gelassen?»

«Morgen widmen wir uns dem gesellschaftlichen Leben der Schläflis. Bis zum Tod seiner Frau bildeten die beiden ein gern gesehenes Paar. Sie waren immer der Mittelpunkt der High Society. Der Charity-Event auf ihrem Anwesen war einer der Höhepunkte der Saison. Ihm schienen ihre Auftritte eher peinlich. Nach ihrem Verschwinden zog er sich von dieser Bühne zurück. Über die genauen Umstände lässt sich nur spekulieren ...»

«Und was weißt du dazu?», unterbrach Tagliabue.

«Du kennst doch die Gerüchte.»

«Mein Job sind Fakten.»

«Und die hast du damals auch nicht zutage gefördert. Du hättest es in der Hand gehabt.»

«Wo bleibt, verdammt noch mal, mein Espresso?»

«Was ist mit der La Pavoni? Oder der Pizzeria? Wollte dir der Balkanitaliener keinen Kaffee offerieren?»

«Heiß, kalt», fasste der Ermittler die Kaffeechronik des Tages zusammen.

«Da wirst du hier aber auch nicht glücklich», bewertete Lüthi den Inhalt der Tasse, die knapp vor dem Kommissar auf den Tisch geknallt wurde. «Du weißt genau, was gemunkelt wurde», nahm er das Thema wieder auf. «Schläfli schien auf diese Möglichkeit zum Rückzug aus der Öffentlichkeit gewartet zu haben. Alle Auftritte wurden sofort gestrichen. Als hätte er gewusst, dass sie …»

«… nie wieder auftauchen würde», ließ der Kommissar die alten Geschichten Revue passieren.

«Einige haben Schläfli bedauert und bewundert. Er tat ihnen leid, weil er seine Ehefrau verloren hatte. Sie interpretierten seinen schnellen Rückzug als Zeichen von tiefer Trauer und Verzweiflung. Er gab sich das Bild des Topmanagers mit Gefühlen.»

«Ein Image, das ihr intensiv gefördert habt», rief sich Tagliabue die damalige Berichterstattung in Erinnerung.

«Einen einzigen Artikel haben wir veröffentlicht», regte sich sein Gegenüber lautstark auf. «Die Fortsetzung war geplant. Die Beiträge bereits produziert. Dann kam die Aufforderung des Verlags. Wir sollten die Berichterstattung sofort fallen lassen. Aus Rücksicht auf die Gefühle des Witwers, wie es hieß. Es gebe kein Interesse der Öffentlichkeit an der Geschichte oder an Schläfli. Es lag auf der Hand, dass die Seilschaften der *old boys* spielten. Wir haben die Sache beiseitegelegt. Wir können es uns im Gegensatz zu euch nicht erlauben, Befehle von oben zu ignorieren. Oder einen Fall über Monate ergebnislos zu verfolgen. Aber ich habe jetzt weder Zeit noch Lust, Schläflis Frau auferstehen zu lassen. Sie ist tot und sie ist es mir auch nicht wert», schloss er seine Berichterstattung zum damaligen Fall. «Wenn du Details willst, dann lies deine alten Protokolle noch einmal. Falls du sie nicht eh auswendig kennst.»

Tagliabue schabte den Kaffeeschaum von der Wand, kratzte den Zucker vom Boden der kleinen Tasse: «Wie kommt ihr darauf, dass sich Schläfli selbst umgebracht hat? Wieso lasst ihr ihn mit eurem Sensationsjournalismus nicht in Ruhe?»

«Die Seilschaften beginnen sich aufzulösen.»

Und werden durch dichte Netze ersetzt, ergänzte der Ermittler in Gedanken.

Lüthi bemerkte die kurze Abwesenheit des Tischnachbarn: «Interessiert es dich, was ich dir erzähle? Vertraust du nur deinen Vorurteilen? Recht schlechte Voraussetzungen für einen gar nicht so schlechten Bullen.»

«Wie kommt ihr darauf, dass sich Schläfli erhängt hat?»

«Die Haushälterin und die Polizisten sagen das. Zudem: Wer hängt schon jemanden auf? Außer in Italowestern. Mit Mundharmonika dazu.»

«Die Polizisten und die Putzfrau», wiederholte Tagliabue breit grinsend. «Klingt fast wie der Titel eines billigen Krimis. Fragt sich nur, welche Quelle vertrauenswürdiger ist.»

Lüthi musterte ihn kritisch: «Nenn sie nicht Putzfrau. Sie war die Haushälterin bei Schläfli und kam nach dem Tod seiner zweiten Frau in die Villa. Sie hat ihn gefunden.»

«Scheint, als würdest du die Putzfrau verdächtigen.»

«Wenn du sie mit Putzfrau ansprichst, wirst du kein Wort aus ihr herausbringen», warnte der Journalist.

«Ist eure Recherche darum so mager ausgefallen? Das dürfte euch Schreiberlingen nicht passieren. Ihr wisst doch, wie man mit Worten umgeht.»

«Ich muss auf die Redaktion.» Lüthi schob sich vom Tisch und erhob sich. «Die Fortsetzung wartet. Die Leser sind gespannt. Auch darauf, was du herausfindest. Ich wünsche dir mehr Glück als in der letzten Causa Schläfli. Der

Herr Kommissar bezahlt alles», hob er, sich im Vorbeigehen laut an den Kellner wendend, Tagliabues Anonymität auf.

Der Polizist knallte die Zwanzigernote beim Verlassen des Restaurants mit der flachen Hand auf den Tresen: «Der Rest ist für Sie», zeigte er sich generös, um sein Image und die Stimmung des Kellners zu verbessern. Er verließ den Raum, trat durch die schwere Tür und stand mitten in der Altstadt. Die Hauptgasse begann sich allmählich mit Menschen und Leben zu füllen. Nachdem sich das motorisierte Dreirad des Postboten durch die Passanten geschlängelt hatte, mischte sich auch der Ermittler in den Menschenstrom und ließ sich mit der Masse treiben.

Tagliabue bog in eine der unbeachteten, umso charakteristischeren Seitengassen ein. Er fragte sich, wie das Lampengeschäft hinter blinden Schaufenstern, die Metzgerei ohne Auslage und andere Geschäfte an nicht besonders bevorzugter Lage ihr Überleben sicherten. Eine verkehrs- und zu dieser Zeit noch fußgängerfreie Straße passierend, betrat er einen der schmalen Stahlstege über den weiten Fluss, der seelenruhig aus dem See floss und die Stadt entzweite.

Obschon er den direkten Weg zum Kommissariat gewählt hatte, traf er zu spät ein. Er glaubte, sich das wegen seiner Position erlauben zu dürfen. Und in der Tat war ihm in seiner langen Karriere noch kein Vorgeladener davongelaufen.

Das traf auch auf die Haushälterin des toten Schläfli zu. Auf einem Bildschirm beobachtete der Ermittler die Haushälterin: Sie saß, ohne ihre aufrechte Haltung aufgegeben zu haben, auf dem unbequemen Holzstuhl, den man ihr vor geraumer Zeit angeboten hatte. Er folgerte daraus, dass diese Frau lange Wartezeiten durchaus gewohnt war und sie sich abgewöhnt hatte, deswegen die Contenance zu verlieren. Noch viel mehr überraschte ihn aber ihr Erscheinungsbild: In elegantes Schwarz gehüllt, hätte der Beamte sie eher für die um Schläfli trauernde Witwe gehalten.

Die Füße in hochhackigen, sichtlich sehr teuren dunklen Schuhen, die blickdicht bestrumpften, perfekt geformten Beine elegant übereinandergeschlagen, saß *la portoghesa*, wie er sie insgeheim nannte, vor ihm, nur durch die Glasscheibe getrennt. Ihr schwarzes Deux-Pièces im klassischen Stil endete oder begann – je nach Sichtweise – perfekt eine Handbreit über den Knien. Das Kleid betonte die weiblichen Formen seiner Trägerin. Ein breiter Gürtel teilte ihren Körper und lenkte den Blick auf die schmale Taille. Der nicht zu tiefe Ausschnitt des Oberteils ließ wenig Konkretes erblicken, dafür umso mehr erahnen. Ihr schlanker Hals führte zum durch einen Schleier abgeschirmten, hell schimmernden Gesicht. Die schwarze Mantilla umrahmte ihre Züge mit breitem Mund, vollen Lippen, hohen Backenknochen und perfekten Zähnen. Das teure Gewebe erfüllte seinen Zweck und ließ keinen Rückschluss auf das Alter der Trägerin zu. Ihre zu einem Knoten geformten Haare verschmolzen mit der breiten Hutkrempe zur extravaganten Kopfbedeckung. Die Kreation verlieh ihr eine unnachgiebige Unnahbarkeit. Zusätzlich zum Kopfschleier warf die gewaltige Sonnenbrille von Bulgari einen Schatten auf ihr Gesicht. Hinter den getönten Gläsern vermutete der Ermittler nicht etwa die schwarzen oder braunen Augen der meisten Südländer. Sondern tiefen Azur, der perfekt zu ihrer Brosche am Revers und damit zum einzigen, dafür umso teureren Schmuckstück an ihrem Körper passte.

Er sah ein, dass es nichts nutzte, Schläflis Angestellte weiter warten zu lassen.

«Frau Pinto?» Er schritt in den kahlen Verhörraum.

«Nennen Sie mich doch der Einfachheit und der Gewohnheit halber mit meinem ersten Vornamen: María», erwiderte die Vorgeladene seine Frage. Sie ließ sich nicht anmerken, ob sie sich über die Warterei aufgeregt hatte. «Bitte.»

Gespannte Ruhe beherrschte den Raum. Nachdem er schon in Bezug auf die äußere Erscheinung der Haushälterin von völlig falschen Annahmen ausgegangen war, traf das auch auf das nächste Vorurteil zu: In seiner Vorbereitung auf das Gespräch hatte er sich darauf eingestellt, dass sein Gast, wenn überhaupt, über kläglich Deutschkenntnisse verfügen würde. Dabei hatte er die zumeist zweisprachig geführten Unterhaltungen mit seinem Vater als Beispiel genommen und seine diesbezüglichen Erwartungen an das Gespräch mit Frau Pinto, oder María, noch weiter nach unten korrigiert. Denn er wusste aus persönlicher Erfahrung nur zu gut, dass sich die Frauen der ersten Immigrantenwelle nicht nur punkto Deutschkenntnisse noch schlechter integriert hatten als ihre Männer.

Umso überraschter war er nun vom sprachlichen Auftritt Marías, der perfekt zu ihrem gepflegten Outfit passte. Das akzentfreie Deutsch war von klinischer Neutralität, fast unnatürlich rein. Erneut musste er sich sammeln: «Gut. Wie Sie wollen: Also, Mária ...»

«Nein. María. Die Betonung liegt auf dem I.»

«Dann: María. Sie waren die Putzfrau des verstorbenen Schläfli», provozierte er sie.

«Mir obliegt neben den anderen Aufgaben im Anwesen unter anderem auch die Raumpflege. Immerhin bei der Marginalie haben Sie sich nicht geirrt. Ihre banalen Erwartungen, was meine Person betrifft, haben sich damit fürs Erste erfüllt.»

Vergeblich versuchte der Kommissar, ihrem kalten Blick auszuweichen.

«Sie haben sich auf ein Abbild Ihrer *mamma* eingestellt», nutzte María seine Sprachlosigkeit. «Eine gedrängte, von der

Arbeit gebückte, von der ständigen Rücksichtslosigkeit der Mitmenschen gebrochene, alte Frau. In soliden Schuhen, um stehen zu bleiben. Aber auf keinen Fall, um im Leben nur ein Stück vorwärtszukommen. In Kleidern, die vor allem verhüllten und versteckten. Mit einem ausdrucks- und seelenlosen Gesicht, das dafür umso mehr erzählt von der Diskrepanz zwischen zu naher Realität und zu fernen Träumen. Eine Frau, auf die keiner je gehört hat und die sich darum auch nicht die Mühe nahm, sich die fremde Sprache anzueignen. Die ohne Ziel, aber mit einigen Versprechungen aus ihrer Heimat fortgereist war, um gar nie anzukommen. Die immer dumm gehalten wurde, um von ihrer Ahnungslosigkeit möglichst zu profitieren und die eigenen Lebenspläne rücksichts- und gnadenlos zu planen und zu realisieren.»

Als ob er die passende Stelle suchte, um das Gespräch an sich zu reißen, rutschte der Polizist auf seinem Stuhl hin und her, um den richtigen Moment zu verpassen.

«Eine Ehefrau und Mutter», fuhr sie fort, «die offiziell geachtet und insgeheim, vor allem von ihren Nächsten, verachtet wurde. Weil sie sich von allen daran hindern ließ, sich in der neuen Umgebung wohl und willkommen zu fühlen. Eine Frau, die sich zwar physisch hier befand, sich in Gedanken jedoch in ihre Heimat zurückzog, sich auch von den Menschen zunehmend distanzierte.»

Die Situation seiner Mutter und die eigenen Vorurteile derart vorgeführt zu bekommen, schockte den Kommissar, was Frau Pinto die Gelegenheit gab, ihm weiter zuzusetzen: «Dabei versuchen Sie, Signore Salvatore Tagliabue, auch, ihre südländischen Wurzeln zu verleugnen, wenn diese Ihnen nicht passen, und sich auf sie zu berufen, wenn es ihnen opportun erscheint. Italien ist keine Heimat, sondern ein Land, das Sie nie kennengelernt haben und das Sie nicht kennengelernt hat. So bleiben Sie blockiert zwischen den zwei Welten, gehören nirgends hin, geschweige denn dazu – Sie bleiben für immer ein Secondo. Für jeden und jede. Aber vor allem für sich selbst. Vielleicht assimiliert, aber nicht integriert. Geduldet, aber nicht akzeptiert.»

Tagliabue musste weiter zuhören, wie die Frau vor ihm seine innere Zerrissenheit in Worte fasste.

«Und», fuhr sie sachte fort, «dass Sie sich mit der Polizei für eine Schweizer Institution mit typischen eidgenössischen Eigenschaften entschieden haben, ändert gar nichts an Ihrer Position und Situation. Auch hier scheinen Sie zwischen den Fronten zu lavieren.» Sie legte eine Pause ein. «Hätten Sie vielleicht ein Glas Wasser für mich, Herr Kommissar? Bitte.»

Er erhob sich rasch, um die damit gewonnene Zeit für die Entwicklung einer neuen Strategie zu nutzen, und trat aus dem Verhörraum. Ohne einen Blick zurück. Sorgfältig ließ er die Tür ins Schloss gleiten.

Der Korridor war zu seiner Überraschung leer. Hatte er sich in der Vergangenheit immer darüber aufgeregt, dass pro Etage bloß ein Wasserspender am hintersten Ende der langen Gänge installiert war, so war er nun froh über den Zeitgewinn.

Nachdem er den Pappbecher vorsichtig aus dem Schacht gezogen und gefüllt hatte, erlaubte er sich einen kurzen Abstecher ins WC, wo er das prallvolle Gefäß auf einen Wandvorsprung über dem Pissoir stellte.

Erleichtert, aber immer noch ohne gute Idee, wie er das Gespräch an sich reißen könnte, trat er in den Gang. Wo sich die Beamten sonst dicht aneinander vorbeidrängten, herrschte immer noch gähnende Leere. Leicht irritiert, setzte er sich in Bewegung. Aus einem anderen Korridor kam ihm eine Person entgegen. Die Vehemenz der Schritte verdeutlichte, wie pressant es der Mann hatte, während der Kommissar stehen blieb.

«Huber», raunte ihm der Uniformierte zu, um ihn dann verdutzt stehen zu lassen.

Vor der Tür zum Verhörraum angekommen, musste er noch einmal tief durchatmen. Den noch halb gefüllten Becher in der Rechten, stieß Tagliabue die Tür mit der Linken und mit größter Vorsicht auf.

«Sicher stehe ich auf Ihrer Liste der Verdächtigen ganz zuoberst», empfing ihn María. «Aber ich habe überhaupt kein Motiv, Schläfli umzubringen.»

Er setzte sich ihr gegenüber an den kalten Tisch.

María sah ihn regungslos an: «Aber wissen Sie was? Ich nehme es Ihnen nicht übel, dass Sie mich verdächtigen. Jeder und jede erfüllt doch seinen Auftrag, eliminiert den Müll aller anderen – genau dafür haben sie uns Ausländer geholt. Selbst wenn Sie persönlich längst auf die andere Seite übergelaufen sind.»

«Wie ich aus zuverlässiger Quelle erfahren habe, glauben Sie an eine Selbsttötung», wich der Kommissar aus.

«Sie haben mit diesem Redaktor von *HEUTE* geredet. Kennen Sie sich? Sollte es nicht umgekehrt sein: Informiert die Polizei normalerweise nicht die Medien? Okay, Sie sind für unorthodoxe Methoden berüchtigt. Die haben beim Fall von Schläflis Frau allerdings auch nicht zur Aufklärung geführt.»

Tagliabue vermutete, dass seine erfolglosen Ermittlungen im Zusammenhang mit dem nie geklärten Verschwinden von Schläflis zweiter Gattin auch in der Villa hoch über der Stadt ein Thema gewesen waren.

«Nach seiner Scheidung lernte Tatjana, die ebenfalls geschieden war, Schläfli kennen. Bald zog sie bei ihm ein und heiratete ihn.» María strich ihr Kostüm glatt. «Nachdem sie verschwunden und dann für tot erklärt worden war, mussten die Angestellten gehen. Denn mit ihr starb das gesellschaftliche Leben in der Villa, und es gab nicht mehr viel zu tun.»

«Aber irgendwie fehlte eine Hilfskraft, um den Laden in Schuss zu halten, und genau in dem Moment treten Sie auf den Plan.» Der Ermittler beobachtete die Reaktion der Frau ihm gegenüber. Nichts.

«Schläfli», nahm sie völlig unbeirrt und mit einem Hauch von Triumph in der Stimme den Faden auf, «hat mich zu attraktiven Konditionen angestellt, was sowohl den Lohn als auch die *fringe benefits* betrifft. Wie von meiner Vorgängerin verlangte er von mir makelloses Auftreten. Sei es bei Kleidung und Schuhen, in der Sprache, den Manieren oder im raren gesellschaftlichen Kontakt mit Gästen und Freunden. Vielleicht erinnerten ihn meine Auftritte an die zu früh von ihm gegangene Frau ...», ließ sie die Frage im Raum stehen. «Gleichzeitig erwartete Herr Schläfli nicht nur von mir Perfektion. Auch im Haus musste alles sauber und am definierten Platz sein. Das ist, oder war, bei der Größe des Anwesens eine riesige Herausforderung. Für mich hat sich mit seinem Tod alles verändert.»

«Falls Sie die Absicht hatten, mir mitzuteilen, dass Sie kein Motiv hatten, ihren Chef umzubringen, so ist Ihnen das misslungen», meinte der Kommissar etwas umständlich, um sofort seine nächste Frage zu stellen: «War Schläfli erleichtert oder bedauerte er den totalen Rückzug aus dem gesellschaftlichen, geschäftlichen, sozialen sowie politischen Leben?»

«Es steht mir nicht zu, seine Gefühle und Reaktionen zu beurteilen. Zudem sind Sie als Kommissar mit Sicherheit nur an den Fakten und nicht an irgendwelchen Vermutungen einer Putzfrau interessiert, nicht wahr, lieber Totò?»

Wie ein Blitz durchfuhr es den Kommissar: Vor zu langer Zeit hatte ihn seine Mutter zum letzten Mal so gerufen. Die meisten kannten noch nicht einmal seinen richtigen Vornamen Salvatore.

«Ich habe überhaupt nicht damit gerechnet, dass er so früh und eines gewaltsamen Tods von uns gehen würde», ergriff María wieder das Wort.

«Ich dachte aber, sie vermuten einen Selbstmord.» Der Kommissar hatte seine Fassung einigermaßen wiedererlangt.

«Sind Sie nicht der Meinung, dass ein gezielter Kopfschuss mit weniger Schmerz und Gewalt verbunden ist als dieses würdelose Baumeln, spastische Zucken, gepaart mit einem qualvollen Ersticken am Strick?» María betrachtete ihre perfekt manikürten Fingernägel. «Um es kurz zu machen: Nach seinem Tod bekomme ich nicht nur nichts, ich verliere alles. Ich muss aus meiner Dienstwohnung ausziehen. Ich habe keinen Anspruch auf Kleider und Schuhe. Was mir noch bleibt, ist meine Person, mein Auftreten und etwas Geld, das ich über die paar Jahre zusammenklauben konnte. Trotz der guten Referenzen wird es für mich schwer, wieder etwas Passendes zu finden. Sie sehen, Herr Kommissar: kein Motiv.»

«Was geschah, nachdem sich Schläfli aus dem gesellschaftlichen Leben zurückgezogen hatte? Keine Frauenbesuche?»

Plötzlich schoss der Ermittler wie von der Tarantel gestochen vom Stuhl auf. Marías Antwort «Soviel ich weiß, keine Damenbesuche» schon nicht mehr wahrnehmend, verabschiedete er sich im Hinausstürzen kurz von der nun doch konsternierten Haushälterin.

«Huber» war keine Verwechslung gewesen, sondern ein gut gemeinter Hinweis, sich zu sputen: Die Vorstellung des neuernannten Polizeikommandanten hatte bereits begonnen.

Mit einem Spurt durch die verwaisten Korridore versuchte der Kommissar, die verlorene Zeit aufzuholen. Bevor er um die letzte Ecke kam, bremste er, holte tief Luft, richtete die Kleider.

Mit kurzen Schritten und noch kürzerem Atem näherte er sich dem Eingang zum großen Meetingraum. Auf der Bank links von der Tür saßen zwei Uniformierte, in ihrer Mitte ein Verdächtiger.

«Fahrni, Wiederkehr», grüßte er die Kollegen knapp. Den Unbekannten musterte er herablassend-professionell.

«… ist es mir eine große Ehre, Ihnen heute den Nachfolger unseres in den wohlverdienten Ruhestand tretenden Franz Schlatter persönlich vorzustellen. Bitte heißen Sie mit Dr. Bernhard Huber unseren neuen Kommandanten mit einem kräftigen Applaus aufs Herzlichste willkommen.»

Genau mit den abschließenden Worten des Vorstehers des Departements für Inneres und für Sicherheit trat der Kommissar in den prall gefüllten Saal.

«Na also. Spät kommt Ihr – doch Ihr kommt! Der lange Weg, Signore Tagliabue, entschuldigt Euer Säumen.» Damit bewies der Regierungsrat nicht nur seine Schlagfertigkeit, sondern auch sein Faible für die klassische deutsche Literatur. «Aber: Ich muss Sie enttäuschen, Herr Hauptkommissar. Sie sind selbst unter dem neuen Namen nicht befördert worden. Was den Rest aller Anwesenden ebenso beruhigen mag, wie es Sie frustriert. Den perfekten Sitzplatz in der vordersten Reihe haben wir aber mal freigehalten.» Unter schadenfrohem Gelächter des Publikums zeigte Kalbermatten auf den vakanten Stuhl und wartete, bis sich der Angesprochene hingesetzt hatte.

«Heißen wir nun also Herrn Dr. Huber mit einem herzlichen Applaus in unserer Mitte willkommen!»

Flankiert von Fahrni und Wiederkehr schritt der Verdächtige von eben an das Rednerpult.

Sofort wusste Tagliabue, dass er mit dieser lächerlichen Figur nicht enger zusammenarbeiten konnte: Selbst für einen Hauch der so viel zitierten Chemie fehlten alle Basisstoffe. Er konnte sich seinen neuen Chef perfekt in einer Uniform der Waffen-SS, der Heilsarmee, der Post oder der städtischen Verkehrsbetriebe vorstellen, jedoch nicht in der Dienstkleidung des Polizeikorps, das er kommandieren sollte.

Hinter der unmodischen filigranen Nickelbrille waren zwei leere blaue Augen mit der Tendenz zum Schielen zu erkennen. Die Frisur sah aus, als ob sie vor Jahrzehnten für die Konfirmation angelegt worden wäre. Das Lächeln schien nicht nur im Hals stecken geblieben zu sein, sondern als permanentes Grinsen in das fade Antlitz seines Inhabers eingraviert. Der schiefe, schmale Strich der blutleeren Lippen kommunizierte Humorabstinenz, Arroganz, keinerlei Verständnis für Ironie, Sarkasmus oder Zynismus.

«Mein Name ist Huber. Freunde nennen mich Beni. Für Sie alle hier: Herr Dr. Huber. Es freut mich sehr, dass der verehrte Herr Regierungsrat Kalbermatten mir diese Gelegenheit gibt, mich Ihnen persönlich vorzustellen», startete der neue Kommandant seine Rede. «Ich möchte es an dieser Stelle und in meiner neuen Position ebenfalls nicht versäumen, dir, geschätzter Franziskus Schlatter, für deine Arbeit der vergangenen zweiundzwanzig Jahre und für die freundliche Einführung in meine neue Aufgabe, ja Verpflichtung, aufrichtig zu danken. Ich danke dir, lieber Franz, ebenfalls dafür, in welch ausgezeichneter Verfassung du mir dein Korps heute übergibst.»

Tagliabue musste Hubers Blick ausweichen.

«Sie werden sich sicher dafür interessieren, wer heute vor, und ab morgen als Ihr Kommandant über Ihnen stehen wird.»

So kann man sich täuschen, dachte der Kommissar für sich.

«Ich möchte nicht mein ganzes Leben vor Ihnen ausbreiten und beschränke mich auf wenige Episoden, die mich zu dem machten, was ich bin.»

Tagliabue ließ den Kopf in die Hände seiner auf den Knien aufgestützten Arme sinken und fixierte den Bereich zwischen seinen Füssen. Als er aufblickte, fischte Huber ein hölzernes Lineal aus einer abgegriffenen Ledermappe.

«Ich habe Ihnen ein paar Dinge mitgebracht, die wichtige Etappen meines Werdegangs symbolisieren.» Huber legte eine Pause ein, um sicherzugehen, dass ihm alle ihre ungeteilte Aufmerksamkeit schenkten. «Sie denken, dieses Werkzeug stellt die Präzision und die Geradlinigkeit meiner Arbeit dar. Das ist richtig und falsch. Es steht für meine Schulzeit und für die Tatsache, dass ich kein guter Schüler war. Ich musste büffeln, um mit dem Durchschnitt mitzuhalten, und habe gelernt, meine Ressourcen gezielt einzuteilen. In der Konsequenz schloss ich mein Studium als Bester meines Jahrgangs ab. Ich weiß, ich bin ein Streber.»

Der Kommissar war dabei, in ungläubiges Kopfschütteln zu verfallen, als ihm die drohenden Konsequenzen bewusst wurden.

«Das», zauberte Huber das nächste Objekt aus der Tasche, «ist meine Boardingkarte für einen Flug in der Business-Class der Swissair in die USA. Nach dem mit Auszeichnung abgeschlossenen Studium als Informatiker entschloss ich mich für den lukrativen Einstieg im Bereich *Cyber Crime & Forensic* eines global tätigen Beratungsunternehmens. Ich war rund um die Uhr, rund um den Erdball unterwegs. Bis mich meine damalige Freundin und aktuelle Gattin vor die Wahl stellte: Sie oder dieser Job. Nach einiger Überlegung sprach ich mich für sie aus – Hunde, Kinder und Frau sind mir heute noch wichtig.»

Aus seiner Erfahrung in der Vernehmung Verdächtiger hatte Tagliabue ein untrügliches Gespür dafür entwickelt, wann Geschichten zurechtgebogen, gepimpt oder schlicht erfunden waren. Als er aufblickte, sah er seinen neuen Chef im Kimono.

«Wenn schon nicht allein, so reisen wir halt zu zweit, sagte ich mir und nahm eine Stelle in Japan an. Diese Kultur prägt meine Arbeit bis heute. *Kaizen* als Weg der kontinuierlichen Verbesserung ist Ihnen mit Sicherheit ein Begriff. Es ist eine meiner Strategien, um mein Korps vorwärtszubringen. Wir alle leben ab sofort nach den Prinzipien von *Kaizen*. Sie wissen jetzt, worum es geht.»

Der Ermittler rutschte unruhig auf dem hölzernen Stuhl hin und her.

«Wissen Sie, was ein MRI ist?», warf der Redner in den Saal, ohne eine Antwort abzuwarten.

Vergeblich versuchte Tagliabue den Buchstaben einen für ihn plausiblen Sinn zu geben.

«MRI stammt aus der Medizin und steht für *Magnetic Resonance Imaging*. Und genauso wie das MRI einen kranken Körper durchleuchtet, werde ich mein Korps – fällt Ihnen die etymologische Verwandtschaft von Korps und Körper auf? – screenen. Ich habe eine ausgeklügelte Strategie entwickelt, um sämtliche Schwachstellen schonungslos zu identifizieren und radikal zu eliminieren.» Er sah zu Tagliabue. «Ich komme zum vierten prägenden Punkt», fuhr Huber, des Kimonos inzwischen entledigt, fort: «Zwei Jahre in Asien reichten mir, um diese uns so fremde Kultur zu verstehen und das Beste aus beiden Welten zu vereinen. Zu dritt –

selbst dafür blieb trotz dem Stress Zeit – kehrten wir in die Heimat zurück. Als CEO einer führenden Softwarefirma entwickelte ich Sicherheits- und Alarmierungssysteme, Programme gegen Cyber-Kriminalität und Cyber-Fraud für Polizei und Rettungskräfte, Armee und Zivilschutz, also alle Blaulichtorganisationen.»

Völlig resigniert ließ der Kommissar die Ausführungen des neuen Kommandanten reaktions-, aber mitnichten emotionslos über sich ergehen.

«Weil sich Cyber-Crime im Cyberspace, im Internet, im World Wide Web abspielt und trotz aller Virtualität eine sehr konkrete Gefahr darstellt, habe ich Ihnen nichts mitgebracht. Ich überlasse es Ihnen, sich das Risiko und die Bedrohung zu vergegenwärtigen. Aber selbst in ihren extremsten Ausprägungen werden Ihre Vorstellungen nicht ansatzweise an die Realität herankommen.»

Seine Augen von links nach rechts und zurück schweifen lassend, hielt Tagliabue intensiv Ausschau nach Hubers Bedrohungen: Die einzige Gefahr für die Öffentlichkeit, das Korps und den Kommissar stand seiner Meinung nach gut sichtbar und allzu real vor ihm.

«Wie die Kriege werden Verbrechen in Zukunft nur noch im Netz stattfinden. Darauf, meine Damen und Herren, habe ich mich in meiner Position als neuer Polizeikommandant einzustellen. Dafür bringe ich wie bei allen meinen früheren Jobs die optimalen fachlichen, beruflichen und persönlichen Voraussetzungen mit. Diese Herausforderung muss ich annehmen. Dieser Kampf ist mein persönlicher Auftrag. Und ich werde ihn nicht nur erfüllen, sondern sogar übertreffen.» Huber streute eine kurze Pause ein.

«Nun habe ich mich Ihnen kurz persönlich vorgestellt. In den nächsten Tagen gebe ich Ihnen die Möglichkeit, mehr von mir und über meine Erwartungen zu erfahren – meine

Sekretärin wird mit einem Termin auf Sie zukommen, ich erwarte eine Bestätigung. Den Anfang mache ich mit dem Mann in der ersten Reihe zwischen dem hochverehrten Regierungsrat und meinem geschätzten Vorgänger. Wie war doch Ihr Name?»

Je weiter hinten die Zuhörerinnen und Zuhörer saßen, desto mehr zogen sich ihre Hälse aus purer Angst, den spannendsten Teil der Veranstaltung zu verpassen, in die Länge.

«Sind Sie von meinen detaillierten Ausführungen oder von den bevorstehenden Herausforderungen derart eingeschüchtert, dass sie Ihren eigenen Namen vergessen haben?», lächelte der Doktor schief.

«Hauptkommissar Tagliabue.» Obwohl recht leise, war die Antwort im totenstillen Raum für alle deutlich zu hören.

«Ich frage nicht nach Ihrem Dienstgrad, sondern nur nach dem Namen. Was mich nicht interessiert, habe ich gehört – was ich wissen will, war bedauernswerterweise völlig unverständlich. Können Sie mir den Namen wiederholen? ... Bitte.»

Räuspern, Hüsteln und Kichern aus den hinteren Rängen störten die Stille und erhöhten die Spannung.

«Salvatore Tagliabue. Nicht Takliabü, falls Sie den Namen irgendwo lesen. Ta. Lja. Bu. E. Von tagliare, wie schneiden, und il bue, Herr Huber, gleich Ochse.»

Jetzt blieben selbst die Geräusche in den gereckten Hälsen stecken. Hubers aufgesetztes Lächeln wurde noch etwas schräger, noch mehr zur Grimasse.

«Nun, Tagliabue, ich gebe Ihnen die Möglichkeit, für einmal nicht zuhinterst, sondern zuvorderst zu sein. Wie heißt es doch so schön: Der Letzte wird der Erste sein. Eventuell beißen den Letzten die Hunde. Wer weiß. Das Einzige, was an Ihnen nicht das Letzte ist, ist Ihr doch beachtens-, aber nicht beneidenswerter Ruf. Der eilt Ihnen weit voraus. Ich freue mich auf unser Gespräch. Jetzt wünsche ich Ihnen allen einen schönen Abend.»

Wie alle anderen im Saal erhoben sich Kalbermatten und Schlatter, um sich förmlich voneinander zu verabschieden. Während der Politiker sofort abdrehte, lehnte sich der Ex-Polizeikommandant zu Tagliabue hinüber: «Kompliment. Wirklich gut gemacht. Dass du nie deine blöde Fresse halten kannst. Jetzt schau zu, wie du deinem Vornamen gerecht wirst und dich rettest. Ich kann dir nicht mehr helfen. Dir war und ist eh nicht zu helfen.»

Schlatter trat zu seinem Nachfolger und gratulierte ihm zu der innovativen Vorstellung mit originellen Bildern. Tagliabue blieb auf seinem Stuhl sitzen und ließ alle Kollegen und die hämischen Blicke an sich vorüberziehen.

Als der Abwart mit dem geräuschvollen Aufeinanderstapeln der Stühle begann, erhob er sich.

Im Büro fand der Kommissar zu seiner Enttäuschung keinen Hinweis auf Marías kürzliche Anwesenheit vor. Sie hatte ihm nicht einmal ihre Handynummer auf einen Zettel notiert. Er war sich aber sicher, dass sie sich bei ihm eher früher als später wieder melden würde. Ohne sich hinzusetzen, startete er seinen Computer, um seine persönlichen Mails zu kontrollieren: «Heute nicht. CSJ.» Enttäuscht beendete er das Programm, wechselte rasch zum Browser.

Irgendwann hatte er im Internet nicht gefunden, was er gesucht, und gefunden, was er nicht gesucht hatte. Er fuhr den PC herunter und verließ das Kommissariat.

Nur wenige Gehminuten später saß er vor einem Glas Bier am Tresen der *Strega*. Die Stripteasetänzerinnen spulten ihre Darbietungen kunstfrei und lustlos ab. Als Stammkunde hatte er mit dem Wirt vereinbart, dass er für die zur Schau gestellten Körperteile keinen Aufschlag auf die Konsumationen bezahlen musste. Im Gegenzug gab er sich Mühe, seinen Blick nicht auf die nackten Tatsachen auf der Kleinbühne zu richten. Er wollte kein zweifelhaftes Vergnügen in Anspruch zu nehmen, für das er nicht zahlte. Was ihm, bis auf ganz seltene Ausnahmen, nicht allzu schwerfiel.

Ohne je ein Wort mit ihnen gewechselt zu haben, kannte der Kommissar die beiden anderen Gäste im Raum. Beim Älteren handelte es sich um einen schwulen Zahnarzt, der mit ältlicher Assistentin eine völlig veraltete Praxis in einem noch älteren Patrizierhaus betrieb. Beim Jüngeren und Größeren handelte es sich um einen Werber, der sich allein für sein Glas Féchy und das Würfelspiel vor ihm interessierte.

Der Ermittler beobachtete die beiden ungleichen Figuren beim Spielen: Meistens gingen die Einsätze schnell in den Besitz des Kreativen über. Obwohl sie um seinen Beruf wussten, spielten die zwei direkt vor seinen Augen verbotenerweise um Geld. Noch mehr ärgerte ihn aber, mit welcher Gleichgültigkeit die Noten über den Tisch geschoben wurden. Er sah dem Treiben noch eine Weile zu und fragte sich, ob der Mediziner den Sinn und die Regeln überhaupt begriffen hatte. Dann leerte er sein Glas, legte das Geld vor sich auf den Tresen mit dem Hinweis, dass es gut sei, glitt bedächtig vom Barhocker, um sich beim Hinausgehen von allen, aber von niemandem speziell, zu verabschieden.

4

Als er am Morgen erwachte, stellte er fest, dass er wie so häufig im Lounge Chair eingeschlafen war. Ein Buch auf seinem Schoß, die Seiten im Verlauf der letzten Stunden vom schweren Ein- und Ausatmen voll aufgefächert, sodass nicht mehr nachvollziehbar war, wo «Der Verdacht» seinen Leser verloren hatte.

Das Ziehen und Zerren, Stechen und Drücken in mehr und mehr Körperregionen erinnerte ihn sehr schmerzhaft an ein Bonmot, das er einmal von einem Moderator im Radio oder im TV gehört hatte: «Wenn ich eines Morgens erwache und es tut mir nichts weh, dann bin ich sehr wahrscheinlich tot.»

Mit seinen 53 Jahren stand der Kommissar nach Ansicht der Sachverständigen in der Blüte seines Lebens – eine Idee, die er nicht nachvollziehen konnte. Die einzigen konstanten Begleiter waren neben körperlichen Schmerzen die geistige Übersäuerung. Und bis zu seiner regulären Pensionierung war der alternde Polizist gefordert, mit immer jüngeren Delinquenten und Kollegen Schritt zu halten. Und dabei musste er wegen der absoluten Absenz beruflicher Alternativen froh sein, dass er einen Job mit einem staatsgarantierten Salär hatte. Aus dieser Abhängigkeit resultierte eine wuchernde Hassliebe. Wobei seine Liebe auf Dauer immer mehr an Terrain verlor.

Seine morgendliche Frustration erfuhr eine weitere Steigerung, als er realisierte, dass *La Pavoni* die Nacht über angeschaltet geblieben war. Der komplett überhitzte Boiler verbot die Zubereitung eines frischen Kaffees. Er schaltete die Maschine aus, öffnete ihre Düse, um etwas Dampf abzulassen.

Einmal unter dem warmen, aber dünnen Strahl der Brause – etwa ein Drittel der kleinen Öffnungen war bereits total verstopft, ein weiteres Drittel zielte in alle möglichen und unmöglichen Richtungen – versuchte er, selbst etwas Energie abzubauen. Vergeblich.

Er schlang sich ein Tuch um die Hüfte und über seine nach wie vor starke Erektion. Auf nassen Füßen schlitterte er zur Kaffeemaschine. Wenigstens die hatte sich abgekühlt.

Wenig später saß Tagliabue in Boxershorts und geripptem, ärmellosem weißem Unterhemd vor seinem iMac, um den aktuellen Informationsstand von *eHEUTE* im Fall Schläfli zu prüfen: Fehlanzeige.

Der Ermittler klickte noch auf den Artikel des vorigen Tages, wo der Hinweis auf eine Fortsetzung gelöscht worden war. Dafür hatte ein Leser oder eine Leserin die Gelegenheit genutzt, einen bisher unerwiderten Kommentar abzugeben: «Geschieht ihm recht. Die reichen Schweine gehören aufgehängt. Besser, sie tun es selber, bevor es ein anderer tut; TrueBoy69», las sich der Kommissar halblaut vor. Vergebens suchte er Likes, dachte an die schlechte Kontrolle durch die Online-Redaktion und an die Polizistenweisheit, wonach die Täter immer an den Tatort zurückkehren. Er überlegte sich, ob das auch für die digitale Welt galt.

Er fuhr den Computer herunter, stieg in die auf dem Boden gefundene Hose, ging zum Schrank, streifte sich ein frisch gewaschenes und gebügeltes Hemd über und schlüpfte in braune Wildlederschuhe, die er sich nur in Italien leisten konnte. Er verschloss die Wohnung, begab sich die Treppe hinunter, zog die schwere Tür auf und zwängte sich ins Freie.

Noch im Hauseingang blickte er sich achtsam um. Bereits als Kind hatte er sich angewöhnt, stets eine sorgfältige Risikoanalyse vorzunehmen.

Als einziger Sohn eingewanderter, italienischer Eltern war der kleine Salvatore die bevorzugte Zielscheibe der Schweizer Kinder, sodass er seine Freizeit meistens in der winzigen Wohnung der Familie verbrachte, was seine Lage weiter verschlimmerte. Denn zu Hause – so fühlte er sich aber nie – wurde ausschließlich italienisch geredet und gestikuliert, gegessen und getrunken. Wagte er sich einmal hinaus, blieb er meistens ganz allein mit seiner Improvisation eines Fußballs aus zerknülltem und zusammengebundenem Altpapier.

In noch weniger glücklichen Momenten verbündeten sich vor allem die älteren, einheimischen Kinder, um ihn abzupassen. «Tschinggen jagen» nannten sie das für sie amüsante, für ihn vernichtende Spiel. Und keiner eilte ihm zu Hilfe: Seine Eltern arbeiteten von morgens früh bis abends spät, um nicht irgendwann als Versager in die südliche Heimat zurückzukehren. Die Eltern der Jäger waren froh, dass sich die kindlichen Aggressionen nicht gegen die eigenen Söhne und Töchter richteten – abgesehen davon, dass sie allem Fremden und Unbekannten ablehnend, wenn nicht aggressiv begegneten. Auch der Primarlehrer empfing ihn unverhohlen mit: «Jetzt habe ich den ersten, faulen Italiener.» Mit Kindern anderer Fremdarbeiter konnte sich Salvatore ebenfalls nicht verbrüdern, da der Familiennachzug nur in Ausnahmefällen gestattet wurde. So blieb der Knabe allein und wurde allmählich zum Einsiedler. Mit wenig Vertrauen in die Menschen und in die Institutionen. Mit der Erkenntnis, dass er sich im Ernstfall nur auf sich und seine Fähigkeiten verlassen konnte.

Nachdem er zwei verdächtig aussehende Schwarze – seinem ebenfalls nicht vorurteilsfreien Blick nach Drogendealer oder

Zuhälter, wenn nicht sogar beides – an sich hatte vorbeigehen lassen, wagte der Ermittler den Sprung aus dem Hauseingang in die zu dieser frühen Stunde sehr ruhige Straße. Am Kiosk zog er die aktuelle Nummer von *HEUTE* vom Stapel und begann zu blättern.

«Die Bibliothek ist ganz am anderen Ende der Stadt. Wir verleihen keine Zeitungen, am allerliebsten verkaufe ich sie», liess sich der Mann hinter der Auslage laut und deutlich vernehmen. «Aber im Gegensatz zu mir öffnen die erst in gut einer Stunde – ich bin eben nicht staatlich subventioniert.»

«Gib mir ein Pack Wrigley's und ein Sternzeichenlos: den Skorpion», beruhigte der Polizist den Verkäufer.

«Musst du deinen jämmerlichen Beamtenlohn aufbessern? Versuch's doch einmal mit der erfolgreichen Lösung eines Falls. Aber vielleicht hast du ja beim Lotto mehr Glück. Schon einen Verdacht, wer diesen reichen Sack in seiner Villa aufgehängt hat?»

«Es war doch Selbstmord, sagt die Putzfrau», antwortete der Kommissar ohne aufzublicken.

«Macht für dich acht siebzig.»

Tagliabue nahm das Los, den Kaugummi und griff sich einen Schokoriegel, um alles auf die vor ihm ausgebreitete Zeitung zu legen.

«Zehn zehn», hatte der Kioskverkäufer schon addiert. Mit der Summe war die Ungeduld in seiner Stimme gestiegen.

«Kann ich anschreiben lassen? Hab mein Geld vergessen.»

«Was suchst du dann in den leeren Taschen?»

«Mein Handy», flüsterte der Gefragte mehr zu sich selbst als zum Fragesteller.

«Nur Bares ist Wahres. Bei mir wirst du nie mit einer dieser neumodischen Methoden bezahlen können. M ist zwar M. Aber ich bevorzuge *money*, nicht *mobile*».

«Mein Handy!», fluchte der Kommissar und rannte weg aus Angst, sein Telefon verloren zu haben.

Während der Kioskmann noch leise vor sich hin fluchte, war Tagliabue beim Haus angelangt. Bevor er mit Daumen, Zeige- sowie Mittelfinger eine Kombination verschiedener Klingeln drückte, um die Tür schlüssellos zu entriegeln, vergewisserte er sich, dass ihm keiner gefolgt war, ihn beobachtete. So schnell es seine körperliche Verfassung zuließ, stürmte er die Stufen hinauf. In der Wohnung angelangt, suchte er mit wachsender Panik und Wut an allen möglichen sowie unmöglichen Orten, bis er in einer Innentasche seiner am Vorabend getragenen Jacke fündig wurde. Hastig gab er die ihm allzu bekannte Nummer ein.

Nach fünfmaligem Klingeln: «Was willst du?»

«Was ist mit der Fortsetzung zum Fall Schläfli? Weder in der Online- noch in deiner gedruckten Ausgabe ist etwas darüber zu lesen.»

«Erstens: Es ist nicht meine Ausgabe. Und schon gar nicht meine Zeitung. Zweitens: Bist du derart auf Recherchen des alten, abgehalfterten, zynischen Boulevardschreibers angewiesen? Um dich muss es in der Tat schlimm stehen.»

«Du weißt genau, worum es mir geht», wich der Kommissar aus. «Ich will …»

«Was ich auch will. Was jemand mit weit mehr Einfluss als du und ich zusammen nicht möchte», unterbrach Lüthi schroff.

«Krämer?»

«Ja, Krämer. Obwohl er nicht mehr Verwaltungsrat ist. Er hat seine Aufforderung von damals wiederholt: Die gelte für den toten mehr als für den lebenden Schläfli. Ich wurde gestern Abend informiert, mit Schläfli meine Story sterben zu lassen. Ich muss mir eine andere Geschichte suchen, ciao», hängte der Journalist auf.

Noch einige Augenblicke starrte Tagliabue auf das iPhone in seiner Hand.

Der Ermittler sank in den Ledersessel, entledigte sich mit dem linken Fuß des rechten Schuhs und umgekehrt. Er versuchte, sich die Begegnungen mit Krämer in möglichst lückenlose Erinnerung zu rufen: An ihren Erstkontakt konnte er sich bestens entsinnen – die Ereignisse jener Nacht hatten sich in sein Gehirn eingebrannt. Für ihn bedeuteten sie den Abschied von der leisesten Hoffnung auf Gerechtigkeit. Noch in der Nacht war Krämer als Kommandant auf Platz gerufen worden, um die Untersuchungen vorschriftsgemäß in die Wege zu leiten. Etwas weniger reglementskonform war sein Einfluss auf den rangniederen Auditor, der seine Untersuchung rasch abschloss, um auf Unfall zu plädieren, verursacht durch eine fahrlässige Fehlmanipulation an der persönlichen Waffe. Er sprach Schläfli, der für die Entladekontrolle verantwortlich gezeichnet hatte, frei und wies dem Soldaten im Gegenzug die alleinige Schuld zu. In der Konsequenz verlor dieser mit seinem Leben jeden Anspruch auf eine Entschädigung für seine Familie. Seine junge Witwe war im sechsten Monat schwanger gewesen.

Als ob auf dem Smartphone jeden Moment ein Bild von Barbara Burgener aufleuchten könnte, starrte der Kommissar auf das Display, um schnell wieder in die Vergangenheit abzutauchen.

In diesem Unfall – nach Erkenntnis der Militärjustiz handelte sich im wahrsten Sinn des Wortes um einen Un-Fall – fand das enge militärische Verhältnis zwischen dem angehenden Hauptmann und dem zukünftigen Leutnant den tragischen Höhepunkt. Ein Jahr vorher hatte sich Schläfli beim Einrücken in die Rekrutenschule auf dem Appellplatz zuvorderst hingestellt. Nach der Begrüßung wurden die Nachnamen der Rekruten von mehreren Seiten zugleich in alphabetischer Reihenfolge heruntergelesen, um neben der körperlichen auch die geistige Anwesenheit der Rekruten zu kontrollieren.

Mit dem Namen wurde nach dem Besitz des Fahrausweises für PKW oder LKW gefragt. Schläfli hatte mit «hier» auf «Crétin!» reagiert, die Frage nach einem Führerschein bejaht und sich damit für die folgenden siebzehn Wochen einen alten Jeep und einen ruhigen, schlafreichen Job gesichert.

Krämer, eben aus der Offiziersschule entlassen und schon wieder am Abverdienen eines höheren militärischen Grads, hatte die Ankunft der Noch-Zivilisten und Bald-Rekruten wie alle ranggleichen Kollegen aus der Entfernung mit wachsendem Interesse verfolgt. Intuitiv hatte er das Potenzial des ihm unbekannten Rekruten erfasst und sich beim Kommandanten dafür stark gemacht, dass Schläfli ihm als Fahrer zugeteilt wurde.

Das iPhone riss Tagliabue aus der Erinnerung. Er hatte es die Nacht zuvor auf stumm gestellt, den Blitz jedoch vergessen: Das Stroboskop erschien ihm noch nervöser als sonst. Er sah auf das Gerät, um den Anrufer zu erkennen und, falls nötig, ins Leere klingeln zu lassen.

Das Display zeigte: «10.00 – @Frischknecht».

Um nicht noch mehr Zeit zu verlieren, nahm er so schnell wie nur möglich ab. Bevor er etwas sagen konnte, vernahm er die Stimme am anderen Ende der Leitung: «Wo bleibst du? Wir warten schon seit fünf Minuten. Bist du schon im Gebäude? Wir haben Besseres zu tun, als uns die Beine in die Bäuche zu stehen und Maulaffen feilzuhalten.»

«Ich bin längst unterwegs», unterbrach der Kommissar die Verbindung und schlüpfte im Aufstehen in die links und rechts des Liegemöbels verstreuten Schuhe. Während er die Wohnung verließ, schnappte er sich seine für die Jahreszeit zu dicke Lieblingsjacke.

Tagliabue folgte den Wegen durch sein Wohn- und das Vergnügungsquartier der anderen, bis zur breiten Straße entlang der Bahngleise. Dabei fiel ihm einmal mehr auf, dass Schienen weit auseinanderliegende Städte verbanden und Orte für immer teilten.

Gehetzt, außer Atem und bis aufs Hemd durchgeschwitzt kam er im Hauptkommissariat an. Er nahm nicht den Lift, sondern die Treppe zur «Unterwelt», wie die Räume der Gerichtsmedizin vom ganzen Korps genannt wurden.

Ohne seine Lieblingsjacke aufzuhängen oder anzuklopfen, trat er durch die außen hölzerne, innen metallene Tür in das dahinterliegende Zimmer: Einmal mehr war er fasziniert von der Ähnlichkeit zu den Obduktionsräumen in TV-Serien mit ihren ebenso genialen wie exzentrischen Gerichtsmedizinern.

Fritz, niemand nannte ihn Friedrich, Frischknecht konnte in beiden Punkten locker mithalten.

«Und, was war die Totart …»

«… am Tatort?», begrüßten sich die zwei Männer mit ihrem gewohnten Wortspiel zuerst aus sicherer Distanz, um sich kurz darauf die Hand zu schütteln.

«Blendend sehen wir aus», frotzelte der Kommissar, «ganz im Gegensatz zum dritten Anwesenden.»

«Lass die Witze. Wir haben lange genug gewartet. Noble Herren wie ihn lässt man nicht einfach liegen. Sei froh, dass er sich nicht mehr beim Chef beklagen kann.»

«Vielleicht versucht er es ja eine Instanz höher. Er hat sicher schon die besten Verbindungen in die himmlischen

Kreise», murmelte der Ermittler mehr zu sich selbst als zu Frischknecht.

«Ich sehe», zeigte der, dass er nicht nur dem Geflüster der Toten, sondern auch den Geschichten der Lebenden gut zuhören konnte, «du lebst immer noch mit der fixen Idee, deinen Vorurteilen und deinem abgestandenen Gefühl, dass andere vom Leben bevorzugt werden. Oder du benachteiligt wirst. Dabei liegt es doch allein bei dir: Du hast die Mechanismen dieses Spiels längst durchschaut, gehörst zu den vielen Figuren. Jede mit ihren Fähigkeiten und ihren Einschränkungen. Aber du regst dich nach wie vor darüber auf, dass andere ihre Stärken ausspielen, ihre Schwächen kaschieren, dass sie aktiv teilnehmen, alle Spielregeln zu ihrem Vorteil auslegen, ihre Strategien konsequenter und rücksichtsloser verfolgen und sich mit Mitspielern verbünden. Was erwartest du? Dass sie dir den Triumph schenken? Dir den Teppich ausrollen? Dann brauchen wir nicht in diese Arena, genannt Leben, hinunterzusteigen. Du bist ein mieser Verlierer. Du bist nicht objektiv. Und das hängt mit deiner Professionalität und deshalb mit meiner Arbeit von Montag bis Freitag von acht bis zwölf und von eins bis fünf zusammen.»

Der Arzt holte Luft: «Dazu gehört es verdammt noch mal, dass du pünktlich hier eintriffst und nicht nur auf den letzten Metern in die Gänge kommst! Das hat vor allem mit Respekt zu tun. Vor mir, meiner Arbeit, vor unseren Arbeit- und Auftraggebern. Zu guter Letzt geht es um den Respekt allen Toten und Lebenden gegenüber. Darum solltest du das Vergangene vergessen, von vorn und neutral an diese Sache herangehen. Wenn du das Quäntchen Professionalität nicht aufbringst, dann vergeude nicht unsere wertvolle Zeit», nickte er Richtung Tisch, «und verschwinde auf der Stelle. Aber», und die Augen des Gerichtsmediziners blitzten auf, «vielleicht haben sie dir diesen Fall nicht trotz, sondern gerade wegen deiner Vorgeschichte mit Schläfli übergeben. Vielleicht setzen sie auf deine komplette Verblendung, weil sie an einer Aufklärung überhaupt nicht interessiert sind. Ihr Italiener liebt ja Verschwörungstheorien. Je abstruser, je weltfremder, desto besser. Willst du ihnen diesen Gefallen wirklich tun?»

Während der Ausführungen war Frischknecht völlig ruhig geblieben und in Begleitung des Kommissars in Richtung der drei großen Metalltische gegangen.

«Deine Freunde?», fragte Tagliabue, um die aufgekommene Stille zu überspielen.

«Der Alte lag vier oder fünf Wochen tot in der Wohnung. Erst als die Werbung nicht mehr in seinen Briefkasten passte, stieg der Hausmeister nach oben, hat geklingelt, geklopft und versucht, mit einem Passepartout zu öffnen. Die Tür war von innen verriegelt, der Schlüssel steckte. Erst als die zwei Polizisten die Tür aufbrachen, haben sich die Nachbarn für ihn interessiert. Im Gegensatz zu seiner Katze, die neben ihm wartete und sich für ihn einsetzte, fauchte, kratzte und biss. Einen Monat tot in der eigenen Wohnung liegen. Keiner merkt etwas, keinen kümmerts. Und so etwas schimpfen wir einen natürlichen Tod?»

Sofort dachte der Ermittler an seinen Vater. Beruhigte sein Gewissen damit, dass dessen italienische Freunde ihn vermissen und ihn suchen würden. Jeden Mittwoch und jeden Samstag trafen sie sich im Club, um über ihre alte Heimat, ihre verschwendete Jugend, über die Politik der anderen und die Frauen – bedauerlicherweise ebenso der anderen –, über Traumautos und -tore zu schwadronieren, lamentieren, disputieren, alles zu kommentieren und dabei zu gestikulieren. Und häufig spielte der Vater mit seinen Freunden nächtelang ein Kartenspiel, das der Sohn ebenso zu lernen verpasst hatte wie das urige Jassen.

«Und die Blonde hatte einen Motorradunfall. Sah vor kurzem blendend, schaut jetzt übel aus. Ein Teil ihrer Organe funktioniert bereits in neuer Umgebung. Die eine stirbt, andere führen dafür ein besseres Leben. Die Spenderin war jung, die Empfänger alt, dafür wohlhabend. Musste sich auf der Warteliste nicht nach oben arbeiten – und uns nennen sie Zyniker.»

«Ich meinte deine medizinischen Kameraden. Wo sind deine Mitarbeiter?», präzisierte der Kommissar.

«Als sie gehört haben, dass du hier aufkreuzt, haben sie ihre Pausen verschoben, um dir nicht über den Weg zu laufen. Sie sind einem für unseren Berufsstand unsinnigen Sprichwort nachgekommen und haben die Toten ausnahmsweise mal ruhen lassen», antwortete Frischknecht. «Ich habe versprochen, ihnen eine SMS zu schicken, sobald du wieder gegangen bist. Schließlich darf ich mit dir nur hin und wieder zusammenarbeiten, und mit ihnen muss ich mich dauernd rumschlagen. Natürlich gestorben wird täglich, gemordet seltener», resümierte der Arzt.

Im Verlauf des Pathologenmonologs hatten sich die Männer je links und rechts des mittleren Tisches positioniert. Nachdem er mittels Augenkontakt das Einverständnis des Kommissars eingeholt hatte, schlug Frischknecht das Tuch über dem Toten zurück, wobei dessen Füße bedeckt blieben. Anhand der groben T-förmigen Naht erkannte der Gast, dass der Leichnam bereits geöffnet und ausgeräumt worden war.

Vom Pathologen genau observiert, ließ der Kommissar den Blick von oben nach unten, wieder zurück zur Körpermitte gleiten, wo er einen kurzen Augenblick verharrte.

«Was denkst du?», reagierte der Mediziner auf das kurze Zögern seines Gegenübers.

«Ich frage mich bloß, ob an diesen Gerüchten etwas dran war», sinnierte Tagliabue, «dass Schläfli und Krämer etwas miteinander gehabt haben, das über den rein militärischen Verkehr hinausging», sprach er die Geschichte an, die er auch nur vom Hörensagen kannte.

«Ich sehe, die Narben sind zwar nicht mehr frisch, aber noch nicht verheilt. Da braucht es keinen Psychologen. Aber wenn du etwas über die sexuellen Neigungen von Schläfli erfahren willst», grinste Frischknecht, «dann kann ich dir leider weder als Pathologe noch sonst wie helfen. Nur so viel ist eindeutig: Er», deutete er auf den Toten, «hatte kurz vor seinem Ableben noch Sex. Ob mit einer oder einem anderen oder ob lediglich mit sich selbst, lässt sich leider nicht feststellen. Vielleicht allein unter der Brause. Er hat vor dem Tod gründlich geduscht.»

In Tagliabue kroch der Neid hoch, dass Schläfli selbst in diesem Bereich erfolgreicher gewesen sein könnte als er.

«Wollte er einen im wahrsten Sinn des Wortes sauberen Tod? Er hat auch für längere Zeit nichts gegessen und getrunken. Da scheint vieles bis ins letzte Detail geplant», hörte der Kommissar den Mediziner weiter ausführen. Beim Anblick des starren Antlitzes befiel ihn nur ein Hauch von Mitleid und Mitschuld, weil er dem vor ihm liegenden Toten doch öfters den Tod und einen verdienten Platz in der Hölle gewünscht hatte. Obschon der Polizist genau wusste, dass er als moralische Instanz und Richter nur bedingt taugte. «Bilde ich mir das ein», unterbrach er abrupt die eigenen Gedanken, «oder macht er ein etwas überraschtes, erschrockenes Gesicht?»

«Du meinst, weil seine Augen weit aufgerissen scheinen und hervorgetreten sind?» Falls das, was er sich hier vorgestellt hat, nicht mit dem übereinstimmt, was er da drüben erblickt hat, dann war er womöglich überrascht. Und erschrocken hat ihn dann die Gewissheit, dass es sogar für ihn kein Zurück mehr gab. Aber wenn du meine professionelle Meinung hören willst, was ich doch annehme: Ich sehe nichts Außergewöhnliches im Gesicht des Toten. Vielleicht gab es für ihn im Moment des Sterbens überhaupt nichts zu erkennen, das bei ihm irgendeine Emotion provoziert und den Ausdruck auf seinem Gesicht beeinflusst hätte.»

Mit einer Geste forderte Tagliabue den Pathologen auf, mit seinen Ausführungen fortzufahren.

«Wir haben auf den Augen sowie in den Brauen Kunstfasern eines schwarzen Stoffs gefunden. Es sieht fast so aus, als wären seine Augen abgedeckt gewesen.»

«Nur, wer hält seine Augen unter einer Binde geöffnet», gab der Kommissar zu bedenken.

«Da gebe ich dir einerseits recht. Anderseits», seufzte der Gefragte: «Wer weiß, eventuell sind die Regeln des Lebens nicht jene des Ablebens.»

Der Polizist wünschte sich in eine der allgegenwärtigen TV-Serien, in denen die Gerichtsmediziner mehr Fragen beantworteten als sie stellten.

«Du hättest gerne Konkreteres. Vielleicht verwendete er ein synthetisches Tuch, das hinten zusammengeknotet wurde. Die zerdrückte Frisur und zusätzliche Fasern im Haar könnten darauf hinweisen», grinste Frischknecht über den Obduktionstisch.

«Das schwarze Tuch hing gleich unter seinem Kinn. Das Seil hat verhindert, dass es weiter nach unten gerutscht ist», rief sich der Kommissar die Szene am Tatort in Erinnerung.

«Das Seil war demnach noch nicht gespannt», gab der Pathologe zu bedenken.

«Warum?»

«Überleg doch mal: Unter seinem Gewicht würde sich das Seil spannen und, unabhängig von der Position, sehr eng an Kinn oder Wange, seitlich oder hinten am Kopf liegen. So satt, dass ein Abrutschen oder Hinunterzerren der Binde kaum möglich gewesen wäre.»

«Daran habe ich nicht gedacht», prüfte der Ermittler die Aussage des Experten. «Für meinen Geschmack gibt es etwas zu viele Konjunktive und Fragezeichen. Nichts Konkretes?»

«Da du den geschätzten Schläfli in der Prachtvilla hast abhängen sehen, wird es dich nicht weiter wundern, dass Ersticken der primär ursächliche Grund für den Tod ist», fasste der Pathologe die offensichtlichen Erkenntnisse zusammen. «Dem armen Kerl muss die Luft unter höllischen Qualen ausgegangen sein. Der musste sich seinen Tod hart erkämpfen. Und du lässt ihn und mich eine halbe Stunde hier hängen.»

«Wieso höllische Qualen?»

«Was sagt dir der Begriff Strangfurche?»

«Ich denke, das liegt auf der Hand.»

«Die Ausprägung der Strangfurche sagt einem Experten wie mir einiges über die Beschaffenheit von Seil und Knoten. In unserem respektive deinem Fall handelte es sich um ein dickes Seil. Naturfaser. Die Schlinge hat sich sehr langsam zugezogen. Das belegen auch die Verletzungen der Haut. Der im Normalfall mehr oder weniger konstante Halsumfang muss sich wohl oder übel jenem der Schlaufe anpassen. Je nach Geschwindigkeit wird dabei die Haut anders zusammengepresst. Ist das Seil zu dünn und die Fallgeschwindigkeit zu hoch, wird das Opfer dekapitiert. Das ist nicht nur doppelt gemoppelt und unschön, sondern auch ein äußerst blutiger, äußerst seltener Extremfall unter Amateuren. Woher ich das wissen will?», reagierte der Pathologe auf die Skepsis im Gesicht des Kommissars, «nicht nur die Mediziner der Kranken, auch jene der Gestorbenen haben ihre Netzwerke und Datenbanken. Und Tod durch Erhängen ist bei uns nicht so selten: Von den über 1000 Selbstmorden pro Jahr erfolgt etwa ein Drittel durch den Strick. Am Ast, am Balken, am Bettpfosten, an der Türklinke. Es gibt genug statistisches Material, falls es dich interessiert. Und sonst fragst du einfach mich: Ich habe genug persönliche Erfahrung.» Als ob er sich alle Tode und Toten durch Strangulation in Erinnerung riefe, streute Frischknecht eine Pause ein, um schließlich fortzufahren: «Ein rasches, angenehmes Ableben durch Ersticken oder per sauberem Genickbruch war unmöglich – und eventuell gar nicht gewollt».

«Wie kommst du darauf?»

«Wer mit seinem Leben abgeschlossen hat, will sterben, nicht leiden», meinte Frischknecht. «Neben Plänen zum Bau einer Wasserstoffbombe findet man im Internet auch präzise Anleitungen für einen schnellen und schmerzlosen Tod durch das Seil. Für ihn wäre es also ein Einfaches gewesen, sich einen angenehmeren Abgang zu gönnen. Bis auf diesen Punkt scheinen die Vorbereitungen bis in das letzte Detail geplant worden zu sein.»

«Was schließt du daraus?», wollte der Ermittler seine eigene Meinung bestätigt hören.

«Du hast dir sicher eigene Gedanken gemacht», ließ der Pathologe den Kommissar weiter zappeln.

«Du gehst also davon aus», fasste Tagliabue das Gehörte zusammen, «dass sich keiner einen solchen Tod absichtlich antut. Bleibt eine miese Vorbereitung oder ein mit Absicht langer, als schmerzvoll geplanter und durchgeführter Mord durch Erhängen. Nur ...»

«... wie bringst du jemand dazu, sich erhängen zu lassen», ergänzte Frischknecht. «Dazu braucht es beinahe so was wie ein Einverständnis. Sogar bei so mageren Kerlen wie dem hier bedarf es einiger Kraftanstrengung, ihn allein auf den Stuhl zu hieven, zu fixieren und ihm die Schlinge um den Hals zu legen. Ihn vom Sockel zu stoßen, ist dabei noch der einfachste Teil.»

«Und da wären wir also wieder beim Suizid.»

«Halt! Es gäbe ein paar Optionen, um nachzuhelfen», warf der Arzt ein.

«Du meinst eine Drohung wie: Wenn du dich nicht von mir hängen lässt, dann erschieße ich dich? Dann lieber die Kugel.»

«Da gebe ich dir recht. Aber immerhin gewinnt das Opfer mit dem Strang etwas Zeit und ein wenig Hoffnung, dass sich an der offensichtlich aussichtslosen Situation doch noch etwas Wesentliches ändern könnte. Die Putzfrau …»

«María arbeitete als Haushälterin bei Schläfli. Sie kam als Erste zum Tatort und hat ihn leblos im Seil hängend gefunden und sofort die Polizei alarmiert.»

Irritiert betrachtete der Pathologe den Kommissar, der ihn unterbrochen hatte, und beendete den angefangenen Satz: «… die Putzfrau María, die plötzlich die Bühne betritt, die Tat verhindert und ein Wunder bewirkt. Die Hoffnung stirbt bekanntermaßen zuletzt. Und deshalb hat sich Schläfli mit dem trägen Strick vielleicht mehr Überlebenschancen ausgerechnet als mit der schnellen Kugel.»

Tagliabue hatte zugehört, sich die Ereignisse rund um den Schießunfall in der Rekrutenschule vor bald dreißig Jahren noch einmal ins Gedächtnis gerufen. Dass sich Schläfli in den Tod durch eine Kugel hätte treiben lassen, wäre für ihn ein rarer Fall von ausgleichender Gerechtigkeit gewesen. Und da er überhaupt nicht an dieses Prinzip und noch weniger an Fairness des Lebens glaubte, erschien ihm diese Variante äußerst unwahrscheinlich: «Bleibt der Einsatz von betäubenden Substanzen, um ein widerspenstiges Opfer gefügig zu machen», überlegte er laut.

«Lebende Organismen besitzen die Eigenschaft, dass sie Stoffe auf- und abbauen. Selbst in einem toten Körper setzen verschiedene Prozesse ein …»

«Ich weiß», unterbrach er unwirsch, «du hast es hier weder mit einem Amateur noch mit einem erstsemestrigen Studierenden aus einer deiner legendären Vorlesungen zu tun.» Nach einer Pause fuhr er fort: «Was erzählt die Kalte Platte?»

Als ob er auf das Stichwort gewartet hätte, wandte sich der Mediziner einer silbernen Schale auf dem Metallgestell hinter sich zu. Der Anblick der einzelnen Organe hatte für den Besucher nichts Erschreckendes oder Abstoßendes.

«So viel vorweg: Schläfli stand zur Todeszeit nicht unter dem Einfluss von Drogen oder Medikamenten. Er muss den Gang zum Strang bei vollem Bewusstsein miterlebt haben. Organe eines Dreissigjährigen. Eigentlich hätte er sein Herz, die Nieren und den Rest spenden müssen. Statt der hier», er zeigte zur Motorradfahrerin auf dem Tisch hinter ihnen. «Aber keine Spur von Spenderausweis bei Schläfli – dabei soll er früher sehr großzügig gewesen sein.»

«Du glaubst demzufolge an einen Selbstmord?»

«Die Einrichtung hier ist zwar zweckmäßig, unterkühlt, kahl und nüchtern, beinahe protestantisch. Über der Tür hängt, weshalb auch immer, ein Kruzifix. Und trotzdem befinden wir uns nicht in der Kirche, sondern in einem Sektionssaal. Hier hat es keinen Platz für Glauben, nur für Wissen.»

«Ist dir sonst noch was aufgefallen?»

«Qualvoller Tod durch langsames Ersticken. Das Opfer – oder im Fall eines Suizids eben auch der Täter – war bei vollem Bewusstsein. Die Tat war gründlich vorbereitet, es gibt keine Verletzungen und keine Anzeichen, dass äußere Gewalt angewendet wurde. Das ist alles, was ich dir zum jetzigen

Zeitpunkt mit Sicherheit sagen kann und will. Aber selbst ich rätsle, wie Schläfli in die Höhe und sein Kopf durch die Schlinge gekommen ist. Aber das ist die Sache der Kollegen von der Spurensicherung.»

«Ist dir sonst noch was aufgefallen?», wiederholte der Kommissar. «Immerhin besteht ein Körper nicht allein aus Kopf, Hals und Innereien.»

«Schläfli war untergewichtig. Dies und die Abwesenheit von Nikotin und Alkohol, von Koffein und anderen Drogen lassen die Vermutung zu, dass er ein asketisches Dasein führte und langes Fasten nichts Außergewöhnliches für ihn darstellte.»

Tagliabue rief sich die gesellschaftlichen Anlässe auf dem Anwesen des Ehepaars in Erinnerung, wurde bald vom Arzt unterbrochen: «Der Körper weist die üblichen Narben von Unfällen und Operationen auf. Blinddarm draußen, die Knie und linker Ellenbogen repariert, Nähte am Kinn, in der Augenbraue und am Hinterkopf. Alles länger her und nicht besonders bemerkenswert. Im Gegensatz zu dieser Tätowierung an der Innenseite seines linken Unterarms.» Bedachtsam drehte der Pathologe die vor ihm ausgestreckte Extremität zum Kommissar. «Diese amateurhafte, einfarbige Tätowierung scheint nicht zum Träger zu passen. Schläfli war wohl derselben Ansicht und hat versucht, die paar Zeichen professionell entfernen zu lassen. Sie sind nicht mehr zu entziffern, haben aber ihre Spuren hinterlassen.»

«Es handelt sich um das Alpha-Zeichen und die Zahlen 267 und 85», erklärte der Polizist dem verdutzten Mediziner. «Krämer und Schläfli lernten sich in der Rekrutenschule mit der Ziffer 267 – die Zwei für die Sommeraustragung – 1985 kennen. Sie überzeugten sich gegenseitig, dass sie als Alpha-Menschen zu Höherem geboren und besser waren als alle anderen. Dieses Gekritzel war der sichtbarste Ausdruck ihrer elitären Einstellung.»

Dieses Mal ließ Tagliabue den Experten im weißen Kittel ungeduldig werden: «Viele betrachteten dieses Alpha als Zeichen für eine militärische Möchtegern-Sondereinheit. Kreiert von zwei kritiklosen, opportunistischen, von uns allen belächelten Armeebegeisterten. Diese beiden hatten wahrlich einen Knall mit ihren naiven Kriegsspielen, als ob die Gefechtsübungen nicht gereicht hätten. Wenige von uns hatten eine Ahnung, dass sie die Klassifizierung auf alle Bereiche des Lebens ausdehnten.» Er machte eine Pause, schüttelte den Kopf: «Obwohl ganz bewusst an einer schlecht sichtbaren Stelle platziert, scheint ihn seine Tätowierung irgendwann doch gestört zu haben. Sonst noch was? Oder kann ich gehen und meinen Fall lösen. So, wie ich das einschätze, muss ich das wohl allein machen. Du kannst mir ja auch nicht weiterhelfen.»

«Dir ist eh nicht zu helfen», grinste der Arzt, packte das Tuch, zog es von der Mitte der Unterschenkel bis übers Gesicht, um die Leiche ganz zuzudecken.

«Ende deiner Ausführungen?», fragte der Polizist, um die Stille zu beenden – der Pathologe wusste mit der Sprach- und Regungslosigkeit um einiges besser umzugehen.

«Ist dir denn gar nichts aufgefallen?», meldete sich der Hausherr.

«Nein. Ist doch dein Job.»

«Seine Füße.»

«Seine Füße?»

«Ist dir nicht aufgefallen, dass ich Schläflis Füße zugedeckt gelassen habe?»

«Service am Kunden? Meine Physiotherapeutin lässt meine unteren Extremitäten unter einem wärmenden Tuch, während sie den Oberkörper malträtiert. Damit ich nicht friere.»

Frischknecht war einen Schritt weiter gegangen, befand sich am unteren Ende des Tischs. Der Ermittler sah zu, wie die bleichen Beine des Opfers bis zwei Fingerbreit oberhalb der Knöchel entblößt wurden.

Für ihn sahen die Füße aus wie jedes andere Paar Männerfüße, das er in seinem Leben bisher zu sehen bekommen hatte. Er musste sich allerdings ohne Bedauern eingestehen, dass er diesem Körperteil bis anhin keine übertriebene Beachtung geschenkt hatte: «Die Füße sehen sehr gepflegt aus. Pediküre?»

Reaktionslos blieb Friedrich eine Antwort schuldig und überließ dem Besucher das Wort.

«Konstruierst du einen Zusammenhang zwischen der entfernten Tätowierung, den gefeilten Zehennägeln, den samtweichen Fußsohlen? Das würde zu seiner Villa passen: jedes Detail, jeder Stuhl an seinem Platz. Alles nach einer bestimmten Ordnung. Wie die Alpha- und Beta-Menschen.»

«Sogar die Stühle», wiederholte der Arzt abwesend. Und nach einer Pause: «Wie kam sein Kopf durch die Schlinge? Wenn du dich erinnerst, stand der nächste Stuhl zwei Meter weit entfernt. Hätte Schläfli sich von dort in den Suizid gestürzt, wäre er auf den Boden aufgeschlagen. Er hätte sich liegend erhängen müssen – was auch schon vorgekommen ist. Er aber hing in der Luft.»

«Wenn ein Kollege von der Spurensicherung den Stuhl verschoben hat?»

«Und du …?»

«Du glaubst doch nicht, ich hätte den Stuhl verschoben?»

«Eigentlich wollte ich mit ‹Und du?› bloß nach deiner Erklärung zur Stuhlposition fragen: Und du, was meinst du?»

«Aber sind wir nicht bei den Füßen stehen geblieben? Gibt es eine Verbindung zum Stuhl?», wich Tagliabue aus.

«Nicht unbedingt», zögerte Frischknecht die Antwort hinaus: «Außer dir und den Experten der Spurensicherung muss noch jemand mit unserer Leiche im Raum gewesen sein.»

«Denkst du wirklich an María? Sie hat kein Motiv, ihren Arbeitgeber umzubringen und ihre Existenz aufs Spiel zu setzen.»

«Schon wieder dieser Reflex, sobald wir auf die Putzfrau zu sprechen kommen. Als ob du sie vor etwas beschützen oder sie verteidigen müsstest. Immerhin beweist deine Reaktion, dass du zu so etwas Grundlegendem wie Empathie fähig bist.»

«Natürlich gehört sie zu den Verdächtigen. Du brauchst gar nicht so dämlich zu grinsen, du Idiot.»

«Entschuldige bitte», winkte Frischknecht ab. «Nach dem selbst- oder fremdbestimmten Tod waren nachweislich nur die Kollegen von der Spurensicherung, du und María – es stört dich hoffentlich nicht, wenn ich euch zusammen nenne – am Tatort. Jede, jeder kann den Stuhl verrückt haben.» Der Arzt holte Schwung: «Aber in der Zeit zwischen der Dusche und seinem Hinschied ist jemand bei ihm gewesen. Willst du wissen, wie ich darauf komme?» Er zeigte auf die Füße der Leiche: «Über den durch das intensive Waschen verursachten Hautrötungen erkennst du weitere, stärkere und tiefere Verletzungen der zuvor lädierten Haut. Als ob mit einiger Kraft am lebenden Körper gerissen worden wäre. An seinem Körper haben wir Spuren einer Seife nachgewiesen, die in der Dusche zu finden ist. Seife überall mit Ausnahme der Verletzungen. Folglich müssen diese zu einem späteren Zeitpunkt zugefügt worden sein. Zudem provozierte das Kratzen und Ziehen deutlich erkennbare oberflächliche Blutungen. Schläfli war noch am Leben, als an ihm herumgerissen wurde. Die Spuren beweisen, dass die Bewegung von oben nach unten erfolgte.»

«Er könnte bewusstlos auf dem Boden gelegen haben, dann in Position geschleift worden sein, bevor sein Körper in die Höhe gehoben und ihm die Schlinge um den Hals gelegt wurde», wagte der Polizist eine Hypothese.

«Eventuell findet die Spurensicherung Schleifspuren – mir ist beim Teppich am Tatort nichts aufgefallen. Ist auch nicht mein Spezialgebiet.»

«Und was hast du an der Leiche gefunden?», hakte der Kommissar nach.

«Nichts, das deine Hypothese bestätigen würde. Aber kann sein, dass du was gesehen hast, was mir entgangen ist.»

Der Kommissar schüttelte nachdenklich den Kopf: «Falls der leblose Körper über eine Oberfläche gezogen worden wäre, müssten weitere Schürfungen ohne Seifenrückstände zu finden sein.»

«Korrekt.»

«Jemand hat an ihm gezogen, als er schon im Seil hing.»

«Korrekt.»

«Wir haben es demzufolge mit einem Mord zu tun?»

Der Pathologe zögerte: «Meiner Meinung nach haben wir es hier nicht mit einem Suizid zu tun. Aber jetzt musst du gehen», er zeigte zu den anderen zwei Chromstahltischen, «weitere Kunden warten. Und meine Mitarbeiterinnen und Mitarbeiter kommen auch bald aus der verlängerten Pause zurück. Wenn du dich anstrengst, kannst du ihnen aus dem Weg gehen. Dann darfst du aber keine weitere Zeit verlieren.»

Wortlos öffnete Tagliabue die solide Tür, um sie hinter sich wieder zu schließen. Nach der gleißenden Helligkeit im Obduktionssaal brauchte er ein paar Augenblicke, um sich an die veränderten Lichtverhältnisse zu gewöhnen.

Er entschied sich für einen Umweg und nahm damit lieber die zusätzliche körperliche Anstrengung in Kauf, als den anderen Pathologen in die Arme zu laufen. Hatte er den ersten Absatz mit einigem Elan gemeistert und dabei zumeist zwei Tritte auf einmal überwunden, musste er die Länge und Kadenz der Schritte bald nach unten anpassen. Trotzdem kollidierte er beim Umkurven einer Treppenwand mit einer jungen Pathologin. Während es ihr trotz der Wucht des Zusammenpralls gelang, sich zu entschuldigen, hörte sie nur ein «Pass doch auf, wo du hinläufst, oder arbeitest du im Außendienst und beschaffst dir so deine Kunden gleich selbst?»

5

Deubelbeiss schien vor dem Mittagessen nicht mehr mit seinem Vorgesetzten und Büropartner gerechnet zu haben. Die ausgelatschten Timberland ausgezogen, wippten seine Füße auf dem Bürotisch vor und zurück. Tagliabue sah nur die Sockenunterseiten, die sich dem Innenschuh farblich angepasst hatten. Der Rhythmus ließ auf Hardrock schließen.

Der Chef hatte seinem Assistenten bereits am ersten Tag im gemeinsamen Büro jede Lärmemission untersagt. So war dieser am folgenden Arbeitstag mit brandneuen Kopfhörern erschienen, hatte sich an seinen Tisch gehockt und keinen Laut mehr nach draußen dringen lassen. Jetzt hing er in seinem Stuhl. Papier-, Akten- und Dokumentberge auf dem Tisch hatte er mit allem anderen Büromaterial zur Seite geschoben, um die maximale Bewegungsfreiheit für seine Füße zu erreichen. Dabei hatte er sich fest vorgenommen, jene Unterlagen, die versehentlich zu Boden gefallen waren, nach der Pause an ihren vermuteten ursprünglichen Platz zurückzulegen. Zuvor, so seine Planung des Mittags, wollte er sich eine Instantnudelsuppe, von denen er sich fast ausschließlich ernährte, gönnen. Dabei betrachtete er lautes Schlürfen als unverzichtbaren Bestandteil einer echten asiatischen Mahlzeit. Die Pappsuppenschale am Mund hatte Deubelbeiss den Blick auf den Bildschirm fixiert und seine Ohren mit dem Kopfhörer verstopft.

Tagliabue überlegte, ob diese Isolation eine Eigenheit dieser Zeit war, und erinnerte sich an den «Tunnel». Er pirschte sich behutsam an den Assistenten heran. Der war in die Haut eines US-Marines geschlüpft und lieferte sich einen erbitterten, blutigen Häuserkampf mit zahlenmäßig weit über-, waffentechnisch unterlegenen Feinden. Irritiert von der Rasanz und der Sicherheit, mit welcher der Spieler die vielen Knöpfe und Hebel bediente, verfolgte der Kommissar die Entwicklung auf dem Bildschirm. Dabei merkte er, dass der Kopfhörer trotz der hervorragenden Isolation leise Geräusche nach außen dringen ließ, was mit der enormen Lautstärke im Innern zu tun haben musste. Er beobachtete, dass das Zucken der Füße mit der Schießkadenz des Soldaten zusammenhing. Der eingekesselte Grenadier befand sich in aussichtsloser Lage. Zum selben Schluss war wohl auch Deubelbeiss gekommen: Mit einem «Scheiße!» intensivierte er die Zahl und die Härte der Tastaturanschlagzahl noch einmal.

Mit steigendem Unverständnis beobachtete Tagliabue die Szene. Irgendwann wurde es ihm zu viel. Er näherte sich seinem Assistenten und setzte ihm einen Kugelschreiber an die Schläfe. Das laut gebrüllte «Peng» des Kommissars und der metallkalte Kuli an der Schläfe verfehlten ihre erwünschte Wirkung nicht: Wie von einer Kugel getroffen fuhr der Gamer auf dem Drehstuhl herum, sorgte mit den Füßen für die Umsetzung der im Kommissariat geltenden «Clean-Desk-Policy». Die drahtlose Kontrolleinheit aus den Händen fallen lassend, wischte er sich die Kopfhörer vom Kopf.

«Was fällt Ihnen ein? Ihre Stinkfüße auf meinem Pult? Alle meine Unterlagen auf dem Boden? Ihre Suppe mit den glibberigen Bandnudeln auf meinen Akten? Und was ist das für ein primitives Schlachtspiel? Im Schießstand treffen Sie nicht mal eine unbewegte Scheibe. Ist das die neueste Version der Office-Programme? Dann erkundige ich mich bei der Internen IT, wann ich mich für die Schulung anmelden kann.» Tagliabue ließ Deubelbeiss nicht den Hauch einer Chance, zu Wort zu kommen: «Wenn Sie dieses primitive Killergame wenigstens an Ihrem Computer gespielt hätten. Sie wissen doch, dass es strikt verboten ist, eigene Software auf die Geräte zu laden. Da haben Sie mich in eine saudumme Situation gebracht. Die Computer sind so figuriert ...»

«Konfiguriert», unterbrach Deubelbeiss.

«Figuriert, konfiguriert sind gute Stichworte: Ich hau Ihnen gleiche in Ihre figura, wenn Sie mich noch einmal unterbrechen.»

Der Assistent genoss die kurze Ruhe.

«Ich gehe jetzt langsam hinaus und hole mir einen der schalen Kaffees vom Automaten», hatte Tagliabue die Lautstärke, jedoch nicht die Aggressivität in seiner Stimme gesenkt. «Ich gebe Ihnen nicht mehr als fünf Minuten Zeit, um hier für eine tadellose Ordnung zu sorgen. Und dies sowohl auf meinem realen als auch auf meinem virtuellen Schreibtisch. Nachher überlegen wir, was Sie den Freunden von der IIT erzählen – die werden ihre Freude haben, dass sie mich endlich teeren und federn können.»

Inzwischen war der Kommissar an der Tür angekommen. Mit einem flüchtigen Blick zurück vergewisserte er sich, dass der arme Deubelbeiss schon mit den Aufräumarbeiten begonnen hatte. Als er in den Flur trat, hatten sich nicht nur die Kollegen seines Stockwerks vor der Tür versammelt. Verwirrt bahnte sich der Kommissar seinen Weg durch die Menschen, die ihm wie bei einer Bergetappe der Tour de France auf beide Seiten auswichen.

Endlich am Kaffeeautomaten, kramte er etwas ungelenk in seiner Hosentasche nach einem Jeton. Nach längerer Suche förderte er doch noch die gesuchte silbrige Scheibe zutage. Um sie sofort durch den dafür eingefrästen Schlitz in die Maschine zu schnippen. Wie üblich presste er die Tasten *Espresso Italiano mit Zucker* und die *Extraportion Zucker*. Die fade Brühe im Pappbecher hatte nichts mit italienischem Kaffee zu tun und darum nicht einmal die Metallscheibe aus eigener Produktion verdient.

«Und», begrüßte er seinen Assistenten mit dem inzwischen nur noch halbvollen Becher in der Linken, «was für eine Erklärung haben Sie sich für die IIT zurechtgelegt?»

«Keine», zeigte sich Deubelbeiss erholt.

«Keine Erklärung dafür, wie dieses dämliche Kriegsspiel auf meinem Computer gelandet ist?»

«Es wurde nichts auf Ihren PC geladen. Ich habe über den Browser gespielt.»

«Und alle Sicherheitssysteme, die dauernd kontrollieren, wo wir gerade surfen?»

«Wenn wir schon bei nautischen Begriffen sind: Die habe ich umschifft, ohne Spuren zu hinterlassen. Nicht einmal die Kollegen der IIT werden etwas feststellen.»

«Wie haben Sie das bewerkstelligt?»

«Bei allem Respekt: Das ist mein kleines Geheimnis und zu kompliziert für Sie.» Deubelbeiss wurde keck: «Sollte doch einer etwas merken, so trage ich selbstverständlich die volle Verantwortung. Aber das wird nicht passieren.»

«Was macht Sie da so sicher? Das sind keine Amateure.»

«Ich weiß. Diese Jungs sind sogar sehr gut. Ich musste mich schön ins Zeug legen. Am Ende findet jedoch jeder Profi seinen Meister.»

Langsam dämmerte dem Kommissar, dass ihm ein Assistent zugeteilt worden war, der seine Defizite im Umgang mit modernen Informatiksystemen und Kommunikationsmitteln kompensieren konnte. Ein Spezialist, der ihn beim Sprung in die vernetzte und digitale Welt mit ihren neuartigen Ermittlungsmöglichkeiten zu unterstützen wusste – ihn sogar bald ersetzen konnte.

«Ich darf also vollkommen beruhigt sein, kein weiteres Disziplinarverfahren am Hals und kein Virus auf meinem PC zu haben?», hatte sich der Ältere beruhigt.

«Wenn Sie es wünschen, finde ich für Sie raus, wenn sich etwas in diese Richtung tun sollte. Ich kenne unser System inzwischen recht gut, wenn Sie mir die Untertreibung verzeihen.»

Resigniert schüttelte Tagliabue den Kopf. Niemals hätte er geglaubt, in einem so zentralen Bereich des privaten und beruflichen Lebens den Anschluss derart zu verpassen. Und die IT bildete keine Ausnahme.

«Dann können Sie herausfinden, woher eine Mail stammt?»

«Ich denke schon.»

Der Kommissar wies den Assistenten mit einer flüchtigen, aber unmissverständlichen Geste an, ihm Platz zu machen, und startete den Navigator. Er tippte, wie Deubelbeiss etwas gar schulmeisterlich einwarf, unnötigerweise «www» in die Adresszeile, gefolgt von «heute.ch».

«Kann ich Ihnen irgendwie helfen?», reagierte der Jüngere auf die wachsende Frustration und die Hilflosigkeit des Älteren. «Suchen Sie etwas Bestimmtes?»

«Wie kommen Sie auf die Idee?», erwiderte der Ermittler. «Gestern war es doch da, verdammt nochmal!» Er schleuderte die Maus auf die Tischplatte. Nur das Kabel verhinderte den Absturz auf den wieder freigeräumten Boden.

«Sie suchen?», begann der Assistent mit theatralischer Freundlichkeit erneut.

«Sie glauben also allen Ernstes, dass Sie etwas finden, was ich nicht finde? Obwohl ich ungefähr weiß, wo ich es vor genau zwei Tagen gefunden habe? Es ist nicht mehr hier – und damit basta.»

«Es gibt einen Harvard-Professor aus – so unrealistisch das auch klingen mag – Österreich, der fordert das Recht auf Vergessen im Internet. Er hält fest, dass es früher aufwändiger und teurer war, Inhalte zu speichern und weiterzugeben, als sie zu löschen. Und heute ist es umgekehrt: Informationen werden auf allen möglichen und unmöglichen Kanälen vervielfacht und gespeichert, weil Rechen- und Speicherleistungen so billig zu haben sind und das Löschen teurer kommt. Diese ökonomischen und technischen Aspekte machen es uns fast unmöglich, Daten zu entfernen.»

Mit zunehmender Sprachlosigkeit hatte der Kommissar dem jungen Kollegen zugehört.

«Wonach suchen Sie?», wiederholte der.

Tagliabue lieferte die Schlagworte. Der Jüngere fütterte den PC.

«Großindustrieller tot aufgefunden», las Deubelbeiss nur wenig später vom Bildschirm ab.

«Lesen Sie», versuchte der Ältere, seine Überraschung zu vertuschen, «den Text ganz unten.»

«Sie meinen die Kommentare, die dazu genutzt werden, um Frust abzubauen und andere zu beschimpfen? Wie viel Zeit und Mühe die Leute dafür aufwenden, erstaunt mich immer wieder.»

«Die sitzen noch länger vor dem Computer als Sie», warf der Ältere ein.

«Ist Ihnen aufgefallen, dass das inhaltliche Niveau der Leserbeiträge mit jenem der Orthografie, der Grammatik, der Interpunktion und so weiter korreliert?», fuhr der Assistent unbeirrt fort.

«Dann erzählen Sie mir, was Sie aus dem Kommentar unter dem Beitrag schließen?»

Leise las Deubelbeiss vor: «‹Geschieht ihm recht. Die reichen Schweine gehören aufgehängt. Besser, sie tun es selber, bevor es ein anderer tut; TrueBoy69.› Ich finde es bemerkenswert, dass der Kommentar 37 Daumen nach oben und keinen nach unten erhalten hat.»

«Das habe ich nicht gemeint.»

«Sie wollen wissen, wer diesen Kommentar verfasst hat, und woher er kommt.»

«Gut kombiniert.»

«Sie müssen mir aber sagen, warum Sie sich so für diesen wahren Jungen interessieren.»

Der Kommissar machte ein bedeutungsvolles Gesicht: «Ich werde das Gefühl nicht los, dass unser Autor mehr weiß. Das ‹Geschieht ihm ganz recht› lässt mich nicht los.»

Für einen Moment herrschte Ruhe im Raum.

«Wie soll ich es erklären», reagierte er auf die Miene des Assistenten. «Unser Gesuchter erwähnt ja, dass sich Schläfli stranguliert hat. Dafür braucht es nicht mehr als eine Person. Aber», der Ermittler suchte nach den passenden Worten, «wenn dir etwas ‹geschieht›: Bedingt das nicht einen externen Faktor? Ein Suizid ‹geschieht› einem doch nicht.»

Der Assistent schien die Überlegungen des Älteren nicht nachvollziehen zu können und blieb stumm.

«Vielleicht», Tagliabue verscheuchte eine Fliege, die sich vor ihm aufs Pult gesetzt hatte, «suche ich lediglich Indizien, um Frischknechts Annahme zu bestätigen, dass sich Schläfli zur Todeszeit nicht allein in der Villa aufgehalten hat.»

Er blickte seinem Zuhörer ins Gesicht: weiterhin keine Reaktion.

«Haben unsere Kollegen von der Spurensicherung konkrete Resultate? Irgendetwas, das uns weiterhilft?»

«Nein, die arbeiten sicher mit Hochdruck am Fall.»

«Mein lieber Deubelbeiss: Manchmal sind Worte nicht mehr als Geräusche. Stammt leider nicht von mir. Ist von Nek. Hören Sie zwischen all Ihrem Lärm auch mal italienische Musik?»

«Ist nicht wirklich mein Ding», schüttelte der Assistent den Kopf. «Soll ich nun herausfinden, von wo, eventuell von wem der Kommentar kommt?»

«Sicher. Machen Sie schon vorwärts. Brauchen Sie meinen Computer lange?»

«Sie haben immer noch Schiss vor den Spezialisten der IIT, bei etwas nicht Reglementskonformem auf frischer Tat ertappt zu werden», vermutete der Assistent. «Aber, um Ihre Frage zu beantworten: Nein, ich brauche den PC nicht mehr. Die Entwicklung ist weitergegangen.» Er zerrte ein iPad aus seinem Rucksack, wechselte die Pultseite und den Bürostuhl.

Der Kommissar war überrascht, den Arbeitsplatz so rasch wieder in Besitz nehmen zu können. Er loggte sich ein, öffnete sein Mailprogramm, löschte zuerst die Spams und widmete sich den wenigen relevanten Nachrichten.

Zuoberst hing der Terminvorschlag zum aktuellen Stand der Ermittlungen im Falle Schläfli: *Dienstag, 10.00 Uhr, Büro Dr. B. Huber.* Die Absenderin Elvira Keiser war die jahrzehntelange Assistentin von Schlatter gewesen und von ihrem neuen Chef als Gesamt-, aber keinesfalls Rundum-sorglos-Paket zusammen mit dem Job, Büro, Mobiliar und Material übernommen worden.

Im vollen Bewusstsein, dass sich ein Zusammentreffen mit seinem Vorgesetzten doch nicht vermeiden liess, nahm der Kommissar die Einladung ohne Kommentar an – nach langem Ringen mit sich selbst hatte er entschieden, das «Ich freue mich außerordentlich auf das nächste Rendez-vous» wieder zu löschen.

«Tagliabue», so der Einstieg in die zweite Mail, «eine Frau Pinto hat ihre Telefonnummer bei uns am Empfang für den ‹Kommissar mit dem italienischen Namen› hinterlegt.»

Er kontrollierte die Eingangszeit der kurzen Nachricht, um festzustellen, dass er die Haushälterin um ein paar Minuten verpasst hatte. Noch mehr ärgerte ihn, dass der Empfang unfähig war, Mails mit allen wichtigen Informationen zu verschicken. Sondern abwartete, bis die Notizen persönlich im Erdgeschoss abgeholt und gebührend verdankt wurden.

Die übrigen digitalen Informationen waren dienstlichen Ursprungs. Nachdem der Ermittler sie überflogen, mit der Maus in den Papierkorb gezirkelt und per Tastendruck entsorgt hatte, widmete er sich der letzten Mail: «Heute Abend nicht. CSJ.» Damit war sein nächstes Wochenende ruiniert, bevor es richtig begonnen hatte.

«Chef», wurde er von Deubelbeiss aus der tiefen Frustration gerissen. «Einmal habe ich was. Einmal habe ich nichts. Was wollen Sie zuerst hören?»

Noch nicht ganz bei sich, entschied sich der Kommissar für die Negativnachricht. Die passte perfekt zu seiner aktuellen Gemütslage und beflügelte sein Selbstmitleid zusätzlich.

«Unseren TrueBoy69 habe ich überall gesucht und nirgends gefunden», begann der Assistent vorsichtig.

«Was schließen Sie daraus?»

«Die richtigen Schlüsse müssen Sie ziehen. Ich liefere nur die Vorarbeit.»

«Und die gute Nachricht?»

«Die Mail wurde von einem öffentlichen Computer unserer Uni verschickt. Das reduziert den Kreis der Absender auf sechzehntausend Studenten.»

«Das reduziert den Kreis der potenziellen Verfasser und Versender von Schmähmails auf achttausend, wenn wir der Einfachheit halber von einer gleichmäßigen Verteilung der Geschlechter ausgehen.»

«Da täuschen Sie sich auf einen Schlag gleich doppelt – optimale Quote. Einerseits stimmt Ihre Annahme zur Verteilung von Studentinnen und Studenten nicht. Andererseits: Wer sagt Ihnen, dass es sich um einen Boy handelt? Wenn er oder sie gar nicht so true ist?»

«Irgendetwas zu der Fakultät, zu dem Institut, kurz: zur genaueren Adresse des Computers?», wich der Ältere aus.

«Ja, aber das hilft uns nicht viel weiter. Er steht in einem Teil des Hauptgebäudes der Universität.»

«Da könnte demnach auch ich hin, ohne aufzufallen?»

«Bei Ihnen», musterte der Assistent den Vorgesetzten vom Scheitel bis zur Sohle, «kann ich mir das nicht wirklich vorstellen. Aber falls Sie das meinen: In diesen Bereich kommen auch Sie ohne Probleme. An die Computer gelangen Sie hingegen nur mit der Studenten-ID und dem Passwort, das ich für Sie schon geknackt habe.»

«Könnten Sie für mich noch etwas herausfinden?»

«Kein Problem.»

«Ich suche eine Frau. Nicht, was Sie meinen», reagierte er auf das breite Grinsen seines Gegenübers und erzählte die Vorkommnisse der tödlichen Militärnacht.

«Sie suchen eine Frau um die fünfzig. Mindestens einmal jung verheiratet, mindestens ebenso oft jung verwitwet und mindestens ein Kind», quittierte Deubelbeiss die Information. «Name verheiratet Burgener. Der Vorname?»

«Barbara.»

«Das ist ja passend: die Schutzpatronin der Mineure und Artilleristen», der Sarkasmus seines Assistenten wurde selbst für Tagliabue bisweilen unerträglich. «Und der junge Selbstexekutierte hörte auf den hübschen Vornamen Egon», fuhr der Assistent fort. «Ich glaube, daraus lässt sich trotz aller Knappheit an Informationen und der Jahre, die vergangen sind, etwas machen. Weshalb das Interesse an der Witwe?»

«Überlegen Sie doch genauso scharf, wie Sie kommentieren: Schläfli hat mit Krämer Barbaras Ehegatten und den Vater des ersten Kinds auf dem Gewissen.»

«Und weshalb wartet sie dann über dreißig Jahre? Es sind nicht alle so nachtragend wie Sie.»

«Sagt Ihnen der Begriff ‹sleeper› etwas? Ältere Semester wie ich kennen das aus Agentenfilmen, die während des kalten Krieges spielen: sowjetische Geheimdienstler, die den American Way of Life jahrzehntelang leben, um auf das vereinbarte Zeichen loszuschlagen. Vielleicht gab es bei Barbara auch so etwas wie ein auslösendes Element. Mit dem Schalter wird eine Person umgelegt. Sozusagen.»

Während er redete, erhob sich der Kommissar langsam von seinem Stuhl, um sich zur Bürotür zu bewegen. «Die letzte Frage», er hatte den Türknauf bereits in der Linken: «Warum zum Teufel missbrauchen Sie meinen Computer für Ihre kindischen Spiele?»

«Wie Sie richtig festgestellt haben, befindet sich auf meinem Pult noch kein PC.» Der Assistent deutete mit der Linken zu seinem mit einem Telefon, wenig Büromaterial und einem Stapel Akten belegten Schreibtisch.

«Warum nicht? Sie sind doch schon länger hier.»

«Der Dienstweg.» Deubelbeiss war ebenfalls aufgestanden. «Der Dienstweg», übertrieb er seine Enttäuschung etwas gar theatralisch.

«Haben unsere Kollegen von der zentralen Beschaffung die Bestellung verschlampt? Oder verstehen sie am Ende ihr mehrseitiges Material- und Infrastrukturantragsformular selbst nicht mehr?»

«Das weiß ich nicht.» Deubelbeiss stand jetzt am Schreibtisch des Chefs. Gezielt entriss er einem jener Stapel, die er vor wenigen Minuten aufgeschichtet hatte, eine mit einem orangen Post-it versehene dunkelviolette Klarsichtmappe. «Als mein Direktvorgesetzter müssen Sie diesen Antrag zuerst gegenzeichnen, damit er den Dienstweg überhaupt in Angriff nehmen kann. So sieht es das Reglement nun mal klipp und klar vor.»

«Legen Sie's hin», schloss der Ermittler mit der Tür die Diskussion.

Am Empfang holte er die Notiz ab: Marías Telefonnummer war in kleiner Schrift auf einen Papierschnipsel notiert worden.

Draußen setzte er sich ohne genaues Ziel Richtung Stadtmitte in Bewegung. Er zog sein Smartphone aus der Jackentasche, wählte die Nummer des Gerichtsmediziners. Der begrüßte ihn erst nach längerem Läuten: «Hast du es wieder einmal nicht geschafft, dem Streit aus dem Wege zu gehen? Du, einfach unverbesserlich.»

«Ich hoffe sehr, du bist in deinen rechtsmedizinischen Gutachten ebenso präzise wie in der Beurteilung der noch nicht von uns Gegangenen», schaffte Tagliabue Ruhe, um fortzufahren: «Deine Assistentin ist in mich gerannt – ihre Entschuldigung war kaum zu hören. Das habe ich ihr gesagt. Haben wir nicht ein wichtiges Detail vergessen?»

«Du meinst die Todeszeit?»

«Genau.»

«Das ist so eine Sache», meinte der Arzt. «Ist dir am Tatort nichts Spezielles aufgefallen?»

«Die Leiche meinst du ja kaum, dadurch zeichnet sich ein Tatort aus. Gehe ich recht in der Annahme, dass du die ungewöhnliche Hitze in der Villa ansprichst?»

«Exakt. Wärme macht es schwierig, die genaue Todeszeit festzustellen. Wie du sicher weißt, beschleunigen hohe Temperaturen verschiedene Prozesse, während tiefe das Gegenteil bewirken. Denke nur an einen Fisch, den du in die pralle Sommersonne legst, und einen, den du im Kühlschrank aufbewahrst.»

«Ich esse keinen Fisch.»

«Natürlich frisst du Fisch und alles, was die Ozeane so hergeben. Wie alle Südländer.»

Der Ermittler musste ein paar Schritte gehen. «Aber ihr habt Erfahrungswerte», nahm er das Gespräch wieder auf, «wie schnell sich eine Leiche bei welchen Temperaturen um wie viel abkühlt oder wer weiß was sonst noch alles macht. Ich bin nicht der Arzt der Toten.» Am liebsten hätte er sich auf die Zunge gebissen, anderseits hätte es ihn noch lange gewurmt, wenn er die vorherige Beleidigung unerwidert gelassen hätte.

«Du hast recht. Nur wissen wir nicht, wann die Heizung auf volle Kraft gestellt wurde. Und wie lange die hohe Temperatur auf den Toten eingewirkt hat. Wenn du verstehst, was ich meine.»

«Trotzdem gehe ich davon aus, dass du eine Vermutung hast, was die Todes- und damit die Tatzeit betrifft?»

«Die zwei können massiv variieren», hielt der Arzt seine Antwort zurück. «Vor allem in unserem Fall. Wie ich dir deutlich genug dargelegt habe, nicht wahr? Die Tat wurde meiner Meinung nach so geplant und umgesetzt, dass sich der Todeseintritt möglichst herauszögerte.»

«Komm schon, mach es nicht spannend!»

«Je nachdem, wann die Heizung heraufgeschraubt wurde, trat der Tod nach unseren aktuellen Erkenntnissen sechs bis acht Stunden vor unserem Eintreffen am Tatort ein. Du siehst also», Frischknecht nahm dem Kommissar den Wind aus den Segeln, «die vagen Rahmenbedingungen führen zu einer von mir ungewohnt großzügigen Bandbreite bei der Tatzeit. Tut mir leid. Aber vielleicht erfährst du noch, von wem, wieso und wann die Heizung an einem Sommertag aufgedreht wurde. Und eine allerletzte Frage habe ich noch.»

Je länger die Pause dauerte, desto mehr stieg das Unbehagen des Kommissars: «Schieß schon los, lass mich nicht hängen!»

«Ich habe vernommen, du habest dem am Seil hängenden Schläfli einen Faustschlag in den Unterleib versetzt.»

«Es war die Nierenregion. Sonst orientieren sich die Quellen an der Wahrheit.»

«Trotzdem: Wieso der Angriff auf einen Toten?»

Diese Frage hatte der Ermittler zwar erwartet und eine Antwort vorbereitet. Dass aber Frischknecht und nicht jemand von der Spurensicherung dieses Thema aufbrachte, stellte ihn vor eine neue argumentative Herausforderung. Denn so einfach ließ sich der Pathologe nicht in die Irre führen. «Nun, ich könnte erzählen, dass es meine persönliche Methode einer Erstobduktion ist. Durch den starken Druck reagiert die Körperoberfläche. Der Widerstand gibt Aufschluss über die Leichenstarre, zugleich liefert der physische Kontakt mit der Leiche Informationen zur Körperwärme. Gut, über die Intensität meiner Berührung lässt sich diskutieren. Vielleicht habe ich mich zu sehr gehen lassen.»

Da der Pathologe nicht reagierte, fuhr der Kommissar nachdenklich fort: «Als ich Schläfli so am Seil hängen sah, erkannte ich meine Möglichkeit, mich, wenn auch aus niedrigsten Beweggründen, zu rächen. Betrachte es im wahrsten Sinn des Wortes als ein Manifest – vielleicht etwas zu fest.»

«Dir ist bewusst, dass ich Spuren deines, sagen wir mal, Einwirkens am Körper gefunden habe?»

Erfolglos überlegte sich der Ermittler eine entwaffnende Replik.

«Ich muss allen Spuren nachgehen, diesem Sachverhalt die ganze Aufmerksamkeit schenken. Immerhin hast du ein sehr starkes Motiv», wurde der Arzt leiser.

«So?»

«Du hast deinen Hass über die Jahre nicht ab-, sondern aufgebaut. Nicht nur gegen ihn», holte Frischknecht aus, «sondern gegen seine ganze Kaste. Wenn ich bloß an dein Verhältnis zu unserem neuen Chef denke.»

Tagliabue dachte an den Toten, beneidete ihn dafür, dass von ihm niemand mehr eine Antwort erwartete.

«Wer dir Böses wollte, und davon gibt es einige, könnte sogar behaupten», nahm der Arzt den Faden wieder auf, «dass du dem toten Schläfli diesen Schlag versetzt hast, um deine Spuren zu verwischen. Wobei das wohl nicht der treffende Ausdruck ist.»

«Und, was glaubst du?»

«Blödsinn.»

«Und was erwartest du von mir?»

«Dass du dich in Zukunft professioneller verhältst. Lass uns unsere Arbeit machen. Er ist schon genug bestraft.»

«Ich glaube zwar nicht an Gerechtigkeit, aber in diesem Fall hat sie doch noch triumphiert – und dies ohne mein Zutun. Es tut mir leid. Nicht wegen ihm. Wegen dir. Ich habe dich in eine dumme Situation manövriert.»

Frischknecht ließ ihn zappeln: «Ist ja beileibe nicht das erste Mal.»

«Und was hast du jetzt vor?»

«Was meinst du? Ich verstehe deine Frage nicht ganz. Wie gesagt: Blödsinn.»

«Ich danke dir.»

Erleichtert hängte Tagliabue auf und setzte seinen Weg fort. Im Gehen wählte er die nächste Nummer: «Hast du Zeit und Lust auf ein Bier?»

«Weder das eine noch das andere. Üblicher Ort?»

«In zehn Minuten.»

Nur wenig verspätet kam der Kommissar in der *Bar jeder Vernunft* an. Am späteren Nachmittag war das Lokal leer, allein in der Ecke hinter der Tür saß der fast zahnlose, weißsträhnige Stammgast hinter einem sauren Most, an dem er seit dem Mittag nippte. Er grinste mit durchsichtigem Blick ins Leere, faselte von längst vergangenen Zeiten, in denen die Wände der Bar noch nicht rauchgeschwärzt waren, die Butzenscheibenimitate glasklar und nicht gelblich-opak schimmerten.

Der Ermittler hatte den Gast, abgesehen vom Anheben und vom Kippen seines Mostglases, nur einmal in Bewegung erlebt: An Weihnachten, der ganze Boden war knöcheltief mit Erdnuss- und Mandarinenschalen übersät, hatte sich Pesche mit den ersten Takten aus der alten Wurlitzer von seinem Stammplatz erhoben, die Gäste zur Seite gestoßen und einen unerwartet eleganten Tanz aufs Parkett gelegt. Kaum war der Schlager verklungen, hatte er sich wieder auf die Bank begeben, um erneut in seine gewohnte Apathie zu verfallen.

Tagliabue gab sich keine Mühe, in die Ecke zu grüßen. Er ging zur Theke, um seinen Zweier Merlot im Boccalino zu ordern. Die Spezialität des Hauses – bemerkenswert war eher das irdene Gefäß als der flüssige Inhalt – hatte der Bar vor Jahren den Spitznamen « Merlotto » verliehen. Der Inhaber, dessen Vorname den zweiten Teil lieferte, hatte einst einen seiner Stammgäste per Pistolenschuss zwischen die Schulterblätter darauf aufmerksam gemacht, dass dessen Zeche noch nicht beglichen war.

Seither stand Gina mit den Spirituosen im Rücken und den drei offenen Räumen im Blickfeld hinter dem Tresen. Die Zeit und die Angst vor Rache zeichneten tiefe Furchen in ihr graues Gesicht.

Bevor der Kommissar dazu kam, sie nach der Verabredung zu fragen, hörte er die vertraute Stimme: «30.10.1974?»

«Kinshasa», reagierte Tagliabue, ohne nachzudenken. Im nicht blinden, aber stark sehbehinderten Spiegel an der gelblichen Wand hinter Gina erriet er Lüthi, der bereits hinter einem großen Bier wartete.

«Kinshasa», grinste der Polizist, «Hauptstadt von Zaïre, der heutigen Demokratischen Republik Kongo. Dieser Name: Was für ein Witz. ‹Rumble in the Jungle›. Box-WM-Kampf im Schwergewicht. Don King und Mobutu die zwei Diktatoren, George Foreman und Muhammad Ali die Gladiatoren. Beginn um vier Uhr morgens Ortszeit. Damit die Amis trotz der Zeitverschiebung live am Fernseher dabei sein konnten.»

«Ist das alles, was du kannst, Totò?»

«Nicht übel», erwiderte der grinsend. «Der Legende nach hat der in den schlaffen Seilen hängende Ali mit dieser Frage Foreman entnervt. Der verlor seine Konzentration, die Kraft, in der achten Runde den Kampf. So holte sich Ali als zweiter Boxer den acht Jahre zuvor verlorenen Titel zurück. Nichts von ‹they never come back›.»

Kaum war der Satz zu Ende formuliert, erhob sich Pesche von der Bank in seiner Ecke. Als hätte er einen Gong zur nächsten Runde gehört, legte er den echsenartigen Kopf erst auf die linke, dann die rechte Seite. Er hob und senkte seine steil abfallenden Schultern, schüttelte seine zu Fäusten geballten Hände, tänzelte schattenboxend in Richtung Tagliabues, der sich auf dem Weg zu Lüthis Tisch befand. Am Ende jedes Schattenschlags stieß der aus dem Wachkoma Zurückgekehrte einen lauten Atemstoß aus und beherrschte immerhin per Mundgeruch den Raum. Gekonnt auf den beiden Vorfüßen balancierend, umkreiste er den Kommissar, der das Schauspiel mit einer Mischung aus Skepsis und Spaß observierte. «Float like a butterfly, sting like a bee», grinste das schrumpelige Männchen seinem Gegner direkt ins Gesicht. Die bläulichen Augen hatten ihre Schatten verloren, blitzten scharf und aggressiv zum Gegner, um irgendwelche Schwächen ausfindig zu machen. Tagliabue fühlte sich unwohler, je länger Pesche ihn umrundete, und drehte sich auf den Absätzen um die eigene Achse, um den Blickkontakt nicht aufzugeben. Er hob die Arme vorsichtshalber zu einer dichten Deckung, was Pesche sofort als klares Einverständnis zum Kampf auslegte. Lüthi verfolgte die Szene von seinem Sitzplatz in der ersten Reihe, wunderte sich über die unglaubliche Metamorphose und die plötzliche geistige und körperliche Präsenz des bis anhin eher tot- als lebend geglaubten Stammgasts. Mit steigender Geschwindigkeit des absurden Karussells bedauerte der Polizist, nicht mehr für seine Fitness getan zu haben. Je länger, desto mehr schien er die Kontrolle über den Gegner, vor allem über sich zu verlieren und drohte ohne Fremdeinwirkung hinzufallen.

«Peter, dein Most!», knallte Gina die geballte Linke auf den Tresen. Als ob er von einem Aufwärtshaken getroffen worden wäre, sackte Ali auf das Kleinformat von Pesche zusammen. Der fokussierte Blick machte wieder dem trüben Stieren Platz, das Gewicht verlagerte sich von den Zehenspitzen zu den Fersen. Sein elegantes Tänzeln wich einem trägen Schlurfen, aus den schnellen Kreisen wurde eine langsame Rückkehr an den angestammten Platz hinter sein halbleeres Glas.

Tagliabue setzte sich zu Lüthi an den Tisch.
«Toller Kampf. Hauptkommissar lässt sich von Zombie in die Ecke drängen. Stell dir die Schlagzeile vor!»
«Vielleicht kommt es nicht zur Publikation, weil jemand die journalistische Freiheit so bonsaisiert, dass am Ende nur

noch ein adrett zurechtgestutztes, mickriges und kaum mehr lebens- und publikationswertes Pflänzchen übrigbleibt. Von wegen, die bekannten Seilschaften lösen sich auf.»

«Falls du mich deswegen hier treffen wolltest: Es gibt nichts mehr zu schreiben, nichts mehr zu sagen im Fall Schläfli. Punkt.»

Im Hintergrund war das helle Ticken der Wanduhr in der Form eines alten Bierfasses zu vernehmen. Ein Geschenk einer lokalen Brauerei, die längst von einem Multi geschluckt worden war.

Seit der gemeinsamen Zeit auf der Sportredaktion wusste Tagliabue genau, wie sein Freund funktionierte: «Schade. Ich bin mir sicher, da gibt es noch viel aufzudecken.»

«Zu Schläfli habe ich dir alles erzählt. Zu Krämer weißt du mehr als wir von der Redaktion.»

«Trotzdem», hakte der Kommissar nach.

«Es ist ein Gerücht. Und dein Geschäft sind Fakten.»

«Trotzdem.»

«Schläflis Geschäfte liefen anscheinend nicht mehr sehr gut», begann der Journalist. «Krämer soll ihm finanziell ausgeholfen haben. Als das Geld nicht mehr zurückbezahlt wurde, hat er seinen Freund unter Druck gesetzt, zuletzt bedroht.»

«Von wem hast du diese Information?»

«Meine Quelle. Mein Zeugenschutzprogramm.»

«Ich hoffe, etwas vertrauenswürdiger als die Alten, die ihr für eure Sensationsgeschichte auf der Straße befragt habt.»

«Ich muss zu meinem größten Bedauern in die Redaktion», beendete Lüthi das Gespräch abrupt. «Ich gehe davon aus, du zahlst. Nimm es auf deine Spesen. Du weißt ja, wie es um Printmedien steht. Die sind fast so orientierungslos wie du im Infight mit unserem Ali.» Er wies mit dem Kinn zu

Pesche, der einer verzweifelten Fliege beim Schwimmen in seinem Most zusah.

Im Aufstehen und Vorbeigehen legte der Journalist seine Rechte auf die Schulter des Polizisten: «Ciao. Ich wünsche dir ein schönes Wochenende.»

Tagliabue nahm Glas und Boccalino. Platzierte beides auf dem Tresen neben Gina. Wagte einen kurzen Streifblick in ihr Dekolleté, überlegte kurz, platzierte den Zwanziger dann aber doch auf dem blankgeputzten Metall.

«Der Rest ist für dich.»

«Danke.»

«Danke dir, dass du ihn zur Besinnung gebracht hast.»

«Entsinnung wäre das passendere Wort.»

«Servus, Ali», richtete sich der Polizist an den mit dem Herausangeln der ertrunkenen Fliege beschäftigten Pesche.

Vor dem Merlotto war niemand zu sehen. Der Kommissar langte nach dem iPhone und ließ es klingeln.

«Deubelbeiss.»

«Fragen Sie mich nicht, warum, arrangieren Sie mir einen Termin mit Krämer, bitte. Dann gehen Sie nach Hause und genießen die freien Tage. Bis Montag.»

Der Assistent bestätigte den Auftrag. Bestellte einen Aperol Spritz und genoss den Ausblick über die Stadt.

Auf dem Heimweg durch sein Quartier fühlte Tagliabue sich verfolgt. Und je näher er seiner Wohnung kam, desto komplizierter gestaltete es sich für ihn, die Übersicht zu behalten: Die Straßen und Gassen begannen sich zögerlich zu füllen. Dealer und Kunden traten nach abgeschlossenem Geschäft aus Hauseingängen. Nutten definierten mit ihren Freiern die Konditionen. Einzel- und Pauschaltouristen suchten Orientierung. Unbehelligt nahm er den Weg durch die Leute. Man kannte ihn hier als Element des Mikrokosmos und sprach ihn lediglich aus Versehen, aus Unerfahrenheit oder unter Drogeneinfluss an.

Gehetzt und gestresst kam Tagliabue an. Die Seitengasse machte trotz der laut pulsierenden Umgebung den gewohnt verschlafenen Eindruck. Mit einem letzten Kontrollblick nach allen Seiten öffnete er die Haustür. Die fiel erst krachend ins Schloss, als er den Großteil der Treppe zurückgelegt hatte. Er hörte die einzelnen Fernsehgeräte der Nachbarn. Die leisen Geräusche verfolgten ihn bis vor die Wohnungstür. Er wartete, bis das Licht ausging. Öffnete und schloss die Tür. Prüfte, ob es im Treppenhaus wieder hell wurde.

Erst in der Küche mit dem Fenster zum Innenhof schaltete er das Licht an. Nachdem er seine Halbschuhe ausgezogen hatte, warf er einen nach dem anderen in kontrolliertem Bogen in den Flur, wo sie mit lautem Rumpeln, das in den unteren Etagen zu hören war, liegen blieben.

Tagliabue ging zu seinem Radio und wählte ein Programm mit Hits der 70er und 80er. Er fuhr sich durch die Haare und bilanzierte, dass mehr graue oder weiße als schwarze zwischen seinen Fingern hängengeblieben waren: In kurzer Frist gleich zwei klare Indizien dafür, dass er älter wurde.

Ohne dem Programm konzentriert zuzuhören, entkorkte er eine Flasche Barbera von Stefanino Morra: Castellinaldo '08, passend zu einem Teller selbstgemachter Teigwaren. Er zog eine Zehnerschachtel Eier aus dem Kühlschrank, nahm den geöffneten Sack Weißmehl tipo 00, balancierte beides zu der beschränkten Arbeitsfläche seiner Küche. Nachdem er die Platte sauber gewischt hatte, schüttete er zirka fünfhundert Gramm Mehl zu einem Berg auf, formte mit dem Löffel einen tiefen und breiten Krater und begann die Eier aufzuschlagen. Acht Dotter ließ er in die Mulde gleiten, die Eiweiße übergab er direkt der Entsorgung via Kanalisation. Zum Schluss fügte er zwei ganze Eier und einen kurzen Strich ligurisches Olivenöl bei und begann, das Mehl behutsam von außen in die glibberige Masse in der Mitte einzuarbeiten. Der gelbe Teig klebte auf, unter und zwischen seinen Fingern. Er musste mehr Mehl hinzufügen. Als er den Sack tipo 00 gepackt hatte, betätigte jemand die Klingel beim Hauseingang. Ein verirrter Besoffener, der sich eine Nische für seine Notdurft, oder ein Junkie, der sich einen stillen Platz für seinen nächsten Schuss suchte, beruhigte sich der Kommissar. Aber das Schellen wiederholte sich.

Er nahm sich vor, dem Klingeln keine Beachtung zu schenken. Ein noch schrilleres Läuten ließ sein Vorhaben jedoch nicht Realität werden. Schnell wischte er sich die Hände an der Hose ab, löschte das Licht, schlich zum Eingang. Trotz Dunkelheit und mit klebrigen Fingern schaffte er es, den Baseballschläger zu packen. Das erneute Klingeln kam nicht mehr von unten, sondern von seiner Wohnungstür – eine Hand am Türschloss, eine am Sportgerät, war er im Begriff aufzuschließen.

«Totò, mach endlich auf. *Apri!* Ich weiß, dass du da bist», reagierte die flüsternde Stimme hinter der Tür auf das Zögern in der Wohnung.

Weil sich der Schlüssel im Dunkeln nicht auf Anhieb ertasten ließ, schaltete Tagliabue das Licht an. Jetzt klebte der unvollendete Teig auch noch am Schalter und an der Klinke, als er öffnete.

«Was versteckst du hinter deinem Rücken», begrüßte die Frau den Kommissar mit einer Stimme, die zur eleganten Erscheinung passte. «Ein neues Spielzeug? Für wen?»

«Gehen deine Fantasien wieder mit dir durch? Ich dachte, heute Abend nicht.»

«Nett, dass du dich freust, mich zu sehen. Ich kann auch wieder gehen – darf ich reinkommen?», schmiegte sich der Besuch am Gastgeber vorbei in den Flur. Tagliabue schloss die Augen, um sich auf den Duft konzentrieren zu können: ein seltenes Gemisch aus Unbekümmertheit und Energie, Sommer und einem Parfum, dessen exotischen Namen er sich trotz bestem Willen nie merken und ihr deshalb nicht schenken konnte. Was sie ihm aber nie zum Vorwurf machte.

Er beobachtete, wie sich der unerwartete Gast die teuren Schuhe elegant von den Füßen strich und sich, mit einem Arm an der Wand abstützend, die Knöchel und Fersen massierte.

«Was starrst du mir auf den Hintern?», drehte sie sich zu ihm um, der nicht daran dachte, ertappt zu erröten. Vielmehr fühlte er sich bestätigt, dass Jade nach wie vor zu den beeindruckendsten Personen gehörte, die er je kennengelernt hatte.

Tatsächlich beherrschte die Mittvierzigerin sofort jeden Raum, den sie betrat. Auch ohne ihre High Heels konnte sie dem Kommissar waagrecht in die Augen blicken. Ihre gewellten roten Haare und blauen Augen waren von einer Intensität, der sich keiner und keine entziehen konnte. Das vornehm geformte Gesicht erinnerte an klassische Marmorstatuen. Die strahlend weißen Zähne verliehen ihrem Lachen zusätzliche Frische. Das ein bisschen zu wuchtig geratene Kinn betonte die Härte, die Entschlossenheit, den Durchsetzungswillen der Inhaberin.

Nicht nur Gesicht und Haut ließen die Besucherin um einiges jünger erscheinen, als sie war. Auch ihrem ganzen Körper war anzusehen, dass viel Zeit und Geld in ihn investiert wurde: «Mein Körper ist mein einziges Kapital, und Kapital lässt sich nur durch den Einsatz von Kapital maximieren», lautete die Überzeugung jener Frau, die ihm jetzt einen zärtlichen Kuss auf die Wange hauchte.

«Fass mich nicht an. Wasch dir zuerst die Finger, da klebt allerlei Zeug. Was weiß ich, wo sich deine Hände überall herumtreiben. Zwei Kunden haben abgesagt, darum: heute Abend doch.»

«Zwei nacheinander?», fragte er nach, um sicher zu sein, richtig gehört zu haben.

«Zwei miteinander. Vielleicht hast du es bereits in den News gehört: Krisensitzung der Regierung. Da bekam ich plötzlich frei.»

«Ich hoffe, sie waren wenigstens von derselben Partei.»

«Ein Berufsgeheimnis.» Sie folgte ihm in die Küche und strich ihm mit dem Handrücken vom Kinn bis zum Ohr.

«Lass das, Jade. Du solltest mich nicht reizen. Ich bin schon ziemlich geladen.»

«Weshalb nicht, *poliziotto, poliziottino? Ti amo molto. Tam.* Darf ich dich vielleicht jetzt reizen?» Sie wechselte zum Zeigefinger, ließ diesen von der Wange über das Kinn aufreizend langsam nach unten gleiten.

«Ist dir im Treppenhaus nichts aufgefallen?» Auf der Höhe seines Bauchnabels schob er ihren Finger zur Seite.

«Dass alle deine Nachbarn vor ihrem Fernseher sitzen und sich denselben Müll ansehen, weil sie nichts Besseres zu schaffen haben? Oder hat der liebe Totò wieder mal Angst vor den garstigen Männern, die ihm folgen und ihm Böses wollen? Lauern sie dir auf, um dich zu piesacken, zu plagen und zu schlagen? Musst du dich in deiner kleinen Wohnung vor der Welt verstecken? Soll dich *la mamma* ins Bettchen tragen, damit dem kleinen Tschinggeli nichts passiert?» Sie fuhr ihm mit der Hand in den Schritt.

Der Kommissar packte Jade an den Oberarmen, hob sie ohne Anstrengung hoch. Machte elegant eine halbe Drehung um die eigene Achse. Setzte sie auf die mehlbestäubte Arbeitsfläche. Glitt mit beiden Händen zu ihren Schultern. Wo er die schmalen Träger des Kleides ergriff. Um ihr den Stoff in einer Bewegung, allerdings in zwei Teilen vom Körper zu reißen und zu Boden segeln zu lassen.

«Scheiße, Gucci», war die einzige wahrnehmbare Reaktion. Nur mit einem String bekleidet, saß sie vor ihm.

«*Sei triste?* Muss dich *papà* ins Bettchen bringen?» Er packte Jade erneut, legte sie sich über die Schulter, zog ihr auf dem Weg ins Schlafzimmer die letzte Andeutung von Textil aus.

Im spärlich beleuchteten Raum ließ er seine Last mit Schwung, das Gesicht nach oben, aufs Bett sinken. Er setzte sich auf ihren Bauch, befreite sich vom Hemd, streifte sich Hose, Slip und Socken ab, ohne die Umklammerung der Beute zu lösen. Er beugte sich zu einem der Nachttische und angelte sich zwei Handschellen – ein Original und ein Modell aus einem der vielen Sexshops im Quartier. Nachdem sie sich mit «Mach endlich weiter!» und einem Lächeln ergeben hatte, fixierte er sie gekonnt am Bettgestell, zauberte zwei kurze Seile aus dem anderen Nachttisch, drehte sich um hundertachtzig Grad und band ihre Füße am unteren Bettende fest. Als er begann, ihre Unterschenkel zu küssen, dachte er plötzlich an María.

Als Tagliabue am folgenden Morgen aus seinem Tiefschlaf erwachte, hatte er jegliches Gespür für Zeit und Raum verloren. Das leise Atmen in seinem Rücken holte ihn in die Gegenwart zurück. Er wusste, dass die Person hinter ihm wach lag. Oft hatte er ihr beim Schlafen zugehört, wenn es ihm nicht gelungen war, zur Ruhe zu finden.

«Binde mich bitte los», begrüßte sie ihn. Er drehte sich um und blickte in schlaflose Augen. Nervös tastete er nach dem Hemd, um es zwischen ihre Beine zu legen.

«Mach dir keine Mühe. Jetzt ist eh schon alles trocken», zischte Jade, die sich immer noch nicht in der Position befand, sich zu wehren. «Mach mich los!»

Sachte schloss er die Handschellen auf, ohne sie aus den Augen zu lassen: Er hatte Angst vor ihrer Reaktion, die heftiger ausfallen konnte, als ihre aktuelle Passivität erahnen ließ.

Aber Jade kümmerte sich nicht um ihn. Sie ging kommentarlos zu jenem Teil des Einbauschranks mit ihrem Kleidernotvorrat und versorgte sich.

Nur Augenblicke, nachdem sie die Spülung betätigt hatte, stand sie schon vor dem Badezimmer, ging durch den Flur, packte ihre Schuhe, zog die Tür wortlos hinter sich zu.

Er versuchte, noch einmal einzuschlafen, was ihm nicht richtig gelang.

6

Zwei Tage darauf erwachte er im Schrebergartenhäuschen mit bruchstückhaften Erinnerungen an das Wochenende. Er vernahm das Krähen eines Hahns. Eine neue SMS war auf seinem iPhone eingegangen. Mit geringer Hoffnung auf die erlösende Nachricht von Jade tastete er nach dem Gerät und stieß die Wasserflasche um, die er offen unter die Schlafstatt gestellt hatte. Nachdem er das Smartphone doch noch gefunden hatte, erkannte er den Absender: Deubelbeiss.

«Barbara Burgener, jetzt Rohner, erwartet Sie um 10.00 Uhr.» Es folgte die Adresse in einem Nest außerhalb der Agglomeration. Der Gedanke, aufs Land fahren zu müssen, lähmte den Kommissar, kostete ihn Zeit. Nachdem er sich gefasst hatte, erhob er sich müde vom Sofa, schlüpfte in Hemd, Hose und Schuhe, stand bald vor der Tür.

In der Anlage war kein Mensch zu sehen. Die Flaggen aus aller Herren Länder hingen schlaff von den Alumasten herunter. Timer verhinderten, dass die Bepflanzung nicht der Trockenheit oder zu intensiver Bewässerung zum Opfer fiel.

Gerne hätte er sich wenigstens etwas mit Bammert unterhalten. Der aber hatte seine Arbeit so unbemerkt wie möglich erledigt und sich mit dem vor der Schrebergartensiedlung geparkten gelben Mofa davongemacht. Tagliabue sah die drei, in Kurven vier, Furchen der Zugmaschinen- und der Anhängerräder im Kiesstreifen.

An der Endstation wartete eine führerlose, leere Tram. Wie gewohnt setzte sich der Kommissar in den hintersten Teil der Komposition. Der Sekundenzeiger hüpfte munter von einem zum nächsten schwarzen Minutenstrich, um in der Vertikalen für einen kurzen Moment zu verharren und wieder in die Tiefe zu wandern.

Der sehr fette Fahrer schob sich sehr träge Richtung Tramspitze, erklomm mühselig sein Gefährt, schloss die Kabine auf und quetschte sich ungelenk zwischen Sitz und Armaturenbrett: «Nächste Haltestelle: Schlachthöfe.»

Einige Stopps später ließ sich der Ermittler beim Aussteigen Zeit. Draußen hockte er sich auf die durch Armlehnen unterteilte, pennerfeindliche Bank. Auf den nächsten Bus wartend, packte er die neuste Ausgabe von *HEUTE*. Er fand keinen Artikel zum Fall Schläfli. Ohne einen Gedanken daran zu verschwenden, der Frau mit ihrem Kinderwagen zu helfen, drückte er sich in den eben eingefahrenen Bus.

Direkt hinter dem Chauffeur setzte er sich in die Sitzreihe für behinderte und ältere Personen. Mit dem Rücken zur Fahrtrichtung konnte er die Mitreisenden viel aufmerksamer beobachten. Ihm gefiel, wie sich die Zusammensetzung von einer Haltestelle zur nächsten veränderte.

An der Station mit dem schönfärberischen Namen Erlenhain stieg er aus, die Mutter mit Kinderwagen und Neugeborenem ein zweites Mal ignorierend. Die Mauer, wie die Überbauung aus der Mitte der Siebzigerjahre genannt wurde, ragte steil vor ihm in den blauen Himmel. Obwohl auf allen Seiten von Hauptverkehrsadern umzingelt und ein Sanierungsfall, waren die Wohnungen gefragt. Bei den langen Reihen von Klingeln waren fast ausnahmslos nicht sehr deutschschweizerisch zu lesende und auszusprechende Namen aufgeführt.

Im Labyrinth der Türen, Mauern und Pfeiler näherte sich der Kommissar einer versteckten Tür. Vorsichtig stieg er die enge, steile Stiege hinunter. Auf den Zwischenböden versicherte er sich mit Hilfe der kleinen Spiegel, dass ihm keiner hinter der Ecke auflauerte. Unten angekommen, öffnete er die massive Metalltür, um sich einen Schritt später in der Tiefgarage der Siedlung zu befinden.

In der Unterwelt wunderte er sich wieder einmal darüber, dass den Autos und Motorrädern der Mieter mehr Raum zur Verfügung stand als den Kindern auf dem Spielplatz. Und er war erneut erstaunt über die vielen Edelkarossen in der Garage. Er konnte nicht nachvollziehen, dass Leute mehr Wert auf ihre eigenen vier Räder als auf die eigenen vier Wände legten.

Bei seinem Alfa Romeo Junior angekommen, kontrollierte er das Auto auf eventuelle Park- und andere Schäden, um sich dann beruhigt hinters Steuerrad zu setzen. Nach dem Weg aus dem Halbdunkel der Unter- ans Taghell der Oberwelt fädelte sich der Kommissar mit seinem Klassiker in den Verkehr ein.

Je weiter er sich vom Zentrum entfernte, desto unwohler fühlte er sich. Hinter den Lärmschutzwänden erahnte er die dreckigen Fassaden und schmutzgetrübten Fenster der in die Jahre gekommenen Mehrfamilienhäuser. Auf jedem noch so kleinen Balkon sah er eine Satellitenschüssel als Verbindung zur alten Heimat und als Schutz vor Einblicken in die Realität der neuen, meist ebenfalls tristen Existenz.

Nachdem er die Konsumpaläste und Niederlassungen der nationalen und internationalen Unternehmen hinter sich gelassen hatte, fand sein Blick immer mehr Tiefe. Grau und Künstlich wurden abgelöst von Grün und Organisch. Standen die Bäume vorher verlassen zwischen Häusern, verloren sich nun die Gebäude in der üppigen Vegetation. Auch der Verkehr auf der Autobahn nahm ab.

Kurz vor einer Provinzstadt verließ der Kommissar die Autobahn, wobei er sich wunderte, dass zwischen einer Ausfahrt «Nord» und einer «Süd» unterschieden wurde. Die neue Umfahrung, in die er einbog, schonte den pittoresken mittelalterlichen Kern vor noch höheren Emissionen. Der Verkehr rollte durch die charakterlosen Außenbereiche, die sich nicht von jenen der Großstädte unterschieden.

Nach recht ruhigen Kilometern über Land bestätigte ihm die zweigeteilte weiße Ortstafel, dass er am Ziel war. Die größere Angabe beruhigte ihn: Sie gab an, dass es nur zehn Kilometer bis zu der nächsten, ihm bekannten Stadt waren.

Den frischen, freundlichen Volg und die Metzgerei mit dem obligaten Tagesangebot-Holzschwein links und rechts liegen lassend, sah er am Ziffernblatt der nüchternen Kirche, dass er mehr als eine Stunde zu spät bei seinem Termin eintreffen würde. Um die Suche und seine Verspätung zu minimieren, hielt er am Straßenrand, um eine rundliche Passantin möglichst höflich nach dem Weg zu fragen. Sie konnte ihm jedoch nicht helfen.

«Und wo finde ich die Post?», wollte der Ermittler nun wissen.

«Volg», lautete die Antwort.

«Ich meinte die Post, nicht den Volg.»

«Wir haben schon lang keine Poststelle mehr. Unser Volg ist jetzt die Post.» Die Frau drehte sich kopfschüttelnd ob so viel Ignoranz ab. Tagliabue dachte an Bammert und daran, wie lange dieser wohl noch in Lohn und Brot stehen würde. Er nahm sich vor, den Postboten in Zukunft etwas besser zu behandeln. Während des Gedankens hatte er den Motor neu gestartet.

Kurz darauf trat er in den kalten Dorfladen ein, um von Kunden und vom Personal gründlich von Kopf bis Fuß gemustert zu werden. Er schnappte sich einen Plastikkorb und füllte ihn mit Artikeln des täglichen Bedarfs, die regionalen und lokalen Angebote vollständig ignorierend. Nachdem er bezahlt und den Einkauf auf ein paar weiße Tüten verteilt hatte, begleitete ihn die Frau von der Kasse zur Tür, um ihm den Weg anzugeben.

«Ich lebe in der gesuchten Straße», lächelte sie ihn an, «für die Auskunft hätten sie aber nicht den Laden kaufen müssen», folgte ein verschwörerisches Augenzwinkern.

Wenige ausgefahrene Nebenstraßen später entdeckte der Polizist die frisch geteerte Quartierstraße. Trotz der immensen Verspätung entschied sich der Alfista, seinen Klassiker nicht in Sichtweite der Überbauung zu parken. Barbara Burgener sollte das Auto nicht schon von Weitem erkennen.

Er lief die Vorgärten entlang und rätselte, in welchem dieser belanglosen Reiheneinfamilienhäuser Barbara wohl wohnte, konnte ihren Namen aber auf keinem der Schilder an den Briefkästen finden. Am Ende des Wegs stand er vor einem gewaltigen schmiedeeisernen Tor. Dahinter führte ein von Bäumen gesäumtes Kopfsteinpflastersträßchen zum noblen Landsitz nach britischem Vorbild.

Bevor er die Klingel betätigen konnte, wurde er von einem Glaskugelauge fixiert und von einer klirrenden Metallstimme begrüßt: «Der Herr Kommissar», und ohne eine Bestätigung abzuwarten: «Ich öffne Ihnen das Tor.»

Im Salon ließ der Polizist die Aussicht auf sich wirken. Obwohl das Blau des Sees durch das Grün von Wiesen und Wäldern ersetzt wurde, fühlte er sich sofort an Schläflis Anwesen erinnert.

«Haben Sie den Weg zu Fuß zurückgelegt?», wurde er aus den Gedanken gerissen. «Das würde auch Ihre Verspätung erklären, aber nicht entschuldigen. Oder ist Ihr alter gelber Alfa mit zweifarbigem italienischem Nummernschild ausgestiegen? Ich kann mich daran erinnern, wie Sie an uns vorbeiröhrten, wenn ich Egon auf dem Waffenplatz abholte. Er hat mir von Ihrem Auto und Ihnen erzählt.»

«Ich hoffe, in dieser Reihenfolge und zu beiden Themen nur Gutes.»

«Jedenfalls haben Sie alle meine Vorurteile von damals in Rekordzeit bestätigt.» Und nach einer Pause: «Wieso sind Sie gekommen?»

«Sie haben sicher von Schläflis Tod gehört.»

«Nein. Hier kriegt man nichts mit. Wenn man nicht will. Ich will auch nicht so tun, als würde mich sein Ableben irgendwie berühren.»

Der Kommissar betrachtete die Frau vor ihm und musste sich zu seiner eigenen Verwunderung eingestehen, dass sie in der Realität viel schöner war als in seiner Erinnerung. Ihr war das Leben, aber nicht ihr Alter anzusehen. Die Furchen und Falten in ihrem offenen Gesicht stammten mehr vom Lachen als vom Weinen. Ihre blauen Augen waren wach, verfolgten die Umwelt aufmerksam. Mit ihren mehr als fünfzig Jahren hatte sie sich eine bemerkenswerte Jugendlichkeit bewahrt. Und im Gegensatz zu der Mehrheit ihrer Altersgenossinnen schien sie nach wie vor in die Höhe und weniger in die Breite gewachsen. Er wunderte sich erneut, was sie damals an diesem Kerl gefunden hatte, der nicht viel anderes wusste, als schnell übers Wasser zu gleiten.

«Schläfli ist also tot», beendete sie die Ruhe. «Und was hat das mit mir zu tun? Sie unternehmen kaum diese lange Reise, um mich nach so vielen Jahren wiederzusehen? Oder gehöre ich zu Ihren Verdächtigen?»

«Das würde demnach bedingen, dass er einem Verbrechen zum Opfer gefallen ist, von dem Sie nach Ihren eigenen Angaben nichts erfahren haben wollen», drängte er sie in die Defensive.

Um Zeit zu gewinnen, forderte sie ihren Gast auf, Platz zu nehmen. Der Kommissar ließ sich gerne in das massive schwarze Chesterfield-Sofa sacken. Die Hausherrin hatte sich einen Stuhl genommen, setzte sich ihm gegenüber: «Ich würde Ihnen gerne etwas zu trinken anbieten. Aber ich möchte das Wiedersehen so kurz wie möglich halten. Oder handelt es sich etwa um ein Verhör?» Ohne auf seine Antwort zu warten, fuhr sie fort: «Vielleicht erwarten Sie, dass ich Ihnen freundlich wiederbegegne. Nach all diesen Jahren und nachdem Sie sich so für Egon und für die Gerechtigkeit stark gemacht haben. Nun, meinen damaligen Lebensabschnittspartner gibt es nicht mehr. Gerechtigkeit hat es nie gegeben, wird es nicht geben. Wie andere hätte ich einen Grund gehabt zu töten. Jedoch nicht Schläfli, sondern den Vater meines Kindes.» Sie fixierte ihn mit ihrem kalten, alles durchdringenden Blick: «Burgener setzte mich damals heftig unter Druck, das Kind wegzumachen. Zunächst bittend, zuletzt massiv drohend. Er dachte an seine Karriere – ich bitte Sie, was gibt es denn als Ruderer außer Medaillen und Ehre zu gewinnen? Es war der blanke Horror, Psychoterror. Aber je mehr Druck er ausübte, umso entschlossener war ich, mein Kind zu behalten und meine Beziehung zu diesem selbstherrlichen Egoisten zu beenden. Sein erlösender Schuss hat das dann obsolet gemacht. Sie verstehen das Wort, Totò?»

Auf die Verwendung seines Kosenamens reagierte der Angesprochene nicht. Im Militär hatten sie sich der Kurzform bedient, um ihn aus der Reserve zu locken und unnötigerweise an seine Wurzeln zu erinnern.

Sie änderte ihre Strategie: «Finden Sie es nicht absurd, dass er den Druck auf mich stetig erhöht hat und sich bei der erstbesten Stresssituation eigenhändig den Kopf wegbläst? Was für eine Schweinerei – erinnert mich an die Szene mit Travolta, als sich im Auto der tödliche Schuss löst. Ich liebe Tarantino.»

«Weil ich Ihre damalige Situation nicht kenne, steht mir kein Urteil zu», gewann er etwas Zeit.

«Für einen Polizeibeamten muss es äußerst unbefriedigend sein, dass er nie über alle Informationen verfügt und er darum ein wichtiges, vielleicht ein zentrales Puzzleteil für die abschließende Beurteilung des Sachverhalts nicht kennt oder einfach nur übersehen hat. Immerhin hängt von Ihrer Arbeit das Schicksal von Tätern und von Opfern ab. Aber lassen wir diese sehr frustrierende philosophische Sichtweise. Im Sinn größtmöglicher Transparenz und zu Ihrer Information: Schläfli und Krämer haben mir absolut ungewollt bei der Behebung des Problems geholfen. Ohne dass ich etwas dafür zu tun hatte. Vielleicht radikal. Dafür final. Ich will mir nicht vorstellen, wie unsere nationale Ruderhoffnung auf eine Trennung reagiert hätte.»

Für einen Augenblick beherrschte Stille den Raum, bevor Barbara erneut das Wort ergriff: «Ich muss Schläfli dreifach dankbar sein. Zuerst der Suizid, danach hat er mich und meine Tochter Yannina Noëlia großzügig unterstützt. Und – aller guten Dinge sind bekanntlich drei – mich mit Dr. Bernhard Rohner bekannt gemacht. Vermutlich wollte er einfach sein Geld sparen», fügte sie mit einem hellen Lacher an.

«*Der* Rohner?», fragte Tagliabue ungläubig.

«*Der* Rohner», erklärte sie mit dem bekannten Namen ihre exklusiven Lebensumstände. «Sie sehen, Herr Kommissar: Ich verdanke Schläfli alles und habe kein Motiv, ihn zu ermorden. Falls es ein Mord war. Aber das ist Ihr Job, das herauszufinden. Um Ihnen doch etwas weiterzuhelfen, damit sich ihre Expedition eventuell bezahlt macht: Seit dem mysteriösen Verschwinden seiner Ehefrau haben wir keinen Kontakt mit Schläfli mehr gepflegt.»

Sie erhob sich vom Stuhl. «Zu meinem nicht übermäßigen Bedauern muss ich Sie verabschieden – man erwartet mich in einer halben Stunde zum Stamm unseres Service-Clubs. Sie wissen sicher, dass die Gattin Ihres neuen Chefs auch dabei ist.» Lächelnd reichte sie ihm die Hand. «Wären Sie pünktlich gewesen, hätte ich vielleicht all Ihre Fragen beantwortet.»

Als der Kommissar am Ende der Straße um die Ecke bog, sah er den Zettel an der Frontscheibe. Er beschleunigte den Gang, um sich Klarheit über die Höhe der Buße zu verschaffen, die ihm der Polizist verpasst hatte. Seine Wut wuchs ins Unkontrollierbare, als er den verbogenen Scheibenwischer des Alfas erblickte. Zitternd entfaltete er das Papier, um die sauber handgeschriebenen und exakt aneinandergereihten Großbuchstaben zu lesen:

WIR WOLLEN KEINE FREMDEN.
WIR WOLLEN KEINE AUSLÄNDER.
WIR WOLLEN KEINE TSCHINGGEN.

Und darunter etwas kleiner das Postskriptum: «Diesmal ist es nur ein Pneu, damit du so schnell wie möglich wieder wegkommst. Dahin, wo du hingehörst.»

Tagliabue lief auf die andere, von der Straße abgewandte Seite. Er erblickte das platte Hinterrad. Länger dauerte es, bis er die vier Stiche in die Innenseite des Reifens entdeckt hatte. Er richtete sich langsam auf und stellte fest, dass er in seiner Position weder von einem der Einfamilienhäuser noch von der Villa aus gesehen werden konnte.

Während er die ganze Nachbarschaft scannte, bemerkte er, wie ein brandneuer grauer Range Rover beim *Stop* anhielt, um abzubiegen. Am Steuer saß Barbara Rohner. Sie winkte ihm belanglos lächelnd zu und brauste davon.

Eine halbe Stunde später war der Schaden behoben. Kaum hatte Tagliabue den zerstochenen Pneu, Kreuzschlüssel und

Wagenheber im Gepäckraum verstaut, als sein iPhone zuerst leise, dann zunehmend aufdringlicher klingelte. Trotz immer intensiveren und genervteren Suchens fand er das Gerät erst, als es ihm vor die Füße fiel: Um es bei der Reparaturarbeit nicht zu beschädigen, hatte er das teure Stück auf das Autodach gelegt. Wo es geblieben war, bis es sich durch sein Vibrieren in Bewegung gesetzt hatte und in den Abgrund gestürzt war.

Als er das Gerät zu fassen bekam, hatte das Läuten schon aufgehört. Ein verpasster Anruf: Deubelbeiss. Tagliabue kannte nicht einmal den Vornamen seines Assistenten. Da das Smartphone ohnehin verschmiert war, tippte er mit einem ölig-klebrigen Zeigefinger auf den Bildschirm.

«Ja», klang es gelangweilt vom anderen Ende.

«Heißen Sie Ja? Haben Sie gelernt, ein Telefon richtig abzunehmen?», donnerte der Kommissar.

«Ich denke, Sie können lesen. Mein Name steht unter der Mitteilung ‹verpasste Anrufe›.»

«Haben Sie Neuigkeiten für mich?»

«Andernfalls hätte ich es doch niemals gewagt, Sie bei Ihren persönlichen Ermittlungen in Ihrem Privatfall zu stören. Wie geht es denn Ihrer alten Bekannten auf dem Land?»

«Die können wir getrost von der Liste der Verdächtigen streichen.»

«Das denke ich mir. Schläfli hat sie jahrelang mit einer äußerst großzügigen Summe freiwillig unterstützt – wenn ich da an meinen mickrigen Lohn denke.» Weil von der anderen Seite keine Reaktion kam, fuhr der Assistent fort: «Der Dauerauftrag wurde vor der Hochzeit mit Rohner gestoppt. Der scheint es nicht wirklich nötig zu haben.»

«Es handelt sich um *den* Rohner», unterbrach der Ältere, «Schläfli hat die beiden bekannt gemacht ...»

«… und viel Geld gespart. Geld, das er gerade in den letzten beiden Jahren sehr gut hätte brauchen können. Es schien ihm geschäftlich nicht glänzend zu gehen.»

«Wie meinen Sie das?»

«Krämer hat regelmäßig beträchtliche Summen an Schläfli überwiesen. Am Anfang wurden die Beträge innerhalb von dreißig Tagen wieder zurückerstattet. Später verlängerten sich die Fristen, bis die Rückzahlungen ganz ausblieben. Da ist ein schöner Schuldenberg angewachsen – vor allem, wenn man bedenkt, dass weiterhin ziemlich viel Geld von Krämer an Schläfli ging und von dort direkt weiterfloss. Wohin oder zu wem, ist nicht ganz nachvollziehbar – nicht einmal für mich.»

«Vielleicht auf ein anderes Konto von Krämer?»

«Warum sollten sie das tun? Die Summen wären umgehend an Krämer zurücktransferiert worden. Das hätte doch keinen Sinn ergeben.»

«Geldwäscherei?», mutmaßte der Kommissar. «Und Krämer hat auf die Rückzahlung der Darlehen verzichtet, weil Schläfli für ihn die Drecksarbeit erledigte?»

Ohne auf diese Frage einzugehen, reichte der Assistent die nächste Hypothese nach: «Wenn Schläfli das Geld von einem seiner Konten auf ein anderes überwiesen hätte, um es verschwinden zu lassen und vor dem Zugriff Dritter zu schützen? Und wenn er sich bei Krämer bedient hat und die Summen deshalb in Luft auflösen ließ?»

«Ist das möglich?»

«Ich denke schon, hab's aber noch nie versucht.»

«Unabhängig davon, ob Schläfli seinen Jugendfreund beklaut hat oder nicht: Er hatte Schulden und keine Aussicht, diese zu begleichen. Krämer hat also ein starkes Motiv gehabt, den Militärkameraden und Geschäftspartner umzubringen. Wie sind Sie an die Informationen gekommen?»

«Das fragen Sie mich erst jetzt? Ich habe mich auf den Konten Schläflis etwas umgesehen.»

«Woher haben Sie denn die Bewilligung, in fremden Konten rumzuschnüffeln?»

«Fragt ein Hund, ob er die Wurst fressen darf?» In der Leitung blieb es ruhig.

Tagliabue schüttelte den Kopf, starrte auf sein iPhone, dachte an die Konsequenzen, die ein Auffliegen dieses Angriffs auf das weltberühmt-berüchtigte Schweizer Bankkundengeheimnis nach sich ziehen würde.

«Falls Sie sich Sorgen um Ihren PC oder Ihre zukünftige Karriere machen: Ich habe mich mit meiner Infrastruktur in die Systeme eingeloggt. War nicht schwierig, an die Daten zu Schläfli heranzukommen.»

«Haben Sie sich bei Krämer ebenfalls etwas, wie Sie es nennen, umgesehen?», fragte Tagliabue beunruhigt.

«Nein. Da bin ich nicht reingekommen. Hab es dann nicht weiter versucht. Wissen eh alle, wie stinkreich der ist. Steht auf der Liste der dreihundert Geldreichsten. Würde auf die Liste der fünfzig Einflussreichsten gehören. Für Sie schaue ich mich aber gern ein wenig weiter um, wenn Sie das ausdrücklich wünschen. Oder sogar befehlen.»

«Lassen wir das, wird wohl nicht nötig sein.»

Deubelbeiss schien sehr angestrengt nachzudenken: «Halt, bevor ich es vergesse: Da war noch etwas. Vielleicht ist es aber gar nicht wichtig.»

«Schießen Sie schon los!»

«Bei meinen Recherchen bin ich auch auf mehrere Transaktionen von Schläfli an eine gewisse Perzetta gestoßen.»

«Perzetta? Habe ich noch nie gehört. Ist Italienisch und heißt ‹für Z›.»

«Sie müssen es ja wissen.»

«Und?»

«Eine Firma mit diesem Namen existiert nicht.»

«Haben Sie im Handelsregister nachgeschaut?»

«Ist die Erde eine Kugel?»

«Gibt es im Fall Schläfli irgendeinen Vor-, Nach- oder sonstigen Namen, der mit einem Z beginnt?»

«Dazu kommt mir nichts in den Sinn. Kein Nachname. Und Vornamen mit Z sind ohnehin selten. Zoë? Oder wer heißt schon Zac?»

«Da fällt mir Zac Brown ein.»

«Kenn ich nicht.»

«Ein Musiker. Da sollten Sie mal reinhören.»

«Ist wohl nicht mein Geschmack.»

«Den traue ich Ihnen ohnehin nicht zu.»

«Sie als Italiener müssen es ja wissen. *Bel paese,* wie dieser weiße Streichkäse in goldener Verpackung.»

Der Ältere brach das Wortgefecht ab: «Wann hat das mit den Überweisungen an Perzetta angefangen?»

«Die erste Buchung liegt mehr als acht Jahre zurück.»

«Damals lebte Schläflis Frau noch», erinnerte sich der Ermittler. Seine Frustration steigerte sich weiter, wenn er daran dachte, dass der Assistent an einem Morgen im Büro mehr herausgefunden hatte als er bei seinem Ausflug aufs Land. Und anstelle eines Plattens und schmutziger Hände hatte Deubelbeiss einen flachgedrückten Hintern vom Sitzen und klebrige Finger von den Paprikachips, die er, sogar am anderen Ende der Leitung gut hörbar, in sich hineinstopfte.

«Kommissar? Sind Sie noch bei mir? Sind wenigstens Sie noch am Leben?»

«Ja, musste nur schnell kontrollieren, ob der Akku noch mitmacht. Was ist also diese Perzetta?»

«Das finde ich noch heraus. Aber irgendetwas ist faul».

«Wie kommen Sie darauf?»

«Sie haben Ihren Instinkt. Ich habe meine Daten. Finden Sie nicht, dass wir uns perfekt ergänzen? Tradition und Moderne. Digital und analog. Erfahrenheit und Ehrgeiz. Alt und jung. Huber hat sich etwas dabei gedacht, als er mich Ihnen zuteilte.»

«Huber?» Tagliabue war entsetzt, fühlte sich verraten.

«Wussten Sie das denn nicht? Nach all den Fehlversuchen mit ihren diversen Partnern. Wo sind wir stehen geblieben?», versuchte Deubelbeiss, vom Thema abzulenken: «Es gibt oder, präzise formuliert, es gab seit ein paar Jahren Überweisungen von Schläfli an die Perzetta. Immer wieder, nicht immer am gleichen Datum. Kein Dauerauftrag wie bei einer Lohnzahlung.»

«Wenn wir schon dabei sind: Haben Sie einen Dauerauftrag zugunsten von María Pinto aufgestöbert?», unterbrach der Kommissar.

«Das muss eine sensationelle Putzfrau sein, wenn María Sie so in ihren Bann zieht. Darf ich beim Verhör dabei sein?»

«Sie zählt nicht zu meinen Verdächtigen. Und?»

«Was und?»

«Haben Sie etwas gefunden oder nicht?»

«Habe ich Ihnen doch schon alles erzählt.»

«Sie wissen genau, was ich meine!»

«Nichts zu Frau Pinto. Diese Zahlungen liefen vielleicht über ein Firmenkonto. Oder sie hat ihren Lohn schwarz in bar erhalten. Ist doch gang und gäbe bei Südländern und Südländerinnen. Ich werde mich umschauen. Aber waren wir nicht bei Perzetta stehen geblieben?»

«Dann fahren Sie schon fort.»

«Die Beträge betrugen ein paar hundert Franken pro Monat – von vier- bis achthundert. Nur Hunderterbeträge.»

«Da wurde sicher keine Mehrwert- oder andere Steuer abgerechnet», mehr fiel dem gebürtigen Italiener dazu nicht ein.

«Bemerkenswert ist eine Transaktion kurz vor Schläflis Tod: Mit zweitausend Franken liegt diese Summe deutlich höher als der zweithöchste Betrag.»

Reaktionslos nahm Tagliabue die Zahlen zur Kenntnis. «Kommissar. Was sagen Sie dazu? Hören Sie mich? Hallo!»

«Noch kann ich mir keinen Reim darauf machen. Haben Sie was zur Identität von TrueBoy herausgefunden? Er – oder sie – heißt wohl kaum so.»

«Dazu bin ich bis jetzt leider noch nicht gekommen, tut mir so sorry. Befinden Sie sich schon auf dem Rückweg? So, wie die Verbindung klingt, stehen Sie irgendwo in den Pampas. Ihr Treffen mit Frau Rohner hat lange gedauert. Was haben Sie denn rausgefunden?»

«Meine Resultate decken sich exakt mit Ihren. Sie sehen: *Metodo classico* führt genauso zum Ziel. Ich beklage eine hinterhältige Panne und stehe noch im Nirgendwo.»

«Tja, Italiener und Oldtimer. Da muss man halt immer mit sowas rechnen. Kann man bloß dann machen, wenn es nicht darauf ankommt, wann man ankommt. Oder man eh schon den Ruf regelmäßiger Unpünktlichkeit hat.»

Tagliabue wunderte sich, wie leicht es ihm fiel, diese abschätzige Bemerkung zu sich und vor allem zum Alfa zu überhören: «Ich kehre nicht mehr ins Büro zurück, gehört jetzt alles Ihnen. Aber keine Dummheiten. Bitte.»

«Apropos Dummheit: Die Keiser hat angerufen. Sie wollte Sie im Auftrag unseres Kommandanten an ihren Termin mit ihm erinnern. Und dass Sie zur richtigen Zeit, am richtigen Ort erscheinen», ergänzte Deubelbeiss.

Die Erinnerung an Huber ruinierte seinen miesen Montag endgültig. Der Ermittler murmelte ein «grazie und ciao», um das Gespräch zu beenden. Er wischte sich die Hände, so gut es ging, sauber, setzte sich hinter das Steuerrad und startete die Maschine problemlos. Das typische Geräusch des Motors reichte, um seine Stimmung etwas zu heben. Im Leerlauf drückte er mehrmals vehement aufs Gaspedal, um den Beobachtern mitzuteilen, dass er ihr Nest verließ, um nie mehr in ihre vor Durchschnittlichkeit triefende Welt zurückzukehren.

Er war erleichtert, dass er nicht mehr durchs Zentrum fahren musste. Aber nur kurz nachdem das letzte Haus aus den Rückspiegeln verschwunden war, meldeten sich Hunger und Durst. Er hatte nichts gegessen, und Frau Rohner hatte ihm nicht einmal ein Glas Wasser angeboten.

Wenige Kilometer später hatte er die nächste Kleinstadt erreicht. Bei McDonald's bestellte er nach kurzem Warten einen Big Mac, Pommes, Chicken Nuggets und eine Cola. Er verschlang das Essen beim Fahren und fühlte sich langsam besser. Bis der Heißhunger in ein übles Völlegefühl und schließlich in Brechreiz überging.

Am späteren Nachmittag stellte er das Auto in der Tiefgarage ab. Wieder in der Oberwelt, entschied er sich, auf das Tram zu verzichten und den Heimweg zu Fuß anzutreten. Mit jedem Schritt gewann er mehr Distanz zu seinem Tag. Trotz seines Fehlversuchs war etwas Bewegung in die Sache gekommen.

Er beschloss, diesen Teilerfolg irgendwo unterwegs mit einer Flasche Breil Pur gebührend zu feiern.

Ungefähr um drei Uhr morgens stand der Kommissar wieder im Flur seiner Wohnung. In der Küche hatten die Zutaten für seine selbstgemachte Pasta zu einer undefinierbaren Masse fusioniert. Jades zerstörtes Designerkleid lag als schmerzhafte Erinnerung an ihre letzte Begegnung auf dem mehlbestäubten Boden. Sie zu kontaktieren, dazu fehlten ihm *le palle*. Erst recht, als er nach der kleinen Küche das Schlafzimmer von den Spuren der Nacht befreite. Als er sein Bett frisch bezogen hatte, war es drei Uhr zweiundvierzig. Erst beim Blick auf den Wecker fiel ihm ein, dass er in ein paar Stunden in Hubers Büro erwartet wurde.

Um nicht unausgeschlafen zur Verabredung zu erscheinen, entschloss der Kommissar, sich nicht mehr in sein Bett zu legen. Er schob eine DVD mit Robert De Niro in den Schacht und setzte sich vor den Fernseher. Einst hatten sich der reale Polizist und der fiktive Mafioso aus *Der Pate* stark geglichen. Jetzt gab es keine Ähnlichkeiten mehr: Brust-, Gesichts- und Kopfhaare des Ermittlers waren nicht mehr südländisch schwarz. Sein Körper gewann an Breite, verlor an Höhe. Den sportlichen Anstrengungen zum Trotz schaffte er es nicht, sein Gewicht konstant zu halten. Sobald er mit einem komplexen Fall betraut war, schrumpften die Trainingseinheiten in gleichem Maße, wie ungesundes Essen und Trinken anstiegen.

Immerhin war unter dem schwammigen Bauch bei genauerem Hinsehen ein Sixpack zu erahnen, wenn er sich am Morgen vor dem Spiegel streckte. Auch die Struktur seiner Beine war ein untrüglicher Beweis für seine einstige Fitness. Dass der Kommissar aber immer jünger geschätzt wurde, als er tatsächlich war, lag an seinen Augen: Dunkelbraun und wach verfolgten sie das Leben um ihn herum so aufmerksam wie eh und je.

7

Als Tagliabue mit schmerzendem Rücken erwachte, hatte De Niro seinen Part erledigt und dem Schneegestöber auf dem Bildschirm Platz gemacht. Vor Panik hellwach, suchte der Ermittler die Fernbedienung, um die TV-Uhr einzublenden: Es blieben ihm fünfundvierzig Minuten. Aber keine Zeit, um das zerknitterte Gesicht von den dichten Bartstoppeln zu befreien.

Am Wasserhahn kalt gewaschen, in neuen Kleidern verließ er die Wohnung. Als er die Haustür zur Straße öffnete, schlug ihm eine Welle ungewöhnlich heißer Luft entgegen. Das blütenweiße Hemd gewann sofort an Transparenz. Den Weg ins Präsidium nahm er trotzdem zu Fuß in Angriff.

Ganz kurz, bevor die frisch installierte Uhr zehn Uhr einblenden konnte, kam der Kommissar im Vorzimmer des Kommandanten an, wo Elvira Keiser ihn schon erwartete.

«Tagliabue. Dazu noch pünktlich, was für ein *miriculum*. Dass es Ihnen gelingt, mich so zu überraschen», begrüßte die Assistentin den Besuch, ohne von der Zeitschrift zu ihm oder zur Wanduhr hochzusehen. Die zwei kannten sich schon sehr lange. Trotz ihrer physischen und geistigen Unbeweglichkeit hatte sie es zu einem sicheren Job und zu einem Sohn gebracht. Und mit dem frühen Ableben des Kindsvaters war auch eine sehr solide finanzielle Basis für die Zukunft des inzwischen Volljährigen gelegt.

Von Huber respektive einer konkreten Nachricht zu seinem Verbleib fehlte jede Spur. Die Assistentin machte auch keine Anstalten, die Verspätung zu erklären oder gar zu entschuldigen. Parallel zu der Lektüre widmete sie sich jetzt ihrer Zwischenverpflegung in Form eines länglichen Salamisandwiches und eines Multivitaminsafts. Sie ließ sich dabei durch nichts stören. Mit vollgestopftem Mund ähnelte sie noch mehr als sonst einem Hamster. Der Ermittler wunderte sich, ob es denn nichts gab, was diese Frau aus der Ruhe bringen konnte.

Mit dem Springen des großen Zeigers auf vier Uhr war vom neuen Chef immer noch nichts zu sehen oder zu hören. Der Kommissar wollte gerade gehen, als die Tür aufgerissen wurde und Bernhard Huber grußlos an ihm vorbei ins Büro verschwand. Tagliabue stand kurz auf, um seinem Chef zu folgen, ließ es dann bleiben und setzte sich wieder auf seinen Platz.

«Tagliabue!»

In Gedanken versunken und mit dem Schlafmangel kämpfend, hatte der Aufgerufene nicht bemerkt, dass die Bürotür plötzlich offenstand. Er erhob sich in Superzeitlupe und warf einen Blick auf die Wanduhr: halb Elf.

Der Kommandant stand im Türrahmen und ließ den Kommissar ins kärglich eingerichtete Büro eintreten. Im Gegensatz zur Einrichtung des Vorgängers gab es keine Pflanzen auf den Möbeln, keine Gemälde an den Wänden, wenig Akten auf dem Pult. Mit ausgestrecktem Arm deutete Huber zu einem rechteckigen Glastisch, setzte sich an dessen Kopfende, ohne auf den Ermittler zu warten. Dieser setzte sich auf den am weitesten entfernten, grünen .03 von Vitra.

Wortlos ergriff der Doktor eine Kristallglasschale, um sie dem distanzierten Nachbarn auffordernd hinzuhalten: «Schokotartufi von Curletti. Ein kleiner Geheimtipp. Aus dem Piemont. Kennen Sie gewiss. Sie stammen ja aus dem *paese bello.*»

Tagliabues Blick ließ keine Zweifel darüber aufkommen, was er von Hubers Süßigkeiten und Herkunftsdiskussion hielt. Der zog mit seinem Arm auch sein Angebot zurück. Er zuckte kurz mit den Schultern: «Ich benötige Zucker, um meine Leistung auf konstant hohem Niveau zu halten. Sollten Sie auch probieren.»

Er durchbohrte den Gast mit kalten blauen Augen. Der Versuch, mit den 26 Gesichtsmuskeln ein klar erkennbares Lächeln zu formen, scheiterte kläglich an der fehlenden Übung. Der Kommissar dachte sofort an die Holzmasken aus dem Lötschental.

«Tagliabue», startete der Tschäggättä.

«Huber.»

«Herr Doktor Huber, bitte schön.»

«Herr Hauptkommissar Tagliabue, bitte schön.»

«Also: Herr Hauptkommissar.»

«Herr Kommandant.»

«Wie geht es mit dem neuen Assistenten?»

«Ich bin sicher, dass er viel von mir lernt», holte der Ermittler aus, um sofort von Huber unterbrochen zu werden.

«Und ich bin mir sicher, dass Sie einiges mehr von Deubelbeiss lernen können als umgekehrt. Er bringt sämtliche Fähigkeiten mit, die es heute für die moderne, erfolgreiche Polizeiarbeit braucht. Ihr Assistent war der Beste seines Jahrgangs in der Ausbildung, wenn es um den effizienten und den effektiven – Sie kennen doch den Unterschied, nicht wahr? – Einsatz von Computern und aller anderen innovativen Technologien geht. Sie haben nicht einmal ein eigenes Profil auf Xing, LinkedIn oder Facebook. Kann es sein, dass Sie sich zu wenig mit Ihrem Job identifizieren?»

«Ich dachte», lächelte der Gefragte, «und ich denke im Gegensatz zu vielen anderen noch häufig und überlasse das nicht einem Stück Silikon oder was sonst noch alles im PC oder in einem Mac steckt. Ich dachte also, es habe nicht viel Sinn, meinen Namen und Beruf, meine Erfahrung, meine

Adresse, meine Telefonnummer und den Fall, mit dem ich im Moment eben beschäftigt bin, ins World Wide Web zu stellen. Etwas Diskretion, eine Prise Vorsicht und Vertraulichkeit braucht es in meinem Beruf schon. Aber wem erzähle ich etwas von Cyberkriminalität et cetera? Sie sind der Spezialist, und bei Ihnen spielt es keine Rolle, wenn Sie sich mit Fotografie ins Netz stellen. War ohnehin auf allen Kanälen zu lesen und zu hören. Aber nur so nebenbei: Sie werden sich wundern, wie viele Idioten uns dank Netz ins Netz gehen, weil sie anstatt abzutauchen ihre globale Präsenz auf digitalen Kanälen gepflegt haben.»

«Sie scheinen sich trotz anderslautenden Informationen ein wenig mit elektronischen Medien, von IT möchte ich nicht sprechen, auszukennen. Weiter so. Vergessen Sie Ihre alten, ich möchte sogar sagen: veralteten, Methoden und schauen Sie Deubelbeiss genau auf die Finger. Denn ich werde mich weniger auf die Menschen, viel mehr auf Maschinen verlassen. Die sind den Tätern, Opfern sowie Polizisten weit überlegen. Schon bald werden wir vorher wissen, wo sich Verbrechen ereignen. Meine Leute werden dort sein.»

Durch die gläserne Tischplatte starrte Tagliabue auf seine Füße.

«Herr Kommissar», ärgerte sich Huber, «hören Sie mir zu? Ich verlange von Ihnen, dass Sie sich die neuen Methoden schnell aneignen und für Ihre tägliche Arbeit einsetzen. Ihr Assistent wird Ihnen dabei helfen. Ich werde jedoch keinesfalls akzeptieren, dass er Ihnen diese Aufgaben abnimmt. Ich brauche jeden Beamten. Kaizen und MRI. Sie erinnern sich? Sie kennen meine Ziele, und ich verlange, dass Sie Ihre persönlichen Ziele formulieren.»

Mit einem Griff in eine sehr teure, allerdings etwas zu weibliche Tasche zauberte er ein sternenförmiges Papier mit vier Zacken hervor. Mit unübersehbarem Stolz legte er das Blatt vor sich auf den Tisch und faltete es zu einem Körper.

«Frisch ab Presse. Die Farbe ist noch nicht getrocknet», strahlte er Tagliabue an. «Der Drucker war viel zu spät. Ich musste auf meine Idee warten. Ich habe Frau Keiser gestern Abend informiert, dass sie unseren Termin etwas verschiebt. Jedenfalls waren Sie pünktlich um halb elf hier, was mich doch positiv überrascht hat. Damit war mein Sprint ins Büro wenigstens nicht vergebens. Auf Elvira kann man sich eben verlassen. Wobei, ich nenne sie Elvis. Kennen Sie. Ist Ihre Generation. Ich weiß nicht, ob man ihn in Italien kannte. Obwohl, südlich des Alpenkamms singen sowieso alle. *Elvis, the Pelvis*, das Becken. Wie er die Hüften rhythmisch, fast ekstatisch von vorne nach hinten, von rechts nach links schwang, passt perfekt zu unserer Keiser.» Er zwinkerte dem Untergebenen verschwörerisch zu. «Aber zurück zu meiner Pyramide», kam er auf das ursprüngliche Thema zurück. «Wie Sie erkennen, setzt sie sich aus den vier Dreiecken der Mantelfläche sowie aus der Grundfläche zusammen. Zunächst die Seiten: Dort finden Sie meine Vision, meine Werte, meine Strategie, unsere Mission.» Der Kommandant legte eine kurze Pause ein, um zu prüfen, ob der Kommissar ihm folgte. «Nehmen wir mal die Vision», er war offenbar zum Schluss gelangt, dass sein Gegenüber ihm aufmerksam zuhörte, «lesen Sie doch vor.» Er freute sich darauf, seine eigenen Worte aus dem Mund eines anderen zu hören.

Tagliabue fühlte sich in die Schule zurückkatapultiert mit dem pedantischen und sadistischen Primarlehrer, der sich daran ergötzte, den kleinen Salvatore vor der ganzen Klasse laut rezitieren zu lassen. Obwohl der Tschingg nicht recht lesen und schreiben konnte und noch wenige Worte Deutsch sprach.

«Herr Tagliabue? Sind Sie bereit?»

Der überlegte kurz, ob er sich wie dazumal weigern sollte, laut vorzulesen, entschied sich dann aber für den Weg des geringsten Widerstands und packte die Pyramide. «Vision Zero: Die Polizei trägt mit professioneller Arbeit wesentlich dazu bei, Verbrechen und Unfälle in einer ersten Phase zu reduzieren, in einer zweiten zu minimieren, in der finalen dritten zu eliminieren. Ist sie in der Prävention nicht erfolgreich, setzt sie alle zur Verfügung stehenden Mittel ein, die Verantwortlichen im Sinn der absoluten Nulltoleranz zur Rechenschaft zu ziehen und an die Gerechtigkeit zu überführen, sodass sich keine Täter mehr in der Gesellschaft frei bewegen.»

«Und, Herr Hauptkommissar, was halten Sie davon? Das ist sicher in Ihrem Interesse, oder? Sonst wären Sie nicht Polizist geworden? Oder?»

«Das nenne ich endlich mal eine Vision. Vor allem finde ich ‹Zero› äußerst passend. Bei der Vision stehen noch weitere Punkte.» Er zeigte mit dem Finger auf die entsprechende Stelle.

«Warum meinen Sie?», zögerte Huber.

«Nun: Zu Ihrer Vision Zero stellen Sie eine ganze Reihe konkreter Maßnahmen. Diese hätten auf eine andere Seite Ihrer Pyramide gehört.»

«Nun», äffte Huber seinen Untergebenen nach, «es wundert mich nicht, dass Sie das nicht kapieren. Deshalb bin ich auch Ihr Vorgesetzter und nicht umgekehrt. Strategie ist seit über zwanzig Jahren mein Job. Ich würde es Ihnen ja gerne erklären. Es fehlt mir jedoch an den zeitlichen und Ihnen an den intellektuellen Möglichkeiten, um diese spannende Diskussion fortzuführen. Und weiter mit den Leitwerten.» Der Kommandant zeigte auf die Pyramide.

«Präzision. Unabhängigkeit. Disziplin», las Tagliabue ab.

Hubers Reaktion auf den fragenden Gesichtsausdruck ließ nicht auf sich warten: «Die Punkte bilden die Basis und beeinflussen jeden Aspekt unserer tagtäglichen Arbeit. Deshalb unser Logo im Zentrum. Es handelt sich hier um typisch schweizerische Eigenschaften. Wirklich keine Schokolade oder, wie Sie sagen, Tartuffi?»

«Tartufi», korrigierte der Ermittler mit einem Lächeln, «ein F oder ‹effe›, wie man in Italien sagt. Wie ein Affe mit E eben.»

«Präzision heißt Genauigkeit in der täglichen Arbeit, im Verhalten. Pünktlichkeit sowie Respekt vor allen höheren Dienstgraden. Pedantischer Umgang mit den Werkzeugen und allen Daten, die Sie damit zutage fördern. Ich sehe die Polizei als große Einheit, die alles Wissen sammelt und auswertet, jedem und jeder zur Verfügung stellt. Nur ein einziges, einheitlich funktionierendes Hirn. Stellen Sie sich das einmal vor!»

Im Kommissar verstärkte sich der Eindruck, dass zurzeit vor allem sein Chef auf die Ratio von anderen angewiesen war.

«Zur Präzision gäbe es noch einiges zu präzisieren. Ich habe jedoch leider nicht die Zeit dazu. Darum zu meinem zweiten Leitwert: Unabhängigkeit. Es gibt lediglich eine Abhängigkeit: Jene von unseren Auftraggebern, den Bürger dieser Stadt.»

Die Erklärung mit der einzigen Ausnahme zu starten, fand Tagliabue reichlich unvorteilhaft. Er verkniff sich zwar einen Kommentar, hatte trotzdem das Verlangen, den Chef zu unterbrechen: «Das Recht wäre demzufolge die zweite Abhängigkeit.»

«Das Recht?», wiederholte Huber, als ob er den Begriff noch nie zuvor gehört hätte. «Ich verstehe zwar, was Sie meinen. Aber ich bin schon mal froh, dass Sie nicht mit der Gerechtigkeit gekommen sind. Die interessiert mich nämlich nicht. Zur Disziplin», fuhr der Kommandant fort. «Wenn ich mir Ihre Personalakte ansehe, Herr Kommissar, bleibt nichts zu sagen. Da ist alles bereits formuliert. Ich gebe Ihnen eine letzte Chance.»

Für einige unangenehme Momente herrschte drückende Stille im ohnehin stickigen Büro.

«Für meine Strategie und unsere Mission bleibt leider keine Zeit, was ich außerordentlich bedauere. Kommen wir also gleich zur Basis unserer Pyramide». Er wühlte in seiner Tasche und brachte zunächst seinen Kopf zum Verschwinden, um ihn kurz darauf zusammen mit einem Bleistift wieder ans Tageslicht zu ziehen.

«Ich möchte gerne, dass Sie wie alle anderen Kollegen, die ebenfalls mit dieser Pyramide als zentrales Element unserer neuen Unternehmenskultur ausgestattet werden», Tagliabue bekundete Mühe, dem Schachtelsatz zu folgen, «auf die weiße, leere Fläche in der Mitte aufschreiben, worin denn Ihr persönlicher Beitrag zum künftigen Erfolg dieser Organisation besteht. Danach falten Sie die vier Seiten nach oben, stecken sie zusammen und stellen die Skulptur als permanente Erinnerung an Ihren Auftrag respektive Ihren selbstformulierten Beitrag auf Ihren Schreibtisch.»

«Haben Sie einen Scotch?», ergriff der Kommissar das Wort, «einen Klebestreifen natürlich – ich weiß: keinen Alkohol im Dienst. Nullkommanull Prozent. Passt perfekt zu Vision Zero.»

Der Polizeikommandant stöberte in den Schubladen mit dem Büromaterial seines Vorgängers und schob ihm nach einiger Zeit den halbtransparentgrauen Handabroller über die Glasplatte. Der Ermittler riss vier etwa gleich lange Streifen ab und klebte sie an die Tischkante. Er faltete drei Seiten in die Höhe, fügte sie zusammen, löste einen Klebestreifen, versiegelte die erste Kante, wiederholte die Prozedur. Er kritzelte «Huber loswerden» auf die dafür vorgesehene Stelle, um die

Papierskulptur mit den übrigen beiden Klebestreifen zu verschließen. «Ich bin völlig überzeugt, mit meinem Beitrag könnte ich der Polizei nachhaltig weiterhelfen», sagte er Huber ins Gesicht lächelnd.

Dieser ergriff zufrieden das Wort: «Apropos Ihr Beitrag: Wo stehen Sie mit Ihren Ermittlungen im Fall Schläfli?»

«Auf den ersten Blick sieht es aus wie ein klassischer Suizid, Sie verstehen das Fremdwort? Ein Freitod oder Selbstmord. Aber der Pathologe meint, dass mindestens eine weitere Person zur Tatzeit am Tatort war. Auf die Ergebnisse der Spurensuche warten wir noch. Wir stehen erst am Anfang.»

«Mir ist zu Ohren gekommen», der Vorgesetzte fixierte den Untergebenen, «dass Sie bei Barbara Rohner waren. Wieso?»

«Immerhin», fing der Gefragte an, «war Schläfli für den Tod ihres Mannes oder Vater des Kinds mitverantwortlich. Die Rache ist ein langlebiges Motiv.»

Kopfschüttelnd musterte Huber ihn: «Lieber Tagliabue. Über dreißig Jahre später glauben Sie noch an eine Mitschuld von Schläfli und Krämer. Obschon die zwei ihre Verantwortung wahrgenommen, die Witwe und das Kind jahrelang selbstlos unterstützt haben.»

Mit einem Schlag wurde Tagliabue bewusst, woher er Huber kannte: Der neue Chef hatte seinen Militärdienst zur gleichen Zeit wie er, Schläfli und Krämer geleistet.

«Kommissar?», holte ihn der Chef zurück. «Ich fordere, Barbara nicht mehr zu belästigen. Selbst Ihnen dürfte klar sein, dass sie keinerlei Interesse am Tod Schläflis hatte. Und Krämer halten Sie ebenfalls aus dieser Sache raus, falls Sie die Absicht hatten, ihn bei Ihrem Rachefeldzug ebenfalls zu berücksichtigen. Tun Sie uns, vor allem sich selbst, einen Gefallen, und stellen Sie Ihre persönlichen Motive in den Hintergrund. Seien Sie unabhängig, präzis und diszipliniert – liefern Sie mir den Mörder, falls es einen gibt! Aber schnell!»

Rasch hatte sich Huber erhoben, umkreiste das Pult und streckte Tagliabue die Rechte entgegen. Als sich der Arm aus dem Hemdärmel schob, war immerhin keine Tätowierung zu erkennen.

«Und kaufen Sie sich mal ein anständiges Auto, auf das Sie sich verlassen können.» Er schob den Kommissar sachte durch die Tür ins Vorzimmer.

Keiser war immer noch von ihrer Lektüre absorbiert und hatte weder Zeit, Lust noch Energie, von Tagliabue Kenntnis zu nehmen und sich von ihm zu verabschieden.

«Elvis, the Pelvis», flüsterte der Ermittler, als er auch diese Tür hinter sich ins Schloss schnappen hörte.

Vor seinem Büro angelangt, überlegte er kurz, Deubelbeiss zu überrumpeln, entschloss sich dann für die höflichere Variante und klopfte vorsichtig an die Tür, bevor er mit angemessenem zeitlichem Abstand eintrat. Sein Assistent hockte aufrecht, mit dem PC beschäftigt, an seinem Pult. Mit beiden Beinen fest auf dem Boden und nicht von Kopfhörern abgeschottet, entsprach er exakt jenem Bild, das dem Vorgesetzten vom idealen Untergebenen vorschwebte.

Die Metamorphose zufrieden zur Kenntnis nehmend, schritt er zum Schreibtisch, um die versiegelte Pyramide vorsichtig auf der Tischplatte zu platzieren. Noch bevor er sich auf seinen Stuhl setzen und etwas sagen konnte, ergriff Deubelbeiss das Wort: «Und, wie lief's bei Beni?»

«Für Sie, wie für jede und jeden hier drin auch: Herr Dr. Huber. Oder zählen Sie zu seinen Freunden?»

«Er ist mein Onkel.»

Ruhe.

«Er ist der viel ältere Bruder meiner Mutter und dennoch ein selbstverliebtes Arschloch. Obschon, und nicht weil er mir den Job an Ihrer Seite verschafft hat.»

Tagliabue lächelte: Bis vor Kurzem hatte er «Arschloch» locker genommen und als inhaltleere Floskel betrachtet, wie Schmetterling oder Sumpfdotterblume. Dass sein neuer Chef so bezeichnet wurde, gab dem Schimpfwort mit einem Schlag eine Bedeutung. Jetzt konnte er sich vorstellen, was mit den neun Buchstaben gemeint war.

«Aber keine Angst: Ich bin ganz auf Ihrer Seite. Er ist ein arroganter Opportunist, der über Leichen geht, wenn es seiner Karriere dient. Und die lächerliche Pyramide begleitet ihn auf jeder Etappe seines Wegs nach oben», mit diesen Worten klaubte Deubelbeiss den bekannten Bastelbogen aus der Tiefe seiner Schublade und zeigte lachend auf das Modell seines Chefs: «Ihre Version sieht spannend aus.»

«Datenschutz. Meine Firewall ist nur schwer und nicht ohne nachhaltige Spuren zu hinterlassen zu überwinden. Sind Sie weitergekommen?» Er hatte den Schock darüber, dass man ihm möglicherweise einen Spion untergejubelt hatte, schon fast überwunden.

«Trueboy bleibt verschollen. Bei Krämer halte ich mich auf Ihren Wunsch zurück. Vielleicht sollten wir es in der Tat mit Ihren traditionellen Methoden versuchen.»

Erst jetzt nahm Tagliabue seinen Assistenten richtig wahr: Vor ihm saß ein junger Mann, den niemand ernsthaft für volljährig gehalten hätte. Starke Akne und die daraus resultierenden Furchen im Gesicht ließen ihn auf der einen Seite älter erscheinen. Gleichzeitig sah er nicht aus, als hätte er in seinem bisherigen analogen Leben viel durchgemacht. Er war groß und mager, ja dürr – ein Zustand, den *mamma* nicht akzeptiert und mit eigenen Mitteln ebenso wort- wie kalorienreich bekämpft und besiegt hätte. Der Junge versank beinahe in seinem dunklen Anzug, und man sah ihm an, dass er sich in der Verkleidung nicht wohl fühlte. Den Krawattenknoten hatte er beim Versuch einer leichten Lockerung auf das Minimum komprimiert. Was dazu führte, dass ihm die viel zu bunte und zu schmale Halsbinde schräg um den Hals hing. Auch das Hemd schien er zum ersten Mal seit Jahren gegen seine ausgewaschenen, ausgetragenen Shirts mit düsteren Sujets und sinnhaltigen Sprüchen wie «in death we trust / in brutality we blast» eingetauscht zu haben. Denn jeder zweite Knopf blieb offen und gab den Blick auf seinen erbärmlichen Oberkörper frei. Die weiße Haut erinnerte den Kommissar an den Albino in Stieg Larssons Trilogie. Aber während Silas' ungewöhnlicher Teint angeboren war, gab es für Deubelbeiss' Haut einfach keinen Grund, Melanine zu produzieren, solange sich der Assistent die allermeiste Zeit in dunklen oder verdunkelten Räumen hinter einem Bildschirm aufhielt. Dass Deubelbeiss nicht an Albinismus litt, erkannte man an seinen dunkelgrünen Augen, die unruhig hin und her oszillierten und kaum in der Lage schienen, ein Objekt auch nur für kürzeste Zeit zu fixieren. Damit übernahmen sie die Unrast der Füße, die hochfrequent wippten, und der Hände, die über Controller und Keyboards rasten, um die Knöpfe, Schalter und Tasten mit rücksichtsloser Intensität zu malträtieren. Genauso nervös und chaotisch stürzten seine dünnen, geraden, zu dünnen Strähnen verklebten Haare in die Tiefe. Dabei zeigten sich trotz des jugendlichen Alters ihres Trägers bereits mehrere lichte Stellen am überdimensionierten Schädel – vielleicht hatte das fehlende Tageslicht auch zu diesem akuten personifizierten Waldsterben geführt.

Soweit der Kommissar das erkennen konnte, hatte sich der Assistent weder ein krudes Alpha- noch irgendein anderes Zeichen in den Unterarm oder an eine andere ersichtliche Körperstelle tätowieren lassen. Eine Erkenntnis, die ihn erleichterte, da der Kollege einerseits nicht zu den *old boys* zählte, andererseits nicht jede Mode mitmachte und sich so einen Rest von Unabhängigkeit und eigenständigem Urteilsvermögen bewahrt hatte – beides unabdingbare Charakterzüge für gute Polizisten.

«Sie haben sich richtig in Schale geworfen. Für mich?»

«Nein, ich habe einen Termin bei Beni.»

«Sie erstatten ihm genau Bericht, und er brieft Sie, wie Sie mich am besten kontrollieren und dann rapportieren», versuchte Tagliabue einen Scherz, der auf seinem Weg zum Assistenten die Pointe verlor.

«Meine dreimonatige Probezeit ist vorbei, was Ihnen kaum aufgefallen sein dürfte. Er wird mich fragen, ob ich mit Ihnen weitermachen will.»

Der Kommissar fand es bemerkenswert, dass Huber ihn vor einigen Minuten deswegen nicht gefragt hatte. «Und, was werden Sie ihm antworten?»

«Das werde ich mir ganz sorgfältig überlegen. Ich habe viel Zeit auf dem Weg in sein Büro. Ich bin dann mal weg.» Deubelbeiss erhob sich von seinem Pult. Kurz bevor er die Tür erreicht und die Klinke ergriffen hatte, wandte er sich noch einmal an den Vorgesetzten: «Keine Sorge. Ich bin loyal. Nicht ihm und nicht Ihnen, sondern meiner Aufgabe und der Arbeit gegenüber. Ich arbeite nicht gegen Sie, solange Sie nicht gegen unseren Auftrag arbeiten. Er», dabei kippte er den Kopf Richtung Ausgang, «handelt ohnehin nur aus Eigeninteresse. Bevor ich es vergesse», tat er so, als ob er sich per Zufall an dieses Detail erinnerte, «Sie haben morgen Vormittag einen Termin mit Krämer. Wie haben Sie so schön gesagt: Jetzt helfen nur noch Ihre traditionellen Methoden.»

«Wie haben Sie das geschafft? Per Telefon?», konnte der Kommissar seine Verblüffung nicht verstecken.

«War im Vergleich zu den Bankverbindungen nicht schwer. Ich habe mich in seine Agenda eingeloggt. Krämer nimmt an, seine Assistentin hätte ihm die Zeit blockiert und umgekehrt. So gibt es keine Fragen.»

«Können Sie sich eigentlich vorstellen, dass es neben elektronischen auch andere Formen der Kommunikation gibt?»

Das überstieg die Vorstellungskraft von Deubelbeiss. Er zog es nun einmal vor, zu schreiben und zu lesen, statt zu reden und zu hören. Er starrte zur Decke hoch. Seine Nervosität ließ die Tür, die er nicht losgelassen hatte, leicht vor und zurück schwingen.

«Nun?», brachte Tagliabue die Tür zur Ruhe.

«Als Betreff habe ich ‹Gespräch› geschrieben», versuchte der Assistent, vom Thema abzulenken. «Damit haben sie null Anhaltspunkte. Weder, wer den Termin in die Agenda gesetzt hat, noch, worum es sich bei dem Treffen dreht», ließ Deubelbeiss seine Überlegungen zur Online-Buchung noch einmal Revue passieren. «Den Eintrag nachträglich zu löschen, könnte für noch mehr Aufsehen sorgen. Aber wir könnten den Termin noch sausen lassen. Falls Sie das wünschen.»

«Ich könnte Sie ebenfalls hochgehen lassen», schimpfte der Kommissar. «Gehen wir gleich zu Dr. Huber, oder Beni, wie Sie ihn nennen. Was meinen Sie wohl, was unser Chef, Ihr Onkel, davon hält, dass Sie sich in die Agenda eines Kameraden einloggen, um einen Termin zu buchen? Wie können Sie so dumm sein? Machen das Ihre debilen Videospiele?»

Für kurze Zeit herrschte Stille. Deubelbeiss hatte die Tür beim ersten Anzeichen des aufziehenden Gewitters zur Sicherheit wieder von innen zugezogen.

«Dieses Mal nicht.»

«Dieses Mal nicht?», staunte der Kommissar.

«Dieses Mal gehen wir nicht zusammen zu Huber.»
«Und warum nicht?»
«Was denken Sie, was unser Chef, oder mein Onkel, davon hält, wenn ich ihm stecke, dass Sie persönlich mir den Auftrag gegeben haben, mich in Krämers Bankverbindungen umzusehen? Ich meine, wer bin ich denn, dass ich als armer Praktikant den Befehlen meines Vorgesetzten, des erfahrenen Hauptkommissars mit einigem Renommee sowie gewisser Reputation, in meiner Probezeit so mir nichts dir nichts ignoriere?»

Nach einer Ewigkeit lachte der Ermittler laut heraus und zerriss die angespannte Stille: «Sie gefallen mir. Sie haben Rückgrat. Sind Sie ganz sicher, dass Sie mit Huber verwandt sind? Gehen Sie, lassen Sie den Onkel nur nicht warten. Unpünktlichkeit ist mein Markenzeichen. Er würde sonst glauben, meine schlechten Eigenschaften hätten auf Sie abgefärbt, und zieht Sie wieder ab. Was ich bedauern würde.»

Wenig später zog auch Tagliabue die Tür hinter sich zu und blieb stehen, um nach dem iPhone zu tasten: keine Nachricht, kein verpasster Anruf. Er dachte kurz nach, drehte sich um, schloss die Tür auf, ließ den Schlüssel stecken, ging zum Bürotisch. Im Stehen startete er den PC, wartete, bis die E-Mails endlich an der Oberfläche erschienen. Dasselbe Resultat.

Er wägte ab, Jade anzurufen. Nach viel Hin und Her, ganz oder teilweise getippten Telefonnummern, fehlte ihm der Mut, die Verbindung herzustellen.

Er fand den zerknüllten Papierzettel, den man ihm vor ein paar Tagen am Empfang ausgehändigt hatte, und wählte die Nummer. Das leise Klingeln schien weit entfernt und südländisch träge.

Kurz bevor er den Versuch abbrechen wollte, löste ein metallisches Klicken den Klingelton ab.

«*Sim*», hörte er und erkannte die singende Frauenstimme sofort wieder.

«María?»

«Ach, Sie, Herr Kommissar, natürlich», ließ sich nun am anderen Ende in reinstem Hochdeutsch vernehmen.

«Danke, dass Sie mir Ihre Nummer dagelassen haben.»

«Bitte, gern. Aber nur, um sich zu bedanken, rufen Sie kaum an. Haben Sie schwerwiegende Indizien oder neue Beweise gegen mich?»

«Sollte ich?», erwiderte der Ermittler irritiert. Und fragte sich, ob er etwas übersehen oder verdrängt hatte.

«Selbstverständlich nicht», lachte es in der Leitung hell auf.

Tagliabue malte sich aus, wie die Gesprächspartnerin den Kopf in den Nacken warf, ihr schwarzes Haar über Schultern und Rücken fließen ließ und wie ihre weißen Zähne das Licht zurückwarfen.

«Da bin ich ja beruhigt», hörte er sich antworten. «Und trotzdem möchte ich Sie noch einmal sehen.»

«Das freut mich aber. Der große Kommissar und die kleine Putzfrau oder Raumpflegerin. Ich gehe davon aus, es ist rein beruflicher Natur?»

«Haben Sie morgen Nachmittag schon etwas vor?» Er hätte sich am liebsten in die Hand gebissen.

«Nein, bis jetzt hatte ich keine Pläne. Ich habe nicht nur den ganzen Tag, sondern auch den Abend frei.»

«Dann morgen um 16 Uhr im Kommissariat?»

«So knapp vor Dienstschluss? Oder steht ein Polizist wie Sie immer seinen Mann?»

«Ich habe ein paar Fragen.»

«Entschuldigen Sie bitte, Sie stellen ja die Fragen. Sie lieben solche Rollenspiele, nicht wahr?»

«Dann sehen wir uns also morgen?»

«Nein, ich denke nicht. Ich befinde mich in Portugal und habe den Rückflug für Montag nächster Woche geplant. Und Sie wissen sicher – wobei, bei Ihrem Lohn wahrscheinlich nicht – dass sich Billigflüge nicht so einfach und auch noch kostenneutral umbuchen lassen. Ich muss hier einige Dinge erledigen. Ist es so brennend, dass Sie mich sehen müssen? Funktioniert das nicht per Telefon?»

«Nein, ich denke nicht.»

«Verstehe», ließ sich Schläflis ehemalige Haushälterin vernehmen. «Ich könnte Ihnen irgendetwas erzählen. Sie anlügen, zum Narren oder zum Besten halten, Sie in die Irre führen, schwindeln, lügen, täuschen. Nur wenn Sie mir direkt gegenübersitzen, können Sie beurteilen, ob ich Ihnen die Wahrheit sage. Nervöser Blick, feuchte Hände und so. Nicht wahr?», sie machte eine Pause. «Und sicher freuen Sie sich auf unser Wiedersehen.»

Wie es Huber verlangt hatte, entschied sich Tagliabue, professionell zu bleiben: «Dann darf ich Sie Anfang der kommenden Woche anrufen, um einen Termin zu fixieren?»

«Telefonieren Sie ruhig. Sie sehen dann, ob Sie mich erreichen. Oder ich Ihren Anruf annehme.»

«Dann muss ich Sie eben vorladen. Wollen Sie mir das Leben schwer machen, werde ich es Ihnen noch schwerer machen. Das liegt in Ihren Händen.»

«Ist das eine Drohung?»

«Nein, eine Tatsache.»

María fiel aus ihrer Rolle und legte auf. Er wiegte den Hörer eine Zeitlang irritiert in der Linken. Dann tat er es ihr gleich, um nach Hause aufzubrechen.

Kurzentschlossen entschied er sich für den langen Spaziergang, weil Trams und Busse am Abend von Menschen und Gerüchen überfüllt waren. Schon an der ersten Ecke blieb er stehen, um eine Nummer zu wählen und zu warten.

«Ja?»

«Wie verlief das Gespräch mit Ihrem Onkel?»

«Er hat mich nach unseren Fortschritten im Fall Schläfli gefragt. Ich habe ihm das Gleiche erzählt wie Sie», nahm er die Frage des Kommissars vorweg.

«Woher wollen Sie das wissen?»

«Er hat mir erklärt, dass sich unsere Aussagen decken, was ihn nur noch argwöhnischer machte. Hat gedacht, dass wir unsere Aussagen abgesprochen hätten.»

«Gut. Haben Sie etwas von der Spurensicherung gehört?»

«Ja.»

«Und?»

«Was und?»

«Was haben die Kollegen rausgefunden?»

«Nichts.»

«Was soll das heißen?»

«Sie können Spuren im Wasser im Teppich unter dem Opfer nicht zuordnen. Es ist kein Körpersaft, auch kein reines Wasser. Statt Resultaten suchen sie jetzt nach Experten, die eine konkrete Aussage machen können.»

«Haben Sie das dem Doktor schon erzählt? Einfach, damit ich über die individuellen Informationsstände informiert bin.»

«Nein.»

«Wieso nicht?», wunderte sich der Ermittler.

«Ich hätte nicht gewusst, welchen Chef ich zuerst über die neuen Erkenntnisse informieren müsste.»

«Das ist nicht Ihr Ernst, oder?»

«Nein.»

Tagliabue wusste mit der Antwort nichts anzufangen: «Und sonst?»

«Noch etwas Pyramide und Familie, nichts Wichtiges. Aber deswegen rufen Sie nicht an. Sie trauen mir nicht über den Weg. Da Sie ohnehin niemandem trauen, nehme ich das nicht persönlich, aber ich nehme es Ihnen übel – was kann ich für Sie tun?»

«Sind Sie noch im Büro?»

«Physisch nicht mehr. Beni hat mich heimgeschickt. Aber ich kann mich virtuell ins Kommissariat setzen und die ganze Infrastruktur remote nutzen.»

Nur vage konnte Tagliabue ahnen, was Deubelbeiss sagen wollte. «Können Sie mir für morgen einen zivilen Dienstwagen buchen?»

«Schiss, wieder mit Ihrer Occasion stehenzubleiben?»

«Es war kein technisches Problem, sondern Sabotage. Er ist keine Occasion, sondern ein Oldtimer.»

«Ich soll mich in das Programm einloggen und Ihnen einen Dienstwagen buchen, der nicht nach Polizei aussieht?»

«Wenn das möglich wäre.»

«Nichts ist unmöglich», versprach Deubelbeiss, «außer Sie wollen unbedingt einen Toyota. Aber wer will das schon?»

«Wie kommen Sie auf die schräge Idee?»

«Das war ein Witz. Sehen Sie nie fern? Keine Werbung? Immerhin bleiben Japaner nicht an jeder Ecke stehen.»

«An Ihnen», schüttelte der Kommissar den Kopf, «ist ein Komiker verloren gegangen. Sie passen hervorragend zu diesem Verein mit all den uniformierten Clowns. Bis wann haben Sie ein Auto?»

«Das dauert bloß ein paar Minuten. Ich rufe Sie umgehend zurück, um Ihre Buchung zu bestätigen.» Und schon hatte der Assistent aufgelegt.

Eben wollte er den Heimweg fortsetzen, da spürte der Ermittler das Vibrieren des Telefons in der Hosentasche.

«*Pronto*», meldete er sich hastig.

«Chef, es gibt ein kleines Problem», hörte er die Stimme des Assistenten früher als erwartet. «Alles ausgebucht, sind auch nicht viele Fahrzeuge.»

«Lässt sich da nichts mehr machen? Ich will nicht, dass ich von Weitem als Polizist oder als ich erkannt werde.»

«Ich glaube, ich verstehe nicht ganz.»

«Polizeiauto, Polizist. Alfa, gelb, ich. Den Spider hatte ich bereits, als sich meine und Krämers Wege zum ersten Mal kreuzten. Können Sie gar nichts machen?»

«Sie meinen zum Beispiel, den Namen hinter einer Buchung durch einen anderen zu ersetzen?»

«Sie hacken Bankkonten und manipulieren fremde Agenden, dann schaffen Sie auch unser Dienstwagenbuchungssystem – Sie halten ohnehin keine großen Stücke auf die Interne IT.»

«Warten Sie einen Moment», beendete Deubelbeiss das Gespräch abrupt und düpierte den Vorgesetzten erneut. Der setzte seinen Weg fort. Mit den Geschäften nahm die Zahl der Passanten ab, auch die Mietwohnungen waren während der Arbeitszeit völlig verwaist. Er durchquerte ein altes Quartier, das noch vor wenigen Jahren am Stadtrand gelegen hatte.

Mitten in einer tristen Überbauung der 70er wurde er vom ansteigenden Klingeln und Vibrieren seines Smartphones in die Gegenwart zurückgerissen.

«Tagliabue», nahm er den Anruf entgegen.

«Ich habe eine Umbuchung gemacht: Der schwarze Audi RS 7 Sportback steht morgen früh für Sie fahrbereit. Sie als Halbitaliener lieben sicher deutsche Autos – endlich mal ein richtiges Fahrzeug. Können Sie mit so einer Maschine überhaupt fahren?»

«Danke. Ich wünsche Ihnen einen hübschen Abend», klemmte der Kommissar das Gespräch ab. Nicht einmal die Aussicht auf den Boliden ließ Freude in ihm aufkommen – Mailand, Maranello oder Turin wären ihm viel lieber gewesen als Ingolstadt. Er beneidete die Kollegen südlich der Alpen, die mit dem hellblauen Lamborghini Gallardo über die Autobahnen bretterten und nicht sofort von Grenzen gestoppt wurden.

Bevor er das iPhone in eine seiner Taschen sinken ließ, warf er einen Blick auf die verpassten Anrufe, auf die SMS, auf seine E-Mails: nichts. Er schaltete das Gerät aus. Einen Augenblick zu spät realisierte er, dass er sich nicht mehr an das Passwort erinnern konnte.

Wütend und auf den Gehsteig konzentriert beschleunigte und verlängerte er die Schritte, um irgendwann in seinem Stadtviertel anzukommen. Er trat in die *Hellebarde*, die zu dieser Zeit bis auf den Wirt leer war.

«Tagliabue.» Die kalte Begrüßung war in den vergangenen Jahren nie länger oder kürzer ausgefallen.

«Strotz», erwiderte der Stammgast noch knapper und noch kühler und fragte sich wie immer, wie man nur so heißen konnte. Aber immerhin passte der Name perfekt zu seinem Inhaber, wenn man den ersten oder gleich die ersten beiden Buchstaben wegließ.

Emotions- und kommentarlos hatte der Wirt eine Flasche vor den Polizisten auf den Tisch gehämmert. Die Flasche Breil Pur war für ihn reserviert – nicht wie das Tonic von Fever-Tree, das für alle zu haben war.

Bevor er Alkohol und *mixer* zusammenführte, genehmigte er sich einen Schluck Gin. Heisst ja «pur», dachte er sich und genoss den Auftakt zu einem guten Abend nach einem miesen Tag.

Eine halbe Stunde später hatte er den zweiten Gin Tonic zu sich genommen. *Ei dat nuot meglier*, es gibt nichts Besseres, lächelte er und meinte nicht die Tänzerinnen, die sich ähnlich unmotiviert wie in der *Strega* auf der winzigen Bühne breitmachten.

Nachdem er die Flasche Gin geleert hatte, sah er keinen Grund, noch mehr Zeit in der Hellebarde zu vergeuden. Er gab den Hocker frei, was hinter ihm zu heftigen Tumulten um den endlich frei gewordenen Platz führte.

Nachdem er eine mehlige und fade, zu wenig gegrillte und kalte Bratwurst mit billigem Senf und steinhartem Bürli in einer der vielen, ausländerkontrollierten Imbissbuden hinter sich gebracht hatte, drängte und zwängte sich der Ermittler durch die Massen heim.

8

Nur in Unterwäsche erwachte er am nächsten Morgen quer in seinem Bett. Er tastete nach Jade, bis er sich daran erinnerte, dass seit ihrem letzten Besuch ein paar Tage verstrichen waren. Er blickte auf seine Blue Candy Qlocktwo: *SONO LE SETTE E MEZZA*, war darauf zu lesen. Der Kommissar schmiss die Decke weg, stieg aus dem Bett und stand wenig später unter der Dusche. Er hatte keine Zeit, um an Jade oder María zu denken, sondern überlegte sich, wie er sich für das Treffen mit Krämer am besten verkleidete. Er entschied sich für einen Nadelstreifenanzug, den er in Mailand erworben hatte, obwohl der Preis seine Vorstellungskraft, vor allem jedoch sein Budget, bei Weitem übertraf. Dass der Anzug von Prada seitdem selten getragen worden war, trug auch nicht zur Amortisation des Kaufs bei. Dafür sahen Hose und Jackett aus wie neu, sie entsprachen wieder der aktuellen Mode. Selbst der Kommissar passte ohne Würgen und Zwängen in den Anzug. Nachdem er das passende Hemd evaluiert hatte, entschloss er sich zuungunsten einer Krawatte. Neben der Wahl des passenden Musters hätte das Binden wegen mangelnder Übung zu lange gedauert.

Auch ohne das Accessoire zog Tagliabue die neugierigen Blicke und die ungeteilte Aufmerksamkeit der Wartenden an der Haltestelle auf sich. Das änderte sich nicht, als er später in den Bus stieg und sich einen Stehplatz in der Mitte sicherte, um sich die Hose nicht auf einer der schmutzigen Sitzflächen zu ruinieren.

In einem nicht aufgewerteten Außenbezirk stieg er aus, um die letzte Etappe zu Fuß zu absolvieren. Von Weitem sah er das eingezäunte und mit einem Häuschen versehene Gelände, das ihn an einen Parkplatz mitten in Manhattan erinnerte. Weniger ins Bild passte die moderne Garage mit Werkstatt, in der ein kleiner Teil der Polizeiautos eingestellt und für die nächsten Einsätze vorbereitet wurde. Wenige Meter bevor er durchs Tor trat, öffnete sich die Tür des Häuschens. Ein Männchen stürmte mit hohem Tempo, das man ihm aufgrund seines hohen Alters kaum zugetraut hätte, auf den Ermittler zu. Dessen Grinsen wuchs, je mehr der Abstand zwischen den beiden Männern schrumpfte.

«Salvi, schön, dich wiederzusehen!» Tagliabue hatte diese Form seines Vornamens lange nicht mehr gehört. Sein Vater hatte ihn so genannt. Das intimere «Totò» hatte der nie über die Lippen gebracht und der Mutter überlassen.

«Ciao, Freddie. Ja, ist eine Zeit her», versuchte er, sich an ihr letztes Treffen zu erinnern. «Gehst du heute zum Spiel?», überbrückte er die Gedächtnislücke hastig.

«Was glaubst du denn? Derby. Da darf ich nicht fehlen. Wir brauchen jede Unterstützung. Bist du auch dabei? Ich habe dich lange nicht mehr im Stadion gesehen.»

«Du weißt doch: immer viel um die Ohren. Und so, wie die spielen.»

Freddie wechselte schnell das Thema: «Und was kann ich für dich tun?»

Er war erleichtert, dass Freddie zur Sache kam. «Ich habe einen Audi RS 7 für mich reservieren lassen.»

«Du meinst *den* Audi RS 7?», quittierte der Alte. Er kratzte sich die Glatze und fixierte Tagliabue mit wässrigen Augen.

«Ich weiß, es handelt sich um eine Spezialausführung – der Traum jedes Mannes.»

«Du verstehst mich nicht richtig, Salvi. Es gibt da ein kleines Problem.»

«Was für ein Problem? Schläppi?», gab er sich die Antwort gleich selbst, als er den Chef der Spurensicherung aus dem Schatten des Häuschens heraus- und mit einem Bündel Papiere in seiner Rechten auf ihn zukommen sah.

«Hallo, Tagliabue.»

«Schläppi. Hast du Erkenntnisse zum Mordfall Schläfli? Nicht wegen mir, aber Huber wird etwas ungeduldig. Ich habe ihn kürzlich getroffen. Er meinte noch, ich solle dir Beine machen, damit wir vorwärtskommen. Man verlange Resultate. Der Ball liege bei dir. Seine Meinung, die ich nachvollziehen kann.»

Während sich der andere noch eine Reaktion überlegte, fuhr Tagliabue fort: «Aber jetzt habe ich keine Zeit. Ich muss in dieser Sache zu einem Gespräch mit einem Verdächtigen. Freddie hat den Audi bereitgemacht – was für eine Maschine. Solltest du dir für die nächste Fahrt buchen. Rasch ins System einloggen, Zeit eingeben, und du siehst sofort die freien Autos. Auswählen. Bestätigen. Schon hast du einen Wagen. Ich hatte Dussel, dass gerade dieses Modell so kurzfristig noch verfügbar war. Was für ein Zufall», schüttelte er den Kopf. «Aber, was machst du hier draußen? Mach dich an die Arbeit. Wir sind alle gespannt und warten auf Resultate.»

«Ich hatte eine Reservierung.» Der Spurensicherer wedelte mit seinen Papieren in der Luft. «Und ich ...»

«Schau im System, Freddie», richtete sich der Ermittler an das Männchen, das sprachlos neben den beiden gestanden und angespannt zugehört hatte, «welcher Name steht beim Audi RS 7?»

Freddie war es unangenehm, in die Sache mit hineingezogen zu werden, ließ sich doch nicht klar abschätzen, welche Konsequenzen seine Aussage für ihn zeitigen könnte – und das kurz vor seinem Ruhestand. «Tagliabue», antwortete er leise und sah entschuldigend zum Verlierer.

«*Ecco*», triumphierte der Kommissar, «das System hat doch immer recht. Auch wenn ein Missverständnis, ein Fehler, eine Fehlmanipulation vorliegen sollte. Aber jetzt heißt es, keine Zeit mehr zu verlieren. Ich muss euch leider verlassen. Wo steht mein Audi? Für dich wird auch was Passendes zu finden sein», er ging an Schläppi vorbei, der keine Silbe über die Lippen brachte, «und vergiss nicht: Beni wartet.»

Mit einigem Rückstand begab sich der Ermittler auf die Verfolgung des Alten, der sich davongemacht hatte, um weiteren Diskussionen aus dem Weg zu gehen.

Beim frisch gereinigten Audi RS 7 angekommen, überreichte er Tagliabue die Schlüssel. «Sei vorsichtig», klopfte er ihm auf die Schulter, «und lass ihn endlich in Frieden. Er ist dir entgegengekommen und nimmt einen Wagen, der kurzfristig freigeworden ist.»

«Wir sehen uns dann beim Spiel.» Tagliabue setzte sich ins Gefährt und startete den Motor. Er konnte es nicht lassen, Schläppi beim Vorbeifahren zuzunicken, mit etwas Zwischengas hinunterzuschalten und das Fahrerfenster zu senken. «Sind wir nicht ein perfektes Paar?», grinste er und rollte vom Hof.

Im Rückspiegel sah er, wie Schläppi resigniert auf seine Papiere blickte.

Kurz darauf war Tagliabue bereits auf die Autobahn eingebogen, die um die Stadt führte. Obschon vor vielen Jahren großzügig geplant, durch freie Wiesen und Felder gezogen, trennte das breite graue Band die Außenbezirke der Stadt mittlerweile von den seelen- sowie trostlosen Gemeinden der Agglomeration. Die Nationalstraße bildete, mit Ausnahme der täglichen Verkehrsinfarkte, die einzige pulsierende Lebensader. Dabei verhinderte die klaffende Wunde ein Verschmelzen der Innen- und Außenbezirke zu einem organischen Ganzen.

Obwohl der Bolide und der zunehmend dichte Verkehr seine ganze Aufmerksamkeit verlangten, dachte der Ermittler an Hans Krämer: Der entspross einer einst sehr reichen Familie, die ihre Luxusprodukte lange vor der Globalisierung in ihren eigenen Geschäften rund um den Erdball verkauft hatte.

Der kleine Hans hatte den Glanz und Glamour nur am Rand miterlebt. Als einziger Enkel durfte er die Wochenenden in der Fabrikantenvilla verbringen. Er begleitete seinen Opapa durch die Hallen. Irgendwann wurden ihre Rundgänge nicht seltener, nur kürzer: Bereiche blieben öfter, bald für immer geschlossen. Wo einst Tag und Nacht, an Sams-, Sonn- sowie Feiertagen für die Damen und Herren von Welt fabriziert worden war, war niemand mehr anzutreffen.

Großvater hatte den Anschluss nicht mehr geschafft, die Nachfolgeregelung verpasst. Den völligen Absturz musste der Patron nicht mehr miterleben. Er war vorher am riesigen Schreibtisch für immer eingeschlafen. Umso brutaler das Erwachen für alle Hinterbliebenen: Das Unternehmen war bankrott, das Imperium zerstört.

Mit dem Vater hatte Hans' Mutter neben der Aussicht auf ein ansehnliches Erbe einen Fürsprecher, der sich immer hinter sie gestellt hatte, verloren. Und ihre Mutter, kaum war der Gatte zu Grabe getragen, wandte sich von der jungen Familie ab. Denn für die Tochter hatte sich Frau Trümpy mit Sicherheit keinen, wenn auch noch so erfolgreichen, Staubsaugervertreter als Ehemann vorgestellt. Dieser war eines Tages unangemeldet, da vom Portier unbemerkt, bis an die Haustür der Trümpyschen Villa vorgedrungen. Da der Zufall es an jenem Morgen so wollte, öffnete nicht ein Mitglied des Hauspersonals, sondern die achtzehnjährige Mattilde dem älteren Jakob Krämer die Tür. Und ihr Herz.

Während ihre Eltern ein modernes Haushaltsgerät für die eigenen vier Wänden noch akzeptiert hätten, stand die Anschaffung dieses Schwiegersohnes für ihre Mutter aus gesellschaftlichen Überlegungen überhaupt nicht zur Debatte.

Der Verkehr verdichtete, die Fahrt entschleunigte sich. Tagliabue blickte auf Uhr im Cockpit seines Audis, die Kontrolle seiner Armbanduhr bestätigte die Information: fünf vor zehn.

Weniger aus Sympathie für Jakob Krämer, vielmehr um die Gattin zu ärgern, und aus der tiefen Erkenntnis, dass er dem Willen seiner Tochter ohnehin nichts entgegensetzen konnte, hatte der alte Trümpy allen Widerständen zum Trotz sein Einverständnis zur Hochzeit erteilt. So verhinderte er intuitiv den ersten Kratzer am Image der noblen Familie: Etwas weniger als acht Monate nach der Traumhochzeit in verschleiernd pompösem Rahmen mit Fahrt im Rolls-Royce, weißen Tauben und roten Rosen, mit hellen Roben und dunklen Anzügen, Brautjungfern und der nicht mehr so ganz jungfräulichen Braut, der für alle überraschenden Entführung des künftigen Ehepaares, ihrer Führung am Arm des Alten zum Altar, den salbungsvollen Worten des Pfarrers und den Jaworten der Vermählten, dem gehaltvollen Festmahl und langwierigen Reden, erblickte mit Johannes Krämer der Stammhalter das Licht der Welt. Für Trümpy war das Fortbestehen von Familie und Fabrik gesichert. Mit den eigenen Söhnen die nächste Generation ignorierend, konzentrierte er sofort alle Hoffnungen auf den kleinen Hans.

Der übernahm die Abneigung gegenüber seinen Onkeln und dem eigenen Vater. Diesen verachtete er, weil er seine Freiheit bewahrte und sich nicht in die korrumpierende Abhängigkeit begab. Den Einstieg ins schwiegerväterliche Imperium schnöde ausschlug. Hans' Zorn gründete aber vor allem darin, dass sein Vater nach wie vor mit dem Koffer von Haustür zu Haustür zog, um Hoovers und andere Produkte an die Frau, selten an den Mann, zu bringen.

Die zunehmende Abneigung gegen den Vater ließ auch die Distanz zur Mutter wachsen. Die stand ohne Wenn und Aber hinter ihrem Mann. Dass sie sich sonntags zum Essen in der Fabrikantenvilla einfanden, hatte damit zu tun, dass sie weder den Sohn ganz, noch ihren Anteil am künftigen Erbe verlieren wollten.

Nach etwas mehr als einem Kilometer auf der Überholspur hinter einem blauen Dacia mit weniger als hundert Sachen sah der Ermittler auf die Uhr, in den Rückspiegel, blinkte, beschleunigte, überholte rechts. Auf gleicher Höhe wie das rollende Verkehrshindernis schielte er nach rechts. Am Steuer saß nicht Frischknecht, die Autobahn vor dem Audi war leer.

Kurz nach dem Infarkt des alten Trümpy und des Imperiums starb Krämers Vater bei einem tragischen Autounfall. Auf der Heimfahrt nach einem ausnahmsweise erfolgreichen Tag war er am Steuer des Opels eingenickt und wohl kurz nach der Kollision ein letztes Mal aufgewacht. Die Heftigkeit des Aufpralls auf einen Felsen schleuderte ihn durch die geborstene Windschutzscheibe in einen ziemlich entfernt stehenden Baum, in dem Jakob tot hängen blieb.

So verlor Hans im zwölften Lebensjahr seinen Vater. Und irgendwann gaben ihn auch Mattilde und seine Geschwister auf.

Der Ehrgeiz und der Wille, es seinem Großvater gleichzutun, ein eigenes Wirtschaftsimperium aufzubauen und so seinen Namen mit dem des Opapas gleichzustellen, machte Hans Krämer zum Getriebenen. Früh entwickelte er ein Sensorium für Opportunitäten, erkannte auch die feinsten Ströme der Macht. Er erfasste die Wege und Verbindungen nach oben und kannte keine Skrupel, wenn es darum ging, eine Abkürzung einzuschlagen.

Nach Abschluss des Gymnasiums immatrikulierte sich Krämer an einer renommierten Universität für ein Studium der Ökonomie und trat der Studentenverbindung bei. Ursus, wie Krämers Vulgo lautete, vernetzte sich weiter, und an einem Stamm lernte er Jan Kobelt aus der Altherrenschaft kennen. Der hatte ein Vermögen damit gemacht, innovative Webmaschinen in alle Welt zu verkaufen.

Seit seiner Kindheit auf Codes sensibilisiert, erkannte Ursus die einmalige Gelegenheit: Nicht sehr elegant und subtil, aber aggressiv und zäh, verbiss er sich in seine Beute. Kobelt führte ihn in die vertraute, die verlorene und so lange herbeigesehnte Welt ein. Nach dem Studium heiratete Krämer mit Kobelts einzigem Kind auch noch die Chance seines Lebens.

Der Schwiegervater, selbst Oberst der Artillerie, verhalf ihm auch zur militärischen Karriere und im Endeffekt zum Aufeinandertreffen mit Schläfli auf dem Appellplatz. Während ihrer militärischen Ausbildung hatten die beiden Zeit, die elitäre Idee von Alpha-Führern auf der einen und der Masse aus Beta-Pöbel auf der anderen Seite weiterzuspinnen. Das führte irgendwann so weit, dass sie sich mit glühenden Nadeln aus dem Mannsputzzeug ein Alpha als Zeichen ihrer Überlegenheit und Zusammengehörigkeit in die Unterarme einbrannten.

Nachdem der Kommissar ein paar rasende Kilometer auf der Überholspur zurückgelegt hatte, begann der Verkehr sich weiter zu verdichten, bald zu stocken. Auch der ständige Spurwechsel brachte keine deutliche Beschleunigung. Im gleichen Maße, wie das Tempo sank, schwoll der Ärger des Audi-Fahrers an.

Nach zermürbendem Schritttempo und noch frustrierenderem Stillstand, zwischen Normal-, Mittel- oder Überholspur, ruckartigem Anfahren und abruptem Bremsen beruhigte er sich irgendwann einigermaßen. Dabei half ihm die Angst vor dem Herzinfarkt, den ihm sein Arzt schon vor Jahren prophezeit hatte, falls er seine Emotionen nicht besser in den Griff bekäme, nicht wirklich.

Der verzweifelte Blick auf das Navigationsgerät zeigte einen Stau von fünf Kilometern Länge. Bis dahin saß er in dieser Falle und verlor mindestens eine gute halbe Stunde – so die Schätzung des Verkehrsdienstes. Um sich abzulenken, begann er sich mit dem Interieur vertraut zu machen. Er gelangte zum Schluss, dass sich in den knapp vier Jahrzehnten einiges in Bezug auf die Funktionalität getan hatte, dass der gelbe Alfa punkto Design aber immer noch die Nase vorne hatte. Bei seiner Erkundung öffnete er das Handschuhfach: Sofort schob er das blaue Drehlicht durch das Seitenfenster, fixierte es auf dem Dach und schloss es an.

Sobald die vor ihm stehenden Fahrzeuge das Licht sahen, verkürzten sie die Distanzen, rückten nach links oder rechts. Der Audi drängte und zwängte sich durch die so entstandene Gasse.

Viel rascher als in den vorausgesagten dreißig Minuten kam er zu der Unfallstelle: Ein Lastwagen mit Anhänger und osteuropäischem Kennzeichen hatte sich überschlagen. Wie der Chauffeur befand sich der Lkw in Seitenlage. Der Ermittler hoffte, dass wenigstens der Fahrer noch zu retten war. Eine Aussicht, die für den Großteil der Ladung nicht bestand. Die zwei Silos waren beim Unfall zerborsten. Ein weißliches Granulat hatte sich über alle drei Spuren verteilt und bildete einen dünnen Belag. Dieser funkelte im Gegenlicht, was der ganzen Szenerie einen beinahe märchenhaften Charakter verlieh. Das sahen die Autofahrer auf der Gegenfahrbahn offenbar ebenfalls so: Trotz des geringen Verkehrsaufkommens hatte sich auf der Überholspur eine längere Kolonne gebildet. Alle drängten in Richtung Mittelstreifen, um möglichst viel zu sehen und ihre Sensationsgier zu befriedigen. Wäre es nach dem Kommissar gegangen, hätte er bei den Gafferinnen und Gaffern durchgegriffen. Dafür blieb seinen Kollegen an der Unfallstelle aber keine Zeit. Sie waren schon mit Sichern und Aufräumen ausgelastet und blieben verwundert stehen, als sich der Audi RS 7 mit Blaulicht zwischen dem Lastzug und den Rettungsfahrzeugen hindurchschlängelte und über die Splitter fuhr, ohne nur einen Beitrag zur Beseitigung des Chaos zu leisten.

Nachdem er das verblüffte Spalier der Straßenpolizei hinter sich gelassen hatte und vor sich nur noch freie Fahrt ahnte, trat er aufs Gaspedal, ohne das Maximum aus diesem Boliden herauszukitzeln. Weil es ihm bis dahin gute Dienste geleistet hatte, entschied er kurzerhand, auch für den Rest der Fahrt auf die Wirkung des Blaulichts zu vertrauen.

Kurz bevor er die Autobahnausfahrt erreichte, tarnte er das Auto, indem er die technische Infrastruktur vom Dach entfernte und im Wageninneren verstaute, sein Tempo und seine Fahrweise den verbindlichen Vorgaben anpasste. So bog er wenig später angemessen langsam auf das Gelände der GammaG AG ein. Er stellte den Boliden auf einen der für Gäste reservierten Parkplätze. Nur ein schwarzer BMW stand noch etwas näher beim Haupteingang des Glas-Stahl-Gebäudes.

Ebenso repräsentativ wie die moderne Architektur war die personelle Ausstattung des Empfangs. Als Antithese zum Polizeipräsidium stand hinter einem Cockpit aus edlem Massivholz ein Model, das perfekt auf die Laufstege und die Titelseiten der Modewelt gepasst hätte. Die Dame sah auf ihn hinunter und überreichte ihm zu seiner absoluten Verblüffung sein Besucherbadge mit korrekt geschriebenem Vor- und Nachnamen.

«Signor Tagliabue», lächelte sie ihn an, «schön, Sie bei uns zu haben. Ich hoffe, Sie hatten einen angenehmen Transfer. Sie werden bereits erwartet. Meine Kollegin begleitet Sie in das Sitzungszimmer. Sobald Sie parat sind.» Mit unvermindertem Lächeln und einer eleganten, nachdrücklichen Geste wies das Model zu einer Drehtür. Der Besucher fühlte sich, als ob er zu seiner eigenen Exekution begleitet würde. Der Geschäftssitz strahlte auf einmal eine unerträgliche Kälte und unüberbrückbare Distanziertheit aus, die der Architektur, den Möbeln und dem Personal jede Schönheit stahl.

Vor der Drehtür erwartete ihn die Zwillingsschwester der Empfangsdame. Der Besucher drehte sich noch einmal in die Richtung, aus der er gekommen war, um absolut sicher zu gehen, nicht Opfer einer Sinnestäuschung zu sein. Aber vor ihm stand tatsächlich das Ebenbild des Models: Die langen braunen Haare zu einer kunstvollen Frisur hochgesteckt, erhielt das klassische, schöne, fast zu symmetrische, ovale Gesicht genug Platz zu seiner vollen Entfaltung. Unter der glatten Stirn zeichneten die Brauen eine elegante Welle als perfekte Ergänzung der mandelförmigen großen Augen. Stahlblau fixierten sie die Dinge, blickten scheinbar durch sie hindurch. Nur die Nase war eine Spur zu lang geraten. Der scheinbare Makel verhalf dem Gesicht dazu, attraktiv und vor lauter Perfektion nicht langweilig zu wirken. Die hohen Backenknochen formten mit dem soliden, leicht vorstehenden Kinn ein umgekehrtes, gleichseitiges Dreieck. In dessen Schwerpunkt lag der breite Mund mit vollen Lippen. Nur leicht geöffnet, gaben sie den Blick auf strahlend weiße, perfekt arrangierte, wahrscheinlich korrigierte Zähne frei. Die beiden Mundwinkel, trotz des Lächelns etwas nach unten gezogen, verliehen dem Gesicht gelangweilte Arroganz und souveräne Distanziertheit. Die drei obersten Knöpfe der perfekt sitzenden weißen Bluse waren geöffnet, was die Länge des schlanken Halses noch unterstrich. Der Schnitt ihres Rocks gab die Sicht von den Knien bis zu den Knöcheln frei. Dabei stachen die fein strukturierten, durchtrainierten Waden hervor. Die Höhe von Marías Absätzen blieb aber unerreicht, wie der Kommissar feststellte.

«Signor Tagliabue», wurde er von einer ruhigen, weichen und bestimmten Stimme unvermittelt aus den Betrachtungen gerissen. «Sie werden erwartet. Darf ich Sie bitten?»

Die Begleiterin hatte ihn vor die Tür des Sitzungsraums geführt. Sie öffnete ihm, ließ ihn vor sich passieren. Er fand, dass ihr Parfum etwas zu *importante* war – den deutschen Ausdruck dafür fand er nicht.

Als sich die Tür hinter ihm geschlossen hatte, fühlte sich Tagliabue in einer, wenn auch ziemlich luxuriösen, Zelle gefangen. In der Mitte stand ein langer Tisch aus dem gleichen Massivholz wie die Theke am Empfang. Beim Aluminium Chair von Charles & Ray Eames handelte es sich um einen nach wie vor aktuellen Klassiker. Das galt auch für das Sideboard von USM, das in der anthrazitfarbenen Ausführung perfekt ins Gesamtbild passte. Auf das Bild an der Wand, dem sich Tagliabue vorsichtig näherte, traf das ebenfalls zu.

Während er die Echtheit des Gemäldes prüfte, wurde die Tür ohne Klopfen oder andere Vorwarnung aufgeschwungen.

«Wie ich erkenne, haben Sie ein Flair für kontemporäre Kunst», vernahm er eine jugendliche Stimme, die nicht zu Krämer passte. «Roy Lichtenstein, wie Sie festgestellt haben dürften. Ein Original, was Sie, nehme ich jetzt mal an, wohl herauszufinden versuchten. Gerne zeige ich Ihnen den Rest unserer bedeutenden Sammlung: Warhol, Pollock oder wie sie alle heißen.»

Tagliabue blieb mit dem Rücken zum Redner stehen, zeigte keine Reaktion.

«Aber zuerst, Herr Tagliabue, danke ich Ihnen im Auftrag und im Namen von Herrn Krämer ganz herzlich dafür, dass Sie den weiten Weg zu uns auf sich genommen haben. Wir hätten Sie gerne selbst zu diesem Gespräch eingeladen, gibt es doch auch aus unserer Sicht einige Sachverhalte klarzustellen: Mit Ihrer Attacke auf unsere IT-Systeme sind Sie uns bedauerlicherweise zuvorgekommen. Wofür wir uns hiermit entschuldigen möchten.»

Dieser Schlag saß. Nachdem er sich etwas erholt und sich eine neue Strategie zurechtgelegt hatte, drehte er sich um und erstarrte: Vor ihm stand das Ebenbild von Krämer, wie er ihn vor über 30 Jahren im Militär kennengelernt hatte. Es schien, als wäre die Zeit stehengeblieben. Der Mann war etwa Mitte zwanzig. Die hellbraunen Haare waren zu einer trendigen, aber nicht zu extravaganten Frisur geschnitten. Die grünen Augen scannten und analysierten die Umgebung unablässig. Sie kommunizierten ängstliche Aufmerksamkeit, was auch der gespielt selbstbewusste Auftritt ihres Inhabers nicht zu überspielen vermochte. Die Mundpartie hatte etwas Verbissenes und Aggressives. Die schmalen Wangen waren perfekt rasiert – oder die höhensonnengebräunte Haut war bis zu diesem Zeitpunkt noch gar nicht von Barthaaren perforiert worden. Sein Anzug – der Ermittler tippte auf Boss – passte von Stil und Farbe perfekt zu den Deux-Pièces der Models von eben. Das ließ sich ebenfalls von der breiten, mit doppeltem Windsor gebundenen Krawatte auf rosa Maßhemd behaupten. Zum braunen Gürtel passten die gleichfarbigen Schuhe, eine sehr heikle Wahl. Anzug, Schuhe und Accessoires ergänzten sich, verstärkten ihre Wirkung wechselseitig. Der Körper des Mannes hatte seine bemerkenswerte Form vom Training im Fitnessstudio oder von der Vorbereitung von und Teilnahme an Langdistanztriathlons.

«Nehmen Sie Platz», deutete der Gastgeber auf die Stühle rund um den Tisch. Es klang nicht nach Einladung, mehr nach Befehl, dem Tagliabue widerwillig Folge leistete. Der Junge wartete, bis der Ältere saß, und entschied sich dann für den Platz ihm gegenüber.

«Ich bin der Anwalt der Firma und von Herrn Krämer. Er hat einen anderen Termin wahrgenommen, ich nehme seine Interessen wahr. Ich hoffe doch, das stört Sie nicht.»

Der Angesprochene blieb stumm.

«Herr Krämer hat mich über ihre gemeinsame Geschichte im Detail informiert. Nüchtern und neutral betrachtet, scheint es mir so, als hätten Sie sich obsessiv in eine Sache verbissen. Leider für beide in die falsche Wade. Schon Burgeners Tod war ein unglücklicher Unfall, das haben die Untersuchungen ergeben. Sie werden nicht etwa an den Resultaten zweifeln? Das würde mein Vertrauen in unsere juristischen, politischen und gesellschaftlichen Institutionen erschüttern.» Gestik und Mimik des Anwalts wirkten zu theatralisch.

«Herr Kommissar», wurde dieser rüde aus seinen Gedanken gerissen. «Hören Sie mir zu? Suchen Sie Argumente, die gegen unsere Institutionen sprechen könnten? Sie gehören doch selbst dazu. Gut, es gibt Leute, die bezeichnen Sie – nur hinter vorgehaltener Hand – als Nestbeschmutzer, und Sie zählen nicht viele Freunde im Korps. Jetzt noch weniger, nachdem ihr alter Vorgesetzter seine schützende Hand nicht mehr über Sie halten kann. Aber lassen wir diese Interna. Wo war ich stehengeblieben?»

Die Frage blieb unbeantwortet, was den Juristen jedoch nicht davon abhielt fortzufahren.

«Sie haben sich persönlich über Schläfli und Krämer informiert, wie uns Barbara Rohner mitteilte. Übrigens, aus rein privatem Interesse: Läuft Ihr schöner Alfa Romeo wieder? Ich überlege mir, einen Oldtimer für meine Wochenendausflüge käuflich zu erwerben. Aber einen Italiener? Die sind zwar alle schön, aber unzuverlässig. Nicht wahr?»

Immer noch ließ sich der Kommissar nicht aus der Reserve locken.

«Und Jahre später das Verschwinden von Schläflis Frau: Sie glauben an ein Verbrechen, gefährden das private, politische und wirtschaftliche Leben eines angesehenen Mitglieds unserer Gesellschaft. Und ganz nebenbei ihre eigene, ziemlich ins Stocken geratene Karriere. Nachdem sie sich über die Weisung, ja den Befehl, hinweggesetzt haben, diesen Fall zu den Akten zu legen, gab es trotz Ihres fortschreitenden Alters keine Beförderung und keine substanzielle Lohn- oder Rentenerhöhung mehr. Und jetzt verdächtigen Sie Herrn Krämer, Schläfli, und damit den treusten Weggefährten, solidesten Geschäftspartner und last but not least besten Freund aus dem Weg geräumt zu haben – und das auf die denkbar unpraktischste Art und Weise, die man sich vorstellen kann. Und wieder glauben Sie an Mord, während alle Indizien auf Suizid hinweisen. Gut, die Untersuchung ist nicht abgeschlossen. Und so, wie Sie vorgehen ...»

Stumm und ruhig blieb der Ermittler sitzen.

«Was ich mich im Auftrag von Herrn Krämer frage, und Sie werden mir wohl erneut keine Antwort geben: Was ist Ihre Motivation? Ist es dieser immerfort nagende Neid, es als kleiner Italiener nicht in die höheren Kreise geschafft zu haben? Dabei nehmen Sie Ihre Abstammung nur als dürftige Entschuldigung für eigenes Versagen. Sie haben geglaubt, dass Sie Ihre eigenen Regeln durchsetzen und dabei Erfolg haben können. Ob es Ihnen nun passt oder nicht: Sie müssen deren Spiel spielen, dann schaffen Sie es auch als *homo novus* unter die *old boys*.»

Es schien, als ob der Jurist sein eigenes Erfolgsmantra rezitieren würde: «Nehmen Sie mich. Da fällt mir ein: Ich habe mich Ihnen nicht vorgestellt. Entschuldigen Sie meine Unachtsamkeit.» Er langte in die Jacketttasche, fischte eine Visitenkarte heraus, die er quer über den Tisch zu Tagliabue schob. Der nahm das Papier mit dem Logo von GammaG, aber bevor er die Angaben lesen konnte, ergriff der Jüngling wieder das Wort. «Horvat, Marko», stellte er sich vor. «Meine Eltern stammen aus Kroatien, wie Sie anhand meines Nachnamens sicher erkannt haben. Wir sind ja geografische Nachbarn. Trotz der Vorurteile habe ich es geschafft. Okay, mein Familienname endet nicht auf -itsch und mein Vorname klingt ebenfalls nicht nach Balkan. Aber schauen Sie: Ich mache mit, und so mache ich Karriere. Koste es, was es wolle. Auch wenn ich ab und zu jemanden über die Klinge springen lassen muss. Mein Vater machte Überstunden, die Mutter putzte den Dreck fremder Leute weg, um mir mein Studium zu ermöglichen. Aber das Wichtigste: Man spuckt nicht in den Teller, aus dem man isst.»

Der Polizist reagierte nicht. Er spürte instinktiv, dass der Anwalt einen weiteren Trumpf im Ärmel hatte. Was den Kommissar zwang, seine bisherige Strategie emotions- und wortlos weiterzuverfolgen.

«Etwas muss man Ihnen, bei jeder Kritik, lassen: Für Ihr Alter verfügen Sie über hervorragende IT-Kenntnisse, das würde Ihnen keiner zutrauen. Das freut Ihren neuen Chef, der auf modernste Ermittlungsmethoden setzt, sicherlich. Unsere IT-Fachleute jedenfalls benötigten einige Zeit, um festzustellen, woher die Angriffe auf die Bankkonten von Herrn Krämer und damit auf das Bankgeheimnis kamen. Wir waren, gelinde gesagt, ziemlich überrascht, als wir die Polizei als Angreifer und nicht als unseren Freund und Helfer eindeutig identifizierten. Zumal Datenschutz- und weitere Gesetze uns Bürgerinnen und Bürger vor solchen Attacken schützen sollten. Weniger überrascht war Herr Krämer allerdings darüber, dass die Angriffe von Ihrem persönlichen Polizei-Account aus lanciert worden waren.»

Der Ermittler versuchte ein Gesicht zu machen, als ob er nicht wüsste, wovon sein Gegenüber überhaupt sprach.

«Ich versichere Ihnen, dass Schläflis Schulden gegenüber Krämer längst ausgeglichen sind. Vielleicht über andere, Ihnen bislang unbekannte – und ich bitte Sie mit allem Nachdruck, dass dies so bleibt – Konten. Möglicherweise wurden die Schulden aber mit nicht monetären Leistungen getilgt. Für die steuerlichen Aspekte wären jedoch nicht Sie respektive Ihr Kommissariat zuständig, nicht wahr?»

Gespannt wartete der Gefragte.

«Es gibt demzufolge keine Veranlassung, sich, ob legal oder illegal, weiter über irgendeinen Aspekt von Herrn Krämers Leben zu informieren. Falls Sie trotzdem weitere Anstrengungen in diese Richtung unternehmen, werden wir unsere guten Kontakte rücksichtslos nutzen. *Caro signor* Tagliabue, denken Sie doch für einmal an Ihre Karriere, Ihre Pension. Bis dahin ist es nicht sehr weit. Spielen Sie ausnahmsweise nach unseren Regeln. Wir meinen es nur gut mit Ihnen.»

Offenbar hatte Horvat den letzten Trumpf gespielt. Reaktionslos ließ Tagliabue die Worte verhallen.

«Sie sind noch nicht überzeugt?», fragte der Jurist und schob ein weißes Couvert, das er hervorgezaubert hatte, in Richtung des Kommissars. Der wies den Umschlag sofort zurück und machte Anstalten aufzustehen.

«Wo denken Sie denn hin, Herr Kommissar», beschwichtigte Horvat. «Wir machen uns doch nicht der aktiven und Sie sich der passiven Bestechung schuldig. Wie gesagt: Wir wollen Ihnen helfen.» Er schob das Couvert wieder zu ihm hin. Durch das Strecken des Arms rutschten die Ärmel von Hemd und Jackett nach hinten. Tagliabue war beruhigt, dass er nur eine exklusive Armbanduhr zu sehen bekam, die er mit seinem Lohn nie hätte erstehen können.

«Jetzt machen Sie schon auf. Es ist nicht, was Sie denken. Es wird Ihnen weiterhelfen.»

Ohne sein Gegenüber einen Moment aus den Augen zu lassen, nahm der Ermittler den Umschlag, griff hinein und förderte einen Hausschlüssel zutage.

«Der passt zu Schläflis Anwesen», kommentierte Horvat süffisant lächelnd. «Krämer hatte damit rund um die Uhr Zutritt. Das macht ihn jetzt erst recht zu einem dringend Tatverdächtigen, nicht wahr?»

Der Kommissar dachte kurz darüber nach, die Rolle des passiven Zuhörers zu verlassen, doch Horvat nahm ihm diese Entscheidung umgehend ab: «Schade, dass Sie versucht haben, uns dieses Beweisstück unterzujubeln. So wird es jedenfalls aussehen, falls wir das Video schneiden und Dr. Huber zukommen lassen müssen. Zudem trägt der Schlüssel jetzt nur Ihre Fingerabdrücke. Ich darf annehmen, dass wir unseren Standpunkt deutlich gemacht haben und Sie keine Fragen mehr an uns haben. Sie haben ohnehin nicht wesentlich zu einem Dialog unter Partnern beigetragen. Falls Ihnen doch etwas einfällt, finden Sie meine Koordinaten auf der Visitenkarte. Ich will Sie nicht länger aufhalten und Ihre unbezahlbare Zeit verschwenden.» Er drückte einen Knopf, erhob sich und verschwand, ohne sich zu verabschieden.

«Signor Kommissar.» Die beiden Models standen bereits dicht hinter ihm, um ihn in ihre Mitte zu nehmen und zum Ausgang zu eskortieren.

Tagliabue stand vor seinem Audi RS 7. Den Umschlag in der einen, den Schlüssel in der anderen Hand. Er zerknüllte das

Papier, warf es zu Boden. Das nutzlose Beweisstück ließ er in die Hose gleiten. Er hockte sich ans Steuer, blieb erstarrt sitzen. Er versuchte, seine Gedanken zu ordnen und einen Plan zu fassen. Er warf einen schnellen Blick auf das iPhone, um es vor Wut auf den Hintersitz zu schleudern.

Kurz vor halb sechs Uhr bog er auf das eingezäunte Areal am Stadtrand ein, um das Auto zurückzugeben. Die letzten Stunden hatte er in schockartiger Trance verbracht. Er konnte sich nicht erinnern, wo ihn seine Route hin- und durchgeführt hatte. Irgendwann bemerkte er, dass er nicht mehr verfolgt wurde. Was ihn weder beruhigte noch davon abhielt, seinen großräumigen Umweg fortzusetzen. Im Hof schälte sich der Kommissar aus dem Auto, um Freddie, der noch aufgelöster und rascher herbeirannte als am Morgen, die Schlüssel in die Hand zu drücken.

«Jetzt ist der Wagen wenigstens gut eingefahren», meinte er zum Alten, der sich ans Steuer setzte, um den Motor zu starten. Kaum sah er die Anzeigen aufleuchten, schrie er auf.

«Bist du eigentlich wahnsinnig?», fragte er hysterisch, «wie erkläre ich die gut vierhundert Tageskilometer? Bei einer Luftlinie von siebzig Kilometern zwischen Start und Ziel? Das Fahrtenbuch ist ebenfalls nicht nachgeführt. Das holst du sofort nach, erklärst diese Differenz und unterschreibst. Ich will keinen Ärger wegen dir oder sonst jemandem. Wozu gibt es Regeln und Vorschriften? Und dann habe ich noch etwas zum Thema Schläppi: Er wollte dir noch die ersten ...»

Außer ein paar deftigen Flüchen hörte Tagliabue nichts mehr. Er merkte, dass er mit Blicken verfolgt wurde, was ihn veranlasste, das Tempo weiter zu erhöhen. Im Laufschritt legte er eine größere Distanz zurück, ohne zurückzublicken. In gut einhalb Stunden würde das Stadtderby angepfiffen. Höchste Zeit, ein Treffen mit Lüthi zu vereinbaren.

Während er weiterlief, suchte er immer verzweifelter das Telefon. Er erinnerte sich daran, dass niemand versucht hatte, ihn zu kontaktieren. Und dass sich der Akku dem roten Bereich bedrohlich genähert hatte. Immer zorniger und verzweifelter durchsuchte er seine Taschen, bis ihm einfiel, wo er es gelassen hatte.

Er machte auf den Absätzen kehrt und stürmte zurück in die Richtung, aus der er gekommen war. Aus der Entfernung beobachtete er, wie Freddie gerade das große Tor schloss. Außer Atem, aber von Weitem immer noch gut hörbar schrie er dem Alten zu, auf ihn zu warten. Der blickte in seine Richtung, grinste, führte die Rechte zum Gruß an die Hutkrempe, drehte sich aufreizend langsam um und entfernte sich in die entgegengesetzte Richtung. Konsterniert verlangsamte der Ermittler seinen Lauf und verlor dadurch die Zeit, die es ihm gerade noch ermöglicht hätte, Freddie einzuholen.

Der Kommissar wechselte noch einmal die Richtung. Sobald er jemanden hinter sich spürte, legte er eine Pause ein, um die Leute vorbeiziehen zu lassen.

Je näher er der topmodernen Fußballarena mit dem Namen eines Versicherungskonzerns kam, desto öfter blieb er stehen, bis die Massen ihn vor sich hertrieben. Aus den Gassen und den Straßen strömten die Zuschauer zu dem Spiel, in dem es nur noch um die fußballerische Vorherrschaft in der Stadt ging. In der Meisterschaft lagen die beiden Mannschaften hoffnungslos hinter der Spitze.

Tagliabue fühlte sich unwohl, er hasste es, geschoben und gedrückt, gestoßen und berührt zu werden. Für ihn war der Begriff « anonyme Masse » nicht nachvollziehbar: Er fühlte sich, als ob er dauernd im Mittelpunkt stehen und observiert würde. Erst nachdem er die einzige offene Abendkasse hinter sich gebracht und sich einen der letzten Sitzplätze im Sektor des Heim-, aber nicht im Sektor seines Lieblingsteams gesichert hatte, atmete er etwas auf. Mühselig bahnte er sich den Weg zu seinem Platz. Um ihn herum kannte er keinen. Er dachte an Lüthi, der seit Jahrzehnten über zwei Dauerkarten im Gästesektor verfügte.

Wie angenommen, verlief das Spiel enttäuschend. Nur die Hooligans der beiden Mannschaften erfüllten die in sie gesetzten tiefen Erwartungen. Für kurze Zeit stand das Spiel kurz vor dem Abbruch. Spieler, Betreuer und Funktionäre überließen die grüne Wiese einer Handvoll übermotivierter Kampfsportler. Was von einem Teil des Publikums mit tumbem Gejohle, von einem anderen mit gellenden Pfiffen und vom Großteil mit Gleichgültigkeit und mit unausgereiften Ratschlägen, was seitens der Verantwortlichen zu tun sei, quittiert wurde. Erst ein massives Polizeiaufgebot verlagerte das Problem und erlaubte es dem Schiedsrichter, das letzte Drittel endlich anzupfeifen und zu einem Ende zu bringen.

Dass seine Elf, zum Schluss zu neunt, etwas unglücklich, aber verdient verloren hatte, ärgerte ihn weniger als der Fakt, dass die Allgemeinheit immer häufiger die Kosten zu tragen hatte, die eine Minderheit verursachte. Mit diesen Gedanken blieb er auf seinem überteuerten Platz sitzen, bis sich das Stadion geleert hatte und die Putzequipen sich durch die verwaisten Ränge schoben, um den Abfall von oben nach unten zu arbeiten, wo er auf der untersten Ebene liegen blieb.

«Fast wie im richtigen Leben.» Der Kommissar erhob sich, um seinen längstens geleerten und vor Ärger zerknüllten Pappbecher auf den grauen Betonboden zu schleudern und sich zum nächsten Ausgang zu begeben.

Vor dem Stadion fachsimpelten selbsternannte Experten und übertrafen sich in ihren taktischen Analysen. Was ihn veranlasste, nicht mehr zum gewohnten Treffpunkt mit Lüthi zu gehen. Er wollte nur nach Hause, um einen weiteren recht ernüchternden Tag hinter sich zu bringen.

Um nicht in die wartenden Menschenmengen zu geraten, wandte er sich von den Bus- und Tramhaltestellen und Hauptverkehrsachsen ab, entschied sich für den kürzeren, zu dieser späten Stunde kaum frequentierten Weg entlang einer Industriebrache.

Je weiter sich der Polizist vom Stadion entfernte, desto dürftiger wurde die Beleuchtung. Bevor er ins Halbdunkel eintauchte, blickte er rasch zurück. Die Dunkelheit bot ihm Schutz, Verfolger hätte er im Gegenlicht erkannt und sich in Sicherheit bringen können.

Beruhigt konzentrierte er sich auf den schmalen Weg vor ihm. Seine größte Angst bestand jetzt darin, sich den Fuß in einem der tiefen Schlaglöcher zu vertreten. Vor allem im unbeleuchteten Tunnel vor ihm. Ganz vorsichtig tastete er sich an der Wand entlang.

«Na, Alter, wie hat dir dieses Derby gefallen?»

Wie vom Blitz getroffen blieb Tagliabue stehen und brachte kein Wort über die Lippen.

«Du willst dich nicht mit uns über Fußball unterhalten? Sind dir wohl zu wenig fein», war eine zweite Stimme zu hören.

«Dochdoch», war alles, was der Angesprochene mit etwas brüchiger Stimme hervorbrachte.

«Ich glaube, die richtige Mannschaft hat gesiegt. Oder?»

Mit Schweigen versuchte der Ermittler, jede Provokation zu vermeiden, um sich aus seiner misslichen Situation zu befreien.

«Seht ihr», prahlte jetzt eine dritte Stimme. «Er legt null Wert darauf, mit uns zu plaudern.»

Nach einer Phase angespannter Ruhe ließ sich die zweite Stimme erneut hören: «Ich verlange eine Antwort.»

«Das bessere Team hat gewonnen», gab Tagliabue klein bei.

«Ich kann die Meinung leider ganz und gar nicht teilen.» Eine weitere Stimme, diesmal von hinten.

«Vielleicht war es auch das glücklichere, darüber lässt sich sicher diskutieren.»

«Ich finde es nicht sonderlich nett von dir, dass du uns den Rücken zudrehst, wenn du mit uns sprichst – wenn du schon mal mit uns redest.»

«Entschuldigung, ich wusste nicht, dass ich von allen Seiten von Fachleuten umgeben bin, die sich so für meine Meinung interessieren.»

«Dir reichte das müde Gekicke also nicht», mit der Zahl der Gegner stieg die Aggressivität im Ton, «willst mit uns auch noch ein Spielchen spielen?»

«Nach unseren eigenen Regeln? Wie soll's denn heißen?»

«Hast keinen Bock mehr, mit uns zu diskutieren? Kleiner Tschingg.»

Unterdrücktes Gelächter.

«Wenn du partout keinen Vorschlag machen möchtest, wie wäre es denn mit: ‹Jagt den Schnüffler›?»

Der Kreis um die Beute zog sich noch enger zusammen. Die Treibjagd näherte sich langsam, aber unausweichlich dem Höhepunkt. Tagliabue wartete nur darauf, dass die Sache begann, um endlich zu einem Ende zu gelangen.

«Nur, damit wir nicht irgendeinen Unschuldigen treffen.» Verschiedene Taschenlampen blendeten auf. Die Helligkeit machte es für den Kommissar unmöglich, die Gesichter zu erkennen. Bevor sich die Pupillen an das Licht gewöhnen konnten, prasselten die ersten Schläge und Hiebe,

Tritte und Stöße von allen Seiten auf ihn ein. Dabei nahmen sie weder auf sein Gesicht oder den Magen noch auf andere Organe oder seine Geschlechtsteile Rücksicht. Ganz im Gegenteil.

Bevor die absolute Dunkelheit ihn übermannte, schickten ihn die im Überfluss ausgeschütteten Hormone auf eine Reise in die Vergangenheit: Er sah zu, wie der kleine Salvatore von den Nachbarskindern zusammengeschlagen wurde und wie sich die Mehrheit am brutalen Schauspiel in einer längst verblassten Epoche ohne Videospiele ergötzte. Durch das fanatische, rhythmische «Tschingg, Tschingg» der Zuschauer war sein verzweifeltes «*papà, aiutami*» nicht zu hören. Totò ließ die Demütigung über sich ergehen.

9

«Salvatore. Tesoro.» Die Stimme drang von sehr weit zu ihm. Der weiche Ton ließ auf eine Frau, die akzentfreie Aussprache zweifelsfrei auf eine Italienerin schließen. Aber wie jeden Tag, inklusive Sonn- und Feiertage, war *mamma* bei ihrer Arbeit. Um ihm in ferner vager Zukunft vielleicht ein besseres, aber nach wie vor kein gutes Leben zu ermöglichen.

Dass er mit ganzem Vornamen angesprochen wurde, deutete darauf hin, dass die Sache sehr ernst war. Er überlegte sich, ob er aufwachen wollte, und entschied sich für eine andere Variante: Vorsichtig versuchte er, das linke Auge zu öffnen. Ohne Erfolg, die Lider klebten zusammen. Nächster Versuch rechts. Trotz minimaler Öffnung blendete ihn das grelle Licht. Er schloss das Auge reflexartig.

«Salvatore», die vertraute, immer noch nicht zuordenbare Stimme hatte auf das Zeichen gewartet. Es hatte keinen Sinn mehr, den Schlafenden zu mimen. Ganz sachte öffnete er das funktionierende Auge, erkannte über sich den Umriss einer Hand, die nervös an einer Art himmlischem Dreieck herumhantierte.

Im Hintergrund hörte er ein monotones, technisch-klares Piepen, das sich allmählich intensivierte, um sich auf höherem Niveau einzupegeln. Tagliabue begann, zuerst seine Finger, dann die Hände in immer weiteren Kreisen zu bewegen, und spürte die weiche Oberfläche eines glatten Stoffs. Weniger bequem war die Position seiner Arme. Er lenkte sie zur Bauchmitte. Dabei fiel ihm auf, dass ihn das viel mehr Kraft kostete, als er erwartet hatte. Neben dem Widerstand spürte er ein Stechen, wenn er den Winkel zwischen Unter- und Oberarm veränderte. Nachdem er seine Finger ineinander verwoben hatte, nahm er an, dass er in dieser Stellung wohl wie ein Toter aussah. Auf jeden Fall hatte er die Mutter der *mamma* so auf dem Totenbett liegen sehen.

Mit einiger Anstrengung schlug er nun beide Augen auf und erkannte Jade. Daneben eine unbekannte Person.

«Was ist heute für ein Tag?» Er versuchte zu lächeln, aber die Schmerzen waren zu stark.

Jade wartete auf das vage zustimmende Nicken der anderen Frau, bevor sie vorsichtig antwortete: «Heute ist Mittwoch.»

«Okay», überlegte er, «dann war ich gestern am Match. Was für ein erbärmliches Gekicke und Getrete. Ich kann mich nicht mehr genau an das Spiel erinnern. Nur, dass ein paar Chaoten aufs Spielfeld rannten. Aber was mache ich hier?»

«Sie waren in eine Schlägerei verwickelt», antwortete die Frau im weißen Kittel. «Dazu können Ihre Kollegen mehr erzählen. Ich widme mich den medizinischen Fragen. Neben einer Hodenquetschung haben Sie andere Prellungen, die aber nicht so gravierend sind. Sie haben Schürfungen, kleine Schnittwunden. Zwei Rippen sind angerissen, ohne die Lunge zu tangieren. Ihr linkes Jochbein und Ihre Nase sind gebrochen. Die Brauen mussten wir mit einigen Stichen nähen. Ihre Augen sind bis auf ein paar Schwellungen zum Glück heil geblieben.» Als ob sie überlegte, ob sie etwas unterschlagen habe, legte die Ärztin eine Pause ein. «Am meisten Sorge machte uns aber der Umstand, dass Sie das Bewusstsein verloren haben. Wir haben Sie in ein künstliches Koma versetzt. Wie es aussieht, werden Sie keine Folgeschäden davontragen. Sie hatten ziemliches Glück. Als hätten die Angreifer genau gewusst, was Sie taten. Aber jetzt sind wir mal froh, dass es Ihnen gut geht. Sie brauchen jetzt viel Ruhe.» Und bevor sie das Zimmer verließ, richtete sie sich an den Besuch: «Bitte keinerlei Aufregung. Noch fünf Minuten, dann muss ich Sie bitten, endlich heimzugehen. Erholen Sie sich. Sie sind sicher müde nach dem langen Warten.»

Jade nickte und blickte der Ärztin hinterher, bis sich die Tür hinter ihr schloss. Einen kurzen Moment lang waren nur die medizinischen Geräte zu hören.

«Was ist heute für ein Tag?», beendete der Kommissar die Stille.

«Du hast gehört, was Frau Dr. Eckert gesagt hat: Du sollst dich nicht aufregen.»

«Das mache ich aber, wenn du meine Frage nicht beantwortest.»

«Es ist Mittwoch», wiederholte sie vorsichtig.

«Was redet die Ärztin von künstlichem Koma?»

«Du warst eine Woche nicht bei Bewusstsein.» Jade beobachtete ihn genau, um auf sämtliche Eventualitäten vorbereitet zu sein.

«Eine Woche», wiederholte er langsam, wie um sich der Schwere seiner Verletzungen bewusst zu werden.

«Du hast viel Glück gehabt – wir hatten viel Glück. Aber jetzt musst du dich erholen. Ich bin derart erleichtert, dass du aufgewacht bist. Ich hatte solche Angst um dich, als ich von dieser Attacke hörte. An dem Abend versuchte ich die ganze Zeit, dich zu kontaktieren. Und du nimmst einfach nicht ab. Ich befürchtete, dass du nichts mehr von mir wissen willst. Wie gern wäre ich damals mit dir ausgegangen! Ich habe dich vermisst. Morgen besuche ich dich wieder. So wie ich das jeden Tag gemacht habe.»

Sie bückte sich vorsichtig zu ihm, um ihm einen Kuss auf seine geschwollene Wange zu hauchen. Abrupt richtete sie sich auf. Wandte sich um. Begab sich zur Tür. Wo sie von Tagliabues Stimme gebremst wurde.

«Du bist mir nicht böse?», erkundigte er sich kleinlaut.

Ohne die Hand von der Klinke zu nehmen, antwortete sie auf die Frage, die sie sich selbst immer wieder gestellt hatte: «Ich mag es, dass du danach, im Gegensatz zu den anderen, nie gefragt hast, wie du warst. Du hast dich stets auf deine Gefühle und Instinkte verlassen. Soll ich dir jetzt böse sein und unserer Beziehung deswegen einen Strick drehen?»

Ohne einen Blick zurück öffnete und schloss sie die Tür hinter sich.

Im Zimmer herrschte bis auf das Piepen des EKGs Stille – Tagliabue konzentrierte sich auf seinen Körper.

Er merkte, wie die Wirkung der Schmerzmittel allmählich nachließ. Er versuchte einzuschlafen, bevor sich dieses Pochen, Reißen und Brennen intensivierte.

Als der Kommissar aus seinem traumlosen Schlaf erwachte, fühlte er sich wesentlich besser und ausgeruhter. Bevor er aber die Augen öffnete, wollte er die Lage ausloten.

Die Schmerzen waren fast verschwunden. Er hoffte, dass das mit seiner Genesung zu tun hatte. Befürchtete aber, dass dafür medikamentöse Gründe vorlagen. Er spürte eine weitere Person im Krankenzimmer. Die Atmung ließ einen Mann vermuten. Der alles übertünchende Spitalgeruch ließ eine olfaktorische Bestätigung trotz aller Anstrengungen allerdings nicht zu.

Weil er im Spital, mit der Ausnahme der medizinischen Behandlung, keine Gefahren vermutete, entschied er sich, sein Wachsein gegen außen zu kommunizieren und die Augen zu öffnen. Sofort stellte er fest, dass die Anzahl der Schläuche, Apparate und der Geräte seit seinem letzten Comeback abgenommen hatte. Er vermutete, dass er nicht mehr auf der Intensivstation lag.

Die Reaktion ließ nicht auf sich warten: «159; 4/100; 24.9.»

«Ich brauche dein Mitleid nicht. Oder hast du gemeint, dass der arme Mann im Spitalbett keine schweren Fragen mehr lösen kann? Komm schon, gib dir wenigstens einen Hauch von Mühe.»

«Jedenfalls scheinst du wieder der Alte zu sein. Mein Rätsel konntest du allerdings nicht lösen. Hat dein Kopf Schaden genommen? Wobei der Unterschied zu früher sehr schwer nachzuweisen sein dürfte.»

«Ich darf mich hier gar nicht aufregen. Und du hast es in der kurzen Zeit schon zwei Mal geschafft», lächelte Tagliabue, was ihm dieses Mal besser gelang. Der Besuch legte die Illustrierte weg, erhob sich und schob seinen Stuhl zum Bett.

«Danke, dass du gekommen bist.» Der Polizist streckte dem Journalisten die Hand entgegen, die Nadel in seinem Arm vergessend.

«Nicht der Rede wert. Aber die Auflösung hätte ich schon gerne. Einfach nur, um zu wissen, ob das auf deinem Hals noch richtig funktioniert. Das zwischen deinen Beinen interessiert mich nicht – soll sich jemand anders Sorgen machen. Jade lässt dich jedenfalls herzlich grüßen. Sie musste leider kurzfristig geschäftlich verreisen. Jetzt halte eben ich Totenwache.»

«Lüthi, Lüthi», schüttelte Tagliabue den Kopf. «Hätte ich nur weitergeschlafen. Oder schlafe ich noch, und das ist nur ein Albtraum?» Er kniff sich in die Wange. «Es muss Realität sein. Wenn wir schon beim Thema sind: Wie sehe ich aus?»

Der Journalist betrachtete ihn und überlegte, wie er das, was er sah, formulieren sollte. «Irgendwie erinnerst du mich an einen bedeutenden, wenn nicht gar an den berühmtesten Schlagzeuger des gesamten *show business*.»

«Bonham? Moon? Collins? Ringo?», wagte Tagliabue mehrere Versuche.

«In Bezug auf die musikalischen Qualitäten liegst du nicht so schlecht. Aber beim Aussehen ... Bonham und Moon sehen sogar in ihrem jetzigen Zustand besser aus als du. Und die zwei anderen sowieso.»

«Schon vergessen», wurde der Patient ungeduldig, «ich darf mich nicht aufregen. Raus mit der Sprache!»

«Die krumme Nase, die angeschwollenen Augen, der leicht verschlafene Gesichtsausdruck und die violette Hautfarbe von den Blutergüssen erinnern mich an Gonzo, den Drummer aus der legendären Muppet Show. Entspricht auch deinem Jahrgang.»

«Alles klar. Danke für das nette Kompliment.» Tagliabue verdrehte die Augen. «Aber ich frage mich schon, wessen Hirn besser funktioniert. Der Drummer der Puppentruppe hieß Das Tier oder *Animal*. Aber wenigstens hast du mich nicht mit Miss Piggy oder mit Kermit dem Frosch verglichen. Am besten würden für uns beiden eh die zwei miesepetrigen Alten auf dem Balkon passen. Hießen die nicht Statler und Waldorf?»

Lüthi: «Du lenkst ab, weil du die Antwort auf die drei Zahlen nicht kennst.»

«Du hättest es mir nicht einfacher machen können: 100 Meter, 9.78 Sekunden, 1988. Richtig, oder?»

Anerkennend nickte der Journalist: «Dein Kopf scheint wieder in Ordnung zu sein, falls das überhaupt je der Fall war. Aber lass uns von den wichtigen Dingen reden. Die Schwester hat mir fünf Minuten gegeben. Du müssest dich schonen, hat sie gesagt.»

Der Kommissar winkte ab: «Das hätte sie sich überlegen müssen, bevor sie dich hier reinließ. Was ist passiert? Wie

Johnson kann ich mich an meinen Zwischenfall nicht mehr erinnern.»

«So wie es aussieht, bist du in eine Schlägerei geraten. Die haben dich übel zugerichtet. Du hattest Glück, dass noch ein anderer so unvorsichtig war, den unbeleuchteten Weg durch diese gottverlassene Gegend zu nehmen. Er hat dich gefunden und ist nicht einfach weitergegangen – ein Zeichen von Zivilcourage. Du hast noch geröchelt, sonst hätte er vielleicht gemeint, du seist ein Landstreicher in einem zerrissenen Prada, der in dieser reichen Stadt draußen pennen muss. Hast du wieder provoziert?»

«Ich habe es gesagt: Ich kann mich nicht mehr erinnern. Lücke, *delete*, Loch, Amnesie. Ich ging ganz am Schluss aus dem leeren Stadion und bin hier aufgewacht.»

«Hooligans der anderen Mannschaft, wie es scheint. Haben dir ihren Schal ins Maul gestopft – fast wärst du daran erstickt.»

«Kann mich nicht erinnern, als Anhänger eines Teams erkennbar gewesen zu sein», strengte sich der Kommissar an. «Ich war den ganzen Tag auf den Beinen und nehme keine Fanartikel mit zu Untersuchungen. Zudem bin ich aus dem Alter seit einem geschätzten halben Jahrhundert raus.»

«Diese Jungs waren jedenfalls geübt und haben gezielt zugeschlagen.» Lüthi wurde noch nachdenklicher: «Als wollten sie dir einen Denkzettel verpassen. Und dein gestopftes Maul ist auch eine klare Botschaft.»

«Und meine Kollegen? Haben die etwas rausgefunden?»

«Auf den Videos der Stadionkameras ist zu sehen, wie du weggehst. Das gilt einige Minuten später auch für deinen Finder. Sonst ist niemand mehr zu erkennen, der diesen Weg wählt. Wobei die Kameras auch nicht alles abdecken können.»

«Vielleicht der freundliche Kandidat für den kommenden Prix Courage?»

«Der schlendert vom Pissoir zum Tatort und hat sein Handy nicht benutzt, um personelle Unterstützung für den Überfall in der Unterführung anzufordern. Übrigens: Wieso hast du mich nicht angerufen? Dann wäre dir das nicht passiert.»

Wie recht du hast, dachte der Ermittler und erklärte Lüthi, dass dem iPhone unerwartet der Strom ausgegangen war.

«Ich kann dir für den Aufenthalt mein Ladegerät pumpen.» Der Journalist war im Begriff aufzustehen, um zu seiner Computertasche zu gehen.

«Ist nicht nötig. Ich brauche Ruhe», rettete sich der Patient.

Einen Augenblick herrschte gespannte Stille zwischen den beiden Männern, bis Tagliabue begann: «Du willst wissen, ob ich weiß, wer hinter dem Überfall steckt.»

Unschlüssig zuckte Lüthi mit den Schultern.

«Das war kein Zufall. Beim Verlassen der GammaG befiel mich schon das Gefühl, beobachtet zu werden. Auf dem Parkplatz stand ein schwarzer BMW. Das gleiche Modell verfolgte mich über mehrere Kilometer. Vielleicht bin ich Krämer zu nahegetreten.»

Der Journalist zögerte: «Seit jener Geschichte bist du hinter ihm her. Lässt die Leute nicht in Ruhe, kommst selbst nicht zur Ruhe. Lass doch endlich los!» Er war mit jedem Wort lauter geworden.

«Das hat Krämers Anwalt auch gemeint.»

«Glaubst du, ich stehe auf deren Seite?»

Der Gefragte reagierte nicht.

«Ich stehe auf keiner Seite. Nicht einmal auf deiner. Ich interessiere mich für Fakten.» Lüthi regte sich auf und redete inzwischen dermaßen laut, dass sich die Tür öffnete und die

Krankenschwester den Kopf durch den entstandenen Spalt schob: «Herr Lüthi, ich denke, es ist an der Zeit. Der Herr Kommissar benötigt jetzt dringend Ruhe.»

Schwerfällig erhob sich der Besucher. «Mal schauen, ob ich dir eine weitere Visite abstatten kann.»

«Kein Problem», flüsterte der Kommissar, «danke mal für heute. Eine Frage noch. Macht ihr – oder besser: Habt ihr eine Geschichte gemacht?»

«Die Zeitung würde zu langweilig und zu dick, wenn wir über jede Schlägerei berichteten. Die Tatsache, dass ein Polizist vermöbelt wurde, hebt den Nachrichtenwert nicht wesentlich. Da müsstest du uns respektive dir schon den Gefallen tun und an den Folgen eines Angriffs sterben. Aber danach sieht es im Augenblick nicht aus. Schlecht für meine Zeitung. Umso besser für dich. Und natürlich auch für mich.» Der Journalist betrachtete ihn, zögerte, fuhr dann fort: «Dr. Huber wollte dir den Fall wegnehmen. Du habest null Fortschritte erzielt. Ich habe ihm dann eine Story erzählt. Vom zusammengehauenen Kommissar, dem man den Fall, während er im Koma liegt, entzieht. Dass sich das auf den Ruf und die Karriere des Vorgesetzten nicht positiv auswirke. Das Argument hat ihn dann doch noch umgestimmt.»

Für eine kurze Zeit herrschte Ruhe.

«Ich bin froh, dass es dir, den Umständen entsprechend, noch nicht gut, aber besser geht. Dein Kopf scheint in Ordnung zu sein – mal abgesehen von Äußerlichkeiten. Das Langzeitgedächtnis funktioniert. Dass du dich nicht an den Unfall erinnern kannst, ist vielleicht von Vorteil – Gedächtnislücken können in ganz speziellen Fällen ganz nützlich sein.»

Lüthi hatte entschieden, auf einen Händedruck oder einen Augenkontakt zu verzichten. Er stellte den Stuhl zurück, schnappte sich seine Tasche und ließ den Ermittler allein. Dieser schlief vor Anstrengung sofort ein.

Stunden später wurde der Patient geweckt. Wiederum eine andere Pflegefachperson.

«Ihr Abendessen, Herr Tagliabue», lächelte sie ihn an.

«Danke», erwiderte er ihre Freundlichkeit und versuchte, in ihren Ausschnitt zu blicken, als sie das Tablett auf das Tischchen neben dem Bett balancierte. Er war froh, dass wenigstens die niederen Instinkte noch einwandfrei funktionierten.

«Wie lange muss ich hierbleiben?»

«Sie müssen wieder ganz gesund werden. Wir rechnen bis Samstag. Falls Sie weiter solche Fortschritte machen.»

«Bis übermorgen?», freute sich der Kommissar.

«Nein, nicht ganz.»

«Warum? Heute ist doch Donnerstag, oder?»

«Sicher», begriff die Schwester jetzt: «Samstag in einer Woche, wenn es keine Komplikationen gibt. Sie brauchen viel Ruhe. Ihre Verletzungen sind gravierend. Momentan ist Ihr Zustand stabil. Einen Rückfall können wir jedoch nicht ausschließen.»

Frustriert sackte der Kommissar in sich zusammen, konnte er sich doch nicht vorstellen, über eine Woche im Spital zu versäumen.

«Hat irgendwann irgendjemand vom Kommissariat versucht, mit mir in Kontakt zu treten?»

«Nein, nichts. Sie sind krankgeschrieben. Die Polizei wurde informiert. Klingt komisch, der Satz. Finden Sie nicht auch?»

Es dauerte, bis Tagliabue diesen Schock verdaut hatte. Das Menü rührte er nicht an. Lieber litt er Hunger, als dass er sich über lieblos gekochtes und angerichtetes Essen aufregte.

Und die Verpflegung in Spitälern und Heimen, im Militär und im Kommissariat gehörte für ihn in jene Kategorie. Er drehte sich weg, um das verkochte Gemüse, das klebrige Kartoffelpüree und den Fleischvogel in viel zu viel klumpiger Bratensauce nicht mehr ansehen zu müssen. Der Versuch, seinen Geruchssinn auszublenden, strengte ihn dermaßen an, dass er schnell einschlief.

Als der Ermittler aufwachte, war es im Zimmer nicht mehr künstlich hell. Das Licht floss von draußen in den Raum. Das unberührte Essen war weggeräumt, frisch gebrühter Tee half über den quälenden Durst, den beißenden Hunger hinweg. Er hatte jede zeitliche Orientierung verloren. Die Monitore zeigten vieles an, nur die Datums- oder die Zeitangabe konnte er nicht finden. Er wusste ohnehin, dass es an der Zeit war.

Auf dem Weg zur Tramstation gingen ihm die Leute aus dem Weg, um sich umzudrehen und ihm hinterherzustarren, kaum waren sie an ihm vorbeigegangen.

Anstelle des grünen, hinten offenen Nachthemds trug Tagliabue wieder seine zerrissenen und zerschnittenen, blutverklebten und dreckverschmierten Kleider. Um alle Fragen im Keim zu ersticken, hatte er sich einen Ärztekittel übergeworfen, den er en passant hatte mitlaufen lassen. Er war erstaunt gewesen, dass das Stück weißer Stoff die Wirkung immer noch nicht verfehlte, während der Respekt vor einer Polizeiuniform während der vergangenen Jahre stetig und massiv abgenommen hatte.

Trotz erstaunter Blicke und Getuschel hinter dem Rücken hatte er den Ausgang unbehelligt erreicht und war auf die Straße getreten.

Jetzt hatte er Angst, entdeckt und ins Spital zurückgeschafft zu werden. Seine Verkrampfung löste sich erst, als das abgefahren geglaubte Tram in die Haltestelle einfuhr. Als Erster stieg der flüchtige Patient in die Komposition.

Vergebens suchte er nach der aktuellen Morgenausgabe der Gratiszeitung, fand nur leere Blechdispenser. Als Kompensation zu den fehlenden Gratisblättern weckte die hängende Werbung für ein revolutionäres Aknemittel seine Aufmerksamkeit. «Wie siehst denn du heute aus?» war als Headline zu lesen. Weil er sich diese Frage im Laufe des Tages ebenfalls mehrfach gestellt hatte, blickte er in die Silberfolie, die als Spiegel diente.

Was er sah, erschreckte ihn und erklärte, warum ihm die Leute auf der Straße aus dem Weg gingen. Da die Schmerzen von den Medikamenten übertüncht worden waren, hatte er sein gewohntes Auftreten vorausgesetzt. In Tat und Wahrheit sah er bedauernswert aus: Anstelle der Augenbrauen standen die noch nicht gezogenen Fäden in alle Richtungen. Die Schürfungen im Gesicht waren noch nicht ganz verheilt. Seine Nase war geschwollen, die Augen blutunterlaufen, die Haut schwarz-violett-blau-grün verfärbt. Vereinzelte weiße Pflaster mit getrockneten Blutspuren bildeten einen spannenden Kontrast zu dieser Farbenvielfalt. Die vor Kurzem geplatzten Lippen waren zwar wieder zusammengewachsen, aber noch ziemlich aufgeblasen. Er konnte sich nicht vom Spiegelbild lösen, das gar nichts mehr mit ihm zu tun hatte. Fasziniert und erschrocken blieb er stehen. Was bei den Mitpassagieren den Eindruck erweckte, dass der arme Spinner im Ärztekittel nicht nur physisch, sondern auch geistig völlig abgewirtschaftet war.

Der Ermittler merkte, dass er die Beine über eine Woche nicht bewegt hatte, das ständige Ausgleichen der Vor-, Seit- und Rückwärtsbewegungen des Trams kostete ihn viel Kraft. Er setzte sich und sah an sich herab. Bis auf die eleganten italienischen, nur leicht verschmutzten Schuhe sah seine Kleidung erbärmlich aus. In Kombination mit seinem übel zugerichteten Körper und Kopf ähnelte er den Untoten aus Michael Jacksons *Thriller* – mit der Ausnahme, dass dem Kommissar nicht nach Tanzen und Singen zumute war, obwohl er als ganz passabler Tänzer galt.

Nachdem sich die Tram nach und nach geleert hatte, stieg der flüchtige Patient als letzter Fahrgast an der Endstation aus. Im Vorbeigehen machte er sich einen Spaß daraus, die Fahrerin durch sein Auftauchen am rechten Seitenfenster zu erschrecken. Aber selbst diese Aktion raubte ihm mehr Energie, als er gedacht hatte.

10

Beim Aufwachen fehlte ihm die örtliche und zeitliche Orientierung. Nachdem der erste Punkt rasch geklärt war, richtete er sich auf, um in den zerrissenen, schmutzigen Hosen nach dem Smartphone zu suchen. War ihm das Aufsetzen schon schwergefallen, bereitete ihm das Aufstehen noch mehr Mühe. Sich abstützend, schleppte er sich durch das Gartenhäuschen.

Trotz mehreren Durchgängen war die Suche nicht von Erfolg gekrönt. Das führte ihn zurück auf das Sofa und dazu, die Suchaktion mental fortzusetzen. Rasch hatte er das Rätsel des vermissten iPhones gelöst. Dass er folglich weder geortet noch kontaktiert werden konnte, tröstete ihn über den Verlust hinweg.

Ohne sich an den Überfall erinnern zu können, versuchte er herauszufinden, was oder wer hinter den Ereignissen der besagten Nacht steckte. Für ihn war klar, dass die Erklärung nicht in einem gewonnenen oder verlorenen Derby lag.

Bei seiner Analyse versuchte er, Lüthis Aufforderung zu folgen und sich nicht nur auf Krämer und Schläfli zu konzentrieren. Nachdem er alle in Frage kommenden Personen durchgegangen war, fiel ihm auf, dass er einen Protagonisten vergessen hatte: Deubelbeiss. Je länger der Kommissar sich mit dem neuen Assistenten auseinandersetzte, desto mehr ärgerte er sich, dass er diesem gegenüber nicht vorsichtig genug, sondern viel zu offen, zu fahr- und nachlässig gewesen war.

Er ließ seine Begegnungen mit Deubelbeiss Kapitel für Kapitel Revue passieren. Dabei war er nie sicher, ob die Erinnerung ihm nicht gewisse Sachverhalte verschwieg.

Ihm fiel ein, wie dieser sich im Büro an seinem PC zu schaffen gemacht hatte. War es nicht möglich, dass der Untergebene ihm ein Virus oder sowas – was wusste er denn von diesen Dingen? – auf den PC gepflanzt hatte, um jeden seiner Schritte zu kontrollieren? Danach hatte sich der Assistent in Krämers Agenda eingeloggt, um den Termin zu fixieren. Auch das Auto war auf diese Art und Weise gebucht worden. Dass dann der Spurensicherer aufgetaucht war, verstärkte sein Misstrauen und seinen Glauben an eine niederträchtige Verschwörung. Was, wenn Deubelbeiss gar keinen Termin mit Krämer vereinbart, sondern ihn zur GammaG geschickt und ihm die Schläger auf den Hals gehetzt hatte? Vielleicht waren die Informationen zu den Bankgeschäften zwischen Schläfli und Krämer erfunden, um ihn in eine Falle zu locken. Wenn Deubelbeiss so gerissen war, die Spezialisten der Polizei an der Nase herumzuführen, warum war es dann Krämers Leuten gelungen, die Cyber-Attacken bei ihm zu lokalisieren? Dass sein Assistent der Neffe des neuen Chefs war und ihm von diesem einfach so zur Seite gestellt wurde, machte ihn noch stutziger.

Tagliabue nahm sich vor, vorsichtiger zu sein. Mehr konnte er zurzeit nicht machen. Er schlief ein.

Schmerzen am ganzen Körper weckten ihn. Die Medikamente hatten mittlerweile ihre Wirkung verloren. Immerhin nahm er sich wieder bewusst wahr. Was dazu führte, dass er sich der Kleider entledigte, um all den Schmutz mit einem Lumpen und Wasser wegzuwaschen. Dabei tat ihm jede Bewegung, jeder Kontakt mit seinem Körper weh. Nachdem er sich äußerst vorsichtig trockengetupft hatte, nahm er die letzten Kleider seines Notvorrats aus dem Schrank, zog sich langsam an. Das gab ihm ein neues, aber nicht sein altes Selbstwertgefühl.

Nach rund einer Woche mit frischem Gemüse aus Nachbars Garten, Konserven, viel Schlaf und Ruhe machte sich der Kommissar bereit fürs Comeback im Kommissariat.

Einigermassen erholt und fast vollständig genesen, traf er auf seinen Assistenten, der nicht überrascht schien.

«Schön, Sie wiederzusehen. Wie geht es Ihnen?», hörte er Deubelbeiss sagen.

«Danke der Nachfrage. Aber Sie brauchen kein Interesse zu heucheln. Sie hätten mich im Spital besuchen können.»

«Ich habe Ihnen etliche SMS und E-Mails geschickt, um mich nach Ihnen zu erkundigen. Ich habe mich um Sie gesorgt und keine Antwort erhalten. Was auch nicht verwundert hat, wenn man Sie kennt. Erst als Ihr Smartphone vergangenen Freitag bei uns abgeliefert wurde, habe ich meine Schreiberei aufgegeben. Das Gerät liegt übrigens auf Ihrem Pult. Ich hätte es sehr gern für Sie aufgeladen, habe aber kein Kabel für dieses alte Modell gefunden.»

Tagliabue ging zum Schreibtisch und steckte das Telefon ein. «Ergebnisse von der Spurensicherung?»

Der Assistent war auf die Frage vorbereitet. «Seit Dienstag vorletzter Woche.»

«Der Tag, an dem ich überfallen wurde?»

Deubelbeiss war angehalten worden, den Vorgesetzten nicht aufzuregen, und nickte kaum wahrnehmbar.

«Warum nur, *porca miseria*, wurde ich nicht informiert? Dann hätte ich den Ausflug zu Krämer platzen lassen, und es hätte keinen Streit mit Schläppi gegeben. Und mein Abend hätte nicht in diesem Spital-, sondern im eigenen oder in einem anderen Bett geendet.»

«Wieso Streit?»

Im Kommissar stiegen Zweifel hoch: «Sie haben doch den Boliden von seinem auf meinen Namen umgebucht.»

«Sicher habe ich das gemacht: Ich habe mich ins System eingeloggt, um diese Umbuchung rasch vorzunehmen. Aber sicher nicht, ohne Schläppi vorher zu informieren und zu fragen, ob das für ihn in Ordnung sei. Er hat, ohne zu zögern, zugestimmt. Was mich aufgrund ihres angespannten Verhältnisses überrascht hat. Aber nicht nur das», fuhr der Jüngere fort, «da Schläppi wusste, dass Sie das Auto übernehmen und wo Sie es holen würden, hat er sich auch bereit erklärt, Ihnen die Resultate der Spurensicherung vor Ort persönlich zu übergeben, um keine Zeit mehr zu verlieren und Dr. Huber vorläufig zufrieden zu stellen.»

Langsam dämmerte es dem Kommissar. «Schläppi und seine Kollegen haben sich viel Zeit gelassen. Da liegt Huber ganz richtig, obschon er von der Sache an und für sich auch nicht den leisesten Schimmer hat. Wo befinden sich die Ergebnisse jetzt?», grummelte er.

«Nachdem eine persönliche Übergabe missglückt war, hat Schläppi seinen Bericht hergebracht.» Deubelbeiss wurde unsicher: «Huber hat mir den Auftrag gegeben, Ihnen die Dokumente ins Spital zu schicken. Er meinte, dort hätten Sie genug Zeit, um die Ergebnisse der Spurensicherung zu studieren und Ihre Schlüsse zu ziehen. Ist das Dossier nicht angekommen? Vielleicht gab es medizinische Gründe, Ihnen keine Post zuzustellen.»

Für Tagliabue lag es auf der Hand, dass ihn die Dokumente nach seiner vorzeitigen Selbstentlassung nicht mehr im Krankenhaus erreicht hatten. Sie waren vermutlich an seine Privatadresse weitergeleitet worden. Wo sie seitdem im Briefkasten lagen, während er sich in seinem Schrebergartenhäuschen erholt hatte. «Macht gar nichts», wiegelte und winkte er ab, lehnte sich zurück, um die Flexibilität des Bürostuhls zu testen. «Sie haben sicher eine Kopie gemacht, bevor sie die Unterlagen weitergeschickt haben. Nicht wahr?» Der Assistent errötete. Der Kommissar merkte, wie sein Zorn wuchs. Ein ärztlich verordnetes «Keine Aufregung!» sah anders aus. «Das heißt, dass der Bericht im dümmsten Fall verloren ist?»

«Wie kommen Sie denn auf diese Idee?», wunderte sich der Jüngere. «Die Spurensicherung hat noch ein Exemplar, auf das wir zurückgreifen können.»

«Wenn wir sie anrufen, um die Unterlagen noch einmal zu verlangen, wird sich Schläppi ins Fäustchen lachen und sofort allen davon erzählen, dass der liebe Tagliabue unter akutem Dokumentenschwund leidet und dass die seltene Krankheit trotz langem Spitalaufenthalt nicht geheilt wurde. Und Ihr Onkel wird den Druck ebenfalls erhöhen. Da wir schon dabei sind: Haben Sie auch davon gehört, dass Ihr Onkel uns den Fall Schläfli wegnehmen wollte?»

«Nein.» Deubelbeiss' Erstaunen schien echt. «Was oder wer hätte ihn von der Idee abgebracht? So wie ich ihn kenne, ist er nicht leicht umzustimmen. Da muss etwas ganz Außergewöhnliches vorgefallen sein.»

Der Kommissar grinste: «Haben Sie den Bericht gelesen, bevor Sie ihn abgeschickt haben?»

«Danach wäre ja kaum möglich gewesen.» Der Assistent merkte, dass er mit dem Feuer spielte: «Ja.»

«Und?»

«Was und?», trieb es Deubelbeiss wieder Richtung Spitze.

Überraschend einfach gelang es dem Vorgesetzten, ruhig zu bleiben: «Was hat die Spurensicherung festgestellt? Können Sie sich erinnern? Oder ist Ihre Festplatte zu voll, um sich die wirklich relevanten Dinge zu merken?»

«Meine Anerkennung: Sie lernen schnell – wenigstens Ihre technischen Defizite lassen sich eliminieren», konterte der Jüngere.

«Vielleicht», lenkte der Kommissar ein, «sollten wir uns nicht gegenseitig blockieren, sondern den Versuch wagen, gemeinsam vorwärtszukommen.»

«Ich habe den ganzen Bericht gelesen, obschon er an Sie adressiert war. Er war mit ‹nur für dienstlichen Gebrauch› beschriftet. Da ich Ihr offizieller Stellvertreter bin, habe ich mir gedacht ...»

«Versuchen Sie nichts Neues. Erzählen Sie schon!»

«Ich weiß gar nicht, wo ich anfangen soll. Vieles werden Sie schon kennen. Ich möchte Sie nicht überfordern. Sie nicht vollspammen.»

Vorsichtig schüttelte Tagliabue den Kopf: «Machen Sie sich nicht meine Sorgen. Legen Sie los – dann wissen wir, ob sich meine Erinnerungen mit Ihren decken.»

«Die Kollegen der Spurensicherung trafen als Erste in Schläflis Anwesen ein. Das Tor zur Auffahrt stand offen, die Putzfrau erwartete die Beamten schon an der Haustür. Sie hatte die Polizei sofort alarmiert, nachdem sie den Hausherrn erhängt vorgefunden hatte. Davor war sie ihrer Arbeit im Haus nachgegangen. Details zu Frau Pinto waren im Dossier nicht zu finden. Aber Sie», musterte er den Vorgesetzten, «haben sich mit María unterhalten. Wo ist Ihr Protokoll? Schreiben Sie eine Zusammenfassung, wenn Sie die Dame das nächste Mal treffen?» Je länger, desto mehr gefiel dem Kommissar die Option, nicht jedem auf alles antworten zu müssen. Gleichzeitig beunruhigte ihn die Tatsache, dass er nicht wusste, was er Deubelbeiss alles erzählt hatte.

«Die Putze», fixierte der Jüngere den Chef, «begleitete die Spurensicherer zum Tatort, zog sich zurück und blieb nachher unauffindbar.»

«Vielleicht hat ihr keiner mitgeteilt, dass sie sich zu unserer ständigen Verfügung halten musste.»

Mit einem Lächeln quittierte Deubelbeiss diesen Versuch einer Erklärung: «Wie dem auch sei. Außer im Zimmer mit Schläfli wurden keine verwertbaren Spuren gefunden. Die Putzfrau hat ganze Arbeit geleistet und alles gründlich weggefegt und -gescheuert. In einer Villa, die schon in perfektem Zustand war. Als hätte sie etwas zu vertuschen gehabt. Im ganzen Haus sind lediglich Hinweise auf Schläflis und mutmaßlich ihre Anwesenheit zu finden. Außer am Heizungsregler. Da wurden Fingerabdrücke einer weiteren Person gefunden, die aber nicht im System erfasst sind. Da wir beim Thema sind», er sah zum Vorgesetzten, «warum haben Sie Frau Pinto beim Vorsprechen im Kommissariat nicht gleich noch die Fingerabdrücke abnehmen lassen? Damit hätten wir verifizieren können, dass ein Großteil der Spuren in der Villa von ihr stammt.»

«Ich kann mich nicht mehr erinnern», nutzte Tagliabue die möglichen Folgen des nächtlichen Überfalls zu seinen Gunsten.

«Kein Problem», schlug Deubelbeiss einen versöhnlicheren Ton an, «das lässt sich beim nächsten Besuch von Frau Pinto nachholen. Sie hat sich übrigens erkundigt, ob noch ein Treffen mit Ihnen stattfinden muss. Ich habe ihr gesagt, dass Sie sich nach Ihrer Rückkehr bei ihr melden.»

«Herzlichen Dank. Ich rufe gleich morgen an. Nun fahren Sie schon fort mit Ihren Erinnerungen an den Bericht der Spurensicherung.»

«Als die Kollegen in Schläflis Haus kamen, fiel ihnen sofort die ungewöhnliche Hitze in den Räumen auf. Draußen war es, wie im Spätsommer häufig der Fall, recht warm, die meisten Fenster waren verdunkelt. Entweder», kam der Assistent der nächsten Frage seines Chefs zuvor, «sollten Ein- und Ausblicke verhindert werden. Oder das Innere sollte vor der Sonneneinstrahlung geschützt werden. Das ergibt allerdings keinen Sinn, wenn gleichzeitig die Fußbodenheizung, wieso auch immer, auf Maximalbetrieb gestellt ist.» Deubelbeiss legte eine kurze Pause ein. «Wir haben beim Sanitärinstallateur nachgefragt, ob die Anlage in der Vergangenheit öfter Probleme gemacht hat. Urs Mast der Firma Roggenmoser, Mast und Partner GmbH, wusste nichts von Fehlern. Er sei schon lange nicht mehr zu Wartungsarbeiten bestellt worden. Am Telefon meinte er erst, dass Schläfli eventuell einen Mitbewerber beauftragt haben könnte, um die in die Jahre gekommene Heizung, so gut es ging, in Betrieb zu halten. Er erinnerte sich auch noch, dass er vor ein paar Jahren eine Offerte für die Installation eines neuen Fabrikats erstellt hatte. Obwohl er nie eine Antwort erhalten hat, konnten wir ihn überzeugen, sofort zur Villa zu kommen, um sich die Anlage genau anzusehen. Er stellte fest, dass es sich nach wie vor um dieselbe alte Ölheizung handelte, und schien beruhigt, dass kein Konkurrent zum Zuge gekommen war. Er bemerkte, dass die Temperatur manuell auf die maximale Leistung erhöht worden war. Der zentrale Regler sei komplett verhockt und nur mit viel Kraft zu bewegen gewesen – keine Ahnung, woher der das wissen will.»

«Die Fingerabdrücke», fiel Tagliabue in die gemurmelten Überlegungen des Assistenten.

«Ja, wie erwähnt, nicht zuzuordnen. Von Schläfli selbst übrigens überhaupt keine Spuren da unten. Der scheint sich nicht um die Heiztechnik gekümmert zu haben. Dafür hatte er ja schließlich sein mies bezahltes Personal.»

«Wie kommen Sie auf die Idee?»

«Dass das Personal dafür zuständig war?»

«Nein. Wie kommen Sie zu dem Schluss, dass die Angestellten schlecht entgolten wurden? Haben Sie wieder in Schläflis Angelegenheiten herumgeschnüffelt?»

«Nein. Befehl bleibt doch Befehl», treuherzig schaute der Assistent ins Gesicht seines Chefs, «nur eine Vermutung, männliche Intuition.»

Der Kommissar grinste und forderte ihn auf fortzufahren.

«Wie Sie vom Pathologen erfahren haben, starb Schläfli einen jämmerlichen Erstickungstod, da es nicht zum Genickbruch kam. Die Tat- und Todeszeit sind wegen der ungewöhnlich hohen Zimmertemperatur nicht mehr präzise zu bestimmen – er hing wahrscheinlich schon eine ganze Weile, bevor er entdeckt wurde.»

«Diese Innentemperatur», überlegte der Kommissar, «haben wir eine Ahnung, wie lange es dauert, um diesen Wert zu erreichen?»

«Wir haben keine Vorstellung, wie warm es im Haus war, bevor die Heizung aufgedreht wurde. Und», zögerte der Assistent, «die Spurensicherer haben es nicht für nötig erachtet, die Raumtemperatur zu messen. Daran hat niemand der am Tatort Anwesenden gedacht. Es war einfach sehr heiß ...»

«Was ist mit dem Strick?», unterbrach der Ermittler ungeduldig.

«Es handelt sich um ein relativ teures Baumwollseil mit einer Seele. So heißt der synthetische Kern. Dieser verhindert, dass sich Knoten zu stark zusammenziehen. Acht Meter Länge, offenbar schon vorher auf die Länge zugeschnitten. Zehn Millimeter Durchmesser, sechzehnfach geflochten. Solche Seile können in jedem Hobby-Center oder im Internet gekauft werden. Spannend ist die Tatsache, dass das Seil schon mehrmals stark belastet wurde. Die Untersuchungen zeigen zum Teil starke Dehnungen. Sogar in Bereichen des Seils, auf die der Unfall keinen Einfluss gehabt hat.»

Tagliabue wunderte sich über die vielen Details, an die sich der Assistent ohne technische Hilfe erinnerte.

«Noch etwas», referierte Deubelbeiss weiter, «die Kollegen haben in den Baumwollfasern Gewebespuren gefunden. Das nicht nur in dem Abschnitt, der sich in den Hals eingegraben hat, sondern auf dem ganzen Seil. Zudem gibt es noch andere Spuren wie Seifen, Body Lotion und so weiter. Ausnahmslos alles stammt von Schläfli persönlich beziehungsweise aus einem seiner Badezimmer. Nichts von einer anderen Person, nichts von draußen – das Seil wurde ausschließlich von ihm und nur im Innenbereich benutzt.»

«Sie wollen sagen, das Seil wurde nur *an* ihm benutzt?», hakte der Kommissar nach.

Nach einigen Augenblicken hatte der Assistent immer noch keine Ahnung, was der Vorgesetzte meinte.

«Sie glauben doch nicht», setzte der Alte an, «Schläfli hätte in der Villa mit sich selbst Räuber und Gendarm gespielt?» Er schüttelte den Kopf: «Und der Knoten?»

«Der Knoten?»

«Wie wurde die Schlinge gebunden?»

Der Assistent reagierte mit einer erhöhten Wipp-Frequenz der Füße und dem intensivierten Verbiss der Fingernägel.

«Selbstverständlich», dem Kommissar wurde die Situation zu blöd, «können wir auch mit dem Knoten am anderen Ende des Seils beginnen.»

Deubelbeiss stand auf, zog den angeknabberten linken Daumen aus dem Mund, um ungehindert und deutlich sprechen zu können: «Ich habe keine Ahnung.»

Damit hatte Tagliabue nicht gerechnet: «Kapieren Sie die Frage immer noch nicht? Oder erinnern Sie sich nicht an die Passage im Bericht der Spurensicherung? Wie, bitte, darf ich Ihre Ahnungslosigkeit verstehen?»

«Ich habe Ihre Frage durchaus verstanden. Ich erinnere mich genau, dass der Bericht die Machart des Knotens nicht erwähnt und auf den Fotos auch nichts zu erkennen ist. Und jetzt ist er nicht mehr da.»

«Wie bitte?» Tagliabue traute seinen Ohren nicht.

«Die Kollegen haben das Seil durchtrennt und damit auch den Knoten zerstört. Die armen Kerle mussten Schläfli zu zweit aus der misslichen Lage befreien, ihn anheben, um das Seil zu entspannen und ihn abschneiden zu können. Da kann es doch passieren, dass der Schnitt falsch angesetzt und der Knoten aufgelöst wurde. Ihn bei gespanntem Seil abzuschneiden, wäre erstens gefährlich, zweitens wäre es stil- und pietätlos gewesen, ihn einfach zu Boden fallen zu lassen. Ich weiß gar nicht: Wie wirkt sich das auf die pathologische Untersuchung aus, wenn man einem todesstarren Körper einen Schlag versetzt?» Der Assistent widmete sich wieder seinen Fingernägeln. «Wieso ist es denn wichtig, wie der Knoten geschlungen wurde?»

«Sie haben wirklich keine Ahnung. Die Art – das meine ich durchaus im Sinn von Kunst –, wie das Seil verknotet wurde, kann vieles über die Hintergründe, vielleicht das Motiv der Tat und über unseren Täter aussagen. Dass die Experten der Spurensicherung nicht besser auf das Detail geachtet haben, ist unbegreiflich und unverzeihlich.»

«Dafür haben wir ja Sie», meinte Deubelbeiss beiläufig, sein Fuß begann vor Anspannung wieder zu wippen.

«Wie meinen Sie das?» Tagliabue lehnte sich nach vorne.

«Sie, Chef, haben sich den Knoten sicher genau angesehen und können mir mit absoluter Leichtigkeit sagen, um was für eine Art es sich handelt und was wir von seiner Beschaffenheit über den Mörder und seine Motive erfahren. Habe ich recht? Sie haben den hängenden Schläfli eine Zeitlang intensiv beobachtet.»

In die Ecke gedrängt, musste sich Tagliabue sammeln: «Wegen des Überfalls kann ich mich nicht mehr an alles genau erinnern. Ich entsinne mich nur in Fragmenten an den lieben Schläfli, wie er – wie sagt ihr Jungen? – in der Villa abhängt. Ich weiß noch genau, wie das Seil am Sichtbalken befestigt worden war, während», begann er zu bluffen, «die Erinnerung an den Henkersknoten aus mir rausgeprügelt wurde. Vielleicht kehren auch die Details eines Tages wieder zurück.»

Gespannt wartete Deubelbeiss.

«Sagt Ihnen der Hondaknoten etwas?», beendete Tagliabue die Stille.

Sein Gegenüber versuchte eben, den Niednagel am linken Nagelrand des linken Zeigefingers durch einen gezielten Biss zu entfernen.

«Verdammt nochmal», verlor der Ältere die Geduld und die Fassung, «nehmen Sie endlich Ihre Finger aus dem Gesicht und hören Sie zu! Honda ist spanisch und heißt Schlinge. Der Hondaknoten wird verwendet, um ein Lasso zu knüpfen. In vorliegenden Fall hat unser Mörder …»

«… oder unser Selbstmörder», unterbrach der Assistent und tupfte mit seinem Shirt das Blut vom malträtierten Finger.

«Unser Mörder hat das Ende des Stricks von unten um den hinteren Querbalken geschlungen und oben durch das Auge des Hondaknotens am Anfang des Seils gezogen. Damit war es verankert. Das Seil wurde nachher über den vorderen Querbalken gelegt, an dem das Todesopfer schlussendlich baumelte. Ein gut gemachter Hondaknoten verlangt einige Übung, wäre interessant zu wissen, wie der Henkersknoten ausgesehen hat.»

«So schwierig ist das nun auch nicht.» Deubelbeiss hatte sein Shirt notdürftig in die verwaschene Jeans gedrückt. «Bei den Pfadfindern haben wir den Honda oft geübt und gebraucht. Jedoch nicht unbedingt für die Befestigung am Balken. Leute haben wir auch äußerst selten aufgehängt.»

«Ihr Sarkasmus ist nicht angebracht.» Die *esploratori* waren für den Italienerjungen immer ein Traum geblieben. Jeden Mittwoch- und Samstagnachmittag musste er zusehen, wie die Altersgenossen in olivgrünen Hemden und mit bunten Halstüchern zu ihren Abenteuern und Übungen in Wiesen und Wäldern ausrückten. Während er sich in den engen vier Wänden ihrer Wohnung verstecken musste. Bis die Eltern am Abend von ihrer Arbeit kamen und er mit jemandem ein paar Worte und Gedanken wechseln durfte, bevor sie nach dem oft kargen, immer nahrhaften Essen vor Erschöpfung in einen tiefen Schlaf fielen und ihn mit seinen Gefühlen allein ließen. «Sie waren bei den Pfadfindern?», unterbrach er die Reise in seine zeitlich weit zurückliegende, emotional jedoch nach wie vor präsente Kindheit.

«Das liegt schon so weit zurück. Habe keine guten Erinnerungen. Die vielen Leute, diese militärische Organisation und die Hierarchien. Zum Glück ist mir wenigstens die Rekrutenschule und der ganze Schwachsinn, der damit einhergeht, erspart geblieben.»

Tagliabue fragte sich, warum sich Deubelbeiss trotzdem für die Arbeit bei der Polizei entschieden hatte. Und er wunderte sich noch mehr, dass der Assistent diesen Job erhalten hatte, war doch der absolvierte Militärdienst, soviel er wusste, eine der Grundvoraussetzungen für den Eintritt in die Polizeischule. Er beschloss, beides mit dessen enger Verbindung zum neuen Kommandanten zu erklären.

«Warum beharren Sie so darauf, dass es ein Mord und kein Suizid war?» Der Assistent lehnte sich im Stuhl zurück.

«Da ist einmal die Aussage von Friedrich Frischknecht, dem Pathologen. Sie kennen den Bericht. Sie hatten genug Zeit, um alles im Detail zu lesen und zu studieren. Dann ist da meine Intuition, das Gefühl, das mir sagt, dass es zur Tatzeit noch jemanden am Tatort gegeben hat. Und dann ist da der Stuhl.»

«Der Stuhl?» Deubelbeiss beugte sich mit aufgerissenen Augen wieder nach vorn, als ob er im Nachhinein etwas erkennen könnte, das ihm bislang entgangen war. Dass er dabei die Hände versteckte und seine beiden Arme eng an den Körper anlegte, ließ ihn wie einen Wasserspeier an einer gotischen Kathedrale aussehen.

«Genau: der Stuhl. Ist Ihnen nicht aufgefallen, dass er viel zu weit von Schläfli entfernt stand?»

«Und wenn jemand den Stuhl verschoben hat? Zum Beispiel die Putzfrau, als sie den Toten entdeckte?»

Der Ältere stand auf und bewegte sich, ohne ihn aus den Augen zu verlieren, langsam auf den jüngeren Kollegen zu und baute sich vor diesem auf. Er beugte sich nach vorn, um sich auf den Armlehnen des Bürostuhls abzustützen. Er näherte sich Deubelbeiss so weit, dass er den Atem des Untergebenen spüren konnte.

«Da tippe ich noch eher auf die Experten», er begleitete das Wort mit einem Lächeln, «der Spurensicherung als auf eine pingelige Haushälterin. Die stand so unter Schock, dass sie gar nicht daran dachte, etwas zurechtzurücken. Was hätte sie für ein Motiv gehabt? Sie ist mit Schläfli eine der wenigen Verliererinnen». Er setzte sich zwanglos auf Deubelbeiss' Bürotisch. «Außerdem gab es im Teppich keine Abdrücke von einem – wie anzunehmen ist – mit gut achtzig Kilo belasteten Stuhl. Dafür haben wir die Flüssigkeit im Teppich. Darauf kann ich mir keinen Reim machen. Sie etwa?»

«Weil wir nicht wissen, wie lange die Heizung aufgedreht war, haben wir keine Ahnung, wie viel Wasser verdunstet ist. Aber die Kollegen», der Assistent sah ihn vorsichtig an, «der Spurensicherung haben das nasse Stück des Teppichs rausgeschnitten. Im Labor wurde der Fetzen auf eine Waage gelegt und mit einem gleich großen trockenen Teil verglichen.»

«Schlau. Und, was haben die Kollegen rausgefunden?»

«Der Vergleich hat ergeben, dass der Teppich unter Schläfli vierhundertachtundneunzig Gramm schwerer war. Das ist fast ein halber Kubikdezimeter oder eine halbe Packung Milch.»

«Ich trinke keine Milch.»

«Die Frage bleibt: Wie kam diese Flüssigkeit dorthin?» Deubelbeiss hatte sein Selbstvertrauen wiedererlangt, um unbeirrt fortzufahren: «Das Labor hat null Harnstoffe entdeckt, und an der Hose wären zumindest noch Feuchtigkeitsränder zu erkennen gewesen.»

Der Kommissar versuchte vergeblich, sich einen Reim auf die Erklärungen des Assistenten zu machen, und forderte diesen mit einer Handbewegung auf weiterzusprechen.

«Die Experten haben vor allem Wasser und Elemente, die von der Teppichreinigung stammen, nachgewiesen. Zugleich gab es organische Teile, wie Sporen und Samen, die wohl beim Lüften oder mit den Schuhen von draußen in die gute Stube getragen wurden. Sie blieben im Teppich hängen und leisteten den Putzversuchen von Frau Pinto erfolgreich Widerstand.»

«Das ergibt Sinn, erklärt aber noch nicht die Frage nach dem Ursprung der Flüssigkeit. Ich erinnere mich schwach daran, dass noch weitere Abklärungen zu den organischen Stoffen am Laufen sind.»

«Ein Rätsel.»

«Wer viele Menschen kennt, kennt viele Rätsel», gab der Kommissar zum Besten. «Wie der zu weit entfernte Stuhl spricht auch die schwarze Binde für die Anwesenheit einer zweiten, eventuell dritten Person am Tatort. Und damit für die Möglichkeit eines Mordes.»

Der Gesichtsausdruck des Assistenten verriet, dass er den Ausführungen nicht folgen konnte.

«Der Obduktionsbericht erwähnt schwarze Textilfasern in den Augenbrauen und an den Wimpern des Opfers. Aber als Schläfli gefunden wurde, bedeckte die passende Binde die Augen nicht. Sie hing weiter unten um den Hals.»

Deubelbeiss reagierte nicht sofort. Er schien intensiv mit der Rekonstruktion des Tathergangs beschäftigt: «Ist es denn möglich, dass sich Schläfli das Tuch angesichts des nahenden Todes in Panik selbst heruntergerissen hat? Zeit hätte er gehabt.»

«Gut überlegt», nickte Tagliabue. «Meiner Ansicht nach spricht jedoch einiges dagegen, dass sich das Opfer das schwarze Tuch selbst von den Augen gezogen hat: Erstens wurde die Binde scheinbar fein säuberlich platziert. In Panik und Todeskampf hätte Schläfli wohl keinen Wert auf diesen Aspekt gelegt. Zweitens: An den Händen, den Fingern und Nägeln sind keinerlei Fasern der Augenbinde nachzuweisen. Das weist ebenfalls darauf hin, dass weitere Personen an Schläflis Tod beteiligt waren, um den Begriff ‹Mord› nicht in den Mund zu nehmen. Fertig für heute. Gehen Sie schon nach Hause, sofern Sie so etwas kennen.»

Der Ältere setzte sich in den Stuhl und beobachtete, wie der Jüngere das Büro verließ.

Tagliabue startete den PC. Er hatte sich fest vorgenommen, mehr über die neuesten Technologien zu erfahren. Und über den ihm zugeteilten Assistenten.

Sein Bildschirm zeigte noch nichts an, da hörte er, wie die Klinke sachte nach unten gedrückt wurde. Er zog die Schublade auf und tastete nach der Dienstwaffe. Die Tür ging auf: «Fast hätte ich es vergessen, obwohl ich nichts auf den Kopf gekriegt habe: Die Putze wartet auf Ihren Anruf, um ihr nächstes Tête-à-Tête abzumachen. Und noch etwas: Wenn

Sie den Bildschirm nicht mit der Taste links unten aktivieren, können Sie noch lange warten, bis Sie etwas erkennen ...»

Tagliabue hatte sich einen Hefter gegriffen. Der flog jetzt sehr knapp an Deubelbeiss' Kopf vorbei, prallte an die Wand und spie eine Metallklammer aus.

Die Tür wurde schneller geschlossen, als sie geöffnet worden war.

Zwei Stunden später hatte der Ermittler viel erfahren und dazugelernt. Sein Kopf schmerzte. Und er wusste nicht, ob dies von der ungewohnten, bisher ungeliebten Arbeit am Bildschirm oder noch vom Überfall herrührte. Ohne sich abzumelden, zog er dem Computer den Stecker, stand auf, ging zur Tür und schloss das Büro ab.

Müde trat er aus dem Präsidium, mischte sich unter die Menschenmasse. Vorsichtig vermied er jede Konfrontation oder Kollision, begann sich im Strom nicht besser, aber sicherer zu fühlen. Dennoch suchte er regelmäßig nach einer Nische, in der er sich dem Sog nach vorn entziehen und einen Kontrollblick nach hinten werfen konnte.

Als er im Notausgang eines Nachtclubs stand, um sich die aktuelle Übersicht zu verschaffen, entdeckte er hinter dem Fenster eines gegenüberliegenden Restaurants seinen Vater.

Papà war nicht nur älter, sondern alt und noch kleiner geworden, wirkte eingefallen, eingebrochen. Er hockte allein auf dem Stuhl und beobachtete vor einem leeren Glas sitzend die Passanten, die keine Notiz von ihm oder seinem Beitrag für die Gesellschaft genommen hatten und nie nehmen würden. Das resignierte Lächeln schien auf dem Gesicht eingefroren. Der Kommissar dachte kurz daran, zu *papà* hinüberzugehen, um ihm Gesellschaft zu leisten. Um einmal nicht über die Dinge zu reden, die sie trennten, sondern über jene, die sie verbanden. Er lotete den Weg quer durch die Masse aus, beobachtete dabei, wie sein Vater sich gemächlich erhob. Jetzt musste der Sohn sich sputen, um das unvorhergesehene Treffen zu realisieren. Kaum hatte er sich durch die von allen Richtungen auf ihn zuströmenden Menschen gekämpft, blieb er stehen, was böse Kommentare der gestressten Passanten provozierte. Er sah, wie sich der Vater einer Frau zuwandte, die zu seinem Tisch getreten war.

Papà küsste die ihm hingestreckte Hand und wartete, wie die nicht nur für ihr Alter äußerst attraktive Frau ihm gegenüber geschmeidig Platz genommen hatte. Die zwei begannen ein angeregtes Gespräch. Dabei sah der Beobachter eine Ausgelassenheit, Unbeschwertheit und Fröhlichkeit, wie er sie im Zusammenleben seiner Eltern nie wahrgenommen hatte. Tagliabue führte dies nicht auf Mutter oder Vater zurück. Sondern auf die Umstände, in denen sie sich täglich bewegen mussten und die keine anderen Gefühle als Heimweh, Existenzangst und Ermattung zuließen. Aber wie es schien, hatte der Vater diese Ära hinter sich gelassen und nicht nur im Club der Italiener Anschluss gefunden. Im Gegensatz zu Salvatore, seinem beispielhaft integrierten Sohn, der den einzigen Freund vor vierzig Jahren verloren hatte.

Damals waren Claudio und er mit ihren Eltern aus Italien in die Schweiz gekommen. Hier hatten die Eltern zwar Arbeit, aber keine neue Heimat gefunden. Die Knaben teilten die Nachmittage, ihre Spielsachen und ihre Sehnsucht nach Abenteuern außerhalb ihrer vier Wände, in denen sie sich abwechselnd trafen.

Für Emilia, ein weiteres Italienerkind in ihrer Umgebung, gab es nicht mal bei ihnen einen Platz. Nicht nur, weil sie ein Mädchen war. Vor allem darum, weil sie aus dem noch tieferen Süden stammte. Deshalb hatten die *ragazzi* bloß in der Schule flüchtigen Kontakt mit der *ragazza*.

Jahre später traf Tagliabue die erwachsene Frau: Emilia hatte die Dolmetscherschule mit Bestnoten abgeschlossen, war in die Verwaltung gewechselt, ihre Kinder schon gross, angepasst und erfolgreich. Sie arbeitete inzwischen als Medienverantwortliche in einem Amt. Beim Gespräch, in dem sie meist über sich redete, fragte sich Salvatore, ob ihr mehr als latentes Minderwertigkeitsgefühl in ihrer Herkunft wurzelte. Er grübelte, was sie selbst als erwachsene Frau noch dazu bewegte, schweizerischer als jeder Schweizer sein zu wollen, wonach sie beinahe krankhaft strebte, und wem gegenüber, außer vielleicht sich selbst, sie noch etwas zu beweisen hatte. Um nicht mit ihren Ursprüngen konfrontiert zu werden, hatte sie sogar den Kontakt zu ihren Eltern abgebrochen, die als gemachte Leute in die Stiefelspitze zurückkehrten und seither auf den Besuch ihrer verlorenen Tochter warteten.

Dies ganz im Gegensatz zu Claudios Vater: Der war eines frostigen Tages im langen Winter nicht von der Arbeit heimgekommen. Aus Verzweiflung hatte er sich vor einen TEE-Zug geworfen – seine Frau musste sich eine noch winzigere Wohnung suchen und mit ihrem Sohn in eine neue Stadt ziehen.

Jahre später hatten Claudio und Salvatore ein Treffen vereinbart, um die verflossenen Zeiten aufleben zu lassen. Der Versuch scheiterte kläglich, weil sie nicht mehr das gleiche Schicksal teilten. Der andere hatte schon früher gewisse zeichnerische Fähigkeiten gezeigt und sich selbst zum Grafiker ernannt. Sein zu wenig ausgeprägtes Talent konnte er aber nicht überspielen: Er schaffte den Sprung in die Stadt zu einer der vielen renommierten Kreativagenturen nie und landete bei einem Verlag in einem Kaff im Hinterland. Dabei neigte er zu einer massiven Selbstüberschätzung, gepaart mit einer Arroganz, die eine distanzierte Auseinandersetzung mit sich, seinen Ursprüngen und seinen aktuellen Umständen verunmöglichte.

Auch das Treffen mit Totò bestärkte ihn in der Annahme, dass er es schon weit gebracht hatte, während der andere in der Polizeischule noch darauf vorbereitet wurde, den Verkehr zu regeln und Parkbußen unter Scheibenwischer zu klemmen.

Claudio Gajerini hatte seine Geringschätzung mit jedem Satz, mit jeder Geste und jeder Miene unverhohlen zum Ausdruck gebracht. Was dazu führte, dass das Wiedersehen unter den zwei ehemaligen Freunden rasch für beendet erklärt wurde und sich ihre Wege erneut trennten. Einige Zeit später fand Salvatore bei seinen Recherchen heraus, dass sein Jugendfreund mit einigen Partnern eine Firma in den Sand gesetzt, die Investoren um ihren Einsatz und seine eigene Mutter um die hart verdiente Rente, die ihr in ihrer Heimat ein sorgenfreies Alter garantiert hätte, geprellt hatte.

Trotz der Menschenmenge um ihn herum und nur ein paar Meter vom Vater distanziert, fühlte sich der Kommissar wie damals allein. Er mengte sich wieder unter die Masse und ließ sich langsam in Richtung seiner Wohnung treiben. Er sehnte sich nach Ruhe, nach Für-sich-Sein – mangels Alternativen blieb ihm gar nichts anderes übrig.

Als er ins Treppenhaus trat, spürte er die Anwesenheit einer Person, die nicht gesehen, nicht gehört oder sonst wie bemerkt werden wollte. Er wartete, bis das Licht erlosch. So leise wie möglich stieg er Stufe für Stufe nach oben. Die Bedächtigkeit verlieh ihm die Möglichkeit, noch etwas gründlicher über seine Taktik nachzudenken. Sehr schnell stellte er fest, dass in der Dunkelheit alle Vorteile bei dem eventuellen Angreifer lagen. Eine Tatsache, die er vor Jahrzehnten in seiner Ausbildung gelernt hatte. Eine Erfahrung, die er vor Kurzem in einer Unterführung auf schmerzhafte Weise gemacht hatte. Und da das Knarren der Treppe eine leise Annäherung sowieso verunmöglichte, beschloss er, sich zum nächsten Schalter zu stehlen, um das Treppenlicht in Gang zu setzen.

Nachdem seine Augen sich an die Helligkeit gewöhnt und er sich etwas beruhigt hatte, nahm er die Fernsehgeräte der Nachbarn aus der ersten Etage wahr. Seine Sinne waren so geschärft, dass er die minimale zeitliche Verschiebung im Kommentar des Aviatik-Experten hörte: Offenbar lief in mindestens zwei Wohnungen derselbe Sender, nur der Abstand zwischen den Geräten und ihm variierte. Seine Sinne zum Zerreißen angespannt, setzte er den Aufstieg fort. Dabei blieb die Anwesenheit einer weiteren Person nicht mehr als eine Hypothese, die sich allerdings mit jedem Schritt zur Gewissheit verfestigte.

«Wenn du so weitermachst, dann kaufe ich dir bald einen Treppenlift.» Jade saß vor ihm auf dem Absatz, die Beine angewinkelt, die Füße mit rotlackierten Zehennägeln zwei Stufen weiter unten aufgesetzt.

«Wieso machst du dich nicht bemerkbar», ließ er seinem Ärger, vor allem jedoch der Erleichterung freien Lauf, nahm ihre Hand und half ihr elegant auf.

«Soll ich etwa durchs Treppenhaus rufen?» Sie streckte sich, strich ihren farbig gemusterten Sommerrock glatt. «Die Nachbarn hätten ihre wahre Freude. Zudem: Ich habe dir eine SMS geschickt, dass ich hier warte.»

«Und weshalb hast du das Licht nicht angemacht?»

«Weil es mir stinkt, alle zwei Minuten aufzustehen. Der Hausmeister könnte die Zeitschaltuhr umstellen und die Energie woanders sparen.»

Inzwischen hatte er den Schlüsselbund aus einer Tasche geklaubt, die Tür geöffnet und war in die Diele getreten.

«Du darfst ablegen.» Tagliabue nahm das iPhone in die Hand. Er aktivierte das Gerät, legte es auf den Tisch. Sofort erschienen die verpassten Anrufe und Nachrichten.

Gedankenverloren drehte er sich zu ihr um. Sie hatte die Aufforderung wörtlich genommen: Splitternackt stand sie vor ihm.

Sie zog ihn spielerisch zum Fußende des Betts, stieß ihn über die harte Kante auf die weiche Matratze, entledigte ihn seiner Kleider. Sie nahm seine Beine zwischen ihre Beine, ihre Knie berührten seine Knöchel. Sie richtete sich auf. Er staunte einmal mehr über ihren Körper, an dem das Altern vorbeigegangen war. Immer noch aufrecht ließ sie ihre Hände an den Innenseiten seiner Beine nach oben wandern. Beinahe an der empfindlichsten Stelle angekommen, änderte sie ihre Route: Sie steuerte ihre Finger mit einem Lachen auf die Außenseite seiner dunkel behaarten Oberschenkel und von den Hüften zu den Fußgelenken zurück. Das Spiel wiederholte sich einige Male, bis sie ihre beiden Hände weiter nach oben bewegte. Als Ergänzung beugte sie sich in Zeitlupe nach vorne, ihn nicht für einen Moment aus den Augen lassend. Sie steigerte seine Erregung bis zum Moment, in dem er sich aufrichtete, um ihre Hände zu fassen und zur Ruhe zu bringen.

«Heute lieber nicht, die Schweine haben mich so heftig in die Eier getreten.»

«Du hast ganz recht: Die Schwellung ist nicht nur da, wo sie sein sollte.» Sie richtete sich wieder auf, um ihm ins Gesicht zu lachen und sich nicht davon irritieren zu lassen, dass er die Bemerkung nicht annähernd so witzig fand wie sie. «Ich habe gedacht, sie sind so groß, weil du lange nicht mehr zum Zug gekommen bist. Nur schade, dass sich daran für dich auch heute Abend nichts ändert.»

Vorsichtig beugte sie sich zu ihm hinunter, bis die feuchte Spitze der ausgestreckten Zunge unter seinem Bauchnabel aufsetzte und sofort begann, den direkten Weg nach oben in Angriff zu nehmen.

Bei jeder Vorwärtsbewegung spürte der Kommissar ihre Brüste unterschiedlich lang, wechselnd stark, aber immer gleich schmerzhaft. Die unberechenbare Unregelmäßigkeit ließ ihn fast durchdrehen, da richtete sich Jade auf.

Sie saß auf seiner Brust, die Knie auf seinen Oberarmen. So aufreizend, wie sie die Zunge nach oben hatte gleiten lassen, so langsam schob sie jetzt das Becken nach vorn. Er spürte und roch ihre Erregung. Kurz vor dem Ziel zog sie sich zurück. Er wollte eine Wiederholung verhindern und versuchte sie zu fassen. Was ihm nicht gelang. Um seinen Widerstand zu brechen, lehnte sie sich über ihn. Platzierte seine Hände am Kopfende des Betts. Wieder in Position, blickte sie ihm lächelnd in die Augen: «Wenn du deine Hand auch nur einen Millimeter von ihrer Stelle bewegst, gehe ich sofort nach Hause. Und jetzt: *Baciami, fammi gridare, ubriacami.*»

11

Am folgenden Morgen erwachte Tagliabue allein im Bett. Nicht unerwartet. Jade konnte sich offenbar besser von den emotionalen und körperlichen Anstrengungen erholen. Überraschend war aber der Umstand, dass sie ihn, während er schlief, ans Bett gefesselt hatte. Nachdem er davon die ganze Nacht nichts bemerkt hatte, geriet er jetzt in Panik, zog die Schlinge enger zu, was seine Verzweiflung zusätzlich steigerte.

Erst als er es aufgab, am Strick zu zerren, zu ziehen und zu reißen, bemerkte er, dass allein die komplette Entspannung das Lösen des Knotens erlaubte. Nach einer Stunde hatte er sich befreit. Schweißnass lag er im Bett und musste sich ausruhen.

Irgendwann stand er doch noch auf und trat in den Flur. Wie erwartet, war von ihren Kleidern, Schuhen und ihrem Schmuck nichts mehr zu sehen. Er ging zur Tür, die zu seinem Entsetzen einen Spalt weit offenstand. Tagliabue streckte den Kopf in das Treppenhaus, zog die Tür leise zu, drehte den Schlüssel.

Noch in Gedanken versunken, schlich der Kommissar in die Küche und erkannte die volle Espressotasse von Mokabar, die er in einer *bar* nicht weit von Alba hatte mitgehen lassen, nachdem ihm der Wirt das Souvenir weder schenken noch verkaufen wollte. Der Espresso hatte keinen Schaum, sah schal aus, duftete kaum. Sein Griff an die Tasse bestätigte, dass ihr Inhalt abgekühlt war. Jade hatte den Kaffee am Morgen mit der *La Pavoni* zubereitet und auf den Gebrauch der Mühle verzichtet, um ihn nicht aus seinem Schlaf zu reißen.

Vielleicht hatte sie den Muntermacher für ihn gemacht.

Inzwischen war das kalter Kaffee. Neben der Tasse lag sein iPhone. Er schaltete es ein und sah die Nachricht und begriff sofort: «Morgen. Gleicher Ort, gleiche Zeit, María.» Er blickte auf seine Uhr. Es blieb ihm wenig Zeit, um den Termin einzuhalten – und keine, um Jade über das Missverständnis aufzuklären.

Zehn Minuten später knallte er die Wohnungstür hinter sich zu, rannte die Treppe hinunter, trat vors Haus. Mit feuchten Haaren sprintete er zum Taxistand. Sein frisch gebügeltes Hemd begann, auf der Haut zu kleben, wechselte die Farbe. Er riss die Autotür hinter dem Fahrer auf und hechtete ins Innere.

«Ins Kommissariat?», war eine bekannte Stimme zu hören.

«*Thanks*, Jamal.» Der Polizist richtete sich im Fond des alten Mercedes auf und erwiderte den freundschaftlichen Blick des Jamaikaners, der seine gewaltigen Dreadlocks unter einer Wollmütze versteckt hielt, die nicht in der Einfältigkeit, sondern in ihrer Dreifarbigkeit an eine große Koalition erinnerte.

Mit Fantan Mojah und Dexta Daps führte die Reise durch die Stadt. Nicht nur die Musik aus dem Ghettoblaster auf vier Rädern erinnerte an Kingston, auch Jamals Fahrstil hätte perfekt auf die Karibikinsel gepasst. In kurzer Zeit waren sie am Ziel angelangt. Das Taxi stoppte auf dem für den Kommandanten reservierten Parkplatz direkt vor dem Präsidium.

«*Thanks*, Jamal. Ich revanchiere mich gern ein andermal. Du weißt, was ich meine.» Er blinzelte dem Fahrer zu und war, ohne zu bezahlen, aus dem Auto gestiegen. Jamal tat so, als hörte er den wild hupenden Lenker des blauen BMW X5 M50d hinter sich nicht. Er hatte die Stereoanlage voll aufgedreht und sang in breitem Dialekt und mit noch breiterem Grinsen «Sie wänd e Palme» von Stereo Luchs & The Scrucialists. Mit einem Blick in seinen Rückspiegel steuerte der Taxifahrer sein Gefährt aufreizend langsam vom Parkplatz.

Inzwischen war der Ermittler am Präsidium angekommen. Er stieg nach oben und wartete, um sich zu erholen, im Vorraum des Vernehmungszimmers, wo er das Bild der Haushälterin betrachtete, das von einer Kamera direkt übertragen wurde. Sie schien ruhig zu sein und zu wissen, dass man sie beobachtete.

Im Vergleich zum ersten Aufeinandertreffen schien María ergreist, ergraut und erschöpft. Die Erscheinung vor ihm hatte nichts mehr von der Person, die er vor Kurzem getroffen hatte. Ihre schwarzen Haare waren zu einem unspektakulären Knoten aufgesteckt und von mehreren silbernen Strähnen durchsetzt. Vom langen, schlanken Hals war nichts mehr zu erahnen. Der Körper schien nicht nur kleiner, sondern auch breiter. Ihre Jacke war ausgeweitet, und der Rock passte schlecht. Die blickdichten, groben Strümpfe, die grauen absatzlosen Schuhe in Lederoptik passten perfekt zu der aktuellen Erscheinung, aber nicht zu seiner Erinnerung an María.

Als ob sie bemerkt hätte, dass er seine Musterung abgeschlossen hatte, drehte sich die Person im Bild, um direkt in die Kamera zu blicken.

Tagliabue ergriff das Telefon, wählte dreimal die Eins: «Wer ist das?», blaffte er in den Hörer.

«Und wer sind Sie überhaupt?», vernahm er die aufreizend ruhige Stimme der Dame vom Empfang.

«Hauptkommissar Salvatore Tagliabue.»

«Ihr Besuch hat sich als María Pinto angemeldet und auch ausgewiesen. Alle ihre Namen konnte ich mir beim besten Willen nicht merken. Danach führten wir die Dame in den durch Ihren Assistenten reservierten Raum. Dort ließen wir sie dann allein, in der unbegründeten Annahme, dass Sie zur abgemachten Zeit am vereinbarten Ort eintreffen.»

Fassungslos blickte der Ermittler auf den Bildschirm, María in die Kamera. Er zoomte auf ihr Gesicht und betrachtete jedes Detail. Aber nichts passte zum Bild, das er von ihr gespeichert hatte. Jetzt bedauerte er, niemanden zum ersten Gespräch mit ihr mitgenommen zu haben, wie es das Dienstreglement vorschrieb. Seine letzte Hoffnung, hinter das Rätsel zu kommen, bestand darin, die Kollegen der Spurensicherung zu fragen.

Die Frau auf der Mattscheibe blickte ihm nach wie vor in die Augen. Ihre Haut war bleich, mit leicht gräulicher Note. Fast so blutleer und dünn waren die Lippen. Die Augen dunkel umrahmt und tief im Schädel versunken. Die Finger gehörten zu einer Putzfrau, die mehr Ressourcen in den Unterhalt fremder Häuser als in die eigene Körperpflege investierte. Er entschied, das Warten zu beenden.

«Danke, dass Sie gekommen sind», gestaltete er den Start so einfach wie möglich und setzte sich ihr gegenüber an den Tisch. Eine Entschuldigung für die Verspätung hielt er nicht für nötig.

«Keine Ursache.» Wenigstens ihr Deutsch klang so, wie er es erwartet hatte. Im Gegensatz zur splittrigen, leisen Stimme, die er kaum hören konnte.

«Nur der Form halber und für unser Protokoll», er versuchte erfolglos, Augenkontakt mit ihr aufzunehmen, «Ihren Vornamen und Namen bitte.»

«María Pinto.»

«Sie waren schon einmal hier?»

«Vor exakt drei Wochen. Sie haben mich damals zum Unfall in Dr. Schläflis Villa befragt.»

«Er war weder medizinisch noch akademisch ein Doktor.»

«Das wusste ich gar nicht», war sie noch dünner hörbar.

«Was haben Sie in seinem Haushalt gemacht?»
«Ich war seine Putzfrau.»
Er ließ sich nichts anmerken: «Sie haben ihn gefunden?»
«Er hing einfach da.»
«Was haben Sie gedacht?»
«Er sah schrecklich aus.»
Er beugte sich vor: «Das ist die Antwort auf eine andere Frage.»
«Ich weiß nicht. Er sah erschrocken aus.»
«Wie meinen Sie das?»
«Als ob er das nicht erwartet hätte.»
«Was?»
«Dass er ...», sie zögerte.
«... so enden würde?» Tagliabue wurde ungeduldig.
Sie machte eine Pause und schien die Griffe ihrer Tasche erwürgen zu wollen: «Ja.»
«Wie kommen Sie darauf?»
«Diese weit aufgerissenen Augen. Als ob er etwas gesehen hätte, das er nicht erwartet hatte.»
«Den Tod?»
«Vielleicht haben Sie recht, Herr Kommissar.»
Er ärgerte sich, dass er ihr die Antwort geliefert und das Thema so begraben hatte. «Sie gehen davon aus, dass der Herr Doktor nicht allein im Haus war?»
«Ich weiß nicht. Ich habe niemanden gesehen.»
«Hätten Sie denn jemanden sehen müssen?»
«Von meiner Wohnung aus habe ich keine Sicht auf den Eingang zum Haus. Ich sehe nur einen Teil der Zufahrt. Und das auch nur, wenn ich mich vorne aufhalte. Und im Haus ging ich ihm aus dem Weg. Das war sein Wunsch und Bedingung für meine Anstellung.»
«Sie wohnen auf Schläflis Anwesen?» Tagliabue war sich unsicher, ob er sich an dieses Detail hätte erinnern müssen.

«Mit seinem Tod habe ich dieses Recht verloren.»

«Ich möchte Sie bitten, klar auf meine Fragen zu antworten.»

«Entschuldigung. Ja, ich hatte eine Wohnung im einstigen Personalhaus. Das gehörte zum Lohn. Dafür hatte ich Herrn Dr. Schläfli zu jeder Tages- und Nachtzeit zur Verfügung zu stehen.»

«Zum Putzen?»

«Ja. Natürlich habe ich weitere Arbeiten und Aufgaben übernommen.»

«Zum Beispiel?»

«Es kam ab und zu vor, dass ich gekocht habe, wenn er es gewünscht hat.»

«Eigentlich waren Sie mehr Haushälterin als Putzfrau?»

«Wenn Sie so wollen.»

Allmählich fragte sich der Ermittler, welche Ausführung von Pinto er bevorzugte: «Gab es andere Bedienstete?»

«Wie meinen Sie?»

«Beschäftigte Schläfli weiteres Personal? Und wo wohnten diese Personen?»

«Einen Hausmeister, der rund ums Haus für Ordnung gesorgt hat. Der wohnte aber in der Stadt.»

«Und zur Tatzeit?»

«War er in den Ferien. Er kam nicht mehr oft – Doktor Schläfli schuldete ihm anscheinend noch Lohn.»

«Sie haben also niemanden gesehen?»

«Nein.»

«Wie darf ich das verstehen?»

«Ja, ich habe niemanden gesehen», präzisierte María.

«Und sonst. Hatte er oft Besuch?»

«Seit ich für ihn arbeitete, lebte er zurückgezogen in seiner Villa und empfing selten Gäste.»

«Das heißt, es gab Besuch. Zum Beispiel?»

«Einen jungen Studenten zum Schachspielen.»

«Kennen Sie seinen Namen?»

«Er hat ihn mir nie persönlich vorgestellt. Nur auf dem üblichen Zettel angemeldet. Wenn ich etwas für die zwei vorbereiten musste.»

«Ein Zettel?»

«Für die Aufträge. Er hat mir so mitgeteilt, was es im Haus zu erledigen gab.»

«Frauen?»

«Nicht, dass ich wüsste. Der Verlust seiner Frau saß vermutlich viel zu tief.»

«Wie kommen Sie denn darauf?»

«Nur so eine Vermutung. Tut mir leid. Sie sind sicher nur an Fakten interessiert.»

«Hören Sie auf, sich zu entschuldigen und zu vermuten, was mich interessieren könnte. Krämer?»

«Den habe ich lange nicht mehr gesehen. Tut mir ...»

«Sie haben niemanden gesehen?»

Er interpretierte ihr kaum wahrnehmbares Nicken als Ja. «Ist Ihnen am besagten Tag am Tatort nichts aufgefallen? Mal abgesehen davon, dass ihr Arbeitgeber ein erstauntes Gesicht machte.»

«Es war außerordentlich warm im Haus. Das fiel mir schon beim Betreten auf. Dabei habe ich immer darauf geachtet, gut durchzulüften.»

«Was haben Sie dann gemacht?»

Er deutete die lange Pause als Aufforderung, die Frage präziser zu stellen: «Sie kamen ins Haus und haben die Hitze wahrgenommen. Was haben Sie da gemacht?»

«Ich bin durch die Villa gegangen, um nach dem Grund zu suchen.» Sie zog die Handtasche näher zu sich, um Halt zu finden.

«Nach Aussage des Fachmanns funktionierte die Heizung einwandfrei. Haben Sie andere Beobachtungen gemacht?»

«Wie meinen Sie das?» María duckte sich.

«Hat sich die Heizung schon früher einmal selbstständig eingeschaltet?»

«Ich weiß nicht. Das müssten Sie den Hausmeister fragen. Der kümmerte sich um die technischen Belange.»

«Sie sahen also erst nach der Heizung, gingen nach oben und haben den Toten gefunden.»

«Nein.»

«Wieso nicht?»

«Es wurde mir nie gezeigt, wie die Heizung funktioniert. Es gehörte auch nicht zu meinen Aufgaben. Also habe ich mich nicht darum gekümmert.»

«Und was ist mit dem Wasser?»

«Gerne.» Sie blickte ihn verlegen lächelnd an.

Tagliabue begriff nicht: «Wie bitte?»

«Ich nehme gerne ein Glas Wasser.»

«Wir sind bald fertig. Es gibt Verpflegungsautomaten auf den Etagen. Und auf den Toiletten führen wir fließendes Wasser in zwei Varianten: lauwarm und laukalt.»

«Danke.»

«Sehr gern geschehen. Danach? Was haben Sie gemacht, als Sie Schläfli entdeckten?»

«Ich war schockiert und bin etwas stehen geblieben.»

«Sie haben den, sagen wir mal, erstaunten Blick erwähnt: Seine Augen waren also nicht mit einer Binde zugedeckt.»

«Nein. Sie hing um seinen Hals.»

«Ist es nicht verwunderlich, dass Sie sich an dieses Detail erinnern? Wie war der Boden unter Schläfli?»

«Darauf habe ich nicht geachtet.»

«Haben Sie per Zufall irgendetwas berührt oder am Tatort verändert?»

«Ich war zu erschrocken. Für ihn kam sowieso jede Hilfe viel zu spät.»

«Wie meinen Sie das?»

«Er war tot. Das sah man sofort. Ihn anzufassen, um ihn wiederzubeleben oder um herauszufinden, ob er noch lebt, hätte keinen Sinn gehabt. Zudem hat es mich angewidert, ihn so hängen zu sehen. Und erst recht, ihn anzufassen, zu berühren.»

«Sie haben nichts berührt und verändert», resümierte er, «auch keinen Stuhl?»

«Nein.»

«Und wieso ist es überall so klinisch sauber? Sieht fast so aus, als hätten Sie absichtlich Spuren verwischt.»

«Sauberkeit lautete der Auftrag. Doktor Schläfli war heikel. Die Villa war, wie jeden anderen Tag, am Vortag geputzt worden, obwohl es eigentlich nicht nötig gewesen wäre. Er hat sich nur in zwei, drei Zimmern bewegt und aufgehalten.»

«Sie blieben stehen, haben nichts verändert und haben danach, als sie den ersten Schock überwunden hatten, die Polizei alarmiert. Sie haben unsere Beamten empfangen. War die Eingangstür denn abgeschlossen, als Sie bei der Villa eintrafen?»

«Ja, alles andere wäre mir mit Sicherheit aufgefallen. Und die Alarmanlage war ausgeschaltet, als ich ins Haus kam. Darum ging ich auch davon aus, dass Herr Dr. Schläfli anwesend war.»

«War er auch, zumindest physisch.» Tagliabue lehnte sich etwas zurück, um ihre Reaktion abzuwarten. Die blieb aus. «Und an der Eingangstür haben Sie dann gewartet, bis die Polizei eingetroffen ist?»

«Ja.»

«Sie haben sich demnach nicht wegbewegt? Laut Protokoll sind zwischen Ihrem Anruf und dem Eintreffen der Beamten nur sechs Minuten vergangen.»

«Ich habe an der Tür gewartet, um das Tor zum Anwesen zu öffnen und zu schließen, damit Ihre Kollegen so schnell wie möglich den Tatort erreichen konnten.»

«Das heißt also, dass eine zweite Person an ihnen hätte vorbeigehen müssen, um das Haus zu verlassen», nahm der Ermittler den Faden wieder auf.

María schwieg. Man hatte ihr keine Frage gestellt.

«Gibt es weitere Türen?»

«Den Hinterausgang und die Tür zur Küche. Die waren von innen verriegelt.»

«Wie wollen Sie das wissen?»

«Die waren immer verriegelt.»

«Die Garage?»

«Es gibt keine direkte Verbindung zwischen der Villa und der Garage.»

«Und die Fenster?», versuchte der Kommissar eine nächste Hypothese.

«Die sind nur von innen verschließbar. Wurden mit einem spezifischen Einbruchschutz aufgerüstet. Man braucht den Schlüssel, um die Vorrichtung zu entriegeln. Außerdem», sie starrte auf ihre Tasche, «wäre es im Haus nicht so warm gewesen, wenn der Mörder ein Fenster offengelassen hätte.»

«Wieso Mörder?»

«Erstens: Sie sind von der Mordkommission. Zweitens: Hat ein vom Leben derart verwöhnter Mann wie Dr. Schläfli einen Grund, von sich aus einen Schlussstrich zu ziehen?»

«Männer wie er machen sich zwangsläufig Feinde», dachte der Kommissar laut.

«Ich verstehe nicht, was Sie meinen.»

«Ist Ihnen nie aufgefallen, dass Ihr Arbeitgeber Streit oder Diskussionen mit anderen Personen hatte?»

«Nicht, dass ich wüsste.»

«Der Hausmeister? Und Sie?»

«Wie meinen Sie das?»

«Sie erwähnten, Schläfli hätte den Lohn nicht bezahlt.»

«Sicher gab es Auseinandersetzungen. Aber es wäre dumm gewesen, ihn deswegen umzubringen, oder? So wären wir erst recht nicht an unser Geld gekommen.»

«Was haben Sie gemacht, nachdem Sie die Beamten in die Villa gelassen hatten?»

«Ich bin in meine Wohnung gegangen und habe mit Packen begonnen.»

«Warum die Eile? Wollten Sie sich aus dem Staub machen? Sieht so aus, als hätten Sie etwas zu verbergen.»

«Nach dem Tod von Dr. Schläfli habe ich keine Arbeit, keine Bleibe mehr. Trotz der Jahre, die ich für ihn gearbeitet habe, hat er mich im Testament nicht berücksichtigt.»

«Woher wissen Sie das?»

«Er hat mich darüber informiert. Das war Teil unserer Abmachung – ich will mich auch gar nicht beklagen.»

«Sie sind sozusagen das zweite Opfer des Mordes.» Er konnte ein gewisses Mitleid nicht unterdrücken.

«Wenn Sie das so sehen.» María sackte noch mehr in sich zusammen.

«Sie haben also gepackt ...»

«... und bin zu meiner Mutter nach Palmela in Portugal abgereist. Ich habe sie jahrelang unterstützt. Jetzt brauchte ich halt ihre Hilfe. Zudem hat ihre Arbeit in der Fremde sie schnell altern lassen. Nicht einmal das Altern war meinem *pai*, meinem Vater, vergönnt.» Ihre Stimme war noch leiser geworden.

«Trotzdem: Es sieht aus wie eine Flucht», blickte er sie noch durchdringender an.

«War es wohl auch», hob sie die schmalen Schultern.

«Das verstehe ich jetzt nicht.»

Zum ersten Mal suchte sie direkten Blickkontakt. Er wich aus, scannte den kahlen Raum nach einem visuellen Halt.

«Ich bin nicht vor Ihnen, sondern vor Ihren Kollegen von der Fremdenpolizei geflohen.»

«Wie meinen Sie das?»

«Ich habe weder eine Aufenthalts- noch eine Arbeitserlaubnis und halte mich demzufolge illegal hier auf. Bis zu seinem Tod haben Dr. Schläfli und seine Freunde dafür gesorgt, dass sich niemand darum schert und dumme Fragen stellt, wie mein Arbeitgeber es nannte.»

Der Kommissar erinnerte sich an seine Kindheit. Zu gut kannte er die lähmende Angst, verpfiffen, entdeckt oder ermittelt zu werden und von der Fremde, die noch nicht Heimat geworden war, in die Heimat, die einem entfremdet war, zurückgeschickt zu werden.

«Ich», nahm sie ihre Ausführungen wieder auf, «wollte keine Spuren meiner Anwesenheit zurücklassen. Nicht vor, nicht nach seinem Tod. Darum hinterlasse ich die Villa so perfekt, wie ich sie angetroffen hatte. Das gilt auch für meine Wohnung: Sie befindet sich in dem Zustand, wie ich sie nach dem Verschwinden von seiner Frau damals übernommen habe.»

«Wie meinen Sie das?», beugte sich Tagliabue vor.

«Ich war nicht dabei», wich sie aus. «Ich habe aber gehört, dass die Schläflis etliche Probleme hatten und sie ins leerstehende Personalhaus umgezogen ist.»

Obwohl der Beamte bei den Ermittlungen zum Verschwinden von Schläflis Frau jeden Stein mehrfach umgedreht hatte, hörte er zum ersten Mal von ihrem Auszug aus der Villa. Er überlegte sich, welche Konsequenzen Marías Aussage auf die Nachforschungen von damals gehabt hätte. Er kam zu keinem Schluss.

«Schläfli hat Sie über sein Testament informiert. Was wissen Sie über seine finanziellen Angelegenheiten?»

«Darüber hat er mir gegenüber nie ein Wort verloren. Das war kein Thema. Ich habe meinen Lohn und die vereinbarte Summe für die Haushaltführung stets erhalten. Mehr weiß ich nicht. Aber wer in so einem Anwesen wohnt und solche Autos fährt, wird wohl keine finanziellen Sorgen haben.»

«Und Krämer?», versuchte es der Kommissar erneut.

«Keine Ahnung.»

«Das glaube ich Ihnen nicht. Spielt für die Untersuchung aber keine große Rolle.» Tagliabue erhob sich, schritt um den Tisch, um hinter María Pinto stehen zu bleiben. Er konnte sie riechen, ihre Ausdünstung passte nicht zu ihrer Erscheinung.

Mit sichtlichem Unbehagen reagierte María auf die Nähe. Er beendete die Umrundung des Tisches und setzte sich wieder in seine Ausgangsposition.

«Zwei Sachen, bevor ich Sie gehen lasse: Ich will, dass Sie uns Ihre Adresse und die Telefonnummer zurücklassen, damit wir Sie in Portugal, oder wo Sie sich aufhalten, erreichen. Dann kümmert sich ein Beamter um Sie, damit wir Ihre Fingerabdrücke abnehmen können.»

Er stand auf ging zur Tür: «Sie dürfen gehen.»

Nachdem sie lange auf sein erlösendes Zeichen gewartet hatte, fiel es ihr jetzt schwer, die Bedeutung seiner Worte zu erfassen. Sie erhob sich langsam, zupfte und strich sich die Kleider zurecht und näherte sich dem Kommissar, der die Klinke mit seiner Rechten umfasste, um ihr die Tür zu öffnen.

«Warten Sie draußen auf der Bank, bis sich ein Polizist um Sie kümmert.» Er stieß die Tür auf. Sie schritt auf ihn zu und an ihm vorbei.

«Was man Ihnen angetan hat, tut mir leid.» Sie blickte ihm in die Augen. Er blieb erstarrt zurück.

«Folgen Sie mir bitte, Frau Pinto», hörte er die Stimme einer Beamtin.

Es dauerte eine Viertelstunde, und Tagliabue saß im Büro am Personal Computer, den er nach langwierigem Anmelde-, Identifikations- sowie Sicherheitsprozedere aufgestartet hatte. Sein Telefon klingelte.

«*Pronto?*», nahm er gedankenverloren ab.

«Ambach von der IIT. Sind Sie es, Herr Kommissar?»

«Ja, weshalb?»

«Entschuldigen Sie, bitte. Wir möchten nur sicher sein, dass sich niemand anderer mit Hilfe Ihres Badges, Ihrer PIN und Ihrem Passwort ins System einloggt. Sie zählen zu unseren seltenen Besuchern. Nur zu Ihrer Sicherheit.»

Der Kommissar versuchte, ruhig zu bleiben.

«Ich muss Ihnen ein paar einfache Fragen stellen, um Sie identifizieren zu können. Sind Sie bereit? Wann sind Sie geboren?»

«Sie meinen also, dass ich mein Badge verliere? Dass ich meine PIN sowie das Passwort auf dem Badge notiere? Für wie blöd haltet ihr mich eigentlich?»

«Das reicht. Sie haben sich identifiziert. Ihre Angaben decken sich mit unseren Notizen. Ich wünsche Ihnen einen wunderschönen Tag.»

Der Kommissar hielt den Hörer immer noch am Ohr, als er hinter sich die Anwesenheit einer Person unangenehm nah spürte.

«Haben Sie sich ein paar neue Freunde gemacht? Bei der Auswahl, die Sie haben, kommt es auf einen mehr oder weniger nicht an. Ich hoffe, Ihre Unterhaltung mit der Putzfrau ist erfreulich verlaufen.»

Tagliabue versetzte dem Drehstuhl einen Stoß mit seinem Bein. Die Kürze des Telefonkabels stoppte die Drehung, er wurde etwas zurückgezogen. Vor ihm stand Deubelbeiss. Der Ermittler legte rasch auf und erhob sich. Er hasste es, wenn man sich von oben herab mit ihm unterhielt. «Wieder Sie? Woher wissen Sie, dass ich mich mit Frau Pinto unterhalten habe?»

«Genau dafür gibt es elektronische Agenden. Zudem habe ich Ihren Termin koordiniert, schon wieder vergessen?» Rasch machte der Assistent einen Schritt zur Seite, um seinem Vorgesetzten den Weg freizumachen. «Sollten Sie im Übrigen auch ab und zu konsultieren. Sie sollten in Hubers Büro oder in seinem Vorzimmer hocken. Wenn Sie sich etwas beeilen, schaffen Sie es noch rechtzeitig zum Treffen mit unserem Chef».

Ohne zu klopfen, trat der Kommissar ins «Keiserreich», wie das Vorzimmer des Polizeikommandanten nicht erst seit Huber genannt wurde. Hinter ihrem PC thronte wie immer die Assistentin. Ungewohnt war aber die Tatsache, dass Keiser das Gerät eingeschaltet hatte, sich ihrem Bildschirm und nicht einem Kreuzworträtsel widmete. Dass der Chef hinter der Assistentin stand, mit ihr auf die gleiche Oberfläche starrte und seine Rechte auf ihre Rechte gelegt hatte, um ihre Maus zu bewegen, war neu und überraschte den Ermittler. Anderseits nicht: *The Pelvis*, dachte er und versuchte, sich bemerkbar zu machen, sich aber nichts anmerken zu lassen.

Schnell erbleichte hingegen Huber, der sehr ungeschickt versuchte, sich von fremder Hand und Maus zu trennen. Die

Assistentin blieb unberührt und grüßte Tagliabue, als ob nichts Ungewöhnliches vorgefallen wäre: «Der Herr Kommissar. Schon wieder pünktlich. Das wird allmählich zu einer Gewohnheit. Dass es Ihnen erneut gelingt, mich so zu verblüffen», schüttelte sie übertrieben den Kopf, um sich wieder dem Bildschirm zuzuwenden.

«Das Licht an der Tür war auf Grün und *Bitte eintreten*. Da habe ich mir halt gedacht, dass ich reinkommen kann», scheiterte der Versuch des Besuchers, die Situation von ein bisschen Peinlichkeit zu befreien. Mit der gleichen Absicht hatte sich Huber in sein Büro zurückgezogen.

«Der Herr Doktor erwartete Sie bereits drinnen», vernahm Tagliabue die gelangweilte Stimme, «jetzt ist er noch am Telefon und dann bald so weit, nehmen Sie Platz.»

Die routinierte Beiläufigkeit, mit der die Assistentin so tat, als sei gar nichts passiert, verunsicherte den Kommissar. Er setzte und fragte sich, ob ihn seine Sinne so getäuscht hatten.

Wenig später öffnete sich die Tür. Beni Huber erschien und brachte nicht viel mehr als sein verzerrtes Lächeln zustande.

«Tagliabue», begrüßte er den Untergebenen, «wie lange warten Sie schon? Man hat mich nicht informiert, dass Sie hier sind. Ich muss mich wohl mal mit Frau Keiser unterhalten». Die letzte Bemerkung war schon hinter geschlossener Tür gefallen. «Nehmen Sie Platz. Ein Stückchen Schokolade?»

Der Kommissar setzte sich mit dem Gesicht zur Tür an den Besprechungstisch und winkte mit einer Handbewegung ab: «Ich muss auf meine Linie achten, danke.»

«Sie erlauben?», langte der Kommandant in die Glasschale und befreite eine mit Schokolade ummantelte Kaffeebohne im Handumdrehen von ihrer goldenen Verpackung und ließ die Nascherei im Mund verschwinden.

Huber widmete sich dem quadratischen, hauchdünnen Stück Kunststoff, das vor einem Augenblick noch kein Abfall gewesen war. Er faltete das Material zu immer kleineren Dreiecken. Nicht ganz zufrieden, brachte er das Plastik wieder in seine ursprüngliche Form zurück, um die Enden ineinander zu verdrehen, bis eine Art gewickelte Wurst entstand. Die legte er vor sich, um zu beobachten, wie sich die Folie aus eigenem Antrieb wieder entfaltete.

«Wo stehen Sie mit den Ermittlungen im Fall Schläfli?», stellte er die erwartete Frage, seinen Blick immer noch auf den Kunststofffetzen geheftet.

«Sicher wurden sie schon über den Stand der Ermittlungen informiert.»

«Sie meinen, von Staatsanwalt Hansen?» Huber blies die neu gefaltete Folienschildkröte über den Bürotisch, um sie knapp vor außer Reichweite einzufangen und das Spielchen wieder von vorne zu beginnen.

«Dieser Deutsche kümmert sich wohl lieber um sein neues Auto als um unseren Fall. Er lässt Ihnen freie Hand, was mich sehr wundert.» Huber beförderte das Folientier mit einem gekonnten Luftstoß auf den Rücken, um es im Handumdrehen in ein Schiff zu verwandeln.

«Nach unseren neusten Erkenntnissen hielt sich Schläfli zur Tatzeit nicht allein in der Villa auf. Darauf deutet einiges hin», begann der Kommissar seine Ausführungen.

Eine halbe Stunde später hatte Beni Huber das Interesse an seinem Plastikspielzeug verloren. Wie ein kleiner Junge wischte er das Schiff über den Rand des Pults in die Tiefe. Der Kommissar erinnerte sich daran, dass die Leute einst dachten, die Mutter Erde sei eine Scheibe und wer sich zu weit hinauswage, würde über ihre Kante ins Verderben stürzen.

«Zurzeit haben wir keine Hinweise darauf, wer die andere oder die anderen Personen gewesen sein könnten», schloss er seine Zusammenfassung.

«Lieber Tagliabue: Das nehme ich Ihnen nicht ab. Weshalb belästigen Sie nach Barbara Burgener auch noch Krämer in dessen Firmensitz? Kreuzen dort einfach unangemeldet auf und verlangen ein Gespräch? Wie kommen Sie auf die Idee, dass Krämer etwas mit Schläflis Tod zu tun haben könnte? Nur weil sich die zwei kannten? Unter diesen Umständen zähle ich mit einigen anderen auch zu den Verdächtigen. Zudem: Krämer hat gar kein Motiv.»

«Krämer hätte uns möglicherweise etwas zu Schläfli sagen können. Ihn ohne Voranmeldung aufzusuchen, war ziemlich naiv, wie ich zugeben muss. Bei seinem wirtschaftlichen und sozialen Engagement.» Tagliabue hasste sich für den Satz.

«Sie kennen mein MRI», schien Huber beruhigt. «Ich dulde nicht, dass mein Korps die Gelder der Steuerzahler mit sinnlosen Aktionen zum Fenster hinauswirft. Und schon gar nicht, wenn es sich um Persönlichkeiten handelt, die sich in einem solchen Maße um die Gesellschaft verdient gemacht haben wie Krämer.»

«Wenn ihn seine einstigen Verdienste unantastbar machen, dann lasse ich die Finger von ihm. Unabhängig davon, ob als Verdächtiger oder als Informationsquelle.»

Der Polizeikommandant fixierte seinen Hauptkommissar und versuchte zu verstehen, was der genau gesagt hatte: «Die Öffentlichkeit, die Steuerzahler erwarten Resultate, die Presse sitzt uns schon lange im Nacken.»

«Apropos: Wie wäre es denn mit etwas positiver Publicity für unseren neuen Polizeikommandanten? Wie steht es mit den Ermittlungen zum brutalen nächtlichen Überfall auf den Kriminalkommissar?»

«Die haben wir eingestellt. Das war ein dummer Zufall, dass gerade Sie an dieser Stelle aufgetaucht sind – es hätte jeden treffen können, der so fahrlässig ist, zu dieser Zeit diesen Weg einzuschlagen. Wobei das vielleicht das falsche Wort ist.»

Innerlich kochend zog es Tagliabue vor, sich nichts anmerken zu lassen, als Huber gleichgültig weiterfuhr: «Die Täter konnten gar nicht wissen, dass es sich um einen Polizisten handelte. Und da wir schon dabei sind: Ich habe zu wenige Leute, um jeder Bagatelle nachzugehen. Der Fall – und das ist Ihr persönlicher Fall mit null Relevanz für das breite Publikum – ist abgeschlossen.»

Huber hatte seinen Untergebenen nicht aus den Augen gelassen. «*Case closed* ist auch, was ich den Bürgern zum Mord an Schläfli so rasch wie möglich mitteilen möchte. Verlieren Sie keine Zeit mehr!» Er zeigte zur Tür. «Halten Sie mich auf dem Laufenden!»

Tagliabue verkniff sich eine Replik und schritt Richtung Tür. Bevor er ins Keiserreich hinüberwechselte, drehte er sich um und musterte seinen Vorgesetzten: «Passen Sie auf, wo Sie Hände, Augen und weitere Körperteile haben. Polizeikommandanten kommen und gehen», schloss er die Tür und raubte Huber die Möglichkeit zu reagieren.

Die Assistentin im Vorzimmer saß in ihrem zirka vier auf fünf Meter großen Reich, bewegte sich geistig aber schon wieder in anderen Dimensionen: Während sie angestrengt in den waag- und senkrechten Feldern nach dem Sohn des Dädalus suchte, verabschiedete sie sich von Tagliabue.

«Suchen Sie im System. Dort finden Sie die Antwort auf alle Fragen», ließ er Elvira ratlos zurück.

Auf der anderen Seite der Tür blickte er sofort auf eine der in regelmäßigen Abständen angebrachten Uhren. Durch einen elektronischen Impuls ausgelöst, hüpften sämtliche Zeiger gleichzeitig in ihre neue Position. Es war zwölf Minuten vor vier. Es hatte keinen Sinn mehr, ins Büro hochzusteigen. Auf die Gefahr hin, Deubelbeiss vergebens warten zu lassen, entschied sich der Kommissar, so rasch wie möglich den Nachhauseweg anzutreten. Er wollte nicht riskieren, noch einmal aufgehalten und zurückbeordert zu werden. Von Elvira drohte hingegen keinerlei Gefahr: Sie würde noch lange mit Ikarus beschäftigt sein. Falls sie nicht von ihrer Suche abgehalten wurde.

Tagliabue eilte an der Dame vom Empfang vorbei und gab sich keine Mühe, so zu tun, als ob er ihr Winken nicht sehen und ihr Rufen nicht hören würde. Er quittierte ihre Gebärden mit einem enthusiastischen Zurückwinken.

Endlich draußen wähnte sich der Ermittler in Sicherheit.

Einige Häuserblöcke weiter hielt er das nächste Mal, das Handy in der feuchten Hand. Er berührte das Nachrichten-Icon, tippte, sendete eine SMS: «bar jeden geschmacks?» Ohne die Antwort abzuwarten, machte er sich auf den Weg durch die Stadt in ein Lokal, das er schon länger nicht mehr berücksichtigt hatte. Er orientierte sich an den belebten Straßen und beliebten Läden. Aus Angst vor einer neuen Attacke auf seine körperliche Integrität mied er die Nebengassen, die direkt zum Ziel geführt hätten.

Im Raum war es düster. Dank der über die Jahre dunkler gewordenen Fenster und der schweren Tür blieb mit dem Sonnenlicht auch die spätsommerliche Schwüle draußen. So kurz vor Feierabend war der Schuppen fast leer. In einer Ecke versuchte eine Dame osteuropäischer mit einem Gast ostschweizerischer Herkunft handelseinig zu werden. Dass sie es bisher zu keinem zähl- sowie zahlbaren Resultat gebracht hatte, lag nicht an Sprachproblemen, sondern an unterschiedlichen Preisvorstellungen. Tagliabue bestieg einen Barhocker. Die einst braune Sitzfläche war durch das stetige Rauf- und Runter-, Hin- und Herrutschen bis auf das ehedem weiße Leinengewebe durchgescheuert.

Hinter dem Tresen bückte sich eine Dame, die viel jünger war, als sie aussah, gelangweilt über die chromstählerne, saubere Arbeitsfläche und sah so aus, als hätte sie ihre Position seit Jahren nicht mehr verlassen.

An einer Wand prangte eine Neonreklame für Schlitz-Bier. Das rote *ON TAP* hatte das Blinken schon lange aufgegeben. Verstaubte, verbogene, beschädigte Emailschilder machten für längstens erloschene Zigarren- und Zigarettenmarken Werbung. Obwohl sie den Rücktritt schon vor langer Zeit gegeben hatten, klebten die Panini-Bilder von Neeskens, Overath, Zoff, Blochin, Rivelino und anderen so dicht an dicht an den Vitrinen, dass nicht zu sehen war, was sich dahinter versteckte. Auf den Holztischen standen die traditionellen Plattmenagen. An den Maggi-Flaschen hatte sich eine schwärzliche, klebrige Kruste gebildet. Die Aromat-Streuer waren verbeult und durch jahrelange Benutzung bis zur Unleserlichkeit abgegriffen. Die meisten der roten Deckel fehlten. An den kleinen Löchern klebte mehr Gewürzgranulat, als sich in der Dose befand. In den Salzstreuern überwogen die Reis- die Salzkörner. Beim Pfeffer war eine Aussage zur Füllhöhe ebenfalls nicht machbar. Die Innenwände der Streuer waren durch den Gewürzstaub absolut blickdicht verkleistert. Wie die Bierdeckel sahen auch die Zahnstocher so aus, als ob sie ihre Aufgabe bereits mehrmals erfüllt hätten und nur darauf warteten, endlich durch unverbrauchten Nachschub ersetzt zu werden. Eine Hoffnung, die sich beim kurzen Blick auf die geistig und körperlich unbewegliche Masse hinter dem Tresen als illusorisch erwies.

Nervös wanderte Tagliabues Blick durchs Halbdunkel. Seine Augen hatten sich inzwischen an die Lichtverhältnisse gewöhnt, was es ihm ermöglichte, Details zu erkennen. Das ungleiche Paar zur Völkerverständigung hatte sich schon entfernt. Offenbar durch die dafür vorgesehene Hintertür. Vom Hochsitz blickte der Kommissar in die Sitznischen. In ihrer Mitte standen Tische, in denen sich Wein- und Biergläser, Zigaretten und Gäste für immer sichtbar eingefressen, eingebrannt und eingeritzt hatten. Die Plüschsitzbänke sahen ebenso abgesessen und abgegriffen wie sein Barhocker aus. Das einst einheitliche Dunkelrot hatte einem Gemisch unterschiedlicher Farben Platz gemacht. Unzählige Brandlöcher im Polster waren der gut sichtbare Beweis dafür, dass das Etablissement seit der Einführung des Rauchverbots vor einigen Jahrzehnten nicht renoviert worden war.

Die Sitznischen waren durch mannshohe Wände voneinander separiert. Den Abschluss bildeten Holzblenden, beinahe vollständig bedeckt von meist zerschnittenen schwarzen Krawatten und Schulterklappen in bunter Reihenfolge, mit unterschiedlichen Zahlen und Zeichen. Ab und zu wurde das Bild durch einen behelfsmäßig angenagelten String, Strumpf oder BH unterbrochen – Trophäen von Rekruten der nahen, längst ausgemusterten Stadtkaserne.

Nach wie vor war keinerlei Unterstützung im Kampf gegen den Durst des Ermittlers zu erwarten. Der studierte die Aufkleber des lokalen Hockey- und eines Fußballvereins. Für den Stadtrivalen blieb nicht einmal ein wenig Raum übrig. Tagliabue entzifferte ein paar Jahreszahlen: Die letzten Titel der Clubs lagen ewig zurück. Eine Schande für die Stadt, die für sich in Anspruch nahm, in jedem kulturellen und wirtschaftlichen Bereich zur Spitze zu gehören.

«24.10.1971?», vernahm er hinter sich die vertraute Stimme seiner Verabredung.

«Meinst du das ernst?», antwortete er reflexartig, ohne sich zum Fragesteller umzudrehen. Im noch nicht blinden, aber stark sehbehinderten Spiegel an der Wand hinter dem Tresen konnte er Lüthi ausmachen, der eben in die Bar eingetreten war.

«Brands Hatch, England», begann der Kommissar, «bei dem nicht zur WM gehörenden World Championship Victory Race bricht in der 15. Runde die Radaufhängung am BRM von Jo Siffert bei hoher Geschwindigkeit. Der äußerst populäre Rennfahrer, ein Freund von Jean Tinguely und Vorlage für Steve McQueens Film *Le Mans*, stirbt eingesperrt in seinem brennenden Boliden an einer Rauchvergiftung. Rund 50'000 Leute säumen an der Beerdigung die Straßen von Freiburg. Als Gesamtfünfter der Formel-1-Weltmeisterschaft wird er postum zum Schweizer Sportler des Jahres gewählt. Es war 1971 sein insgesamt 41. Start und das allerletzte Rennen seines Lebens.»

«Gar nicht übel. Wie ein Beitrag aus Wikipedia», lachte der Journalist aus der Entfernung.

Die Frau am Tresen hatte sich in Positur gestellt, als der Journalist die Bar betreten hatte: «Schön, dich wieder einmal zu sehen, Lolo», begrüßte sie ihn freundlich. Sie wischte hastig die metallene Oberfläche, um ihm zu zeigen, wo er sich hinsetzen sollte. Der Polizist verfolgte die Szene mit wachsendem Erstaunen.

«Für mich ein kühles Bier. Ist das Beste bei der Hitze. Und was nimmst du?», wandte sich Lüthi an ihn, ohne sich um die Antwort zu kümmern. «Oder hast du etwa schon ausgetrunken? Entschuldige, hat länger gedauert.»

«Nein, ich habe nicht bestellt», nutzte der Gefragte die Gelegenheit. «Wenn du mir einen Gin Tonic organisieren könntest.»

«Habt ihr Breil Pur und Tonic von Fever-Tree?», richtete sich Lüthi an die aus ihrer Lethargie gerissene Bardame. Ohne Zeit zu verlieren, bediente diese den Zapfhahn und stellte Lüthi ein Glas Bier hin.

«Bitte sehr, Prost», versuchte sie, in Blickkontakt mit ihrem Gast zu treten. Nach mehreren erfolglosen Anläufen nahm sie einen Tumbler aus einem Regal und hämmerte ihn vor Tagliabue auf den Tisch. Sie schaufelte Eis aus dem Kübel vor sich, schüttete es ins blinde Glas, goss etwas Gordon's darüber und brachte den Inhalt als Krönung mit einem Schweppes zum Überlaufen.

«Kennst du die Dame?», grinste Lüthi, der mittlerweile auf den Hocker geklettert war.

«Nein.»

«Dann kennt sie dich.» Der Journalist führte das perfekt eingeschenkte Bier zum Mund. «Und sonst? Was gibt es Neues?»

«Ich trete auf der Stelle. Habt ihr was rausgefunden?»

«Du weißt, dass wir im Fall Schläfli nichts mehr machen dürfen. Komm, raus damit! Ich weiß, dass du mir etwas verheimlichst.»

An seinem Glas nippend, verspürte der Ermittler einiges Mitleid mit den Engländern, die ihren Gin und ihr Tonic in der feuchten Hitze Indiens ebenfalls lauwarm trinken mussten. «Deubelbeiss.» Er setzte das Glas ab, trank das restliche Tonic aus der Flasche.

«Deubelbeiss?», wiederholte Lüthi entgeistert. «Der neue Assistent?»

«Ich habe einfach den Verdacht, dass er Krämer und Huber Informationen zuspielt. Keiner wusste von meinem Meeting mit Krämer. Vielleicht haben sie mir die Falle gestellt. Jedenfalls war Krämer auf dem Laufenden und hat seinen Anwalt geschickt. Danach wurde ich überfallen, um mich nicht gerade kalt, aber immerhin ruhig zu stellen. Als unmissverständliche Warnung.»

«Ich denke, deine Urteilskraft hat gelitten», schüttelte Lüthi den Kopf. «Wie kommst du auf die Idee, Deubelbeiss hätte dich verraten?»

«Er wurde mir, ohne dass man mich gefragt oder wenigstens vorher informiert hätte, zur Seite gestellt ...»

«Du hättest dich ohnehin vehement gegen ihn gewehrt, das macht demnach keinen Unterschied.» Der Journalist leerte sein Glas.

«Deubelbeiss wurde mir von Beni Huber zugeteilt. Er ist der Neffe des Kommandanten. Und der ist ein Kollege von Krämer. Der Doktor hat Deubelbeiss zu meinem Assistenten ernannt, weil er mich so besser kontrollieren und Krämer warnen kann.»

«Dein Verfolgungswahn nimmt beängstigende Dimensionen an. Glaubst du nicht, dass du dich und deine Rolle etwas überschätzt? Der Assistent ist demzufolge nicht mehr als ein Informant, der jeden deiner Schritte überwacht. Noch nie auf die Idee gekommen, dass er wegen irgendwelcher Qualifikationen zu seinem Job gekommen ist? Zum Beispiel, weil er die äußerst rare Fähigkeit besitzt, mit dir zu arbeiten. Was weißt du von ihm, nur mal abgesehen davon, dass er der Neffe des Chefs ist? Für ihn noch einmal das gleiche», bestellte er für den Kommissar.

Der nahm die Brühe widerwillig entgegen. «Ich habe recherchiert. Wie der Onkel, der es bis zum Polizeikommandanten geschafft hat, ist er Quereinsteiger. Er hat hier und in den USA Informatik studiert und mit Bestnoten abgeschlossen. Wahrscheinlich einer jener Nerds, die ihre Zeit lieber vor dem Bildschirm als mit einer Frau verbringen. Sieht jedenfalls nicht aus, als hätte er jemals eine Freundin gehabt. Verheiratet ist er auf jeden Fall nicht. Hat seine Arbeit über irgendwelche Algorithmen geschrieben, konnte mir den Titel nicht merken, und ist so zu Doktorehren gekommen. Es folgte sein zweites Studium in Kriminalistik, wieder in Amerika. Nach ein paar Praktika ist er mit der Hilfe von Huber bei uns im Allgemeinen und mir im Speziellen gelandet.»

Lächelnd hörte Lüthi dem Polizisten zu. Dieser studierte den Inhalt des Glases und überlegte sich, ob die Abscheu oder sein Durst stärker war, und fuhr fort: «Privat findet Deubelbeiss überhaupt nicht statt ...»

«Spielt gar keine Rolle», unterbrach ihn Lüthi, der sich zu ärgern begann, «dein Privatleben geht ja auch niemanden etwas an, obwohl es dort nicht zum Besten steht. Wie geht es eigentlich der lieben Jade?» Und ohne die Antwort abzuwarten: «Ein Profi wie Deubelbeiss weiß, wie er sich im Internet tarnt, versteckt oder unsichtbar macht. Er bewegt sich ebenso laut- wie spurlos durch die Parallelwelten. Er entscheidet, wem er sich zu erkennen gibt, wem nicht. Er scheint jedenfalls alle Fähigkeiten mitzubringen, um seinen Job gut zu erledigen, sofern man ihn machen lässt. Vielleicht ist es gerade das, was dir Sorgen macht. Dass er viel besser qualifiziert ist als du. Vor allem, wenn ich an deine IT-Kenntnisse denke. Da bist du, gelinde gesagt, ein Neandertaler. Aber die Zeiten haben sich im Gegensatz zu dir massiv geändert. Wenn du dich weiter dagegen wehrst, wirst du untergehen. Da reicht die einfache Bedienung des Smartphones nicht. Benutzt du deinen Computer überhaupt? Kann ich bitte die Rechnung haben? Ich muss in die Redaktion. Habe etwas zu klären. Das Redaktionssystem ruft», grinste er.

Ohne die Rechnung abzuwarten, schob er eine Note über den Tresen, erhob sich, klopfte dem Kommissar auf die Schulter.

«Übrigens», er drehte sich auf halbem Weg hinaus abrupt um, «Beni Huber hat einen Zwillingsbruder, Roland.

Roli hat mit Krämer Militärdienst geleistet. Dein Chef war gar nicht tauglich und legte trotzdem eine bemerkenswerte Karriere innerhalb der Polizei hin. Deubelbeiss ist der jüngste Sohn der älteren Schwester der Zwillinge. Ich dachte, Fakten, nicht Vermutungen seien dein Geschäft. Findest du alles im World Wide Web. Schon einmal gehört? Erhol dich ein wenig. Du bist nicht ganz gesund.» Lüthi entschwand durch die offene Tür in die Hitze der anbrechenden Nacht.

Gegen zehn hatte sich der Raum gefüllt mit Touristen aus aller Welt und Besuchern aus der Agglomeration, die sich gegen den Pendlerstrom in die Stadt gequält hatten, weil in ihren Käffern nach sieben Uhr abends nichts mehr los war, außer im Fernsehen. Ob exotisch oder urig: Die bunt durchmischte Gästeschar hielt die *Bar jeden Geschmacks* nicht für das Resultat jahrzehntelanger Nachlässigkeit sowie Ignoranz, Dumm- und Faulheit, sondern für ein total innovatives Gastrokonzept.

Gegen Mitternacht begann sich das Lokal allmählich zu leeren. Der Kommissar blieb hocken. Bis die Kellnerin sich zum ersten Mal um ihn kümmerte, um ihn vor die Tür zu setzen.

Draußen war nicht mehr viel los. Die Dealer versorgten ihre letzten Kunden. Die Huren waren schon längst nach Hause gegangen. Ein paar Besoffene torkelten und lallten durch die Straßen und Gassen. Die dunklen Hausmauern warfen die Geräusche von der einen Seite zur anderen und zurück. Über den Kreuzungen blinkten die Lichtsignale orange. Der Wind drückte die aufgehängten Lampen, soweit es ging, nach hinten, bis sie nach vorne schnellten. In den Hauseingängen und -nischen stank es nach Pisse und Kotze. Hin und wieder lag ein Betrunkener in einem eigen- oder fremdverursachten Gemisch. Tagliabue war der einzige Polizist weit und breit. Er musste aufpassen, in der Dunkelheit nicht zu stolpern, nicht in menschliche oder in tierische Ausscheidungen zu treten.

Heil daheim angekommen, legte er sich in seinen Kleidern auf das Sofa.

12

Drei Wochen später erwachte Tagliabue in seinem eigenen Bett. Ein paar Tage vorher hatte der Herbst erste scheue Lebenszeichen von sich gegeben. Dies ganz im Gegensatz zu Jade, von der er seit ihrem Abgang damals nichts mehr gehört hatte. Nach ungezählten erfolglosen Anrufen brach er die Übung frustriert ab. Er ging davon aus, dass sie seine Nummer gesperrt hatte. Um sie zu bestrafen, ließ er sich einen Anchor wachsen. Jade hasste Gesichtsbehaarung und hatte ihn schon einmal gezwungen, sich seines Bartes zu entledigen. Zitternd vor Wut schnitt er sich damals so tief, dass sich das Blut lange nicht stillen ließ. Aber erst dann durfte er zu ihr ins Bett zurück, was sie zusätzlich aufputschte. Womit die Strafaktion auch für ihn einen befriedigenden Abschluss gefunden hatte.

Wie mit Jade kam der Kommissar auch mit Schläfli nicht weiter. Erstaunlicherweise schien das keinen richtig zu stören: Staatsanwalt Hansen war anderweitig beschäftigt, er konnte sich nicht weiter um die Ermittlungen kümmern. Dr. Bernhard Huber widmete sich wohl der Assistentin und führte Elvira Keiser in die Geheimnisse ihrer Maus ein. Die Medien waren von aktuelleren Themen absorbiert und hatten nicht mehr nach Ergebnissen verlangt.

Nur der Mediensprecher der Polizei hatte sich unerwartet bei ihm nach dem Status der Ermittlung informiert. Albert Eisrauch misstraute der Ruhe und wollte sich auf den seiner Ansicht nach bevorstehenden medialen Sturm vorbereiten. Der Kommissar verhängte auch bei ihm eine Nachrichtensperre.

An diesem ersten herbstlichen Morgen stutzte Tagliabue die Barthaare mit dem Trimmer auf exakt drei Millimeter.

Vor Jahren hatte er unter seinen nach wie vor dichten schwarzen die ersten weißen Haare entdeckt. Jetzt musste er feststellen, dass sich die Mehrheiten zugunsten der weißen Haare verschoben hatten. Was er beim Blick ins Becken sah, erinnerte ihn an ein Werk von Joseph Beuys. Vor allem wurde ihm klar, dass auch er nicht älter, sondern alt geworden war. Er fragte sich, wer der Mann vor ihm eigentlich war. Und wohin jener Mensch verschwunden war, den er im Spiegel erwartet hatte. Er sah zwar nach wie vor gut aus. Für sein Alter.

Er machte sich Gedanken zu den Optionen, die ihm noch offenstanden. Er hatte es verpasst, Gelegenheiten zu nutzen. Dazu fehlte es ihm einfach an der erforderlichen Rücksichtslosigkeit, am Opportunismus, an Reaktions- und Gedankenschnelligkeit. So hatten sich Türen, ohne dass er deren Öffnen bemerkt hätte, wieder geschlossen. Andere hatte er selbst mit lautem Knall zugeworfen. Folglich blieb ihm nichts anderes übrig, als davon auszugehen, dass er als Polizist in Pension gehen würde. Ein Gedanke, der ihm bei genauer Betrachtung nicht wirklich missfiel.

Der Kommissar wischte die Beweise fürs Älterwerden mit der Rechten Richtung Abfluss. Was am Handrücken oder im Becken haften blieb, spülte er mit fließendem Warmwasser größtenteils hinunter. Nur ein Rest blieb liegen, um im weißen Becken ein gräuliches Oval zu formen.

In seiner Unterhose von Zimmerli begab er sich in die Küche, wo es nach verbranntem Kaffee duftete. Der Arm der La Pavoni war auf halbem Weg stecken geblieben. Die Espressotasse war kaum bis zur Hälfte gefüllt. Die obersten Zuckerkristalle lugten aus der dunklen, öligen Flüssigkeit, hatten sich zwar schwarz verfärbt, jedoch nicht aufgelöst. Er hatte das braune Pulver zu kräftig angepresst und damit dem warmen Wasser die Möglichkeit genommen, sich einen Weg durch den Kaffee in die Tasse zu bahnen. Er entschied, die paar Tropfen, die es geschafft hatten, zu trinken, bevor sie ganz erkalteten. Der Zucker dämpfte den Geschmack, nicht die Wirkung: Seine Schläfen pochten, als er sich anzog. Er hatte beschlossen, die blaue Bundfaltenhose und das weiß-blau gestreifte Hemd mit einer grauen Strickjacke abzurunden. Erst als er in seine braunen Schnürschuhe schlüpfte, fühlte er wie ein richtiger Italiener.

Im Treppenhaus herrschte Ruhe. Seine Nachbarn befanden sich bereits auf dem Weg zur Arbeit bei einer Bank, einem Beratungsunternehmen oder einer Versicherung. Nach der Billigsanierung waren diese Wohnungen nur noch für kinderlose Paare erschwinglich, die sehr gut und doppelt verdienten. Familien, die jahrelang für Leben im Haus und in der Gegend gesorgt hatten, sahen sich gezwungen, eine neue Bleibe in einer Stadtrandsiedlung zu suchen. In anonymen Quartieren mit künstlich angelegten Seen und geometrisch angeordneten Bäumchenalleen, mit kinderlosen Nullrisikospielplätzen und menschenleeren Treffpunkten. In totgeborenen Retortenvierteln, denen, ebenso mühevoll wie vergeblich, versucht worden war, das absolute Minimum an Charakter, Leben, Charme einzuhauchen.

Seine Wohnung hatte Tagliabue zur Vorrenovationsmiete behalten. Die Inhaberin wusste um seine Position bei der Polizei und fürchtete sich vor den Konsequenzen ihrer wucherischen Mietzinserhöhung. Den Einnahmeausfall glich sie mit zusätzlich erhöhten Mietkosten für die anderen Bewohner aus.

Über die Querfinanzierung war er froh, hätte ihn die normale Miete doch einen beträchtlichen Teil seines Beamtenlohnes gekostet. Ebenso schätzte er, dass seine doppelverdienenden Nachbarn neben den Familien auch den mit ihnen verbundenen Krach und das Chaos verdrängt und damit für Ruhe und Ordnung im und ums Haus herum gesorgt hatten.

Draußen war weit und breit keine Menschenseele zu sehen. Dennoch inspizierte er mehrmals die Umgebung. Er sprach sich gegen den Spaziergang durch die leeren Straßen und zugunsten einer Busfahrt aus.

Das Stimmendurcheinander passte zur orientalischen Mischung unterschiedlichster Gerüche und Ausdünstungen. Zu seiner Überraschung fühlte er sich in dieser Umgebung aufgehoben. Das änderte sich mit der Fahrt in Richtung Zentrum: Immer einheitlicher elegante Männer und Frauen stiegen ein. Tuschelten und lachten hochdeutsch.

Auf dem abschließenden Fußweg zum Kommissariat überlegte er sich, weshalb sich alle über zugewanderte Irakis und Italiener, Tamilen und Eritreer, Griechen und Türken, Portugiesen und Spanier, Serben und Kroaten, Syrer und Iraner, aber niemand über die Invasion aus dem Norden aufregte. Immer noch in Erklärungsversuche versunken traf er im Polizeikommissariat ein.

Huber hatte die Dienstregeln für den Empfang weiter verschärft und den Eingangsbereich – unter Umgehung eines offiziellen Ausschreibungsprozesses – mit einem modernen System inklusive Kameras, Mikrofonen und Präsenzsoftware aufgerüstet. Jetzt musste die doppelte Besetzung während, eine einfache außerhalb der normalen Bürozeiten gewährleistet sein. Heimlich-hastige Raucherpausen waren unter Androhung von maximal zwei Verwarnungen und Disziplinarmaßnahmen untersagt.

Das Empfangskomitee links liegen lassend, ging Tagliabue auf den Fahrstuhl zu. Er drückte den Etagen-, danach den Knopf zum Schließen der Tür. Dort ließ er den Daumen, um Zwischenstopps zu unterbinden. Auf dem Weg nach oben konnte er das an- und abschwellende Fluchen und Klopfen der Wartenden hören. Oben angekommen, ließ er die Taste los, die Tür öffnete sich lautlos, er trat in den Flur. Tagliabue zuckte fragend mit den Schultern, setzte ein breites Grinsen auf. Vor ihm traten die Wartenden zur Seite.

Die Audio-Technica-Kopfhörer über den Ohren, die Füße auf dem Arbeitstisch und die Rückenlehne maximal nach hinten gestellt, interagierte Deubelbeiss mit seinem Computer. Der Assistent hatte seine verwandtschaftlichen Beziehungen zu Huber für einen unbürokratischen Bezug seines wichtigsten Arbeitsinstruments eingesetzt. So hatte er die Abhängigkeit von seinem Direktvorgesetzten noch einmal minimiert, zugleich aber dessen Misstrauen maximiert.

Der Kommissar setzte sich und startete seinen PC. In seine Gedanken versunken, nahm er auf dem Bildschirm ein tanzendes E-Mail-Icon zur Kenntnis. Im Posteingang fand er eine Mail von Pirmin Deubelbeiss – perplex stellte er fest, dass sein Assistent über einen Vornamen verfügte. Noch mehr verwunderte ihn, dass ihm sein Gegenüber auf eine Distanz von wenigen Metern eine Mail geschrieben hatte.

«Können wir reden?», stand da ohne Anrede, Floskel oder Grußformel. Tagliabue war froh, dass nicht nur «kwr» zu lesen war, und überlegte, wie und auf welchem Kanal er antworten sollte. Er erhob sich bedächtig, bewegte sich zum Jüngeren, was der gar nicht bemerkte. Nach einigen Augenblicken vergeblichen Wartens lupfte der Kommissar die linke Kopfhörermuschel vom Ohr des Assistenten. Er hatte schon vorher überlegt, wie laut er sich bemerkbar machen sollte, um gehört zu werden.

«Ja», hauchte er in das geringe Lautstärken nicht gewohnte Ohr. Deubelbeiss fuhr zusammen, als ob jemand ganz unerwartet das Volumen voll aufgedreht hätte. Mit überraschender Behändigkeit und Eleganz stellte er seine besockten Füße auf den Boden, richtete sich kerzengerade im Bürostuhl auf, riss den Kopfhörer ganz von den Ohren. Dabei blieb sein Blick auf den Bildschirm fixiert.

«Ich habe Sie nicht gesehen», versuchte er sich tief durchatmend zu beruhigen.

«Sie wollen mit mir reden?», ignorierte der Kommissar die Bemerkung. «Sie glauben, dass ich Sie zu wenig in den Fall Schläfli integriere? Haben Sie das Ihrem Onkel verklickert? Er hat Sie im Rahmen Ihrer Privataudienz sicher über sämtliche Details informiert.»

Der Jüngere begriff nicht recht, der Ältere holte aus: «Es ist korrekt, dass ich Sie weder in die Pathologie noch zur Einvernahme der Putzfrau oder zum Gespräch mit Krämer mitgenommen habe. Und doch bin ich überzeugt, dass ich Sie über alle relevanten Sachverhalte genügend informiert habe. Fragt sich nur, welche Folgerungen Sie daraus ziehen.»

«So, wie es ausschaut, handelt es sich nicht um einen Suizid», sagte der Assistent, was der Kommissar hören wollte.

«Und unsere Verdächtigen?»

«Trueboy69 und die illegale Putze, die ihm den Haushalt und was weiß ich sonst noch besorgt hat.»

«Nicht zu vergessen unseren Schachspieler», flüsterte der Kommissar mehr zu sich als zu seinem Gegenüber.

«Ein Schachspieler», wunderte sich der, um sich erklären zu lassen, dass man das königliche Spiel notfalls auch an einem Brett und gegen menschliche Intelligenz spielen konnte.

«María Pinto», begann Tagliabue, «erwähnte im Gespräch einen jüngeren Mann, der Schläfli besucht habe, anscheinend, um mit ihm Schach zu spielen. Die Haushälterin hat ihn nie gesehen, ihm nie die Tür geöffnet. Das hat Schläfli erledigt. Oder der Unbekannte besaß einen Schlüssel.»

Hier hakte Deubelbeiss ein: «Dieser Punkt ist relevant, weil der Zutritt zur Villa und zum Tatort ohne jede Gewaltanwendung erfolgte. Dass der Schachspieler über einen Schlüssel verfügt haben könnte, ist nicht viel mehr als eine Möglichkeit. Im Gegensatz zur Putzfrau. Die hatte einen Schlüssel und freien Zugang zum Anwesen.»

«Das stimmt. Sie hatte den Schlüssel, aber kein Motiv. Vom Schachspieler wissen wir nichts. Wer bleibt noch?» Er behielt die Schlüsselszene mit dem jungen Anwalt für sich.

«Krämer.»

Der Ermittler wusste nicht, wie er auf die Antwort des Jüngeren reagieren sollte. Er nahm Platz, stand wieder auf. Um Zeit zu gewinnen, umkreiste er die beiden Pulte und näherte sich Deubelbeiss, der sich mit abnehmender Entfernung zunehmend unwohler fühlte. Der Ältere legte die linke Hand auf die Arm- und seine Rechte auf die Rückenlehne, kesselte den Jüngeren ein und beugte sich vor. «Krämer?», fragte er lauernd. «Wie kommen Sie auf die absurde Idee?»

«Ich habe mich noch einmal ein wenig umgesehen», begann der Assistent zögernd. Er wartete auf ein Zeichen, mit seinen Ausführungen fortzufahren oder zu stoppen. Er hörte und spürte aber nur den schleppenden, regelmäßigen Atem seines Chefs im Gesicht.

«Es gab offenbar ein Konto, das nur für Transaktionen zwischen Schläfli und Krämer benutzt wurde. Wobei die Beträge ...», Deubelbeiss wich dem Blick des Kommissars aus, «... immer in eine Richtung flossen.»

«Einfach damit ich die Übersicht nicht ganz verliere. Handelt es sich um ein weiteres Konto?»

«Sie haben es erfasst. Ihr Kopf scheint sich langsam zu erholen.»

«Lassen Sie mich raten», ignorierte Tagliabue die kurze Bemerkung und setzte sich auf das Pult. «Das Geld floss von

Krämer an Schläfli. Wahrscheinlich, weil es bei seinem alten Freund aus besseren Zeiten geschäftlich nicht mehr rund lief.»

«Weshalb ein zweites Konto?»

«Das ist eine gute Frage.»

«Es handelte sich immer um eine beträchtliche, aber nie um die gleiche Summe. Da sind mehr als zwanzig Millionen zusammengekommen. Alle Aufträge wurden nicht an einem festgelegten Datum, sondern unregelmäßig ausgeführt. Als ob versucht worden wäre, kein Muster erkennen zu lassen und Nachforschungen zu erschweren.»

«Was, wenn Schläfli seinen Freund beklaut hat?» Dem Kommissar gefiel der Gedanke. «Das wäre mal ein Motiv. Über zwanzig Millionen sind für Krämer möglicherweise nicht so viel Geld. Aber sicher eine Frage des Prinzips. Vor allem wenn die Dinge auf dem ersten Konto auch nicht sauber liefen. Wann fing das mit den Überweisungen an?»

«Einige Zeit nach dem Verschwinden von Schläflis zweiter Frau. Das passt zum wirtschaftlichen Niedergang.»

«Da lebte er schon zurückgezogen, in der Öffentlichkeit wurde er kaum noch gesehen...»

«Das stimmt so nicht.» Der Jüngere begann, an einem Nagel zu kauen.

«Wie meinen Sie das?»

«Sie und Lüthi haben dazu beigetragen, dass Schläfli von der breiteren Öffentlichkeit nicht so schnell vergessen werden konnte. Es dauerte etwas, bis Gras über die Sache gewachsen und er von jeder Schuld am Verschwinden seiner Gattin reingewaschen war.»

«Krämer hat sich eingemischt und alle seine Freunde bei der Polizei und dem Verlag aufgefordert, Lüthi und mir die Weiterarbeit im Fall Tatjana Schläfli zu verbieten. Das zeigt doch, dass an der Sache etwas faul war.»

«Es ist doch bemerkenswert, dass die Ereignisse zeitlich zusammenfallen», ging der Jüngere nicht auf den Gedanken ein.

«Weshalb?»

«Was, wenn sich Schläfli einfach bedient hat? Und Krämer hat es erst nach Jahren entdeckt?», hakte der Assistent nach.

«Glauben Sie, er hätte einen Angriff auf seine Bankdaten nicht bemerkt? Er hat trotz Ihrer Beteuerungen erfahren, dass wir seine Agenda missbraucht haben.» Der Kommissar versuchte, sich nicht aufzuregen: «Da ging es nicht um ein paar Millionen, sondern nur um einen Termin. Für die Kleinigkeit hat er mir einen bösen Denkzettel verpasst. Wie hätte er erst reagiert, wenn er erfahren hätte, dass ihm jemand so eine hohe Summe gestohlen hat?»

«Oder Krämer wurde von seinem Freund einfach erpresst», wechselte der Jüngere rasch das Thema und lehnte sich im Bürostuhl zurück, um wieder etwas mehr räumliche Distanz zu seinem Gegenüber zu gewinnen.

«Weshalb erpresst?» Der Kommissar begann, im Büro auf- und abzugehen.

«Weil er Geld brauchte – das liegt auf der Hand.» Der Assistent drehte den Kopf, um den Chef im Blickfeld zu behalten. Dieser stand unterdessen hinter ihm. Vorsichtshalber lehnte sich Deubelbeiss weit nach vorne und versuchte, den anderen als Spiegelung im Bildschirm zu beobachten.

«Das ist mir auch klar. Womit hat Schläfli den Kameraden Ihrer Meinung nach erpresst?»

«Wer täglich miteinander zu tun hat, kennt Geheimnisse, die den anderen erpressbar machen. Keine Ahnung, worum es ging. Aber Krämer hat gemerkt, dass das mit Schläfli nicht endet, und hat dann einen Schlussstrich – besser: einen Schlussstrick – gezogen. Für ihn dürfte es einfach gewesen sein, in Schläflis Villa zu kommen. Der hätte ihn jederzeit hineingelassen. Dazu benötigte er nicht einmal den Schlüssel. Vielleicht hatte er sogar einen.» Er schaute seinen Vorgesetzten an.

Der Kommissar ging zu seinem Pult, setzte sich, brachte den Bildschirm durch ein Bewegen der Maus zum Leuchten. Er überlegte, seinen Assistenten in die Schlüsselszene einzuweihen, entschied sich anders. «Dann bleibt nur die Frage, weshalb er sich ausgerechnet für diese Todesart entschieden hat.»

«Vielleicht wollte er genau das, was er fast erreicht hätte.»

«Dass wir von einem Selbstmord ausgehen und nicht weiter ermitteln?»

«Schön, wir denken gleich. Das wird noch was mit uns.»

«Der Strang», Tagliabue verdrehte die Augen, «ist sauber – man spricht von ‹trockener Hand›. Im Gegensatz zu jenen Methoden, wo Blut fließt.»

«Sie meinen, er wollte der Putzfrau nicht zu viel Arbeit aufbürden? Wie rücksichtsvoll. War sie denn auch ausgebildete Tatortreinigerin?»

Tagliabue schien vom Bildschirm abzulesen: «Schon früher hat man Gehenkte als Abschreckung und als Warnung hängen lassen. Denken Sie nur an die Western. John Wayne. Henry Fonda. Clint Eastwood. Charles Bronson. Yul Brynner.»

«Ich schaue keine Western. Und erst recht keine Spaghetti-Western.»

«Häufig wurden Diebe und Verräter gehenkt. Für Krämer war Schläfli beides.»

«Fragt sich, wie die Schlinge über den Kopf kam», gab der Assistent zu bedenken.

«Wenn der Täter Schläfli das Seil erst um den Hals gelegt und ihn dann hochgezogen hat?»

«Am Seil zeigt sich vieles, aber keine Zeichen von Abrieb.»

«Bleiben die Verletzungen an seinen Füßen.»

Gedankenverloren starrte Deubelbeiss zur Decke.

«Ich rede von malträtierten Füßen und Sie stieren gen Himmel. Erinnert Sie das an unseren Herrn? Oder warten Sie auf eine göttliche Eingebung?»

«Auf einem Konto wird ein Teil der Überweisungen sofort weitergeleitet. Über ein anderes fließen Millionen, nur um zu verschwinden. Unabhängig davon ist das Geld weder auf anderen Konten des Verstorbenen noch bei Krämer oder sonst wo auffindbar. Als ob sich diese Summen mir nichts, dir nichts in Luft aufgelöst hätten. Können Sie das erklären? Sie haben mehr Erfahrung in solchen Dingen.»

«Das Geld landete demzufolge weder bei Schläfli noch bei Krämer.» Tagliabue erhob sich. «Wohin ging es?»

«Nicht die leiseste Ahnung.»

«Und warum erfahre ich das erst jetzt?»

«Dass ich keine Ahnung habe? Ich bin davon ausgegangen, dass Sie sowieso davon ausgehen.»

Tagliabue versuchte, ruhig zu bleiben: «Sie haben also das Gefühl, dass Sie mich auch noch verarschen müssen. Passen Sie gut auf, mit wem Sie sich hier einlassen. Ich habe ein sehr beschränktes Maß an Humor und noch weniger Geduld. Für Sie wiederhole ich meine Frage gerne: Warum informieren Sie mich erst jetzt über die Sache mit den weiteren Transaktionen?»

«Das habe ich übers Wochenende herausgefunden. Während Sie wer weiß was machten. Digital waren Sie auf jeden Fall nicht aktiv. Analog wahrscheinlich auch nicht. Ich habe Ihnen geschrieben, dass ich mit Ihnen reden möchte. Diese Mail haben Sie erhalten und offensichtlich falsch verstanden.»

« Finden Sie endlich raus, wie sich das Geld aufgelöst hat. Ich habe üble Kopfschmerzen und gehe jetzt nach Hause.» Vor der Tür drehte er sich um: «Ich will, dass Huber nichts von den Recherchen erfährt, bevor wir den Täter haben.»

Kurz darauf stand der Kommissar bereits auf der anderen Seite der Bürotür. Deubelbeiss' Reaktion hatte er schon nicht mehr mitbekommen. Er nahm die Treppe. Der Empfang war leer, hinter dem dicken Sicherheitsglas war niemand zu sehen. Erleichtert, auch die letzte Hürde problemlos überwunden zu haben, stand er im Freien und machte sich sofort auf den Weg.

In seiner Brusttasche spürte er das lautlose Vibrieren des iPhones – vielleicht würde die SMS die Ziellosigkeit beenden. Er hoffte im besten Fall auf ein Lebenszeichen von Jade, im zweitbesten auf eine SMS von Lüthi. Nervös klaubte er sein Smartphone aus der Tasche: «Erlauben Sie sich nicht, einfach abzuhauen. In 5 Min. bei mir im Büro. MG. Dr. B. Huber.»

Nur kurz zog Tagliabue in Erwägung, den Befehl des Chefs zu ignorieren und so zu tun, als habe er die Nachricht nicht erhalten und gelesen. Da er sich aber nicht sicher war, ob es Möglichkeiten gab, den Empfang und das Öffnen von SMS zu kontrollieren, entschloss er sich zur Umkehr. Jedoch ohne sein Kommen anzukündigen – wenigstens diesen Überraschungsmoment wollte er dann doch auf seiner Seite wissen.

Am Empfang warteten die beiden Damen. «Sie werden schon von Herrn Dr. Huber erwartet», lachte die ältere der zwei und beobachtete ihn aufmerksam. Im Vorbeigehen sah er in einem der neuen Bildschirme, wie er vor wenigen Augenblicken den Flur entlanggeeilt war und von einer Kamera an die nächste weitergegeben worden war.

Ohne zu klopfen, trat er in Hubers Vorzimmer, wo man ihn erwartete. Dass keine Magazine auf dem Pult ausgebreitet lagen, ließ ihn vermuten, dass die Assistentin im Zuge der Modernisierung zu digitalen Kreuzworträtseln und Sudokus gewechselt hatte. Für ihn war deren Konzentration auf die aktivierte Bildschirmoberfläche nicht anders zu erklären.

«Sie werden vom Herrn Doktor erwartet», ließ sie sich, ohne zu grüßen, hören. Mit einem flinken Fußstoß drehte sie den Stuhl, um ihn genau in der Position zu stoppen, in der sie den Kommissar am besten beobachten konnte. Außer einem angedeuteten Kopfschütteln gab sie nichts von sich.

«Da drin?» Tagliabue deutete auf die Tür und legte eine Pause ein. Er sah Keiser an und erkannte eine Frau, die alt geworden war. Obwohl sie sich für ihren neuen Chef, für eine neue Chance in ein neues Outfit und wohl in Unkosten gestürzt hatte. Der Ermittler hätte ihr fieses Grinsen mit einem Wort vernichten, ihre Fassade einstürzen lassen können. Aber zwischen all den Falten und anderen Zeichen, welche die Jahre in ihr Antlitz eingraviert hatten, erkannte er bei näherem Hinsehen auch die herbe Enttäuschung über sich, ihr vergebenes Leben und die schiere Verzweiflung, dass sich daran nicht mehr viel ändern ließ. Er erblickte ihre geblähten Backen, die ihn an den abgewetzten und gehetzten Hamster im unendlichen Laufrad des endlichen Lebens erinnerten. Er wandte sich ab. Sie tat ihm mehr als leid.

Erneut ohne zu klopfen, trat der Kommissar ins Büro des Kommandanten. Er war überzeugt, dass der Besuch mittels Glocke oder Summer vorangekündigt war. Wenn nicht, auch egal. Schließlich hatte er sich an die zeitliche Vorgabe von fünf Minuten gehalten.

«Schön, Sie zu sehen, lieber Tagliabue», wurde er einen Hauch zu freundlich begrüßt. Seine Anspannung und seine Aufmerksamkeit stiegen. Wie vor vielen Jahren, als ihm die

Kinder aus dem Quartier übertrieben freundschaftlich begegneten. Um den Tschinggen in einen umso brutaleren Hinterhalt zu locken.

«Nehmen Sie eine mit Schokolade überzogene Kaffeebohne. Ich brauche jetzt eine Portion Koffein und etwas Süßes – jeder besitzt eine Schwäche, nicht wahr?» Huber streckte ihm die Glasschale mit seiner Linken entgegen und wies ihm mit seiner Rechten den Platz. Diese Gleichzeitigkeit der Aktivitäten schien ihn an den Rand der koordinativen Fähigkeiten gebracht zu haben.

«Danke», winkte der Besucher ab. «Wenn schon ein richtiger Kaffee oder gar nichts.»

Mit der Glasschale zog Huber das Angebot zurück. «Und wo stehen wir bei unseren Ermittlungen im Fall Schläfli», gelang es ihm mehr oder eher weniger, seine Verärgerung zu kaschieren. «Tut mir außerordentlich leid, dass ich Sie aus Ihrem wohlverdienten Frühfeierabend zurückgeholt habe. Aber ich muss mich mit Ihnen unterhalten.» Er drückte sich gleich zwei dunkelbraune Dragées in den Mund und übergab das Wort so an sein Gegenüber.

«Wie Sie wahrscheinlich wissen», startete Tagliabue die Ausführungen und repetierte bis ins Detail das, was er herausgefunden hatte.

Zwanzig Minuten später setzte er zu seinem Schlussvotum an: «... sprechen mehrere Indizien sowie das Motiv für die plausible Möglichkeit, dass unser Krämer in den Tod von Schläfli zumindest involviert war.»

Ruhe.

Gedankenverloren warf sich Huber eine Handvoll aufgeweichte Schoko-Kaffee-Bohnen ein. Er ließ sich die Worte und Süßigkeiten auf der Zunge zergehen. Das laute Mahlen ließ erkennen, dass er zum Kern der Sache vorgedrungen war.

Der Polizeikommandant beugte sich zum Stuhl neben sich, förderte ein Laptop zutage. Mit nur einem Tastendruck startete er das Gerät, platzierte es vor Tagliabue. Der erkannte die Szene auf dem Bildschirm sofort: Sah, wie er und Krämers Anwalt an einem Tisch saßen, wie Tagliabue das Couvert mit dem Schlüssel über den Tisch in die Richtung des Gegenübers schob. Was dieser sofort mit einer resoluten Gegenbewegung erwiderte. Womit der Umschlag wieder vor dem Polizisten ruhte.

«Das Dokument der Überwachungskamera habe ich von Herrn Krämer erhalten. Mit der Bitte, Sie nicht zusätzlich in Schwierigkeiten zu bringen. Obwohl Sie mehr als offenbar versuchen, ihm irgendwelches Material unterzujubeln, hat er sich für Sie und Ihren Job eingesetzt. Ich habe keine Ahnung, weshalb, und ich weiß nicht, welcher Teufel Sie bei dieser Aktion geritten hat.» Huber suchte nach einer eleganten Möglichkeit, sich seine schokoladebesudelten Hände abzuwischen. «Was war im Couvert? Wagen Sie nicht, mich anzulügen!»

«Ein Schlüssel zu Schläflis Haus.»

Der Polizeikommandant schüttelte den Kopf, holte ein Papiertaschentuch aus einer Büroschreibtischschublade, ohne sein Gegenüber aus den Augen zu lassen. «Zum dritten Mal. Zum dritten Mal erfolglos.» Er putzte einen Finger nach dem anderen, als ob er jeden Fall noch einmal einzeln abzählte. «Signor Tagliabue glaubt an eine Verschwörung. Muss an seinen Wurzeln liegen. Ist das nicht pathologisch? Haben Sie es schon mal mit dem Arzt versucht? Ich habe gehört, unser Psychologischer Dienst soll sehr gut sein. Wenden Sie sich doch an unser *care team.*»

Der Kommissar hatte aufmerksamst zugehört und sich dazu durchgerungen, nichts zu erwidern. Die Taktik hatte er schon bei der GammaG verfolgt.

«Dass Sie den Fall Schläfli trotz all ihrer Befangenheit zugeteilt bekommen haben, kann ich mir allein mit Ihrer Freundschaft zu meinem Vorgänger erklären. Ich meinerseits hätte nicht nur in dieser Personalie anders entschieden. Aber weil Sie bis auf weiteres alle Ermittlungsresultate verantworten, gelten für Sie folgende zwei Befehle.» Huber beugte sich etwas über die Tischplatte und setzte ein drohendes, schräges Lächeln auf: «Erstens», streckte er den sauberen rechten Daumen in die Luft, «bringen Sie mir endlich einen Täter. Zweitens», mit dem Zeigefinger, «und mit Punkt eins eng verbunden: Suchen Sie nicht bei Krämer. Falls Sie die eine oder gar beide Vorgaben nicht innert nützlicher Frist erfüllen, muss ich Ihnen diesen Fall entziehen beziehungsweise ein Disziplinarverfahren anstrengen. Machen Sie sich an Ihre Arbeit. Ich gebe Ihnen noch einmal – auch weil es Hans Krämer gewünscht hat – die Chance, den Fall zur Zufriedenheit aller Beteiligter zu lösen. Aber möglicherweise sind Sie nach Ihrem Zwischenfall gar nicht mehr fähig, diesen Auftrag zum Abschluss zu bringen. Ich wünsche Ihnen viel Glück. Sie werden es nötig haben.»

Reaktionslos stand der Kommissar auf, begab sich zur Tür und öffnete sie. Wortlos passierte er Keiser, die kurz vom Bildschirm aufsah, um sich wieder dem Online-Einkauf zu widmen. «Die Bluse wird Ihnen stehen. Der Doktor wird sie lieben», verabschiedete sich Tagliabue.

Genauso verblüfft wie die Assistentin war Deubelbeiss, als sein Vorgesetzter, der sich vor einer Viertelstunde abgemeldet hatte, völlig unerwartet im Büro auftauchte, zu seinem Pult ging, die obere Schublade aufriss, etwas herauszog, in die linke Hosentasche rutschen ließ und wortlos wieder verschwand. Mit weit geöffnetem Mund sah der Assistent aus wie ein Karpfen an Land oder einst Boris Becker vor einem Aufschlag in Wimbledon.

Hinter der Bürotür kontrollierte Tagliabue, ob er in der Eile den richtigen Schlüssel erwischt hatte. Am Empfang hatte ein alter Portier Position für die Nacht bezogen. Seine volle Aufmerksamkeit galt dem winzigen Bildschirm unmittelbar vor ihm, auf dem aber nicht die Bilder einer der vielen neuinstallierten Kameras zu sehen waren.

Kaum trat der Kommissar in die Straße, wiederholte sich das Vibrieren in der Hose. Trotz der Angst, dass sich erneut Huber melden könnte, fischte er das iPhone aus der Tiefe. Erleichtert und enttäuscht über Jades Dickköpfigkeit, ließ er das Handy wieder in die Tasche gleiten: Der Hinweis auf den verpassten Anruf von Deubelbeiss schimmerte noch für kurze Zeit durch den dunklen, dünnen Stoff.

Je weiter er sich vom Polizeipräsidium und -kommandanten entfernte, desto weniger hatte der Ermittler Lust, bei der Lösung des Falles keine Zeit mehr zu verlieren. Er beschloss, seinen Alfa mindestens eine weitere Nacht in der Garage zu lassen und keinen Gebrauch vom Schlüssel in seiner Tasche zu machen. Abrupt änderte er den Kurs Richtung Strega, wo die üblichen Gäste zu übertreuertem Weißwein würfelten. Mit einem schwachen Zunicken – die scheppernde Musik hätte jedes Wort übertönt – grüßte er ins Leere, um auf der anderen Seite des Tresens Platz zu nehmen. Er orderte ein Glas Bier, nicht lauwarm, das er wenig später trotzdem so erhielt.

Nachdem er mehrere Gläser geleert hatte und noch nicht genug besoffen war, um die Tänzerinnen vor ihm attraktiv oder wenigstens erregend zu finden, legte er den Betrag auf den Tresen, der das kleinstmögliche Trinkgeld ergab. Was bei der Bardame erste richtige Emotionen hervorrief. Ohne sich um das leise, aber deutliche Fluchen und die Reaktionen der zwei Glücksspieler zu kümmern, schritt er aus der Strega, um wenig später vor einem neuen, wieder lauen Bier zu sitzen. Er begann, das Gebräu mit billigem Gebrannten zu ergänzen.

Diese Taktik setzte er auch über die folgenden Stationen seiner nächtlichen Runde mit aller Konsequenz fort. Die letzte Etappe, an die er sich zu erinnern vermochte, war die Bar-Tout und der Umstand, dass er die Rechnung nicht hatte begleichen können und deswegen anschreiben ließ.

13

Mit Brummschädel, klammen Fingern, steifem Rücken wachte Tagliabue auf. Er brauchte einige Zeit, bis er sich im Schrebergartenhaus wusste. Der datierten Quittung neben der Liege entnahm er, dass er am frühen Morgen mit einem Taxi eingetroffen war. Er schaffte es jedoch nicht mehr, sich zu erinnern, wer den Chauffeur quer durch die Stadt gelotst und ihm ins Holzhaus geholfen hatte. Weil ein Taxifahrer sein Auto um die Zeit nicht unbewacht in der gottverlassenen Gegend hätte stehen lassen, blieben noch zwei Möglichkeiten: Tagliabue hatte es trotz Vollrausch geschafft, den einsamen Weg allein zu finden. Dass er nicht in die Stadtwohnung gegangen war, verdeutlichte ihm lediglich, wie betrunken er die vorige Nacht gewesen sein musste. Die zweite Theorie beunruhigte ihn mehr: Die einzige Person, die außer ihm das Versteck zwischen den zwei Autobahnen kannte, war Jade.

Mit Hilfe der Quittung hätte er in der Zentrale anrufen, sich nach dem Taxifahrer erkundigen und diesem ein paar Fragen stellen können. Es sah aber so aus, als seien der Name des Chauffeurs sowie die Nummer des Taxis extra so unleserlich hingekritzelt worden, um genau das zu verhindern. Auch die Tatsache, dass er ins Niemandsland geliefert worden war, ergab aus der Distanz betrachtet Sinn. Man wollte ihn in diese verwaiste Gegend zwingen, damit er sich Gedanken machte. Zu seinem Alkoholkonsum, zu seinem Leben im Allgemeinen, zu beruflichen Ambitionen im Speziellen.

Je länger er darüber nachdachte, desto mehr wuchs die Vermutung zur Tatsache, dass Jade ihn bis zum Sofa begleitet, ihn mit der Decke gegen die nächtliche Frühherbstkälte im nicht isolierten Bretterverhau geschützt hatte. Er selbst wäre in seinem Zustand physisch und gedanklich kaum dazu in der Lage gewesen.

Der Ermittler richtete sich auf und versuchte, sich zu sammeln, seine Erinnerungsfragmente zu einem plausiblen Ganzen zusammenzusetzen. Nachdem ihm dies trotz einiger Versuche nicht gelungen war, gab er auf. Er erhob sich mühsam, schleppte sich zur Kochnische, um die Bialetti mit Wasser zu füllen, mit Kaffeemehl zu stopfen und die Einzelteile zu einer Einheit zusammenzuschrauben. Während der kleine Gaskocher sein Bestes gab, wusch und kämmte er sich behelfsmäßig ohne jede Möglichkeit, seine verrauchten, verschwitzten und verdreckten Kleider gegen frische einzutauschen. Seine Notreserve hatte er bereits aufgebraucht und nicht wieder ersetzt. Als olfaktorische Erleichterung riss er die Tür des Holzhäuschens auf. Er stellte fest, dass keine Post für ihn gekommen war.

Er ließ die Tür, soweit es eben ging, offen, und kehrte zur Kaffeemaschine zurück: Trotz jahrelanger Erfahrung traute er dem Prinzip nicht. Wie am ersten Tag, an dem er die Aluminiumkombination auf den Herd gestellt hatte, überkam ihn die Angst, dass mit der kleinen *3 tazze* die Schrebergartenkolonie, ja die ganze Großstadt in die Luft fliegen, sich gar vollständig auflösen könnte. Er verbrannte sich die Finger, die schwarze Griffisolation war teilweise abgesprungen. Tagliabue steckte sich die betroffenen Finger zwecks Abkühlung in den Mund, zog sein Hemd aus der Hose, um es als Topflappen zu missbrauchen, und stellte die Bialetti auf den Holztisch. Nachdem er endlich die Tasse und den noch viel wichtigeren Zucker gefunden hatte, trank er den Kaffee im Stehen.

Schluck für Schluck kehrte seine Präsenz so weit zurück, dass er sich klare Gedanken zum weiteren Verlauf seines bevorstehenden Wochenendes machen konnte. Kaum Empfang, kein Strom, keine Ablenkung: Das war der Ort für eine zweitägige Retraite. Flüchtig warf er einen Blick in den Schrank. Die Beutelsuppen würden reichen, auch wenn ihre Verfalldaten ziemlich weit in der Vergangenheit lagen – Hauptsache, es gab genügend Kaffee. Alkohol stand jetzt nicht zuoberst auf seiner Prioritätenliste.

Kaum hatte er sich mit dem Exil zwischen all den Leuten, die ihre Schrebergärten ernst nahmen, abgefunden, begann er sein iPhone zu suchen. Nach erfolglosen Versuchen in den Taschen und auf allen Oberflächen der wenigen Möbel fand er das Gerät zwischen seinen Büchern der winzigen Bibliothek. Er hätte sein Telefon kaum dorthin gelegt. Allerdings konnte er das nur für die nüchterne Ausgabe von sich behaupten.

Erfolglos versuchte er, das iPhone in Betrieb zu setzen. Was ihm wegen des leeren Akkus nicht gelang. Er stürzte zwei der drei Tassen Kaffee hinunter und machte sich auf den Weg durch die Nachbarschaft.

Schnell fand er einen älteren Griechen – die Schweizer fragte er erst gar nicht, weil er die Antwort kannte –, der kein einziges Wort Deutsch sprach, ihm aber sein Solarladegerät auslieh. Auf dem Rückweg wunderte sich der Kommissar einmal mehr darüber, mit wie viel Liebe und Akribie diese Anlagen gehegt und gepflegt wurden – bis auf die Abmessungen glich kein Garten einem anderen. Öfter blieb er verblüfft stehen, erwiderte die jovialen Grüße der Inhaber, die, ebenso misstrauisch wie stolz, an die Grenzen ihrer Mini-Königreiche gekommen waren. Der Eindringling fühlte sich an die Geschichte von Jim Knopf und Lukas, dem Pfeife schmauchenden Lokführer, erinnert. Auch Drachen lugten ab und an hervor. Um nachzusehen, wo ihre Männer nun schon wieder steckten.

Auf dem Rückweg strich er an seiner Hütte vorbei. Er musste bis zum Haupteingang wandern, um den gewohnten

Pfad zu nehmen. Erst da fand er seinen Schrebergarten in ungewohnter Ordnung: Sein Rasen war nicht bloß perfekt gemäht, sondern, wie die bis dahin brachliegenden Beete, gejätet worden. Wasserfass und Dachrinne waren wieder verbunden, der grünliche Gartenschlauch hing pingelig exakt aufgerollt am Haken, die Schlingpflanzen an Haus und Zaun präsentierten sich gestutzt, der kurze Kiesweg erstreckte sich wieder einmal befreit von jedem Unkraut und sauber geharkt vom Tor zur Tür. Verunsichert blieb der Polizist eine Zeitlang stehen und trat erst ein, als er die absolute Gewissheit hatte, tatsächlich vor seiner Anlage zu stehen.

Obwohl er sich fest vorgenommen hatte, sich Gedanken zum Fall Schläfli zu machen, investierte er die zur Verfügung stehenden Ressourcen in die Lösung dieses Rätsels: Ob Alkoholexzess oder nicht, konnte er sich bei allerbestem Willen nicht vorstellen, dass er die Anlage persönlich in Ordnung gebracht hatte. Plausibler schien da die Vermutung, dass seine Nachbarn präventiv alles auf Vordermann gebracht hatten, um eine Verbreitung der wilden Pflanzen und des Unkrauts in ihre Gärten zu verhindern.

Er beschloss, die Gelegenheit beim Schopf zu packen, und machte sich nochmals auf die Reise durch die Anlage. Er erwarb und – je nach Gutmütigkeit der Gärtner – erschnorrte sich eine breite Palette an Saatgut und ließ sich noch zu Dünger und Pestiziden, zu Erde und Wasser, zu Mondphasen und Sonneneinstrahlung informieren.

Mit dem letzten Sonnenstrahl, später ließ es die Gartenordnung gar nicht zu, pflanzte er seine ersten Zucchetti. Ein alter Italiener hatte ihm dazu geraten, diese, weil ein Nachtschattengewächs, bei möglichst schwachem Licht zu setzen. Der Kommissar fühlte sich völlig verdreckt und verschwitzt, vor allem aber hundemüde. Ohne etwas zu essen – die letzte

Suppe hatte er am Mittag in der Tasse kalt werden lassen –, wickelte er sich in die Decke, legte sich aufs Sofa.

Am Montagmorgen kratzte er seinen letzten Kaffee aus der Dose, presste das dunkelbraune Pulver in den Filter, um auch das allerletzte Quäntchen Koffein herauszuholen. Er nabelte sein iPhone ab, das zwischenzeitlich zur Hälfte geladen war, und entschloss sich, keine Zeit mehr für das Zurückbringen des Ladegeräts zu besitzen. Beim Verlassen seines Holzhüttchens verschloss er die Tür nicht. In der kleinen Hoffnung, dass jemand während seiner nächsten Anwesenheit auch noch für perfekte Ordnung im Holzhaus sorgen würde. Das Gartentor stand ohnehin immer offen.

Kaum hatte er das von Rosen überwachsene Anlagentor passiert – ein Geschenk der Stadt zur Einweihung der Siedlung, mit der man die armen, selbstversorgenden Fremden mit all ihren Problemen und Messern aus dem Stadtzentrum an den Rand zu lotsen beabsichtigte – begann es in Tagliabues rechter Hosentasche dank des zurückgekehrten Empfangs wie wild zu zucken. Aus Angst, Jade oder, was noch viel abwegiger schien, *papà* auf dem Display zu lesen, holte er das Handy nach einer Verzögerung aus der Tasche. Es dauerte, bis er sich an die Zahlenkombination erinnern konnte.

Insgesamt zwölf Anrufe waren unbeantwortet geblieben. Alle von Deubelbeiss. Der erste kurz nachdem Tagliabue den Arbeitsort fluchtartig verlassen hatte. Komplettiert wurde der Anruf-Tsunami durch eine *very short message:* «Trueboy69 ist zurück.» So schnell er konnte, rannte der Kommissar zur Tramendhaltestelle, verzichtete dabei auf den Gratis-Kaffee und ein Rencontre mit dem Pöstler.

Als er im Büro eintraf, waren dreißig Minuten vergangen. Offenkundig hatte Deubelbeiss nicht mit ihm gerechnet. Der

Kollege lag vor seinem Bildschirm, schlief tief und fest. Was bei dem Krach aus seinem Kopfhörer unmöglich schien.

Vorsichtig näherte sich der Vorgesetzte dem Assistenten. Nach etwas Suchen fand er die Lärmquelle, veränderte die Lautstärke. Es dauerte etwas, bis der andere beinahe vom Bürostuhl kippte und die Kopfhörer herunternahm.

«Guten Morgen.» Tagliabue begab sich zu seinem Platz und betrachtete mit Schadenfreude, wie sich sein Assistent zu sammeln und aufzurichten versuchte.

«Ciao.» Deubelbeiss kramte seinen Kopfhörer zusammen und setzte sich aufrecht auf den Stuhl. Er sah übernächtigt, bleicher, noch einseitiger ernährt und noch ungepflegter aus als üblich.

«Sie würden den Zombies aus diesen amerikanischen Serien Angst und Schrecken einflößen. Was haben Sie denn das Wochenende über gemacht?»

«Ich habe rund um die Uhr Sport getrieben.» Grinsend lehnte sich der Jüngere zurück und fixierte den Chef.

«So wie Sie aussehen, haben Sie sich tatsächlich richtig ausgekotzt. Sie sind das vorgezogene Bild Ihrer eigenen Leiche.»

«Das passt», und als Reaktion auf den fragenden Ausdruck auf dem Gesicht des Älteren: «Wir haben e-Sport gemacht. League of Legends. Es hat mich ein paar Mal erwischt und ich bin jedes Mal zurückgekommen.»

«Und das auf Ihrem Computer?»

«Das sieht niemand, falls Sie das meinen.» Dann, kleinlaut: «Warum sind Sie an einem Montagmorgen schon so früh da?»

«Ich habe heute Morgen eine SMS erhalten und gelesen, um sofort hierherzuhetzen», half er seinem Assistenten auf die Sprünge.

«Klar, jetzt erinnere ich mich wieder.» Er klatschte sich die Linke theatralisch auf die Stirn. «Ja, genau, Trueboy69 ist wieder aufgetaucht. Ich hatte ihn seit seinem Kommentar auf dem Radar, und peng: Am letzten Freitag, nachdem Sie das Büro verlassen haben, erscheint er auf meinem Bildschirm. Als ob er Ihnen extra aus dem Weg gehen wollte. Wofür ich natürlich vollstes Verständnis habe.»

Tagliabue forderte den Assistenten mit einer ungeduldig kreisenden Handbewegung auf, mit seinen Ausführungen fortzufahren.

«Interessanterweise meldete er sich auch jetzt wieder bei diesem Boulevardblatt, aber in einer anderen Rubrik: Ich gebe Ihnen drei Versuche ...»

«Langweilen Sie mich nicht. Heraus mit der Sprache!»

«In den Kontaktanzeigen.»

«Und jetzt?» Tagliabue schnitt ein dämliches Gesicht, das wegen seines Bartes aber nicht richtig zur Geltung kam.

«Nicht er sucht sie, sondern er sucht ihn», erklärte der Assistent etwas genervt.

«Und weiter?»

«Der wahre Junge ist schwul oder bi. Und was die beiden Zahlen zu bedeuten haben, lässt sich unschwer erahnen.»

«Dafür werden Sie nicht bezahlt», wich der Kommissar aus, «sondern für Fakten. Weiter!»

«Was weiter?»

«Was steht im Inserat?»

«Dass er wieder in der Stadt sei und sich nur an seriöse und gepflegte, wohlhabende und etwas ältere Männer mit Niveau richte. All der Scheiß, der in Inseraten steht, in denen arme Frauen reiche Männer suchen und offenbar finden.»

«Sie scheinen sich ausgezeichnet auszukennen. Dazu noch etwas: Sie klingen älter als mein lieber Großvater, der sein kleines, italienisches Dörfchen ein Leben lang nie verlassen hat und zum Ersatz für die große, weite Welt jeden Sonntag in die kleine Kirche ging, um sich das Paradies versprechen zu lassen, falls er sich an all die Vorgaben des Vatikans und des Dorfpfarrers hielt. Dazu gehörte auch, dass er ein Leben lang mit meiner Großmutter schlief, obwohl er sich vielleicht in eine andere Frau oder – Gott bewahre – gar in einen Mann verliebt hatte. Haben Sie sich darüber Gedanken gemacht? Und ich meine nicht über meine *nonna* oder meinen *nonno*. Aber lassen wir das. Geht mich gar nichts an. Zurück zu unserem Fall.»

Es dauerte ein Weilchen, bis Deubelbeiss seine Gedanken wieder organisiert hatte. «Im Inserat stand eine E-Mail-Adresse, um mit Trueboy69 Kontakt aufzunehmen.» Feixend fixierte er den Kommissar.

«Was grinsen Sie so blöd», blaffte der zurück. Er ahnte schon, was jetzt auf ihn zukommen könnte.

«Ich bin äußerst erleichtert», begann der Jüngere, «dass Sie in Ihrem fortgeschrittenen Alter Ihre Weltoffenheit bewahrt haben, um allem und jedem eine Chance zu geben.»

«Wie meinen Sie das?»

«Ich habe ein Kennenlern-Date zwischen Ihnen und Trueboy abgemacht. Schließlich treffen die im Inserat genannten Kriterien auf mich nicht zu. Zwar sind Sie vermutlich nicht wohlhabend – bei unseren Löhnen – und nicht sehr niveauvoll, aber immerhin recht seriös und, mit Ausnahme von heute, meistens gepflegt und sicherlich ein älterer Herr. Darum habe ich Sie angemeldet.»

«Wann?» Mehr brachte Tagliabue nicht zustande.

«Gleich morgen Abend, Huber hat es schließlich eilig. Um Punkt zwanzig Uhr. Er freut sich. Ich hoffe, Sie müssen darum nichts Privates abblasen. Denn, kreuzen Sie nicht rechtzeitig am rechten Ort auf, wird unser – was ist er eigentlich? – Verdächtiger, unser Zeuge misstrauisch und lässt sich eventuell nicht mehr aus dem Loch locken.»

«Und wo?»

«Castro», nannte der Assistent mit breitest verfügbarem Grinsen eine weit über die Stadt hinaus bekannte Bar, die einem international bekannten Theateragenten gehörte, der mit dem einzigen Berater einer kleinen PR-Agentur liiert war.

«Wie identifiziere ich die Verabredung? Das Lokal wird wie immer proppenvoll sein.»

«Sie brauchen nicht nach einer Rose am Revers Ausschau zu halten. Trueboy interessiert sich offensichtlich für modernes Design und Innenarchitektur. Da haben Sie beide etwas gemeinsam und ein Gesprächsthema für einen schönen Abend. Vielleicht wird mehr draus.»

«Und wie erkenne ich dieses Interesse für modernes Design und Innenarchitektur? Ich vermute, im Castro verkehrt – sie brauchen gar nicht so doof zu grinsen, so habe ich das nicht gemeint – eine breite Kundschaft mit Affinität zu den schönen Dingen des Lebens.»

«Er hockt in der Lounge mit einer Designzeitschrift auf dem Beistelltisch. Auf der Titelseite ist ein Designer-Stuhl abgebildet.»

«Immerhin. Und der Name?»

Mit seiner Mimik brachte Deubelbeiss unmissverständlich zum Ausdruck, dass er die simple Frage nicht verstanden hatte.

«Unter welchem Namen», der Kommissar streckte sich weit nach vorn, «haben Sie mich angemeldet? Ich gehe mal davon aus, dass Sie einen falschen Namen angegeben haben, oder?» Er fixierte den jüngeren Partner zwischen den Bildschirmen hindurch. Der versuchte dem fragenden Blick des Chefs auszuweichen.

«Ich habe keinen Namen angegeben. Es liegt an Ihnen, ob und als wer Sie auftreten wollen.»

«Wie wollen Sie denn wissen, dass es sich bei Trueboy um unseren Mann handelt? Dass er keine Frau ist?»

«Ich weiß beides nicht. Aber zu Ihrer ersten Frage: Die E-Mails stammen vom gleichen Computer, von dem die erste *message* nach Schläflis Tod versendet wurde. Es handelt sich um einen für alle Studenten verfügbaren Computer der Universität – Fakultät für Architektur. Es scheint sich um einen angehenden Architekten oder um eine Lehrperson zu handeln. Passt auf jeden Fall perfekt zum vereinbarten Erkennungszeichen», sagte der Assistent und fingerte an seinem iPad herum.

«Vielleicht gehört er zum Personal, putzt nur die Zimmer und nutzt dabei die Gelegenheit, um E-Mails auf doppelte Kosten seines Arbeitgebers zu versenden», gab Tagliabue zu bedenken.

«Das begreife ich nicht.»

«Ist das denn so schwierig? Zuerst verschickt er E-Mails während seiner Arbeitszeit und dann benutzt er auch noch die ganze Infrastruktur der Hochschule gratis.»

«Ich denke nicht, dass sich Facility Manager, oder wie sich das Reinigungspersonal heutzutage nennt, während den Vorlesungen an einen der Computer setzt, um private Mails zu schreiben. Denn die E-Mails wurden nicht in Randstunden verschickt, sondern zu Zeiten, in denen im Normalfall Hochbetrieb herrscht und zu wenige Computer zur Verfügung stehen. Möglicherweise handelt es sich um einen Mitarbeiter des Supports oder einen externen Techniker, die nur ab und zu an die Geräte kommen. Das könnte die Pause zwischen den Mails erklären. Immerhin erwähnt er in der zweiten E-Mail, dass er wieder in der Stadt sei. Mit Ihrem Geschick finden wir morgen heraus, ob es sich um einen Professor, einen Studierenden oder um eine Putzkraft handelt. Apropos: Wo steckt eigentlich Ihre Frau Pinto?»

Nur kurz überlegte Tagliabue, auf die Frage einzugehen. Entschied dann aber, aufzustehen und seinen Partner ohne Antwort und Worte sitzenzulassen.

An der Bürotür drehte er sich um: «Finden Sie es nicht spannend, dass er unter demselben und nicht unter einem anderen Namen wieder auftaucht? Entweder er fühlt sich sehr sicher in seiner vermeintlichen Anonymität, oder er hat mit unserer Sache nichts zu tun. Immerhin ein Lokal, das ich noch nicht gut kenne.»

Er öffnete die Tür von der einen und schloss sie von der anderen Seite.

Die Entscheidung, keine Bar zu berücksichtigen, Lüthi nicht anzurufen, und sein Verdacht, verfolgt zu werden, führten dazu, dass er den Heimweg in rekordverdächtiger Zeit zurücklegte. Treppenhaus und Wohnung verwaist. Nirgends eine Nachricht. Von niemandem.

Ernüchtert schälte er sich aus den Kleidern, die er vier Tage ohne Unterbruch getragen hatte. Er schritt zur Dusche, drehte das Wasser auf und pirschte nackt zum Kühlschrank. Den langen Schluck aus dem angebrochenen Karton, der einst Milch, inzwischen eine Art Flüssigkäse enthielt, konnte er erst nach seinem Sprung zur Spüle ausspeien. Dabei vergaß er jede Vorsicht: Als er sich umdrehte, bemerkte er, dass er seiner Nachbarin auf der gegenüberliegenden Seite des Innenhofs den baren Hintern präsentiert hatte. Was diese mit erfreutem, freundlichem und anerkennendem Kopfnicken quittierte. Er ergriff das Küchentuch, schlang es um die Hüfte, um es wieder fallen zu lassen, sobald er sich außer Sicht wusste.

Er stieg in die Duschkabine und stellte sich unter die Brause, die endlich das gewünschte Heißwasser von sich gab. Mit dem Schmutz fiel die ganze Anspannung von ihm. Als der Warmwasservorrat früher als erhofft erschöpft war, hatte er immer noch keine, auch nur ansatzweise überzeugende Hypothese. Nach einem zweiten Blick in den Kühlschrank und zur Nachbarin, die am Fenster sitzend auf den nächsten Auftritt wartete, orderte er bei einem Chinesen um die Ecke etwas zu essen. Bis der vorherige Wirt das Handtuch geworfen hatte, war das Restaurant bekannt für Spezialitäten aus dem Kanton Graubünden gewesen, jetzt für seine kantonesische Küche.

Per Velokurier traf das Essen eine halbe Stunde später immer noch recht heiß vor der Wohnungstür ein. Was den Empfänger zu einem großzügigen Trinkgeld veranlasste. Er fragte sich, wie der Lieferant durch die verschlossene Haustür unten gekommen war, ohne bei ihm zu klingeln. Er legte die Sicherheitsgedanken zugunsten seiner Chopsticks beiseite und konzentrierte sich auf sein Essen. Die Anstrengung und die vorangegangenen Nächte mit sehr wenig und erst noch schlechtem Schlaf forderten ihren Tribut. Ohne die Zähne zu putzen oder einen Gedanken an Jade zu verschwenden, legte er sich in seinem Diadora-Trainer ins Bett, um sofort einzuschlafen. Und erst nach Mittag aus dem todesähnlichen Schlaf aufzuwachen.

Es dauerte eine Weile, bis der Ermittler seine Gedanken und die Wohnung geordnet hatte. Am meisten Zeit kosteten ihn aber die Wahl einer unauffälligen Garderobe und die Überlegung, den Bart zu rasieren oder zu behalten. Er sprach sich gegen das rosa Hemd, das ihm seiner eigenen Meinung nach besonders gut stand, und für ein blaues Modell mit feinen weißen Streifen, dunkler Knopfleiste, Innenmanschetten und Kentkragen aus. Beim Sakko setzte er auf Casual: graues Leinen, zwei Knöpfe und hellblaues Einstecktuch. Als Kontrast die klassische Chinohose im zeitlosen Fünf-Pocket-Stil in Bordeaux, komplettiert durch einen Gürtel in derselben Farbe. Als Ergänzung der Mischung aus Drykorn, Hilfiger, Boss und Yves Gerard setzte er auf einen leichten weißen Strick von Warren & Parker für die kühle Phase des Abends. Seine Burlington nahmen das Blau und das Orange ebenso auf wie seine rahmengenähten Schuhe von Shoepassion – ein Oxford mit geschlossener 4-Loch-Schnürung aus blauem Velours mit herzförmig ausgeschnittener Kappe und Rist in Bordeaux aus Kalbsleder.

Er sah um Jahre jünger aus. Ein Resultat, das nicht einmal durch die weißen Haare im stehengelassenen Bart zunichte gemacht wurde. Im Gegenteil. Wenigstens etwas Gutes hatte das ebenso unerwartete wie kindische Abtauchen von Jade.

Die Linienbusse entließen mehr Fahrgäste, als sie wieder aufnahmen. Für die Bars und die Restaurants, Casinos und Bordelle galt das Gegenteil. Er wusste, dass er sich beeilen musste, um rechtzeitig im Castro zu erscheinen. Zumal er sich vorgenommen hatte, nichts für ein Taxi auszugeben und sich nicht unter die miefigen Passagiere im ÖV zu mischen, sondern den Weg zu Fuß zurückzulegen.

Obwohl er schnell unterwegs war, kam er knapp vor acht am Lokal an. Er hatte schmale Gassen gemieden, vor einer Unterführung war er längere Zeit stehen geblieben, um sich dann doch gegen einen Umweg zu entscheiden. Aus Angst, verspätet zu der Verabredung zu erscheinen und damit den Kontakt zu Trueboy zu verlieren. Ab und zu hatte er abrupt angehalten, um so zu tun, als würde er eine heruntergerutschte Socke hochziehen, einen Schuh schnüren. Oder er hatte sich in einen Eingang gedrückt und so getan, als würde er alle Namensschilder an der Klingel lesen. Waren die vermeintlichen Verfolger an ihm vorbei, setzte er die Strecke Richtung

Castro fort. Er fühlte sich unsicher und nahm sich vor, die Dienstwaffe in Zukunft wieder mit sich zu führen. Ein Gedanke, der im Moment nicht zu seiner Beruhigung beitrug.

Als er heil an seinem Ziel eintraf, wartete bereits eine Menschenschlange auf Einlass. Der Abend schien unter einem besonderen Motto zu stehen, und Deubelbeiss hatte ihn sehr wahrscheinlich mit Absicht genau heute hierherbestellt. Ohne zu zögern, marschierte der Kommissar an der Reihe vorbei und zog einige bissige Kommentare auf sich, was ihn kaltließ.

Nur bei einem Zwischenruf blieb er kurz stehen: « Ciao, Totò, was machst du hier? Kannst du mir helfen? Ich will rein. »

Als er sich umdrehte, entdeckte er zwischen den modisch angezogenen Wartenden eine schwarz gekleidete, ungepflegte, unrasierte Person, der die Agglomeration sofort anzusehen war.

« Claudio. Echt, du hier? Ist nicht so einfach, wie in die Dorfdisco in der Turnhalle reinzukommen? Geh doch nach Hause. Mach dich nicht lächerlich. In diesem Sinne werde ich beim Türsteher ein gutgemeintes Wort für dich einlegen. » Er drehte sich ab und ließ den Jugendfreund stehen.

« Hallo, Tom », begrüßte der Ermittler fünfzig Meter weiter vorne den am Eingang stehenden Riesen, den er von Weitem erkannt hatte. « Ich wusste gar nicht, dass du jetzt hier arbeitest. »

« Hatte genug vom Ärger vor den anderen Clubs. » Damit deutete dieser auf die lange Narbe quer über seinen kahlen Schädel. « Eine Flasche von hinten, als ich einen Besucher vor die Tür stellen wollte. Du kennst es selbst: Es ist nichts mehr wie einst. Hier habe ich meine Ruhe. Angenehme und gepflegte Gäste, gutes Trinkgeld. » Er zupfte am Revers seines dunklen maßgeschneiderten Anzugs.

Anerkennend nickte der Kommissar. «Kannst du mir bitte zwei Gefallen tun?»

«Ist etwas übertrieben, findest du nicht?», lachte der Riese zurück.

«Lässt du mich rein?»

«Sicher. Hast du wieder einmal Ärger mit Jade? Deswegen hier aufzukreuzen, finde ich etwas übertrieben. Es gibt viele Mütter mit hübschen Töchtern, wie meine Mutter – Gott hab sie selig – zu sagen pflegte. Wer braucht da die Söhne?»

«Nein. So ist's nicht», schüttelte der Polizist den Kopf. «Und lass das tätowierte Landei nicht rein», drückte er im Vorbeigehen die kleingefaltete Fünfzigernote in Toms Pranke.

Kurz darauf stand der Ermittler im Innern des Castro, einer einstigen Gießerei im ehemaligen Industriequartier der Stadt. Als er durch einen engen Gang in die farbig beleuchtete Halle trat, kollidierte er beinahe mit einer blau schimmernden Wand. Als er den Blick hob, sah er in das Gesicht einer blonden, grell geschminkten Dragqueen im blauen Satin-Einteiler auf hohen Plateauschuhen, die aus einer sehr großen eine geradezu gigantische Person machten. Unterstrichen wurde der Höheneffekt durch die drei in die blaue Kopfbedeckung gesteckten Pfauenfedern. Elegant wich Tagliabue ihr und der Frage nach seinem Befinden aus. In der Halle war der eine Teil der Gäste am Tanzen. Der andere, um einiges größere hatte sich den Längswänden entlang aufgereiht, um die Akteure in der Mitte intensiv zu beobachten. Die Musik in der Halle war so laut, dass an eine verbale Kommunikation mit mehr als drei geschrienen Wörtern nicht zu denken war.

Während sich der Kommissar durch die Tänzer im Zentrum und vorbei an den Beobachtern Richtung Lounge begab, spürte er die Blicke, hörte er die unverblümten Kommentare zu seiner Person im Rücken. Mit jedem Schritt schmolz die Selbstsicherheit. Gleichzeitig dämmerte es ihm langsam, wie unangenehm er vielen Frauen das Betreten einer Bar, eines Restaurants oder anderer Orte in der Vergangenheit gemacht hatte. Er erinnerte sich an Dantes Weg durch das Fegefeuer, an den *contrapasso*, an die Mutter: Die Strafe Gottes folgt sofort, wie sie stets zum Besten gab, wenn er vom Vater bestraft worden war. Auch in der Erziehung hatten die Eltern nicht viele Worte verloren.

Am anderen Ende des einstigen Werkraums befand sich eine kleine Kabine mit großen, verklebten Fenstern. Von hier hatte der Chef damals den vollen Überblick und maximale Ruhe vor Arbeitern und Arbeit – beide mussten meistens draußen bleiben, was aber nicht zum Untergang der Firma geführt hatte.

Das Büro war mittlerweile zu einer Lounge umfunktioniert worden, in die sich die Besucher auf der Suche nach Ruhe und Diskretion zurückziehen konnten. Der Kommissar hatte keine Ahnung, was ihn hinter den verdunkelten Scheiben erwartete, was seine Unsicherheit weiter anwachsen ließ. Als er in den Raum trat, mussten sich seine Augen zuerst an die neue Lichtsituation gewöhnen. Um sich orientieren zu können, spähte er durch die Fensterfront in den Saal, der sich immer weiter füllte. Die Möglichkeit, alle Gäste unbemerkt zu observieren, erinnerte ihn ans Verhörzimmer im Polizeipräsidium. Alles in allem gefiel ihm die Rolle als Beobachter besser als die des Beobachteten.

Nachdem er noch eine kleine Weile damit verbracht hatte, am Fenster stehend in den Saal zu blicken, um Zeit für die Entwicklung seiner Strategie zu gewinnen, drehte er sich gemächlich um. Die Lounge war zu der Stunde spärlich gefüllt. Nur in den beiden hintersten Ecken des Raumes befanden sich zwei Paare. Der Ermittler versuchte, nicht hinzugaffen, was ihm schlecht gelang.

Um sich etwas abzulenken, begann er sich im übrigen Raum umzusehen. Passend zum Alter der ehemaligen Gießerei war der gesamte Raum im Stil der 50er eingerichtet. An den Nierentischen mit unterschiedlichsten Oberflächenfarben standen braune oder graue Sessel mit gepolsterten Arm- und Rückenlehnen. In regelmäßigem Abstand waren Sofas mit Holzstruktur, weicher Federkernpolsterung und wild gemusterten Stoffüberzügen positioniert. Das fahle Licht stammte von Industrieleuchten aus gepresstem Aluminium. Die letzten Originale im Raum passten mit ihren Beulen und Lackschäden zum grauen, abgenutzten Betonboden. Die Tapete erinnerte den Kommissar an die braunorangegrünen Fliesen im Gemeinschaftsbad und in der Kochnische seiner Kindheit.

Dem Eingang gegenüber befand sich die dezent beleuchtete Bar. Zwischen Boden und Decke waren billige Metallregale eingespannt. Auf den Tablaren standen die Flaschen und Gläser fein säuberlich aufgereiht und warteten auf etwas Nachfrage. Tagliabue kletterte auf einen der ausnahmslos freien Barhocker und setzte sich vis-à-vis dem Barmann an den Tresen.

Die Spindle Clock von George Nelson an der Spiegelwand zeigte nach acht. Im Gegensatz zu seiner Verabredung war der Polizist pünktlich zum Treffen erschienen. Das gab ihm die Gelegenheit, das ausgestellte Alkoholangebot detailliert unter die Lupe zu nehmen. Zwischen einer Auswahl an in- und ausländischem Gin entdeckte er den Schmetterling seiner Lieblingsmarke. Wenigstens bei der Alkoholausstattung entsprach das Castro dem aktuellen Stand und ausgewähltem Geschmack. Während er die Flasche studierte und sich noch überlegte, den Barmann mit einer Bestellung zu belästigen, erblickte er im Spiegel einen Neuankömmling hinter sich. Dieser schaute sich eine Weile unsicher um, setzte sich nach kurzem Zögern an einen orangen Nierentisch im hinteren Bereich des Raums.

Die Zeitschrift, die der Gast vor sich auf den Tisch gelegt hatte, begann sich langsam zu entrollen. Das Gesicht des blonden Mannes in den Mittzwanzigern war schmal wie die Nase mit der leicht nach oben strebenden Spitze. Zum aristokratischen Touch passten die dünnen Lippen und die helle Haut. Die Kiefer zusammengepresst, formte der Mund einen flachen Bogen nach unten. Dies verlieh dem unnatürlich symmetrischen, fast maskenhaften Gesicht einen noch arroganteren und freudloseren, dabei berechnenden und hinterhältigen Ausdruck. Der schwarze Zweireiher saß perfekt, das weiße Hemd schien eben erst gebügelt.

Auf die Distanz und aufgrund der schlechten Beleuchtung ließ sich die Augenfarbe nicht erkennen – der Ermittler konnte sie sich nicht anders als stahlblau vorstellen. Die Verabredung schien sich aufzuregen, sitzen gelassen zu werden. Die frisch manikürten Hände verkeilten sich noch mehr ineinander. Je länger die Warterei andauerte, desto frustrierter und häufiger wurde die monströse Uhr am Handgelenk konsultiert. Mit jedem weiteren Gast, der in die Lounge trat, richtete sich die Person auf. Um in sich zusammenzusacken, wenn der Besuch wieder nicht ihr galt. Das Hoch und Nieder hörte erst auf, als der Blick auf den einzigen Rücken am Tresen fiel.

«Breil Pur, Fever-Tree Gold. Martini, geschüttelt, nicht gerührt», richtete sich Tagliabue an den Barmann. «Stell alles auf ein Tablett. Ich trage es rüber.»

Kurz darauf stand der Kommissar vor seiner Verabredung, die jünger war, als er angenommen hatte. «Ein Martini», stellte er das Glas ab und setzte sich an den Tisch.

«Danke», antwortete der Jüngere dem Älteren, ohne sich auch nur ein wenig Mühe zu geben, sein Misstrauen und seine Verachtung zu verstecken. «Du bist zu spät.»

Die Kälte in jedem der Worte überraschte den Ermittler, die jugendliche Stimme kam ihm bekannt vor. Er vermochte sich jedoch nicht mehr daran zu erinnern, wo und wann er sie, wenn überhaupt, gehört hatte.

«Ich habe lange drüben an der Bar gewartet.» Die Erklärung verwandelte sich in eine Rechtfertigung.

Trueboy musterte ihn. «Wie heißt du?»

«Tom.»

«Wie unser Türsteher? Ich bin James.» Er nippte an seinem Glas, ohne die aufgespießte Olive oder Tagliabue aus den Augen zu lassen. «James passt perfekt. Im Dienste Ihrer Majestät. Denn für mich ist der Kunde immer König. Wenn du magst, können wir gleich nach hinten gehen.» Er blickte über seine Schulter.

Völlig überrumpelt widmete sich der Kommissar dem Gin Tonic, zählte die Eiswürfel und versuchte zuzusehen, wie diese ihren Aggregatzustand wechselten.

«Das kostet genau zweihundert», der Jäger ließ die Beute nicht aus den Augen, «du musst dich schnell entscheiden. Ich habe bereits zu viel Zeit mit dir verloren. Und Zeit ist halt Geld, mein lieber Tom. Sonst gehen wir in deine Hütte.»

«Ich meinte, wir wollen uns zuerst kennenlernen.»

«Der Bettnässer meinte auch, er hätte geschwitzt.» Trueboy erhob sich unvermittelt und geschmeidig aus dem tiefen, weichgepolsterten Sessel. «Du kannst es dir noch einmal überlegen. Hier hast du meine Nummer.» Er schnippte eine weiße Karte über die Tischplatte.

«Das geht auf ihn», informierte er mit lockerer Hand- und Kopfbewegung den Barmann und ließ den verdatterten Kommissar, ohne sich zu verabschieden, am Tisch zurück. Tagliabue nahm den Gin Tonic, setzte sich wieder zurück auf seinen Barhocker, trank die erste, bestellte bereits die nächste Runde und ließ sich Abend und Drinks durch den Kopf gehen.

Zwei Stunden tiefer in der Nacht hatte sich das Castro weit über das feuerpolizeilich Erlaubte gefüllt. Etwas unsicher bahnte er sich den Weg durch die Leute. Draußen vor der Tür stand Tom immer noch Wache. Allein und frierend wartete Claudio.

«Vorhin ist ein Platz freigeworden», richtete sich der Ermittler an seinen ehemaligen Schulfreund. «Aber nicht für dich. Auf diese Weise sparst du etwas Geld für das nächste Tattoo. Oder für eine teure Retusche, wenn das Körpergekritzel irgendwann nicht mehr in ist. Danke und bis bald, Tom.»

Zufrieden schlenderte er zu den Taxis, die in der kühlen Nacht mit laufenden Motoren auf frühe Heimkehrer warteten.

14

Tagliabue erinnerte sich an jedes Detail der nächtlichen Verabredung. Jetzt musste er noch herausfinden, wer sich hinter den Angaben auf der Visitenkarte verbarg.

Nachdem er den Empfang und den Lift hinter sich gebracht hatte, öffnete er die Tür zum Büro. Er gab sich keinerlei Mühe, keinen Lärm zu verursachen, setzte sich wuchtig an sein Pult, hinter seinen Bildschirm. Ein paar Minuten später hatte er sich ins Polizeisystem eingeloggt und startete die Suche. Nach ungefähr einer erfolglosen halben Stunde kippte er seinen Kopf zur Seite, um sich nach Hilfe umzusehen.

Er lancierte eine neue Suche: identisches Resultat. Mit der Dauer der Erfolglosigkeit wuchsen seine Frustration und die Lust, die ganze Infrastruktur durch das Fenster zu werfen, den Absturz, das splitternde Zerbersten im Innenhof und die Reaktion der neugierig herbeigeeilten Kollegen der unteren Etagen von oben zu verfolgen. Die Tatsache, dass er zu feige war, die Konsequenzen einer derartigen Aktion zu tragen, ließ den Druck in seinem Magen anwachsen. Noch einmal haute er die Telefonnummer, die er inzwischen in- und auswendig kannte, in die Tasten – mit dem immer gleichen Ergebnis.

«Was machen Sie denn hier?», hörte er Deubelbeiss hinter dem Bildschirm. Tagliabue hämmerte beide Zeigefinger auf die Returntaste – die Hardware wurde ihrem Namen gerecht und überstand auch diese Luftangriffe.

«Wieso verbringen Sie eigentlich Ihre ganze Zeit hier? Haben Sie kein Zuhause? Niemand, der auf Sie wartet?»

«Und wie waren denn Ihr Abend und Ihre Nacht? Haben Sie aus ermittlungstechnischen Gründen ebenfalls nicht im eigenen Bett geschlafen? Wie geht es unserem Trueboy69? Oder war Ihr Rendezvous nicht mehr vor Ort, weil Sie erneut zu spät erschienen?» Deubelbeiss schob sich den Kopfhörer zum Hals hinunter, um nachzubohren: «Wie heißt der wahre Knabe richtig?»

«Ich hatte keine Zeit, ihn danach zu fragen», begann der Kommissar mit der Schilderung des Abends.

«Mehr als eine Handynummer hat er mir nicht überlassen», schloss er seine Zusammenfassung.

«Aber Sie können nicht herausfinden, welcher Name zu der Nummer gehört.» Der Assistent fixierte den Vorgesetzten mit unverhohlener Schadenfreude. «Jetzt lassen Sie die Gewinnzahlen schon hören.» Er legte die Finger auf die Tastatur.

«Schleichen Sie sich wieder in irgendein System ein, und ich habe den Ärger wie mit Krämers Agenda und Agenten?»

«Irgendwie bemerkenswert», Deubelbeiss betrachtete seine kümmerlichen Fingernägel, «Sie haben doch auch versucht, an die Informationen zu gelangen, sind einfach kläglich gescheitert. Wenn ich einen Anlauf nehme, interessiert es Sie urplötzlich, wie ich an die Daten komme. Seien Sie froh: Ihr Unvermögen schützt Sie vor Illegalität. Wollen Sie mir die Nummer jetzt geben, oder lassen wir es bleiben?»

Tagliabue nannte die zehn Zahlen. Langsam und deutlich, in je zwei Dreier- und Zweierpakete gruppiert, wie er es schon vor Jahrzehnten im Militär beim Verschlüsseln von Nachrichten gelernt hatte. Er hörte die Zeigefinger des Assistenten in rasender Geschwindigkeit über die Tasten flitzen.

«Wie oft wollen Sie diese Kombination noch eingeben?», wunderte sich der Kommissar. Denn die Zahl der Anschläge übertraf jene der gesuchten Nummer um ein Vielfaches.

«Wie Sie trotz der erfolglosen Versuche festgestellt haben, ist die Nummer weder im offiziellen Verzeichnis noch mit

Hilfe von Google zu finden. Im Polizeisystem ist die Kombination auch nirgends gespeichert. Demnach bleibt mir nichts anderes übrig, als mich bei unseren Telefonanbietern umzusehen.»

«Möchten Sie einen Kaffee?» Der Kommissar erhob sich, während Deubelbeiss damit beschäftigt war, dem Computer vertrauliche Informationen zu entlocken. «Ich werde in exakt zehn Minuten zurück sein», definierte er die Zeit, die er dem Assistenten zugestand.

«Feiger Opportunist», brummelte der Jüngere, als der Chef die Tür hinter sich zuzog.

Fünfzehn Minuten später öffnete sich, nach einigen erfolglosen Anläufen, die Türklinke hinunterzudrücken, die Tür, und der Kommissar trat mit einem Pappbecher pro Hand ins Büro. Er stellte die Tassenersatzbehälter auf sein Pult, kehrte zum Eingang zurück, um die halboffene Tür ins Schloss zu kicken.

Danach holte er einen Becher, deponierte diesen vor dem Assistenten. Mit einem Blick zum Bildschirm versuchte er vergebens, Informationen zu erhaschen. «Entschuldigung, ich habe beim Öffnen der Tür Kaffee verschüttet.»

«Null Problemo», erwiderte der Angesprochene und gab dem Chef mit seiner Körperhaltung zu verstehen, dass er erst weitermachen würde, wenn dieser an seinen Platz zurückkehrte.

Der Kaffee hatte eben Trinktemperatur erreicht, als Deubelbeiss erstaunt pfiff und die Tastatur noch intensiver bearbeitete.

«Was?» Tagliabue stellte seinen Becher auf den Tisch, beugte sich nach vorn, um den Assistenten zwischen den Bildschirmen hindurch anzustarren.

Der ließ mit seiner Antwort lange auf sich warten: «Ich denke, das ist er.» Und nach einer weiteren, künstlich verlängerten Pause: «Tobias Xeno Poth. Hat jedenfalls beim Abschluss des Handyabos einen Schweizer Ausweis mit diesem Namen vorgelegt. Wird Mitte September vierundzwanzig. Heimatort Oberaach. An der Adresse, die er angab, wohnt er nicht mehr, vielleicht hat er nie dort gewohnt. Die Rechnungen erhält er elektronisch. Die Nummer wird auch regelmäßig benutzt. Er hat mit Schläfli telefoniert – auch am Tag der Tat. Demzufolge kannte er das Opfer.»

«Vielleicht hat Poth für den Nachmittag einen Termin mit Schläfli vereinbart oder bestätigt. Wann haben die zwei miteinander gesprochen?»

Der Assistent war auf diese Frage vorbereitet und hielt dem Kommissar ein Bündel bedruckter Papiere entgegen, die er kurz zuvor aus dem Laserdrucker gezogen hatte: «Die Aufzeichnung sämtlicher Anrufe. Er hat es mehrfach versucht. Erreicht hat er Schläfli letztendlich auf dem Festnetz. Wenige Minuten vor Mittag.»

«Drei, um genau zu sein.» Der Kommissar betrachtete die Aufzeichnungen.

«Das wäre sechs Stunden vor dem Eintreffen der Spurensicherung. Sie sind ja später dazugestoßen», konnte sich der Assistent den Seitenhieb nicht verkneifen.

«Das würde im Endeffekt die Todeszeit eingrenzen», ignorierte Tagliabue die Bemerkung.

«Warum?»

Gedankenverloren blätterte der Kommissar in den Unterlagen, die sich Deubelbeiss vom Telekom-Anbieter besorgt hatte. Er studierte alle Einträge und stellte einen intensiven Gebrauch des Handys fest. Er legte die Papiere vor sich auf den Schreibtisch: «Warum fragen Sie? Haben Sie denn den Autopsiebericht nicht studiert?»

«Doch, natürlich. Und das auch noch sehr genau. Aber vielleicht sind wir etwas vorschnell. Immerhin hat ihr Freund, der Pathologe, eine Zeitspanne von bis zu acht Stunden genannt. Wer sagt uns denn, dass Schläfli den Anruf selbst entgegengenommen hat? Vielleicht war er zum Zeitpunkt des Anrufs schon tot und jemand anderes hat für ihn geantwortet – immerhin handelte es sich um den frei zugänglichen Festanschluss in der Villa. Und Ihre Putzfrau hatte freien Zugang zum Haus und Zugriff aufs Telefon. Es ist gut möglich, dass sie Poth geantwortet und Schläfli entschuldigt hat. Vielleicht hat auch der Mörder abgenommen und sich als Elektriker oder Klempner ausgegeben, um keinen Verdacht aufkommen zu lassen. Die Unterhaltung dauerte nur kurz, wie Sie den Dokumenten entnehmen können.»

«Nicht kürzer als andere Gespräche zwischen Trueboy und Schläfli. Oder andere telefonische Unterhaltungen – ich hasse diese Gespräche, wo man den anderen nie sieht und nicht weiß, was er oder sie treibt, wo er seine oder sie ihre Finger hat», resümierte Tagliabue.

Blitzschnell nutzte der Assistent die Pause des anderen, um mit seinen Ausführungen fortzufahren: «Schläfli hat sich nur noch selten aus der Villa bewegt. María befand sich am Morgen zumeist im Gebäude, um ihren Job zu erledigen. Sie hätte den Anruf entgegengenommen, als ihr Chef nicht reagierte. Hätte sich die Frau im Nebenhaus aufgehalten, wäre der Anruf automatisch umgeleitet worden. In beiden Fällen hätte sie sich wahrscheinlich auf die Suche nach ihm begeben und hätte ihn aufgehängt gefunden.»

«Möglicherweise hat er sich ja abgemeldet, bevor er das Haus verließ. Das gehört sich so, wenn man unter einem Dach lebt. Dann hätte sie den Anruf ohnehin beantwortet. Er wäre unbemerkt zurückgekehrt und nach seiner Ankunft gestorben», gab Tagliabue zu bedenken. «Meiner Meinung nach benutzen wir den Konjunktiv etwas zu häufig. Unser Job sind ...»

«... Fakten. Ich weiß. Zu unserem Job gehört es aber auch, alle Möglichkeiten in Betracht zu ziehen. Hätte Schläfli sich nicht abgemeldet ...»

«Dann was?», reagierte der Kommissar genervt.

«Wie Ihnen die Portugiesin zu Protokoll gab, konnte sie die Straße nicht vollständig einsehen.» Deubelbeiss zog eine Grimasse.

«Was wollen Sie damit andeuten?»

«Dann konnte sie nicht wissen, ob Schläfli sich im Haus aufhielt. Falls er sich nicht bei ihr abmeldete, musste sie davon ausgehen, dass er sich im Gebäude aufhielt, und sah nach, weshalb er nicht an den Apparat ging.»

«Bei aufmerksamerer Lektüre meiner Gesprächsnotizen wäre Ihnen aufgefallen, dass María die Zufahrt vom vorderen Teil der Unterkunft überblicken konnte. Vielleicht hörte sie das Auto in ihrem Zimmer, wunderte sich und ist auf die andere Seite geeilt, um nachzuschauen. Wenig später ist Schläfli zurückgekehrt. Möglicherweise in Begleitung des Mörders. Demnach gab es für María keine Veranlassung mehr, einen Kontrollgang zur Villa zu machen. Vor allem, wenn sie bei Schläflis Rückkehr eine zweite Person neben ihm gesehen hat und sie nicht stören wollte.»

«Dann hätte aber Poth nicht in Schläflis Auto gesessen», gab der Assistent zu bedenken.

«Wieso?»

«Wieso? Warum sollte er telefonieren, wenn er neben dem Gesprächspartner sitzt?»

«Da stimme ich Ihnen zu.»

«Danke», Deubelbeiss widmete sich wieder dem PC, «immer wieder bemerkenswert, wie Sie die Putzfrau in Schutz zu nehmen versuchen.»

«Ich ziehe lediglich alle Möglichkeiten in Betracht.»

«Nicht alle. Aber dafür haben Sie mich: Frau Pinto geht davon aus, dass sich Schläfli in der Villa aufhält. Er nimmt das Telefon nicht ab. Sie wird misstrauisch und macht sich vom Nebenhaus oder innerhalb der Villa auf den Weg, um nach dem Rechten zu sehen, so pflichtbewusst wie die Dame ist. Außer», der Assistent legte eine Pause ein, «sie wusste schon, dass ihr Arbeitgeber nicht mehr lebt.»

Gedankenversunken stand Tagliabue auf, um sich die Beine zu vertreten: «Das würde bedeuten, dass María den Anruf beantwortete, sich in der Villa bewegte, ohne den toten Schläfli zu bemerken.»

«Sehen Sie, schon wieder Ihr Beschützerreflex. Was, wenn sie den Toten entdeckt oder gar eigenhändig zur Strecke gebracht hat? Und ihn danach, weshalb auch immer, hängen ließ?»

«Wieso versteifen Sie sich eigentlich so auf den Gedanken, dass sie und nicht Schläfli selbst Poths Anruf entgegengenommen hat?», wurde der Kommissar ungehalten.

«Der Bericht der Spurensicherung hält fest, dass sich am Telefonhörer auch Fingerabdrücke der Putzfrau befanden.»

«Es gehörte zu Marías Aufgaben, die Dinge an respektive in ihre Hand zu nehmen. Es wäre fast verdächtiger, wenn keine Spuren zu finden wären ...»

«Vielleicht ist die Dame so raffiniert.»

«Außerdem», lachte der Kommissar, «haben Sie Frau Pinto nicht kennen gelernt ...»

«Sie haben mir das Vergnügen leider nicht gegönnt.»

«Die Frau hat weder die Kraft, noch hat sie ein Interesse an Schläflis Tod.»

«Sie hatte kein Motiv und ist mit dem Tod ihres Chefs die große Verliererin», repetierte Deubelbeiss und ließ die rechte Hand kreisen. «Die Daten des Telekomanbieters zeigen eindeutig, dass sich Poth zur Tatzeit zwar ganz in der Nähe, aber nicht auf Schläflis Anwesen aufgehalten hat.»

«Einen Augenblick, das habe ich jetzt nicht verstanden.» Der Kommissar tippte sich theatralisch an die Stirn und schloss die Augen. «Sie betrachten Handy und Mensch als untrennbare Einheit. Könnte es auch sein, dass sich Poth an einem Ort, das Telefon sich gleichzeitig an einem anderen befunden hat? Eventuell hat er das Gerät in seinem Auto vergessen und befand sich meilenweit entfernt.»

«Er besitzt kein Auto, das habe ich kontrolliert.»

«Oh Mann», schüttelte der Ältere den Kopf, «das war nur als möglichst anschauliches Beispiel gedacht. Dann halt kein Besitztum, sondern ‹Shared Property›. Möglicherweise teilt er sich ein Auto. Stichwort Mobility. Das ändert aber nichts an der Aussage, dass Mensch und Handy keine untrennbare Einheit bilden.»

«Um präzise zu sein, heißt der Begriff ‹Sharing Economy› – so, wie Sie es aussprechen, versteht Sie ohnehin keiner. Mit diesem italienischen Akzent erinnern Sie an Roberto Benigni in *Down by Law*.» Deubelbeiss haute mit enormer Kadenz in die Tasten. Tagliabue wunderte sich, was sein Assistent gerade machte. Kurz darauf folgte die Antwort: «Sie haben recht. Tobias Poth ist seit Jahren Kunde von Mobility und mietete für den Tattag einen Renault Clio. Diesen hat er in der Stadt abgeholt, die zurückgelegte Distanz entspricht genau der Fahrt vom Fahrzeugstandort zu Schläflis Haus und wieder zurück.»

«Und das haben Sie in so kurzer Zeit herausgefunden?», wunderte sich der Kommissar weniger über die Ergebnisse als über die Ermittlungsmethode.

«Willkommen im digitalen Zeitalter.» Deubelbeiss tippte sich mit ausgestrecktem Zeigefinger an die Stirn. «Willkommen in der Ubiquität aller Information. Ich hocke hier auf dem Bürostuhl und finde mehr und bessere Informationen als Sie bei Ihrem Streifzug und Absturz durch die reale Welt.»

«Ich stamme aus einer Zeit, da war der Gedanke schneller als jede Kommunikation. Bei der Generation Y, Backslash oder wie auch immer ist die Kommunikation rascher als der Gedanke. Trotzdem: Ihre Kiste hält Möglichkeiten und keine Wahrheiten bereit. Denn das, was Sie rausgefunden haben, bedeutet beispielsweise nicht, dass Poth auch in Schläflis Villa war.»

«Auch sonst scheints mir, dass wir nicht weitergekommen sind. So viele Worte für so wenig Ertrag.»

«Da steh' ich nun, ich armer Tor ...»

«... und bin so klug als wie zuvor.»

«Aber», erholte sich Tagliabue von seiner Überraschung, «wenigstens wissen wir jetzt, dass sich die zwei Herren kannten. Wo finde ich ihn? Gibt es wenigstens hier eine aktuelle Adresse?»

«Was heißt hier ‹eine Adresse›?»

«Dass Sie den Begriff nicht kennen, wundert mich nicht. Sie schlafen sogar im Büro.»

«Sie verstehen nicht. In Bezug auf eine Adresse muss ich etwas machen, was ich bis jetzt nicht gemacht habe: Sie enttäuschen. Tobias Poth scheint ein moderner Nomade zu sein. Der sich mal hier, mal dort aufhält. Ich überlasse Ihnen die Liste mit sämtlichen Adressen für Ihre Suche – bei Ihrer Expedition in die analoge, real existierende Welt wollen Sie mich wohl nicht dabeihaben.»

Mit einem Lächeln streckte der Assistent dem Kommissar einen vollgedruckten DIN-A4-Bogen entgegen.

«Was grinsen Sie so dämlich?» Der Vorgesetzte riss ihm das Blatt aus der Hand.

«Sie können heute Abend nochmals ins Castro gehen und schauen, ob Sie ihm auf gut Glück begegnen. Ich glaube, das Lokal scheint Sie zu faszinieren.» Sein letzter Satz war im halb unterdrückten, glucksenden Lachen nicht mehr deutlich zu verstehen.

Bevor Tagliabue etwas erwidern konnte, schob der Jüngere den nächsten Vorschlag nach: «Oder Sie lassen es sein und gehen morgen in der Früh, wahrscheinlich zum ersten und letzten Mal, an die Uni. Poth studiert Architektur im fünften Semester. Er hat morgen ein Pflichtseminar auf dem Stundenplan. Das wird er nicht sausen lassen, wenn er zügig vorwärts- und zu einem Abschluss kommen will. Und danach sieht's aus: Er hat seinen Bachelor nicht nur in Bestzeit, sondern mit Bestnoten hinter sich gebracht. Ich habe Ihnen die Übersicht mit den Gebäudenummern, den Vorlesungssälen und Lektionen schon ausgedruckt.»

Er streckte seinem verblüfften Chef ein zweites A4-Blatt entgegen. «Trueboy69 ist Ihr Haupttatverdächtiger?»

«Nüchtern besehen bleibt mir nichts und niemand anderes übrig.» Der Kommissar erhob sich elegant vom Stuhl und ging zur Bürotür. Bevor er hinter sich schloss, drehte er sich abrupt um: «Kompliment, das haben Sie sehr gut gemacht. Sie und Ihr Computer. Gehen Sie endlich nach Hause. Duschen Sie. Essen Sie etwas Anständiges. Einen Teller Pasta oder so. Und erholen Sie sich endlich. Sie können doch nicht ständig hier sein. Es dankt Ihnen keiner.»

Vor dem Haupteingang legte der Ermittler eine Pause ein, nahm die ein- und austretenden Leute nicht wahr. Ebenso wenig die giftigen Kommentare, weil er im Weg stand und sich keine Mühe gab, etwas an der Situation zu ändern. Nach einem Blick aufs Smartphone entschied er sich für die Fahrt mit dem Tram ans andere Ende der Stadt, wo er nach dem

Rechten respektive dem Gemüse schauen wollte. Er hatte vor, am kommenden Tag direkt zur Universität zu fahren. Ohne die Möglichkeit einer Dusche oder Rasur. Unter den Studierenden würde er so ohnehin nicht weiter auffallen.

In seinem Schrebergarten hatten sich die Dinge erfreulicher entwickelt, als er es sich je erträumt hätte. Die Salate und sein Gemüse waren besser gediehen als das Unkraut – Letzteres ein Indiz dafür, dass die Nachbarn nicht ungefragt in seinen Schrebergarten eingedrungen waren, um in den Lauf der Natur einzugreifen. Nachdem er den erwünschten Pflanzen zu ihrem benötigten Entfaltungsraum verholfen und das unerwünschte Gewächs entfernt hatte, konnte er sich nur mit größter Mühe wieder aufrichten. Sein Rücken war das ständige Bücken nicht mehr gewohnt, und er hörte die Wirbel einen nach dem anderen knacken und krachen.

Nach vorne gebeugt legte er den kurzen Weg ins Holzhäuschen zurück, um sich ein wenig auszuruhen und gleich einzuschlafen.

15

Da er nicht dazu gekommen war, den Wecker zu stellen, wachte er viel zu spät auf. Nun schmerzten auch noch die Beine und Hüften, Arme und Hände, was die Vorbereitungen auf den bevorstehenden Tag nicht beschleunigte. Nach dem Morgenkaffee begab er sich so schnell es seine Schmerzen zuließen zur Endhaltestelle. Um diese Zeit verkehrten die Trams nicht mehr in frühmorgendlicher Hochfrequenz. Er quälte sich über den Kiesweg Richtung Ausgang. Durch die dünnen Ledersohlen drückte sich jeder Stein brennend in die Fußsohlen.

Eine gefühlte Ewigkeit später sah er vor sich die Tram, bereit zur nächsten Runde auf die andere Seite der Stadt und zurück. Er erkannte den Minutenzeiger einen Strich vor Abfahrt. Der Sekundenzeiger näherte sich gemächlich, aber unerbittlich der Null. Tagliabue erhöhte die Schrittfrequenz im vollen Bewusstsein, dass er das Rennen gegen die Zeit verlieren und somit auf das Wohlwollen der Chauffeurin oder des Chauffeurs angewiesen sein würde.

Um eine weitere Viertelstunde verspätet erreichte er die Uni. Laut Deubelbeiss' Recherchen dauerte die vorletzte Lektion des Tages noch rund zehn Minuten. Behutsam ließ er sich auf eine orange Ameise von Arne Jacobsen sinken. Er wunderte sich, dass sich die zu einem großen Teil mit Steuergeldern finanzierte Hochschule keine günstigeren, dafür vielleicht etwas unbequemere Stühle leistete. Er versuchte, das Ambiente, die spezielle Luft trotz seines Ärgers aufzunehmen, was ihm misslang: Der Blick auf die Studentinnen machte ihm deutlich, dass er alt geworden war und hinsichtlich Aussehens, Kleidung und Körperpflege falsche Annahmen getroffen hatte. Denn etwa so hatte er sich ein Casting für eine Model-Agentur, aber sicherlich nicht die studierende Belegschaft einer Uni vorgestellt.

Konsterniert wechselte er zu einer gelben Ameise hinter einer breiten Säule. Von hier aus hatte er einen besseren Blick auf den Eingang zum Vorlesungssaal und auf die Passantinnen, ohne selbst gesehen zu werden.

Kurz vor offiziellem Schluss der Lehrveranstaltung intensivierten sich die Bewegungen im Gang. Die Studierenden verließen die Vorlesungen vorzeitig, um zum nächsten Termin nicht zu spät zu erscheinen. Vor allem aber, um sich und den Studienkollegen einen der raren Sitzplätze zu sichern. In seiner Nische sitzend, lief der Kommissar Gefahr, den Überblick zu verlieren. Die Tür öffnete und schloss sich in immer kürzeren Intervallen. Dass Personen ein- und andere im selben Moment hinaustraten, machte die Aufgabe nicht einfacher. Sein Versteck zu verlassen, war für ihn mit zu viel Risiko verbunden, da er die Tür während einer Verschiebung nicht ununterbrochen im Auge behalten konnte.

Als er das Läuten, das ihn an seine Schulzeit und vor allem an die langen Pausen mit verbaler und körperlicher Erniedrigung erinnerte, endlich hörte, schien er die Übersicht vollends verloren zu haben. Und die Situation verschlechterte sich, da die Massen jetzt aus allen Richtungen aus, durch die und an der Tür vorbei strömten.

Die nervöse Hektik im Korridor legte sich, um bald ganz zu versiegen. Von gehetzten Nachzüglern abgesehen, war der Hörsaal voll. Bevor das nächste Klingeln erklang, wurde die Türe von innen zugedrückt – als Zeichen, dass die Vorlesung mit dieser Belegschaft und rechtzeitig in Angriff genommen würde.

Irritiert fragte sich Tagliabue, ob er sich in der Zeit oder im Ort, möglicherweise in beidem getäuscht hatte. Mit eingeschlafenem Hintern als perfekter Ergänzung zum schmerzenden Rücken erhob er sich. Während er sich etwas hölzern näherte, um die Raumbeschriftung aus der Nähe zu entziffern und sich zu vergewissern, das richtige Objekt überwacht zu haben, wurde die Tür völlig unerwartet von innen geöffnet.

Hinter einer attraktiven Brünetten trat Tobias Poth aus dem Raum. Er schien sich noch ans Plenum zu richten. Der Kommissar beschäftigte sich intensiv mit dem neben der Tür angebrachten Stundenplan und versteckte sein Gesicht hinter seiner zum Sichtschutz umfunktionierten Rechten. Zwischen Mittel- und Ringfinger hindurch beobachtete er aus dem Augenwinkel, wie Poth den rechten Arm um die Hüften seiner Begleiterin legte und ihr etwas ins Ohr flüsterte. Das elegante Paar – James passte viel besser als Tobias – entfernte sich lachend. Die zwei waren so mit sich beschäftigt, dass sie ihrer Umwelt keinerlei Aufmerksamkeit schenkten. Dennoch wahrte der Ermittler genügend Distanz und Deckung, um zu beobachten, wie sich die zwei Observierten nach einem längeren Spaziergang an einen verwaisten Tisch vor der leeren Cafeteria hockten, um zu warten.

Bald kam ein weiteres elegantes, gutaussehendes und gutgelauntes Pärchen händchenhaltend an den Tisch. Nach einer oberflächlichen Begrüßung mit drei Küsschen ohne jeden Lippen-Lippen- oder Lippen-Backen-Kontakt setzten sich die Neu- zu den Erstangekommenen. Aus einer Nische mit einer billigen Gipsreplika von « Der Tod des Laokoon » betrachtete der Kommissar die Situation, wartete auf den richtigen Moment für eine Intervention. Am liebsten wäre es ihm gewesen, Poth hätte sich zu der kleinen Getränke- und Speisenauswahl, danach zur Kasse mit der ebenfalls nicht mehr ganz frischen Kassiererin begeben. So hätte er ihn abfangen können, ohne jede Aufmerksamkeit zu erregen. Anscheinend hatten sich die vier jedoch entschlossen, zwar von der Infrastruktur, nicht aber vom erbärmlichen Cafeteria-Angebot Gebrauch zu machen. Tagliabue fragte sich, ob sich der Gesichtsausdruck der Dame hinter der Theke deshalb noch mehr verfinsterte. Bis er darauf kam, dass er selbst der Grund für ihren steigenden Unmut war: Sie hatte den ungepflegten Alten hinter der Statue lange genug genau observiert, hielt ihn für einen Spanner, der versuchte, einen Blick in einen Ausschnitt oder unter einen der tatsächlich sehr kurzen Röcke zu werfen.

Als sie, ohne ihn einen Moment aus den Augen zu lassen, zum Telefonhörer griff, gab der Beobachter seine Deckung auf. Er näherte sich, so behände es der arge Muskelkater zuließ, dem Tisch mit dem Quartett, von dem er zunächst nicht wahrgenommen wurde. Plötzlich verstummte die Debatte und Poth drehte den Kopf nach hinten, um seine Bekanntschaft vom Castro sofort wiederzuerkennen.

« Tom. Was für eine Überraschung. Ich hätte nicht gedacht, Sie hier oder überhaupt irgendwo wiederzusehen.» Sein Grinsen galt den Freunden. « Haben Sie mich schon so vermisst? Aber was ist denn mit Ihnen passiert?» Er rümpfte die Nase. « Nach Ihrem letzten Auftritt hätte ich von Ihnen schon etwas mehr Stil – und vor allem etwas mehr Stolz – erwartet.»

« Und ich glaubte, Sie stehen auf Männer.» Der Ermittler nahm Poths Begleitung in den Blick: keine Reaktion.

Trueboy69 nickte anerkennend zu den drei Tischgenossen, seine dünnen, blutleeren Lippen spöttisch geschürzt. Es schien ihn nicht zu irritieren, dass sein verunglücktes Rendezvous in seinem Rücken stand.

« Sehen Sie, lieber Tom. Sie müssen lernen, geschäftliche und private Belange konsequent auseinanderzuhalten. Ich richte mich nach dem Markt. Oder präziser gesagt: nach dem Wettbewerb. Junge Männer, die Bedürfnisse älterer, reicher

Damen befriedigen, gibt es zuhauf. Mehr brauche ich Ihnen zu dem Thema wohl nicht zu sagen. Leider verfüge ich nicht über einen reichen Papa, der mir mein Studium und meinen Lebensstil finanziert. Meine Freunde hier im Übrigen ebenfalls nicht. Ich hoffe», richtete er sich an die Runde, «ihr seid mir nicht allzu böse, dass ich unser kleines Geheimnis verraten habe. Ist nichts dabei.» Er drehte sich zu Tagliabue: «Bringt gute Kohle und noch mehr gute Kontakte, die einem im weiteren Leben helfen können. Vor allem aber lehrt es einen, Menschen kennenzulernen.»

Feixend warteten die Freunde auf die Fortsetzung.

«Als ich Sie gesehen habe», Poth richtete sich auf, «wusste ich gleich, dass mit Ihnen etwas nicht stimmt.»

«So?» Mehr fiel Tagliabue nicht ein.

«Ich bin eine Zeitlang hinter Ihnen zum Lokal marschiert – ich wollte pünktlich zu meinem Date kommen. Obwohl Sie sich alle paar Schritte umdrehten und umsahen, habe ich Ihre Aufmerksamkeit offenbar nicht erregt.»

Vergeblich versuchte der Kommissar, sich an einen Verfolger zu erinnern.

«Als ich Sie sah, konnte ich nicht wissen, ausgerechnet mit Ihnen verabredet zu sein. Sonst hätte ich Sie völlig verloren und einsam an der Bar stehen lassen und wäre verschwunden. Ich zögerte lange, aber die Neugierde war zu stark. Darum bin ich erschienen. Wenn auch einige Minuten zu spät, wofür ich mich entschuldige. Aber es hat sich wenigstens gelohnt: Ich weiß jetzt, woran ich bin, und gehe deshalb davon aus, dass dies unser finales Zusammentreffen ist ...»

«Spielen Sie Schach?», überrumpelte ihn der Kommissar.

Poth zögerte, blickte unsicher in die Runde. «Wie kommen Sie auf die abstruse Idee?»

«Ich hätte gerne eine Antwort und keine Frage. Spielen Sie Schach?»

Grinsend drehte sich der Gefragte zu den drei Freunden, um Ihnen die Verrücktheit des Alten zu signalisieren. «Nein, nicht dass ich wüsste. Suchen Sie dafür einen Partner? Sind Sie darum ins Castro gekommen? Ich kann Ihnen leider keinen tieferen Preis zugestehen. Es gibt nur *flat rate*.»

«Kennen oder besser: kannten Sie per Zufall Heinrich oder Heiri Schläfli?»

«Leider muss ich auch die Frage verneinen.» Poth nahm ihn ins Visier. «Wer zum Teufel sind Sie?»

Der Kommissar beugte sich zu seinem Gegenüber herunter, bis sich ihre Nasenspitzen beinahe berührten. Der Rücken tat ihm noch mehr weh. Er verfluchte die Gartenarbeit. «Im Gegensatz zu Ihnen weiß ich, trotz unserer wahrlich kurzen Begegnung, einiges über Sie», bluffte er, richtete sich mühsam einen Wirbel nach dem anderen auf. «Immerhin habe ich Sie im Wirrwarr aus Gebäuden und Räumen, Lektionen und Leuten aufgespürt. Dies trotz der verschiedenen Adressen und trotz Ihres Decknamens. Wieso Bluetoy23?»

«Trueboy69», korrigierte Poth herablassend. Zu spät bemerkte er seinen Fehler.

Der Kommissar grinste dem Widersacher offen ins Gesicht: «Danke. Sie sind somit auch der Verfasser des Kommentars im *HEUTE*. Ich wundere mich, dass Sie so etwas überhaupt lesen. Gehört wohl zu Ihrem Nebenverdienst. Man muss gut informiert sein. Hin und wieder wird geredet – ganz im Gegensatz zum Schach. Aber zurück zu unserem Thema. Ich versuche, mich zu erinnern: ‹Geschieht ihm recht. Die reichen Schweine gehören aufgehängt. Besser, sie tun es selbst, bevor es ein anderer tut; TrueBoy69.› Erinnern Sie sich an diesen Satz?»

Poth schien geschrumpft, und er versuchte, mehr Abstand zwischen sich und dem Alten zu gewinnen.

«Ihr Kommentar erschien unmittelbar unter dem Text zum Tode von Schläfli, den Sie gemäß eigener Aussage nicht kennen.»

«Meine Bemerkung galt gar nicht diesem Schläfli, sondern seiner Kaste. Den reichen Schweinen, die sich auf Kosten von uns vollfressen. Dieser Garde, die sich Stellen und Aufträge, Einfluss und Ämter, Geld und Macht zuschanzt. Die sich nicht nur keinen Deut für uns, wie sie meinen, Menschen zweiter Klasse interessiert, sondern vielmehr alles daransetzt, dass sich nichts an dieser Hierarchie ändert und wir bleiben, wo wir waren, sind und wo wir ihres Erachtens auch für immer hingehören.»

«Sie sind Jahrzehnte in Verzug mit diesem revolutionären Gedankengut. Und Sie leben unter anderem sicher auch von einigen der bösen *old boys*, die Ihre Dienste diskret in Anspruch nehmen und gegen außen das Image der perfekten Familie mit Frau, Kindern und Hund pflegen.»

«Ich werde Ihnen mit Garantie nichts über meine Kunden erzählen.» Poth gewann wieder an Selbstsicherheit. «Nur so viel: Ich lasse mich nicht ausbeuten. Ich bestimme, ob und mit wem ich was und wie mache. Darum ist es mir weder aus monetären noch aus irgendeinem anderen Motiv schwergefallen, Sie im Castro abblitzen zu lassen. Um auf Ihre Frage zurückzukommen und mich zu wiederholen: Ich kenne diesen Schläfli nicht persönlich. Dass ich diesen Kommentar im Boulevardblatt publizierte, war kein Zufall. Sie geben mir wahrscheinlich recht, dass es Sinn ergibt, meine Botschaft in jenem Medium mit der größten Reichweite zu platzieren. Es hat mich eh gewundert, dass die Redaktion nicht zensierend eingegriffen hat. Muss wohl mit den Sparmaßnahmen der Zeitungen zusammenhängen. Aber warum erzähle ich das ausgerechnet Ihnen?»

«Wahrscheinlich, weil Sie mir das früher oder später ohnehin erzählt hätten.» Tagliabue zückte seine Visitenkarte und hielt sie dem Architekturstudenten entgegen, der ob der ruckartigen Bewegung nach hinten auswich und fast vom Stuhl kippte. Nachdem er das Gleichgewicht wiedererlangt hatte, studierte er die Karte. «Das hätte ich mir doch denken können», mit dem Stück Pappe triumphierend in der Luft wedelnd drehte er sich zu seinen Freunden um, «ein Bulle. Nicht nur das: ein Kriminalbulle!»

«Ich gehe davon aus, dass Sie keinen großen Wert auf die Visitenkarte legen.» Der Ermittler zauberte ein Sterling-silbernes Etui aus der Gesäßtasche der knittrigen Hose, um es mit einer Hand lässig zu öffnen. «Wie Sie erkennen können, ist es die Letzte. Die kann ich wahrscheinlich bei anderer Gelegenheit viel besser brauchen. Sie dürfen sie hineinlegen. Danke.» Er hielt Poth das Metalletui hin. Der packte es, legte die Visitenkarte hinein, schloss den Deckel und gab es an Tagliabue zurück, der es zufrieden lächelnd wieder verschwinden ließ.

«Falls etwas wäre, würde ich mich gerne wieder melden. Dafür benötige ich jedoch eine Telefonnummer sowie eine aktuelle Adresse, unter der Sie kontaktierbar wären. Und von Ihnen bitte schön auch gleich», richtete er sich an die Zuschauer am Tisch, die dieser Inszenierung gebannt schweigend gefolgt waren.

«Danke für die Kooperation. Als Gegengeschäft verzichte ich darauf, Ihre Ausweise im Präsidium zu kontrollieren und dort Ihre Personalien aufzunehmen.»

Fünf Minuten später stand Tagliabue am Ausgang. Vor der schweren Tür tauschte er den gut unterhaltenen Mief der Hochschule gegen den Geruch der Großstadt. Er atmete tief durch, überquerte die breite Terrasse, genoss die frühabendliche Aussicht, den urbanen Lärm und stieg die schmale Steintreppe Richtung Zentrum hinunter. Obschon unterstützt von der Schwerkraft, fiel es ihm ziemlich schwer, einen Rhythmus zu finden. Nach einem der vielen Wechsel von einer auf zwei Stufen pro Schritt konnte er einen Sturz knapp vermeiden.

Heil am Fuße der langen Treppe angekommen, blickte er aufs iPhone: wie immer. Er betrachtete dies als Aufforderung, den Arbeitstag vorzeitig zu beenden. Sein Magen erinnerte ihn daran, dass er lange nichts mehr zu sich genommen hatte. Er wählte ein piemontesisches *ristorante*, wo er serviert bekam, was Markt und Koch hergaben. Der Wirt ließ die Magnumflaschen von Tisch zu Tisch zirkulieren und berechnete den Preis für den Wein nach Gefühl und Sympathie. Der Kommissar trank auf Kosten einer Gruppe österreichischer Touristen.

Auf dem Heimweg schwor er sich einmal mehr, zukünftig nicht mehr jeden Gang zu berücksichtigen und mehr auf seinen Magen als auf den Wirt zu hören. Leicht betrunken und dem Erbrechen einige Mal nahe, schleppte er sich unsicher nach Hause.

Als die Tür ins Schloss fiel, fühlte er sich besser. Der Spaziergang hatte den Nahrungs- und Alkoholabbau massiv gefördert. Beim Aufstieg in das Appartement wunderte er sich einmal mehr über die zu dieser Zeit eingeschalteten Fernsehgeräte. Je näher er der Wohnung kam, desto mehr hoffte er, Jade vor seiner Tür sitzend anzutreffen. Mit jeder Stufe stieg die Möglichkeit, ihre Anwesenheit zu spüren. Mit jedem Schritt schwand auch die Zuversicht. Bis er vor dem Eingang und der Einsicht stand, dass sie immer noch keine Lust verspürte, ihn zu treffen.

Im Flur zog sich Tagliabue aus. Die Kleider ließ er auf dem Boden liegen. Er stellte sich vor den Spiegel. Was er sah, erschreckte ihn. Erst jetzt wurde ihm bewusst, welchen Eindruck er auf die Leute gemacht hatte, denen er im Lauf des Tags begegnet war. Noch mehr beschäftigte ihn jedoch Jades Abtauchen, das er trotz aller Anstrengungen nicht zu deuten vermochte. Langsam stieg so etwas wie Angst in ihm auf.

Nach einer ausgedehnten und intensiven Dusche verschob er sich auf geradem Weg zum Kühlschrank. Mit einem Bier und einer frischen Tüte Tyrrells Smoked Paprika setzte er sich in den Lounge Chair. Im Vorbeigehen hatte er einen flüchtigen Blick auf das Festnetztelefon geworfen – bei der nächsten Gelegenheit würde er den nutzlosen Anschluss kündigen.

Er öffnete die Flasche Baladin Nora, griff in die Chips, schnappte sich die Fernbedienung. Beim Betrachten der Dokumentation wunderte er sich über die Methoden seiner US-Berufskollegen. Er war froh, nicht in diesem Justizsystem ermitteln zu müssen.

Obwohl er sich fest vorgenommen hatte, den Beitrag zu Ende zu schauen, schlief Tagliabue beim Plädoyer des Staatsanwalts ein. Dessen weinerliche, monotone Stimme und seine unterwürfige Art trugen wesentlich dazu bei, dass der Kommissar am folgenden Morgen einmal mehr in seinem Sessel und nicht in seinem Bett aufwachen sollte.

16

Endlich im Büro angekommen, fand er Deubelbeiss vor dem Computer im Stuhl hängend. Dass der Assistent saubere schwarze Hosen und ein frisches T-Shirt gleicher Farbe trug, bewies, dass er das Büro verlassen haben musste.

Linkisch nestelte Tagliabue die vier Zettel mit je einem Namen aus seiner Hosentasche, suchte einen Klebestreifen und befestigte die Papiere auf Deubelbeiss' Bildschirm. Er ging zurück zu seinem Computer, startete das System, wählte die interne Mail-Software und begann zu tippen: «Guten Morgen. Auf Ihrem Desktop befinden sich Dokumente, sozusagen als Attachment. Können Sie kurz nachschauen, was Sie zu den Unbekannten herausfinden? Und überprüfen Sie die Angaben zu Poth, Tobias Xeno, aka TrueBoy69. Bitte. Ich bin irgendwo im Haus unterwegs. Unterlassen Sie es bitte, mich per Ortungssystem meines Handys ausfindig zu machen.» Er drückte die Sendetaste, erhob sich, machte sich auf den Weg.

Als er die Tür hinter sich zuzog, war Deubelbeiss noch am Schlafen. Zur eigenen Überraschung entschied sich der Kommissar für den langen Abstieg via Treppenhaus. In der kriminaltechnischen Abteilung zeigte man sich über sein unangemeldetes Erscheinen irritiert.

«Könnt ihr das auf Fingerabdrücke untersuchen?» Er legte die durchsichtige Plastiktüte behutsam auf die graue Theke. Bevor die Empfangsdame überhaupt einen Einwand, eine Reklamation anbringen oder sich erheben konnte, fuhr er fort: «Aber nicht, dass ihr mir das auch noch versaut. Es gibt die Visitenkarte und ein silbernes Etui. Ihr habt also zwei Chancen – eine werdet ihr ja packen. Und damit ich es nicht vergesse, da ihr sowieso nicht draufkommt: Vergleicht die Resultate doch mit unserer Datenbank im Allgemeinen und den Abdrücken aus Schläflis Villa im Speziellen. Wann könnt ihr mir erste Resultate liefern?»

Ohne auf eine Antwort zu warten, trat er ab, die Assistentin wort- und ratlos zurücklassend.

Einen langen, grell erleuchteten Korridor und ein paar grußlose Begegnungen später stand Tagliabue, erneut ohne vorher angeklopft zu haben, in einem anderen Vorzimmer. Dieses Mal gab er sich gar nicht erst die Mühe, die Dame hinter ihrer Standardtheke zu bemühen.

«Danke schön, ich kenne den Weg. Ich habe länger hier gearbeitet, als Sie das noch schaffen», informierte er die mittelalte Dame, die damit beschäftigt war, ihr wahres Alter mit einer dicken Schicht Schminke zu übertünchen.

Seit seiner Zeit als junger Beamter bei der Sitte hatte sich nichts an der Anordnung der Büros geändert. Dafür standen auf allen Tischen PCs, und die alten Holzmöbel waren beinahe ausnahmslos durch Lista LO ersetzt worden. Er fragte sich, weshalb die Mordkommission nicht in den Genuss einer neuen Einrichtung gekommen war, ja warum das nicht einmal zur Diskussion stand. Vor den großen Bildschirmen saßen ausnahmslos unbekannte Gesichter auf den Bürostühlen. Ihre durchdringenden Blicke verfolgten ihn durch die Räume und verstärkten seine Zweifel, ob er der gesuchten Person an alter Wirkungsstätte begegnen würde.

«Hallo, Kari.» Er war erleichtert, hinter der Tür des einzigen Einzelbüros seinen ehemaligen Vorgesetzten Karl Toblach anzutreffen. Als der die bekannte Stimme hörte, drehte er sich auf seinem Stuhl um, erhob sich mit breitem Lächeln und ging dem Besucher mit ausgebreiteten Armen entgegen. «Schön, dir wieder einmal in den Niederungen zu begegnen», er schloss Tagliabue in die Arme, «sonst vernimmt man leider nur über Dritte von dir und deinen Schandtaten. Immer noch unzufrieden mit der Welt?»

«Worauf bezieht sich dein ‹leider›?», wich Tagliabue der Antwort aus. «Leider, was du hörst, oder leider, dass du es von anderen hörst?»

«Immer noch unzufrieden mit der Welt», stellte Toblach fest und wies seinem jüngeren Kollegen einen Stuhl am Tisch.

«Und, wie lange noch zur Pensionierung?», wechselte der Kommissar das Thema.

«Weniger als ein Jahr. Später ziehen Ruthli und ich mit unserem Wohnmobil durch die Welt. Um zu schauen, ob sie so schlecht ist. Wir halten dich auf dem Laufenden. Bis dahin stecke ich jede verfügbare Minute in unser Gefährt – das nennt man heute wahrscheinlich ‹pimp your camper›. Aber was willst du eigentlich?»

«Wenn so viel über mich geredet wird, ahnst du sicher, wieso ich zu dir komme. Hast du etwas vom Fall Schläfli gehört?»

«Nein. Aber in der Zeitung gelesen. Pflegst du nach wie vor Kontakt zu dem schmierigen Sportreporter, mit dem du bei diesem Revolverblatt gearbeitet hast?»

«Er ist in der Zwischenzeit befördert worden. Kannst du mir helfen? Ich verfolge eine Spur. Kannst du in eurem System mal nachsehen, ob du was zu Tobias Poth findest?»

Er begann, die Geschichte auszurollen.

Nachdem Toblach eine Zeitlang interessiert zugehört und ab und zu nachgefragt hatte, nickte er bedächtig. «Ich sehe mich ein wenig um, ob sich etwas finden lässt. Gut, dass die Systeme nicht zusammengehängt sind, so habe ich dich noch einmal getroffen, bevor ich mich verabschiede. Ich melde mich, sobald ich etwas entdeckt habe.»

«Danke. Du bist sicher froh, dass du noch etwas zu tun hast, bevor du pensioniert wirst. Sonst müsstest du die Tage völlig tatenlos abzählen und nur noch warten, bis Minuten- und Stundenzeiger gleichzeitig auf die Zwölf springen», grinste Tagliabue ihm zu. «Wie Nicholson in *About Schmidt.*»

Toblach winkte ab: «Da träumst du von! Du kennst doch Doktor Huber. Du warst bei seiner Antrittsrede ja nicht nur dabei, sondern hast in der vordersten Reihe gesessen. Und du kennst sicher auch sein MRI. Beni hat mir tatsächlich noch eine letzte Aufgabe aufs Auge gedrückt. Er brauche meine lange Erfahrung in einem Fall, meinte er. Dass die Steuergelder sinnvoll einzusetzen seien, Beamte nicht einfach die Zeit bis zur Pensionierung absitzen sollen. All dieser Mist. Schau dir diese Schweinerei an.» Er stand unvermittelt auf, schritt zu seinem Computer und winkte den anderen zu sich. Der stieß sich widerwillig aus dem Stuhl und hörte dem ehemaligen Chef zu, während er zu dessen Arbeitstisch ging.

«Eine widerliche Sache. Ein internationaler Ring. Kinder. Wie es aussieht, mit prominenter Beteiligung bis in die höchsten Ebenen der Gesellschaft. Eine Bombe, Savile ist ein Dreck dagegen. Deshalb hat Huber mich darauf angesetzt. Denkt, dass ich kurz vor meiner Pensionierung nichts mehr zu verlieren hätte ...» Verbissen klickte er sich durch die Bildergalerie.

Tagliabue starrte auf den Screen mit wechselnden Fotos, aber identischer Abscheulichkeit. Ihm wurde wieder bewusst, weshalb er damals ultimativ um seine Versetzung aus der Sitte gebeten hatte: Trotz seines Zynismus war ihm das zu viel. Es schlug ihm auf den Magen und er fragte sich, wie Toblach den Job über all die Jahre ausgehalten hatte und es dabei schaffte, sein positives Weltbild aufrechtzuerhalten und gegen alle Argumente und Angriffe vehement zu verteidigen.

«Wann hast du Resultate für mich?» Er hatte genug gesehen und wollte eben gehen, als ein Foto das Blut in seinen Adern gefrieren ließ. «Einen Augenblick», stammelte er. Er betrachtete den Bildschirm. Er merkte sich die Bildnummer. Er schaute noch einmal noch genauer hin. Um sicher zu gehen, dass ihm seine Sinne keinen Streich spielten. Wie sie es nach dem nächtlichen Überfall schon mehrfach getan hatten.

«Danke.» Ohne Erklärung und Gruß ließ er den verblüfften Alten stehen, um an allen anderen Mitarbeitern der Sitte vorbei- und die Treppe hinaufzustürmen.

An seinem Büro angekommen, musste er sich zuerst von der Anstrengung erholen. Es dauerte lange, bis sich Puls und Atmung normalisiert hatten und er sich aufrecht halten konnte. Tagliabue war sich nicht sicher, ob das Zittern auf seine Erregung oder auf seine sportliche Leistung zurückzuführen war. Als er sich gefasst hatte, drückte er die Klinke und öffnete die Tür.

«Ich habe mich umgesehen», begrüßte ihn Deubelbeiss, bevor er etwas sagen konnte. «Wir haben nichts über ...»

«Dafür habe ich etwas», ließ ihn der Kommissar nicht ausreden und setzte sich auf dessen Schreibtisch. «Ein Motiv für den Mord an Schläfli.»

Der Assistent hob die Füße vom Tisch und beugte sich nach vorne, um nichts zu verpassen.

Zögernd begann Tagliabue von seinem Treffen mit Toblach zu erzählen und wie der über seinen aktuellen und wohl letzten Fall berichtet hatte. «Er winkte mich an seinen PC, um mir Bilder von erwachsenen Männern mit Jugendlichen und Kindern zu zeigen. Wie ich das von meiner Arbeit mit ihm als Chef bei der Sitte bereits mehr als zur Genüge kannte.» Er verstummte für einen Augenblick. «Jetzt wollen Sie wissen, was das mit dem Fall Schläfli zu tun hat», deutete Tagliabue das Kopfschütteln seines Assistenten richtig und nahm den Faden wieder auf. Er beugte sich ebenfalls vor, um die Distanz zwischen ihnen beiden weiter zu reduzieren und ein Gefühl von Vertrauen und Vertrautheit zu schaffen.

«Auf einem der abscheulichen Fotos waren zwei Männer in ärmellosen Unterleibchen und mit schwarzen Augenmasken, wie Sie sie vielleicht vom Karneval in Venedig oder von *Eyes Wide Shut* kennen, zu sehen. An ihren Rechten je ein Kind und eine Tätowierung. Ein verblasstes Zeichen. Es sah so aus und war an der gleichen Stelle wie das, das sich Schläfli und Krämer vor über dreißig Jahren gestochen haben.»

«Augenmasken und ein verblasstes Tattoo.» Deubelbeiss betrachtete seine Fingernägel. Unbemerkt hatte er seinen Bürostuhl Millimeter für Millimeter nach hinten gedrückt, um etwas Abstand und damit Sicherheit zu gewinnen. «Wie viele Leute tragen wohl ein Tattoo an einem oder an beiden Unterarmen? Haben Sie es denn überhaupt richtig erkennen können? Klingt nicht so. Aber fast hätte ich es ja vergessen: Ihre Intuition und die Erfahrung sagen Ihnen, dass es sich bei den beiden um Schläfli und Krämer, um das Opfer und den Mörder handelt. Aber wieso soll der Zweite den Ersten umgebracht haben? Die beiden scheinen sich doch zu verstehen», er hielt kurz inne, um dann ruhig fortzufahren: «Da sind sie also wieder: Schläfli und Krämer. Die beide grandiose Karrieren hinlegten und zu den *old boys* gehören. Diesem elitären Zirkel, der Ihnen – wie Sie gerne glauben würden – nur wegen Ihrer fremden Herkunft verschlossen geblieben ist und bleiben wird.»

Der Kommissar forderte den Assistenten mit einer Geste auf, mit seinen Ausführungen weiterzumachen.

Irritiert ergriff Deubelbeiss wieder das Wort: «Mal für Mal geht das Duo als Sieger aus den Auseinandersetzungen hervor. Kann es sein, dass Sie jede Neutralität verloren haben? Nur um Krämer etwas anzuhängen und so wenigstens eine Runde für sich zu entscheiden? Ich für meinen Teil bin nicht in der Lage, ein Motiv zu erkennen, geschweige denn zu konstruieren.»

Bedächtig erhob sich Tagliabue, um sich zu strecken, zu seinem Arbeitsplatz zu gehen. «Nicht übel, die Analyse. Auf Ihre Interpretationen und Unterstellungen gehe ich an dieser Stelle nicht ein. Ihre Fragen will ich gerne beantworten. Obwohl Schläfli zum ausgewählten Zirkel der *old boys* gehörte, ging es ihm sowohl geschäftlich als auch gesellschaftlich nicht mehr gut. Unser Opfer blieb ein *homo novus*, ein Emporkömmling. Er war ein Experiment, ein Versuchskaninchen, das man bei einem Scheitern zur Schlachtbank zerrt. Schläfli ist isoliert. Nach dem Geld gehen ihm die Scheinfreunde aus. Plötzlich erinnert er sich – einsam und auf sich gestellt, hat ja alle Zeit der Welt, um nachzudenken – an die Fotos mit ihm, Krämer und den Knaben in einem Zimmer irgendwo auf der Welt. Etwas, das er längst verdrängt und vergessen hatte. Er hat, im Gegensatz zu seinem alten Kumpel, gar nichts zu verlieren – vielleicht gibt es noch andere Fotos. Er beginnt, Krämer zu erpressen.» Nach einer kurzen Pause nahm Tagliabue den Faden wieder auf: «Sie vereinbaren ein Treffen in der Villa oder der Erpresste nimmt seinen Schlüssel zum Haus, überrascht Schläfli, stellt ihn zur Rede. Zwingt ihn, den eigenen Suizid vorzutäuschen.»

Aufmerksam hatte Deubelbeiss zugehört: «Krämer besaß gar keinen Schlüssel. Wie das Video beweist, haben Sie plump versucht, ihm einen unterzujubeln. Um diese Theorie, die Sie sich lange zusammengezimmert haben, zu stützen. Aber bei der Geschichte fehlt es an allen Ecken und Enden an allem. Haben Sie nicht mehr?»

«Da ist der, sagen wir einmal bemerkenswerte, Geldfluss zwischen den beiden, den Sie in allen Details dargelegt haben.»

«Und trotzdem heißt das noch gar nichts», konterte der Assistent.

«Dann sind Krämers Fingerabdrücke in Schläflis Anwesen zu finden.»

«Die waren Freunde. Da besucht man sich mal gegenseitig. Aber das wird Ihnen wahrscheinlich absurd vorkommen. Da trägt man im Normalfall keine Handschuhe.»

«Es bleibt noch diese Tätowierung», kehrte Tagliabue auf Feld eins zurück. «Und nein, ich konnte sie nicht zweifelsfrei erkennen, dafür war sie auf dem Foto zu klein und aus ungünstigem Winkel aufgenommen. Ich brauche eine Vergrößerung.»

«Wie gesagt: Es gibt sicher viele Personen mit einer selbstfabrizierten Tätowierung auf dem Unterarm. Und oft ähneln sich auch die Motive. Was genau wollen Sie denn erkannt haben?»

«Es handelt sich um ein Alpha.»

«Das erste Zeichen des griechischen Alphabets, Symbol für die Ersten. Für die Besten. Und auch für die Erstbesten. Nicht sehr ausgefallen, dürfte es öfter geben.»

«Da haben Sie recht», der Kommissar rutschte vom Stuhl und ging, ohne sich umzudrehen, zur Bürotür, «aber es ist ein Anhaltspunkt. Und ...», er kostete die kurze Pause sichtlich aus, «wie viele tragen unter dem Alpha wohl die Zahlen 267 und 85 als Zeichen für ihre Rekrutenschule und das Jahr? Ich kenne bloß zwei.» Er zog die Tür auf und rief über die Schulter: «Durchforsten Sie das System und suchen Sie die Fotografie», er nannte die Nummer, «besorgen Sie mir eine Vergrößerung! Ich gehe in den Mittag. Sie essen bestimmt wieder eine der fernöstlichen Instantnudelsuppen, damit Sie sich nicht fortbewegen müssen. Umso besser.»

Über den Einwand, dass sie nicht mit dem System der Sitte verbunden seien, konnte Tagliabue nur müde lächeln.

Als einer der Ersten saß der Kommissar in der Kantine, die sich langsam mit Beamten in Zivil oder Uniform zu bevölkern begann. Während immer mehr Viereresstische komplettiert wurden, blieben die restlichen drei Plätze um ihn herum frei. Ab und zu fragte ihn jemand, ob die leeren Stühle besetzt seien und an einen anderen Tisch mitgenommen werden könnten. Er gab keine Antwort oder log, dass er auf Kollegen warte, was ihm böse Blicke und Kopfschütteln eintrug.

Etwa eine Viertelstunde später – Tagliabue hatte seine laue Suppe schon hinter sich gebracht – betrat Toblach mit zwei Begleitern den Raum. Den einen hatte er vorher bei der Sitte kurz gesehen, der andere war ihm unbekannt. Nachdem die drei ihr Essen an der Theke geholt und an der Kasse bezahlt hatten, warteten sie mit ihren vollen Tabletts auf freie Plätze. Beim Durchsuchen des Saales kreuzten sich Toblachs und Tagliabues Blicke. Der Ältere tat, als ob er seinen heftig winkenden ehemaligen Mitarbeiter nicht gesehen hätte. Er drehte sich rasch ab und wartete, bis ein anderer Tisch geräumt wurde. Das Trio setzte sich hin. Toblach wählte den Platz, der direkten Sichtkontakt mit dem Kommissar erlaubte. Immer wieder schauten die drei mehr oder weniger verstohlen zu seinem Tisch hinüber. Er merkte, dass sie über ihn sprachen. Als er sich erhob, um dem Mittagessen und Getuschel ein Ende zu bereiten, fixierte er Toblach. Dieser antwortete mit einem kaum erkennbaren Kopfschütteln.

Als er ins Büro trat, schlug ihm der Gestank einer Nudelsuppe entgegen. Er tippte auf die Geschmacksrichtung Fisch oder ein anderes Meerestier. Deubelbeiss platzierte den halbgeleerten Pappbecher und die nassen Plastikstäbchen vor sich aufs Pult.

«Ich habe noch nichts entdeckt.» Der Assistent hatte den Mund noch voll und würgte die Portion, ohne genügend gekaut zu haben, hinunter. «Das System ist hervorragend abgeschirmt, aber das wird noch. Geben Sie mir einfach etwas Zeit und sich ein wenig Geduld. Dafür habe ich etwas zu den drei Personen, die Sie mit Tobias Poth alias Trueboy in der heiligen Halle der Universität getroffen haben.»

«Danke, später», wendete sich Tagliabue abrupt ab und zog die Tür wieder auf. «Ich mache mich in Schläflis Anwesen auf die Suche nach den Fotos. Die wurden sicher gemacht, bevor es Digitalkameras gab. Sie wissen: Filme mit 36 Bildern, Belichtung, Entwicklung, Druck auf Papier. Ein Album, auch mit unscharfen, unterbelichteten Bildern. Da Fotos zu teuer waren, um sie einfach so im Mülleimer zu entsorgen. Die Fotos bei der Sitte wurden wahrscheinlich eingescannt und kamen digital zur Polizei. Möglicherweise befindet sich irgendwo ein Negativ oder weitere Abzüge. Die haben wir nicht gefunden, weil wir nicht danach gesucht haben. Ich hole das nach.»

«Doktor Huber erwartet Sie nach der Rückkehr umgehend in seinem Büro», bremste der Assistent den Chef. Der ging zurück zu seinem Schreibtisch, bückte sich. Zog die unterste Schublade auf und die Dienstwaffe hervor. Steckte die geladene HK P30 und Schläflis Hausschlüssel ein, schlug den Weg zu Huber widerwillig ein.

Als der Kommissar wie gewohnt ohne Vorwarnung eintrat, befand sich Elvira Keiser nicht an ihrem Arbeitsplatz. Er packte die Gelegenheit beim Schopf, ging stracks zu Hubers Tür, um anzuklopfen, sofort einzutreten und ihn mit der Assistentin zu überraschen. Sein Vorgesetzter befand sich allein im Büro, klappte die Aktenmappe zu, musterte den Besucher von Kopf bis Fuß.

«Ah, Tagliabue. Gut, Sie wieder mal zu sehen. Und nicht nur von Ihnen zu hören.»

«Ah, Huber. Es freut mich, Ihnen eine Freude zu machen. Wo ist *the Pelvis*?»

«Elvira hat sich einen Tag freigenommen. Aber kommen wir zur Sache. Zeit ist Geld: Die wollen wissen, wie es in unserem Fall steht. Sie fordern konkrete Ergebnisse, vor allem einen Täter.»

«Einen Täter oder den Täter?», warf Tagliabue ein.

«Die Leute wollen den oder einen Verantwortlichen», holte Huber aus. «Sie fordern Ruhe und Sicherheit. Der Staatsanwalt will einen Erfolg vermelden. Sie können sich nicht vorstellen, was hier alles abgeht. Mir ist das egal, aber alle anderen machen Druck. Wir stehen im Fokus der Öffentlichkeit. Liefern Sie uns endlich einen Mörder! Schließen Sie den Fall ab! Machen Sie uns alle, vor allem aber sich selbst glücklich! Gehen Sie schon und erledigen Sie den Auftrag! Fragen Sie Deubelbeiss, der kann Ihnen weiterhelfen». Er wedelte den Kommissar aus seinem Büro, öffnete wieder die Akte und tat, als ob er sie studieren würde.

Ungefähr eine halbe Stunde später stand Tagliabue in der Tiefgarage und schloss seinen gelben Alfa Romeo auf. Er hatte hinter einer Stützsäule gewartet, bis sich nichts mehr rührte. Schon auf dem Weg vom Kommissariat zum Auto hatte er sich verfolgt gefühlt.

Bei der Ausfahrt spurte ein BMW unmittelbar hinter ihm ein, um zwei Seitenstraßen später einen anderen Weg zu wählen. Was den Kommissar nicht beruhigte. Immer wieder spähte er in den Rückspiegel. Für einmal wünschte er sich, in einem unauffälligen Auto zu sitzen, um in der Masse des Verkehrs unterzutauchen.

Als er das Zentrum mit seinen verstopften Straßen endlich hinter sich gelassen hatte und den Aufstieg zum Villenquartier über der Stadt in Angriff nehmen konnte, erkannte er einen roten Renault Clio, der ihm mit konstantem Abstand folgte. Wenn er das Tempo reduzierte, veränderte sich die Distanz zwischen den Fahrzeugen ebenso wenig wie bei abrupter Beschleunigung. Als er den Alfa in eine Parklücke am Straßenrand zirkelte, fuhr das Auto von Mobility an ihm vorbei. Tagliabue konnte keine bekannten Gesichter identifizieren. Er fuhr weiter.

Kurz vor seinem Ziel sah er den schwarzen 7er-BMW mit verdunkelten Scheiben, wie er einen ähnlichen auf dem Parkplatz vor GammaG gesehen hatte, zu sich aufschließen. Obwohl er dem Fahrer die Gelegenheit bot zu überholen, blieb dieser dicht hinter ihm. So entschied er, sein Ziel zu verpassen und einige hundert Meter weiter vorne unvermittelt zu bremsen und zu wenden. Was ihm den unmissverständlichen Kommentar des Lenkers hinter ihm eintrug.

Vor dem Tor zu Schläflis Anwesen angekommen, stieg der Kommissar bei laufendem Motor aus, um mit dem Schlüssel zu öffnen. Er nutzte die Gelegenheit, um auf die Straße zu treten und einen weiteren prüfenden Blick nach links und rechts zu werfen.

Nachdem er in die Zufahrt zu der Villa eingefahren war, stoppte er. Um das stotternde Schließen der schweren Torflügel, vor allem jedoch die Leere zwischen sich und der jetzt verschlossenen Mauer zu beobachten. Kaum war die Grenze dicht, fühlte er sich in einer anderen Welt. Langsam fuhr er die Allee entlang. Wie jedes Mal wunderte er sich über die Dimensionen dieser grünen Oase am Stadtrand. Allerdings hatte sich seit Längerem niemand mehr um Bäume und Hecken, Blumen und Wiesen gekümmert. Seiner Meinung nach verlieh die schleichende Verwilderung dem Anwesen noch mehr Charakter, vielleicht sogar mehr Charme. Links erblickte er das kleine Haus, das damals für Schläflis Personal freigehalten worden war. Als er an der Villa ankam, parkte er den Alfa so, dass der Oldtimer nicht zu sehen war.

Tagliabue schälte sich aus dem Wagen. Äugte noch einmal nach allen Seiten und ging zur Haupteingangstür, durch die er vor ein paar Wochen zum letzten Mal eingetreten war. Die Villa war komplett verdunkelt. Es dauerte ein paar Sekunden, bis sich seine Augen an die veränderten Lichtverhältnisse angepasst hatten. So lange blieb er im Eingang stehen, gewöhnte sich an die Geräusche im Haus, die vor allem von den sanitären und elektrischen Installationen herrührten. Die Stille kam ihm ungewohnt, unheimlich vor. Laute, die er in seiner Wohnung wegen des Quartier- und des Hauslärms nicht mal wahrgenommen hätte, schreckten ihn jetzt auf und schärften seine Sinne zusätzlich. Zumal er das dumpfe Gefühl, zumindest observiert zu werden, nicht ganz abschütteln konnte.

Als er erste Konturen erkennen konnte, hatte er immer noch keinen Plan. Der Kommissar steckte den Schlüssel ins Schloss, verriegelte die Tür und machte sich auf die Suche durch das Haus. Dabei nahm er denselben Weg wie bei der ersten Besichtigung des Tatorts. Trotzdem erschrak er heftig, als die Treppe in das obere Stockwerk plötzlich beleuchtet und die Route durch die Zimmer nachgezeichnet wurde. Im Wohnzimmer öffnete er Schränke und Schubladen, ohne Hoffnung, etwas zu entdecken. Die Spurensicherung hatte schon einmal alles auf den Kopf gestellt und wohl nichts ausgelassen.

Auch im unteren Stock mit mehreren ungenutzten Räumen, abgedeckten Möbeln, Schläflis Büro und Schlafzimmer gab es nichts Aufregendes mehr zu entdecken, offensichtlich waren auch der PC, Akten und Ordner von der Polizei zur Untersuchung mitgenommen worden. In der Küche griff sich der Ermittler ein Weinglas, wartete, bis der rostrote, laue Strahl durch kühlkaltes, kristallklares Wasser aus dem Hahn ersetzt wurde. Die lange Untätigkeit hatte der Armatur zugesetzt und sie anrosten lassen.

Endlich erfrischt, entschied der Eindringling, die Übung hier abzubrechen und die Hoffnung darauf zu setzen, dass Deubelbeiss die Fotografie mit Schläfli und Krämer aus dem System zaubern würde. Nachdem er das Glas ausgespült ins verspritzte Waschbecken gestellt hatte, schritt er zur Eingangstür, schloss diese leise auf, um sie sehr vorsichtig zu öffnen. Überraschend war aber nur das zu dieser Zeit sehr intensive Licht, das ihn blendete und ihm im Falle eines Angriffs keinerlei Abwehrmöglichkeit gelassen hätte. Als Tagliabue die Augen wieder behutsam öffnete, erkannte er die verschwommenen Umrisse des Personalhauses.

Soweit er sich erinnern konnte, war das Gebäude von der Spurensicherung genau unter die Lupe genommen worden. Er entschloss sich, trotzdem noch einmal hinüberzugehen und seinen Wagen gut versteckt stehen zu lassen.

Als er über die Hälfte des Wegs zurückgelegt hatte, fiel ihm ein, dass er nicht wusste, ob sein Schlüssel ins Schloss passen und er die Strecke vielleicht vergebens und erst noch zu Fuß zurückgelegt haben würde.

An der Tür zerstreuten sich die Zweifel: Der Schlüssel ließ sich leichtgängig im Schloss drehen. Offenbar hatte Krämer ein Passepartout zur Verfügung gehabt. Aus dem Inneren schlug dem Polizisten abgestandene, warme, modrige Luft entgegen. Im Gegensatz zum Haupthaus waren einzelne Fenster verdunkelt.

Schnell gewann er einen ersten Überblick über das einstöckige Haus, das mit seiner Architektur an irische Cottages erinnerte. Vier von beiden Seiten des zentralen Gangs abgehende Räume boten ebenso vielen Gästen ausreichend Platz. In den letzten Jahren hatte bloß noch María hier gewohnt. Der Hausmeister und Gärtner war nicht mehr festangestellt und kam von außen, um die notwendigsten Arbeiten rund um die Villa zu erledigen. Die Portugiesin verfügte folglich über ihr eigenes Haus mit vier Schlafzimmern, einem großen Wohnzimmer, einer funktional und ästhetisch in die Jahre gekommenen Küche und über zwei Bäder, von denen offensichtlich nur eines noch benutzt worden war.

Bei seiner Begehung fragte sich der Kommissar, wieso seinen Eltern das Glück verwehrt geblieben war, an eine solche Anstellung zu gelangen. Wieso sich Totò vor den Behörden verstecken musste und sich nicht in Schläflis Park austoben, nach wilden Indianern, versteckten Schätzen und gemeinen Räubern suchen konnte.

Er wandte sich vom Fenster mit der dahinter liegenden Aussicht auf den tiefblauen See, die grünen Hügel und die grauschwarzen Berge ab. Die Einrichtung war spärlich und dunkel, jedes Möbel massiv und schwer – wohl niemand wäre auf die Idee gekommen, dass Haupt- und Personalhaus zusammengehörten. Während in Stube und Küche je ein klobiger Tisch mit wackligen Stühlen stand, waren drei Schlafzimmer ganz leergeräumt. Der Kommissar vermutete, dass die ehemaligen Bewohner ihren letzten Lohn mit einer selbstgenehmigten Abgangsentschädigung aufgestockt hatten.

Im vierten Zimmer hatte bis vor Kurzem jemand gelebt – die Luft fühlte sich frischer und angenehmer an. Es lag weniger Staub auf den Oberflächen. An den Wänden hingen im Gegensatz zum restlichen Haus Bilder und Erinnerungen an Portugal. Obschon er wusste, dass er die gesuchten Unterlagen hier nicht entdecken würde, begann er die Bilder von der Wand zu ziehen, um dahinterzublicken. Bemerkenswerterweise hatten sich keine dunklen Rahmen an der Wand gebildet. Danach hob er die Matratze an, um sie ergebnislos wieder in den Bettrahmen zurückplumpsen zu lassen. Im Nachttisch stieß er ebenso auf nichts wie im Regal über dem Kopfende des Betts. Die eine, geräumigere Seite des dreitürigen Einbauschranks war leer und penibel sauber, wie er es bei der Gründlichkeit der ehemaligen Bewohnerin nicht anders erwartet hätte. Während er die Doppeltür schloss, wunderte er sich erneut, ob die Suchaktion irgendeinen ermittlungstechnischen Sinn ergab. Er fragte sich nach seinem Motiv, konnte sich aber keine plausible Antwort geben. In seine Überlegungen versunken öffnete er die dritte Tür und begann geistesabwesend im Innenleben des schmaleren Schrankfachs herumzutasten.

Auf den Einlegeböden befanden sich Kleider von María. Zu identischer Größe gefaltet und pedantisch auf Kante gestapelt. Er entdeckte unmodische Röcke und Jacken, einige Arbeitsschürzen, kaum Hosen. Ober- ebenso wie Unterteile erinnerten an die Uniformen in totalitären Staaten. Die monotone Austauschbarkeit erleichterte der Trägerin die morgendliche Kleiderwahl und beschleunigte die Toilette mit Sicherheit. Ein einheitliches Mausgrau beherrschte das Schrankinnere. Wahrscheinlich für die Sonn- und Feiertage befand sich auch ein schwarzer Zweiteiler darin. Die Kleidung entsprach genau Marías zweitem Auftritt im Kommissariat. Von ihrer selbstbewussten und eleganten Premiere war keine Spur zu entdecken. Der Ermittler überlegte sich, ob er an Folgeschäden des Überfalls litt und er sich ihren ersten Auftritt nur einbildete.

Je länger er in der fremden Frauenwäsche stöberte, desto weniger ergab es für ihn einen Sinn, dass María ihre ganze Garderobe – oder einzelne Teile davon – mit den Erinnerungen an die Heimat in der Wohnung zurückgelassen hatte.

Obwohl er nichts darüber wusste, ging er davon aus, dass die Kleider für eine Putzfrau doch einen gewissen Wert darstellen mussten.

Er zog verschiedene Schubladen auf, stieß auf fein säuberlich sortierte Unterwäsche, wie sie seine Mutter nicht nur für die Arbeit getragen hatte. Im letzten Fach fand er billige Accessoires wie Hals- und Kopftücher, Gürtel, Arm- und andere Bänder, Strickmützen und Kunstlederhandschuhe.

Beim Zurückstoßen einer Schublade verhinderte eine graue Handtasche das vollständige Schließen. Als das immer heftigere Hin-und-her-Geschiebe nicht zum erhofften Erfolg führte, zog der Kommissar die ganze Schublade aus den Schienen, um die verkeilte Tasche zu befreien.

Als er in den leeren Schacht sah, entdeckte er an der hinteren Wand ein eingeklemmtes, auf einer Ecke stehendes, rotes rechteckiges Etwas. Aufgeregt langte er in die Tiefe und klaubte ein Heftchen zutage. Als er dieses in den vor Spannung zitternden Händen hielt, bewahrheitete sich sein Verdacht: Über weißem Kreuz war « Schweizer Pass, Passeport suisse, Passaporto svizzero, Passaport svizzer » und « Swiss passport » in Gold geprägt zu lesen.

Hektisch blätterte er zur Seite vier, um das Porträt einer jungen Frau zu betrachten. Daneben die amtlichen Angaben zu Tatjana Schläfli, die mit seinen Erinnerungen übereinstimmten. Seite für Seite kontrollierte er die Stempel. Kein einziger datierte aus der Zeit nach ihrem Verschwinden. Er ließ sich vorsichtig aufs Bett sinken, um sich einigermaßen vom Schock des unerwarteten Wiedersehens zu erholen. Die Unterkante der untergehenden Sonne berührte bereits die Oberkante des gegenüberliegenden Hügelzugs.

Wieder auf den Beinen, zerrte der Ermittler hastig eine sperrige Schublade nach der anderen aus dem Schrank, um sie aufeinanderzustapeln. Ein zweiter Erfolg in Form neuer Entdeckungen blieb zwar aus, trotzdem erweiterte er die Suche auf alle restlichen Zimmer. Im Wohnzimmer drehte er das Licht an. Auch hier fand er keine weiteren Hinweise auf Tatjana Schläfli. Dennoch gab Tagliabue nicht auf und stieg vorsichtig in den Keller hinunter. Das Resultat blieb das gleiche. Er brach die Suche ab.

Als er die Treppe hinaufstieg und das Licht hinter sich ausdrehte, stand er im dunklen Eingangsbereich. Die Nacht war hereingebrochen, weder Sonnen- noch künstliches Licht drangen ins Gebäude. Die Laternen entlang der Allee waren wie alle Lichter in der Villa dunkel geblieben. Kein Strahl schaffte es von den Nachbarhäusern durch den Park bis zu Schläflis Villa oder zum Personalhaus. Nur der Himmel mit dem Lichtsmog reflektierte die Helligkeit der pulsierenden Stadt unter ihm.

Von der Dunkelheit eingehüllt, fasste der Kommissar den Entschluss, ebenfalls auf Licht zu verzichten und keine Aufmerksamkeit zu erregen. Zudem fürchtete er sich, den fremden, dunklen Rückweg zur Villa anzutreten. Im Eingang stehend, mit sich und seinen Gedanken beschäftigt, überfiel ihn eine bleierne Müdigkeit. Langsam tastete er sich zu der Haustür, prüfte, ob der Schlüssel noch steckte und ein Öffnen von außen verunmöglichte. Vorsichtig orientierte er sich an den Wänden entlang zu Marías Schlafzimmer, stolperte krachend über seinen Schubladenstapel, fiel auf das Bett, schrie vor Schmerz leise auf, weil er die Pistole im Hosenbund hinten völlig vergessen hatte. Er deponierte die Waffe auf dem Nachttisch, und trotz der heftigen, pulsierenden Schmerzen schlief er müde, frustriert und resigniert ein. Ohne das Gesicht und Hände gewaschen, die Zähne geputzt, die Kleider oder Schuhe ausgezogen zu haben.

Eine unruhige Nacht später erwachte er. Im Traum war María an sein Bett getreten. Sie hatte ihn kurz beobachtet, die Kleider aus dem Schrank gezerrt, um sie in eine billige Plastiktragtasche zu stopfen. Sie hatte mit ihrem roten Pass in der Hand gewinkt und war ohne einen Blick zurück wieder verschwunden. Zwar hatte er versucht, sich rasch aufzurichten, um ihr zu folgen. Aber trotz aller Anstrengung war ihm das nicht gelungen. Im Gegenteil: Jeder Kraftaufwand schien ihn nur noch tiefer in die Matratze zu drücken.

Tagliabue spürte seinen Rücken. Sehr vorsichtig richtete er sich auf, griff nach der Waffe und steckte sie hinten in den Hosenbund – die Position vorne war zu gefährlich, falls sich per Zufall ein Schuss lösen sollte. Nachdem er die verstreuten Kleider eingeräumt, alle Schubladen wieder in den Schrank eingesetzt, den Pass eingesteckt hatte, verließ er den Raum mit einem letzten Kontrollblick und ging zur Küche. Er genehmigte sich einen langen Schluck Wasser vom Hahn, um sich auf den Heimweg zu machen. An der Eingangstür steckte der Schlüssel noch im Schloss. Als er sich zum Abschied umsah, konnte er sich nicht daran erinnern, die Tür zum Keller offen stehen und das Licht unten angeschaltet lassen zu haben. Während er Stufe um Stufe vorsichtig in den Untergrund hinabstieg, zog er die HK P30, hielt sie mit ausgestreckten Armen vor sich. Wie er es vor Jahrzehnten in der Polizeischule gelernt und zwischenzeitlich, außer im Training, selten hatte anwenden müssen.

Im Keller angekommen, entdeckte er eine Tür, die ihm am Tag vorher nicht aufgefallen war. Die ihm jedoch hätte auffallen müssen, so offensichtlich lag sie jetzt vor ihm. Weshalb er die Öffnung übersehen hatte, konnte er sich nicht erklären. Er hatte keine Ahnung, was hinter ihr versteckt lag. Behutsam, seine Schulter an das Türblatt gelehnt, drückte er die Klinke mit der Linken Millimeter für Millimeter nach unten, bis er endlich den Widerstand der Feder spürte und sich die Falle ganz zurückzog. Den rechten Arm mit der Pistole ausgestreckt, presste er die Tür von sich weg. Eine Abfolge kleiner, orange leuchtender hüfthoher Punkte, die hinten immer näher zusammenrückten, ließ vermuten, dass es sich um einen langen, schlauchigen Gang handelte. Den Blick nach vorne, tastete er nach dem ersten Widerstand an der glattkalten Mauer und drückte darauf: In schneller Abfolge schaltete sich eine Deckenleuchte nach der anderen automatisch an. Tagliabue stand am Anfang eines gleißend hell erleuchteten, zirka zwei Meter schmalen, langen Tunnels, dessen Ende nicht zu erahnen und erst recht nicht zu erkennen war. Geschätzt alle zwanzig Meter befand sich eine dünne Stütze und unterteilte den Schlauch in Länge und Breite. Wegen seiner Dimension schien er gegen hinten anzusteigen.

Der Ermittler verkeilte die massive Tür mit einem groben Stück Holz und trat vorsichtig in den Gang. Während er sich Schritt für Schritt nach vorne bewegte, bemerkte er, dass dieser tatsächlich sachte anstieg und einen leichten Bogen nach rechts beschrieb.

Der Eingang war bereits nicht mehr zu erkennen, als er sich zwei, drei Minuten später umdrehte. Umso mehr, als die Lichter im Tunnel plötzlich erloschen – selbst die orangen Punkte der Lichtschalter waren nicht mehr zu erkennen. Es herrschte absolute Dunkelheit. Wie er sie sich nie hatte vorstellen können und wollen. Seine Hoffnung auf einen temporären Stromausfall zerschlug sich, als er hörte, wie die Tür gewollt geräuschvoll ins Schloss geworfen wurde. Er stellte sich mit dem Rücken zur kühlen Wand, ließ sich auf den Boden gleiten, um sich zu erholen. Dabei wurde er den Gedanken nicht los, dass Krämer oder einer seiner Gehilfen den Schlüssel kopiert, ihn verfolgt und in die unterirdische, tödliche Falle gelockt hatte. Und nur Deubelbeiss wusste, wo sein Chef sich befand. Allein er wusste von den Tätowierungen. Der Assistent hatte ihn verraten.

Obwohl Tagliabue seit einiger Zeit vor sich hinstarrte, konnte er im Dunkeln immer noch nichts erkennen. Um die Orientierung nicht komplett zu verlieren, entschied er sich, den Weg zurück in Angriff zu nehmen. Er stand eckig auf, steckte die Waffe in den Bund, streckte den linken Arm aus, ließ die Finger der Wand entlang gleiten und ging zügig in die vorgegebene Richtung. Als er eine ziemliche Distanz hinter sich gebracht und mit jedem Schritt an Sicherheit und Geschwindigkeit gewonnen hatte, prallte er ungeschützt in eine Stützsäule. Die explodierenden Schmerzen wurden von Bewusstlosigkeit abgelöst.

Als er zu sich kam, wusste er nicht, wo er sich befand und wie lange er weg gewesen war. Ihn plagten Hunger und Durst, die körperlichen Schmerzen waren abgeklungen. Er tastete sein Gesicht ab: Die Zähne fühlten sich zum Glück heil an, nur seine Oberlippe schien geplatzt. Er spürte das geronnene Blut, eine dünne Spur von einem Mundwinkel bis zum Kinn. Die rechte, geborstene Augenbraue verdeutlichte, dass er nicht frontal in das Hindernis gekracht war. Seine Nase tat ihm schon bei der leichtesten Berührung höllisch weh. Sie schien schräg in seinem Gesicht zu stehen. Das rechte Auge fühlte sich stark geschwollen an. Aufgrund der Dunkelheit um ihn herum konnte er aber nicht wissen, ob es vollständig geschlossen war und noch funktionierte. Nachdem er die Inventarisierung seiner Verletzungen beendet hatte, erhob er sich wieder. Er lehnte sich mit den Schultern an die Wand und schob sich vorsichtig vorwärts. Dabei wusste er nicht, ob er sich zurück zum Personalhaus oder zum anderen Ende des Tunnels bewegte. Immer wieder spürte er einen Lichtschalter in seinem Rücken. Alle Versuche, die Beleuchtung zu reaktivieren, blieben erfolglos.

Nach einer gefühlten Ewigkeit stieß er auf den erhofften Widerstand: Es ging nicht mehr vorwärts. Im Vergleich zur Tunnelwand war die Oberfläche glatt. Links, rechts sowie oben war ein hölzerner Rahmen zu spüren. Er tastete nach einer Klinke, drückte diese erst behutsam, dann zunehmend kraftvoller nach unten. Die Tür war verriegelt und ohne Schlüssel nicht zu öffnen. Der Kommissar blieb gefangen, verletzt, hungrig, durstig und ohne Hoffnung.

Er rutschte an der Tür entlang nach unten, spürte den Druck der Waffe unangenehm im Kreuz. Sofort erhob er sich und zog sie aus dem Hosenbund. Er richtete die Mündung aufs Türschloss, entsicherte, überlegte, sicherte und steckte die Pistole wieder ein. Er zog das Hemd aus der Hose, riss ein kleines Stück heraus, steckte es in den Mund, spuckte es gut befeuchtet in die Rechte. Teilte es. Formte zwei Kugeln und stopfte sie sich in die Ohren. Er zog die Waffe erneut, suchte das Schloss, entleerte das Magazin. Trotz des improvisierten Gehörschutzes war das Knallen nicht auszuhalten, und das Mündungsfeuer blendete ihn.

Kaum hatten sich Rauch und Lärm gelegt, bearbeitete er die Tür. Mit jedem Stoßen und Ziehen bewegte sich das Blatt etwas mehr, bis das Schloss endlich seinen letzten Widerstand auf- und den Ausgang freigab.

Hinter der offenen Tür befand sich jetzt eine Leichtbauwand, die sich leicht zur Seite schieben ließ. Das Element war zur Tarnung vor dem Tunneleingang angebracht worden, wie dem Ermittler aufging. Vorsichtig begab er sich zur Treppe, um nach oben zu gelangen. Mit jeder Stufe nahmen die Dunkelheit ab und die Sicherheit zu. Zuoberst angekommen, öffnete er die Haustür. Grelles Licht schlug ihm vehement entgegen, und er musste zuerst stehen bleiben, um sich an die

Verhältnisse zu gewöhnen. Der Hausschlüssel steckte, und ohne weitere Verzögerung schritt er Richtung Herrenhaus und Alfa.

Je näher er dem Zentrum kam, desto häufiger musste er an einer roten Ampel anhalten. Wie immer zog der Alfa die Blicke auf sich. Ab und zu näherten sich Passanten. Beim Blick auf das malträtierte Gesicht des Lenkers und die Pistole auf dem Beifahrersitz schreckten sie zurück und gingen hastig weiter.

Der Kommissar nahm das iPhone und gab die Nummer ein. Er war erleichtert, sich problemlos an die Nummernfolge erinnert zu haben.

«Kannst du mich in einer halben Stunde in der Garage abholen? Erinnerst du dich an die Parkplatznummer?» Er hängte auf, ohne die Antwort abzuwarten. Vor ihm setzte sich die Kolonne für einige, für ihn bei Weitem viel zu wenige Meter ruckartig in Bewegung.

Eine Dreiviertelstunde später tauchte er in die Tiefgarage ein. Mit quietschenden Reifen bahnte er sich den Weg durch die Reihen. Neben seinem Parkplatz stand das Taxi, der Bass war laut und von Weitem zu hören. Der Ermittler zirkelte den Wagen in die Lücke, steckte Handy und Waffe ein, stieg schwerfällig aus dem Alfa, schloss ab und wechselte in den Mercedes.

«Hi, Jamal», grüßte er. «Marley?»

Der Taxifahrer musterte den Fahrgast im Spiegel: «Musst dich nicht einschleimen. Tosh. Aber: Wie siehst du denn aus? Bist du in eine Wand gerannt?»

«Halt die Klappe und bring mich nach Hause. Ich brauche eine kalte Dusche, etwas zu trinken und zu essen. Genau in der Reihenfolge.»

«Die Sonnenbrille nicht vergessen», ergänzte Jamal mit einem Grinsen fast so breit wie sein Dialekt.

Mit einiger Verspätung erreichten sie das Ziel. «Warte auf mich. Ich bin gleich zurück.»

Der Kommissar schloss die Haustür auf und stieg so schnell es seine Schmerzen erlaubten die Stufen zur Wohnung hinauf. Im Badezimmer sah er sich im Spiegel und erschrak. Die aufgedunsene, bläuliche Nase dominierte sein Gesicht, das geschwollene rechte Auge ließ nur eine kleine Sehscharte übrig. Der *cut* in seiner Augenbraue und die geplatzte Lippe passten zum Rest seines verunstalteten Gesichts. Sorgfältig reinigte er die Wunden. Das Brennen des Vita-Merfen erinnerte ihn an die Kindheit und an die Mutter, die seine Verletzungen nach Streitigkeiten mit den anderen Kindern mit selbstgebrannter *grappa* erstversorgte.

Nachdem er sich allen restlichen Schmutz von Leib und Seele geduscht hatte, setzte er sich nur mit einem Tuch bekleidet an den Küchentisch und begann sich mit dem zu verpflegen, was er im Kühlschrank entdeckt hatte. Ohne auch nur im Geringsten daran zu denken, sein Geschirr, die Reste oder den Abfall abzuräumen, wechselte er ins Schlafzimmer, um sich anzuziehen.

Als er das Licht einschalten musste, fiel ihm auf, dass es zu spät war und im Kommissariat keiner mehr anzutreffen sein würde, der ihm im Fall Schläfli weiterhelfen konnte. Er hatte keine Lust, noch einmal die Treppe hinunterzugehen, und wählte Jamals Nummer: «Kannst du mich bitte morgen um neun Uhr hier abholen? Es ist zu spät. Und ich bin zu müde. Schreib die Wartezeit bitte auf.»

«Kein Problem.»

Tagliabue hörte das Starten des Motors im Hintergrund.

17

«Jetzt siehst du schon viel besser, aber noch nicht gut aus», begrüßte ihn Jamal, als der Polizist in das Taxi stieg. «Irgendwie passt dieses Gesicht nicht zu deinen Designerklamotten.»

«Was ist für ein Tag?», fragte Tagliabue, während sich das Taxi langsam in Bewegung setzte und vom Frühverkehr aufgenommen wurde.

«Wie jeder Tag ein sehr guter Tag, wieso? Hast du etwa vor zu sterben?»

«Nein. Einfach so.»

«Ich glaube, ein guter Freitag.»

«Wo haben Sie bloß gesteckt?» Der Assistent zog die Füße vom Schreibtisch. «Sie wollten zu Schläflis Anwesen und kommen erst Tage später zurück. Aber wie sehen Sie denn aus?»

«Ich habe mir die Nase gebrochen», vermutete Tagliabue.

«Zwei Mal in so kurzer Zeit. Geben Sie sich bloß Mühe, dass das nicht zur Gewohnheit wird.»

«Ich würde eventuell lachen, wenn es nicht dermaßen weh tun würde.»

«Schon wieder hinterhältig überfallen worden? Waren Sie beim Spiel? Muss eine traurige Darbietung gewesen sein.»

«Das erzähle ich Ihnen später. Vielleicht ist es besser, Sie nicht mehr zu informieren. Haben Sie nicht nach mir suchen lassen? Sie sind der Einzige, der vom Abstecher zu Schläflis Anwesen wusste.»

«Sie verdächtigen also mich, hinter einem oder hinter Ihren beiden Zwischenfällen zu stecken? Vielleicht hat Onkel Beni seinen Kollegen Krämer informiert, der seine Schläger losschickt, um diesen Schnüffler zu vermöbeln. Darum wird im ersten Überfall nicht weiter ermittelt ...»

Tagliabue blieb stumm, was Deubelbeiss ausnutzte: «Sie kommen und gehen, wie es Ihnen in den Kram passt, ohne mich oder irgendjemanden zu informieren. Wann sollen wir Ihrer Meinung nach mit der Suche starten? Und in welcher Bar zuerst?»

Der Kommissar musste dem Assistenten recht geben. «Was haben Sie für mich gefunden?»

«War ziemlich schwirig, das System der Sitte zu hacken. Total veraltete Technologie, aber brandneue Hardware – war eine Herausforderung. Trotzdem habe ich es geschafft und das Bild gefunden. Nummer und die Beschreibung haben geholfen, aber ...»

«Nun zeigen Sie schon!» Der Kommissar trat zu Deubelbeiss' Schreibtisch.

Der begann die Tastatur zu bearbeiten. Sofort erschien das gesuchte Foto auf dem Bildschirm.

«Aber», die lädierte Nase berührte fast den Bildschirm, «auf den Armen sind keine Tätowierungen zu sehen.»

«Das ist mir auch aufgefallen. Die Bildnummer stimmt mit Ihren Angaben überein, der abscheuliche Rest des Fotos deckt sich mit Ihrer Beschreibung. Dafür habe ich etwas anderes gefunden ...»

Den letzten Teil des Satzes hörte Tagliabue nicht mehr. Er befand sich schon im Treppenhaus und stürzte die Stufen hinunter. Jede Erschütterung tat ihm bis ins Mark weh.

Ohne sich um die Dame vom Empfang zu kümmern, stürmte er grußlos durchs Großraumbüro der Sitte zum Einzelbüro von Toblach. Er riss die Tür auf, zog sie hinter sich wieder zu und lief geradewegs auf den ehemaligen Chef zu.

Der schien wenig überrascht: «Was ist mit dir passiert? Wie siehst du denn aus? Bist du ...»

«Nein», schnitt ihm der Ermittler das Wort ab. «Ich bin nicht in eine Wand, sondern in eine Stützsäule gerannt. Was hast du mit dem Bild gemacht?»

«Ich weiß nicht, wovon du sprichst.» Der Alte kniff die Augen zu zwei dünnen Schlitzen zusammen, was dem Gesicht das Gefährliche eines lauernden Tiers verlieh.

«Du weißt ganz genau, was ich meine: Du hast beobachtet, dass mir ein Bild in deinem Computer aufgefallen ist, und hast dir die Nummer gemerkt. Du hast das Bild studiert und dir überlegt, was mich stutzig gemacht haben könnte. Dabei sind dir sofort die Tätowierungen an den Unterarmen der beiden Schweine ins Auge gestochen. Oder sind dir ihre Schwänze besonders aufgefallen? Du bist diesbezüglich ja der allseits anerkannte Experte.»

Den Kopf unmerklich schüttelnd blieb Toblach ruhig.

«Oder hat dich etwa Deubelbeiss informiert und dir einen Hinweis gegeben?»

«Du warst, bist und bleibst der kleine Tschingg.» Der Ältere lehnte sich überheblich lächelnd in seinem Bürostuhl zurück. «Ihr Italiener mit euren Verschwörungstheorien. Das beginnt mit ‹Et tu, Brute?› und dauert bis heute an. Nehmt ihr das mit der Muttermilch auf? Oder verfolgen dich die bösen Bilder deiner Kindheit und Jugend: Alle gegen den kleinen Fremden mit den braunen Augen und den hübsch gelockten schwarzen Haaren? ‹Riccoli neri›, wie es im Lied von Dalla so schön heißt.»

«Beruhigend, dass du wenigstens ein wenig südländische Kultur mitbekommen hast. Das Lied heißt ‹Andrea›, stammt von Fabrizio De André. Man sagt ‹ritscholi›, und nicht ‹rikoli› wie ‹Ricola, wer hat's erfunden?›», unterbrach ihn Tagliabue unbeeindruckt.

«Dalla, Conte, Celentano, Branduardi oder wie sie heißen mögen. Wen kümmert's schon?», winkte Toblach ab.

«Aber um auf deine Frage oder besser deinen Vorwurf zurückzukommen: Überhaupt keine Ahnung, was du faselst. Sind das etwa die Nachwirkungen deines nächtlichen Unfalls? Ich habe vernommen, die Ermittlung diesbezüglich wurde von Dr. Huber höchstpersönlich eingestellt.»

«Du weißt ganz genau, was ich meine. Das Foto. Mit etwas Anstrengung hättest du die Ermittlung in Gang gebracht, statt sie bis zur Pensionierung in die Länge zu ziehen und danach versanden zu lassen. Und Huber tat das, was er am besten kann: Er hat sich getäuscht, als er dir das Dossier übergab, da du nichts mehr zu verlieren hättest. Ganz im Gegenteil: Du hast viel, wenn nicht alles, zu verlieren.»

«Da hast du, verdammt nochmal, recht», begann der Ältere zu donnern. Tagliabue war erleichtert, dass sie sich im Einzelbüro hinter soliden Wänden und geschlossener Tür aufhielten. «Ich gehe bald in Pension. Meine Frau und ich haben Jahre auf diesen Augenblick gewartet, geplant und gespart. Ich habe während dieser Zeit als Polizist alles gegeben, um eine anständige Rente für die Zeit danach zu erhalten. Das lasse ich mir jetzt nicht einfach so nehmen, indem ich Promis auffliegen lasse und mich für Kinder, die von ihren Eltern verkauft werden, einsetze. Für das habe ich viel zu lange und zu hart gearbeitet – tut mir nicht leid. Ich lasse mich nicht teeren und federn, ans Kreuz nageln, um mich für die Sünden anderer zu opfern. Dieser Jesus-Aspekt geht mir ab. Du weißt genau, wie sich das mit diesen Wahrheiten verhält, die nicht in irgendwelche komplexen Machtgefüge und zu einwandfreien Reputationen passen.»

Tagliabue musste ihm beipflichten, ließ sich das jedoch nicht anmerken und schritt langsam zur Tür.

«Was du über die Jahre nicht begriffen hast, obschon du nicht der Dümmste bist», hörte er den ehemaligen Chef in seinem Rücken, «ist, dass deine Wahrheit gar nichts mit ihrer Wahrheit zu tun hat. So wie deine Welt nichts mit ihrer zu tun hat. Hast du dir noch nie überlegt, warum du trotz aller Verdienste bloß Hauptkommissar bist? Sicher redest du dir ein, das sei, weil du nicht Anton Müller, Bernhard Huber oder Rudolf Wälchli, sondern Salvatore, Salvi, Tagliabue heißt. Mach's dir nicht so einfach! Es geht nicht um richtig, schon gar nicht um Gerechtigkeit. Habe ich dir das damals nicht gesagt? Mein Fehler, *I'm so sorry* – du siehst, ich übe schon für meine Reise. Ich schicke dir eine Postkarte ins Präsidium. Und jetzt lass mich in Ruhe mit eingebildeten Tätowierungen und all dem anderen Müll. Ich arbeite hier an einem komplexen Fall. Was das bedeutet, brauche ich dir hoffentlich nicht zu erklären. Übrigens», er wartete, bis sein Besucher die Tür so weit geöffnet hatte, dass er im Großraumbüro perfekt zu verstehen war, «wir sind deiner Anfrage, wie es sich unter guten Kollegen nun mal gehört, nachgegangen und haben nichts gefunden: Gegen einen Tobias Poth liegt von unserer Seite gar nichts vor. Bei der Sitte ist er nicht aktenkundig. Das gilt übrigens auch für alle Schläflis und Krämers. Das hat wahrscheinlich auch dein Kollege herausgefunden, der sich in unser System eingeschlichen hat. Aber wie besprochen, möchte ich mir keinen Stress mehr wegen irgendwelcher Verwandten und Kollegen von Vorgesetzten einhandeln. Mein Camper und meine Frau warten – und dein Fall wohl auch. Ich wünsche dir jeden Erfolg und stehe dir für Fragen gern bis zur Pension zur Verfügung. Danach ist Schluss. Endgültig.»

Der Kommissar hetzte aus dem Großraumbüro hinunter auf die Straße. Einen Tick hilfloser, noch wütender und viel entsetzter als zuvor.

Erst als er etwas räumlichen Abstand geschaffen hatte, fand er Ruhe. Vor Anstrengung und lauter Frustration war ihm zum

Kotzen zumute. Das erfolglose Würgen schmerzte vom Magen über den Rachen bis zu seiner lädierten Nase.

Irgendwann beruhigt, zog er das Handy aus der Tasche.

Auf das «*Pronto*» am anderen Ende der Verbindung reagierte er mit: «Hast du heute Abend Zeit für ein Treffen?»

«Ich denke, das lässt sich einrichten. Bist du sauer?»

«Wieso?»

«Nur so. Du klingst so. Wann und wo?»

«Im Tholomé?»

«Zwanzig Uhr», beendete die andere Seite das Gespräch.

Plötzlich stoppte Tagliabue, kehrte um. Mit jedem Meter, den er sich dem Polizeipräsidium wieder näherte, verlangsamten sich seine Schritte, wuchsen Widerstand und Abscheu.

«Sie habe ich nicht mehr zurückerwartet», versuchte Deubelbeiss seine Gedanken und seine Extremitäten, die er reflexartig vom Pult gezogen hatte, zu ordnen. «Ich bin davon ausgegangen, dass Sie nach einem solchen Tag nach Hause gehen.»

«Sie sagten, Sie hätten eventuell etwas für mich.» Der Ermittler nahm die Hand von der Schulter des Assistenten und begab sich zu seinem Sitzplatz.

«Ich habe in unserem System herumgestöbert. Zu Poth gibt es nichts. Der ist ein unbeschriebenes Blatt, sauber wie Meister Proper. Die Freundin», Tagliabue erinnerte sich sofort an die eiskalte Blondine, «macht ihren Master of Arts. Parallel dazu arbeitet sie als Assi Teilzeit in der HR-Abteilung der Börse.» Der Kommissar konnte sich nicht vorstellen, dass die Frau für den Job ausreichend Empathie aufbringen konnte. Da passten die weiteren Ausführungen von Deubelbeiss besser: «Früher hat sie sich ihr Studium auf gleiche Art und Weise verdient wie ihr Freund. Dabei hat sie einige Männer nicht nur in ihr Bett, sondern auch über den Tisch gezogen.

Sie ist mehrfach aktenkundig. Ich frage mich nur, wie sie den Job in der Börse erhalten hat. Gibt es denn da keine Kontrollen des Leumunds? Oder sind Vorstrafen von Vorteil für Karrieren in der Finanzbranche?»

«Sie sind naiv und sollten mal raus.»

«Zur zweiten Frau gibt das System nichts her. Sie stammt gemäß meiner Netzrecherche aus sehr reicher Familie und braucht weder in Bars noch auf der Straße zu arbeiten.»

«Poth hat etwas anderes erzählt», murmelte der Ermittler vor sich hin.

«Das sieht bei ihrem Freund etwas anders aus.» An diesem Punkt schob der Assistent eine Pause ein, fixierte seinen Chef: «Markus Stierli studiert Glaziologie ...»

«... da geht ihm angesichts der Klimaerwärmung schon bald die Arbeit aus», konnte sich der Ältere die Bemerkung nicht verkneifen. «Wie kommt man nur auf die Idee, sowas zu studieren? Mich interessieren lediglich die Eiswürfel in meinem Gin Tonic.»

Deubelbeiss ließ sich nicht aus dem Konzept bringen: «Stierli finanziert sich sein Studium mit kleinen Diebstählen und Hehlerei. Er ist vorbestraft. Seine Bewährung würde bald auslaufen.»

«Bedeutet das, dass er nichts mehr ausgefressen hat?»

«Da bin ich mir nicht so sicher. Erinnern Sie sich noch an die zweitausend Franken, die Schläfli kurz vor seinem Tod an Trueboy überwiesen hat?»

«Was ist damit?»

«Der identische Betrag wurde am selben Tag vom Konto der Perzetta aufs notorisch leere Konto unseres Herrn Stierli überwiesen.»

«Haben Sie die Adresse?»

«Die Angaben zu seinem Bankkonto stimmen mit jenen auf dem Zettel überein, den Sie von Ihrem Besuch an der Uni mitgebracht haben.»

«Laden Sie ihn für morgen hierher ein. Buchen Sie mir einen Verhörraum. Falls nötig, löschen Sie die Buchung eines anderen. Sie können das. Schreiben Sie mir eine SMS, wann ich hier sein darf. Bitte. Ich gehe jetzt nach Hause. Und laden Sie Poth auch noch gleich vor. Schauen Sie, dass sich die beiden hier begegnen. Das sorgt für etwas Irritation.»

Der Kommissar wandte sich zur Tür, blieb auf halbem Weg stehen und drehte sich kopfschüttelnd zum Assistenten um: «Können Sie mir erklären», er kratzte sich am Kinn, «weshalb sich einer die Mühe macht, ein Bild zu retuschieren? Er oder sie hätte es doch einfach löschen können.»

Ohne sich vom Bürostuhl zu lösen, vollzog Deubelbeiss eine Vierteldrehung nach links, die drahtlose Tastatur im Schoß. Er musterte seinen Vorgesetzten vom Scheitel bis zur Zehe und wieder zurück.

«Es ist nicht ganz einfach, ein digitales Bild spurlos verschwinden zu lassen. In unserem System verfügen alle Bilder über eine eigene Nummer, die zentral gespeichert wird. Wer eine Nummer löschen will, braucht dafür eine Autorisierung der vorgesetzten Stelle. Wird ein Bild gelöscht, erfolgt automatisch eine Vorgangsmeldung.»

Der Assistent streckte sich, brachte den Bürostuhl fast zum Kippen. «Aber: Jede Bildnummer ist getaggt und mit Schlagworten versehen, um die Suche zu erleichtern. Auch hinter Ihrem Foto gibt es Tags. Der Eintrag wurde gleich nach Ihrer Visite bei der Sitte geändert. Was ergänzt, gestrichen oder angepasst wurde, kann ich leider nicht feststellen. Die Beschreibung stimmt nun auf alle Fälle mit der Fotografie überein. Da steht nichts von einer oder mehreren Tätowierungen. Auf dem Bild sind solche auch nicht zu erkennen.»

Wieder stiegen in Tagliabue der Zorn und der Brechreiz hoch. Er überlegte sich eine dritte Visite bei Toblach, sprach sich angesichts der Sinn- und Aussichtslosigkeit aber dafür aus, nach Hause zurückzukehren.

Nach einer Fahrt durch die Stadt mit Bus und Tram stieg er an der Hauptvergnügungsachse durch sein Quartier aus. So früh am Nachmittag waren die Straßenzüge mehrheitlich leer. Jeder und jede war mit den Vorbereitungen auf die kommende Nacht beschäftigt. Nur ein paar Asiaten, immer mindestens im Duo, schoben sich durch die Straßen. Viele hielten ihr Smartphone an einem Selfiestick hoch in der Luft, um sich in diesem legendären Viertel zu filmen und zu knipsen. Im fernen Osten galt der Besuch des Quartiers bei Tag wohl als mutig, bei Nacht als lebensmüde.

Oben in der Wohnung angekommen, versorgte Tagliabue vor dem Spiegel seine Verletzungen. Das Blau um seine Augen war noch dunkler geworden. Er sah furchterregend aus und fragte sich, warum er keine Brille aufgesetzt hatte, um sich vor dem Geglotze der anderen zu schützen. Eine Ray-Ban Wayfarer lag immer in der obersten Schublade seines Bürotrolleys. Normalerweise neben der Dienstwaffe, die seit einem Tag offen im Alfa liegen geblieben war. Was ihn jedoch nicht sonderlich beunruhigte.

Jede Berührung seiner Nase schmerzte. Er überlegte sich, einen Arzt zu konsultieren, entschloss sich jedoch aus Angst, sich die Nase richten lassen zu müssen, für die Selbstheilung. Nachdem er sich eine kühlende Salbe, die er in den Tiefen seines Badezimmerschranks gefunden hatte und deren Datum schon vor Jahren abgelaufen war, ins Gesicht geschmiert hatte, legte er sich todmüde auf sein Bett. Er hoffte, dass er sich, falls er einschlafen würde, nicht auf den Bauch drehen, das frische Laken versauen würde. Er rief sich das Bild mit den zwei Männern wieder und wieder ins Gedächtnis und meinte deren krude eingravierte Alphazeichen und Zahlen deutlich zu erkennen. Mit der vagen Hoffnung, dass ihn das Treffen mit Stierli weiterbringen würde, nickte er auf dem Rücken liegend ein.

Ein stechender Schmerz weckte ihn abrupt. Er hatte sich im Schlaf umgedreht und die Nase ins weiße Kissen gedrückt. Als er Richtung Badezimmer hastete, waren seine Hände, die er als Auffangbecken gebrauchte, bereits gefüllt. Das warme Blut tropfte auf den Boden und zeichnete seinen Weg durch die Wohnung nach.

Nachdem es ihm gelungen war, die Blutung zu stoppen, blickte er auf die Uhr: Die Bar lag nur wenige Minuten zu Fuß entfernt. Es blieb ihm etwas Zeit, um sich das Gesicht vorsichtig zu waschen, Hemd und Hose zu wechseln und noch pünktlich einzutreffen. Dem blutverschmierten Bettzeug und dem Fußboden wollte er sich bei seiner Rückkehr widmen.

Obwohl die Bar Tholomé an idealer Lage mitten im Quartier beheimatet war, verirrte sich kaum ein Tourist und erst recht kein Einheimischer hierhin. Das hatte wohl damit zu tun, dass es anstelle mieser Stripteasetänzerinnen und Barmaids mit tiefem Ausschnitt einen mittelmäßigen Pianospieler und einen Barmann mit hoher Stimme gab. Das Interieur schien in den Siebzigerjahren stehen geblieben und passte hervorragend zum Repertoire des Tastenmannes. Die Beleuchtung war verschwommen dunkel und stammte aus heruntergehängten und heruntergekommenen geschlitzten Metallröhren.

Das diffuse Licht verstärkte den hypnotisierenden Effekt der wild gemusterten violett-rosarot-hellbeigen Tapeten und Teppiche und der dunkel gemaserten Holzblenden. Die Barhocker mit den abgewetzten bunten Plastiksitzschalen waren noch weniger gut bestückt als das Regal hinter dem Tresen. Die Jahrgänge der wenigen Flaschen sprachen für sich, und der Ermittler wunderte sich, ob Alkohol sich zersetzte oder ob es sich um eine stabile chemische Verbindung handelte.

Trotz des kümmerlichen Lichts konnte er sehen, dass sich Lüthi nicht im Raum aufhielt. Er musste den Platz auswählen, die vielen leeren Tische und Stühle machten ihm den Entscheid nicht gerade einfacher. Um den Kellner an der Bar aus der Reserve zu locken, begab er sich zu dem Platz, der am weitesten von der Bar und vom Eingang entfernt lag.

Eben hatte er sich auf den blau gepolsterten, orangen Plastikstuhl gesetzt, da vernahm er Lüthis leise Stimme: «Eins. Drei. Dreizehn. Fünfundzwanzig. Dreiundvierzig.»

«Die Lottozahlen sind es nicht. Dafür fehlen mindestens eine, zwei Nummern», gab der Kommissar zurück, ohne sich umzudrehen, um den Freund direkt anzusprechen. «Aber ich habe eine vage Vermutung: Die Einrichtung hier passt genau in die Zeit, aus der die Kombination stammt. Am 7. Juli 1974 wäre die Bar ebenso leer gewesen wie heute.»

«Du bist gut.» Der Journalist legte die Linke von hinten auf die Schulter des Polizisten, umrundete ihn, um sich ihm gegenüber hinzusetzen. «Mann, wie schaust du denn aus!», platzte es aus ihm heraus, als er dem Ermittler erschreckt und fasziniert zugleich ins zerschlagene Gesicht starrte.

«Um das klarzustellen», nutzte Tagliabue die Verblüffung Lüthis, «ich bin nicht mit einer Straßenlaterne zusammengestoßen.»

«Ich hätte eher auf Pesche oder auf Mike Tyson zu seinen besten Zeiten getippt. K. o. in Runde eins. Du siehst ja fürchterlich aus. Unter blauen Augen eines emigrierten Italieners verstehe ich etwas anderes. Sinatra oder so.»

« Es gibt eine weitere Parallele zwischen *The Voice* und mir », gab sich der Kommissar Mühe zu lächeln. « Er wurde wegen eines Lochs im Trommelfell ausgemustert. Ich höre im Moment ein ständiges, lästiges Rauschen.» Er begann, seine Geschichte im Tunnel zu erzählen.

« Und, dein Verdacht ? » Lüthi hatte aufmerksam zugehört.
« Viele Möglichkeiten, viele Motive. Aber keine Ahnung, kein Anhaltspunkt. Nur so viel ist klar: Jemand hat die Tür hinter mir verschlossen und eine Mauerattrappe vor den Eingang geschoben. Der große Unbekannte hat gehofft, dass ich im Tunnel verrecke und irgendwann irgendjemand auf den geheimen Gang und später auf mein bleiches Gerippe stößt.»
« Du bist also noch nicht wesentlich weitergekommen ? »
Der Kommissar schüttelte den Kopf leicht. Was sich auch auf die misslungene Interpretation von « The Way You Are » des *piano man* bezog.
« Huber und Hansen ? »
« Die wollen endlich Resultate. Koste es, was es wolle, außer natürlich ihre Reputation und ihren Job. Das gilt nebenbei bemerkt auch für mich. Ich brauche diese paar Jährchen bis zur Pension noch.»
Vergeblich versuchte Lüthi, die Pause, von Stille konnte keine Rede sein, durch immer heftigeres Winken Richtung Barmann zu überwinden. Der Pianist intonierte inzwischen die ersten paar Takte von « My Way », was auf seine Interpretation des Klassikers voll zutraf.
« Arbeitet ihr noch am Fall Schläfli ? » Auch Tagliabue winkte jetzt.
« Das haben die Leser längst vergessen », zuckte Lüthi mit den Schultern.
« Und du ? Für dich ist die Sache auch gegessen ? »

«Ich recherchiere für mich in einem anderen Fall, in dem ihr ebenfalls nicht ans Ziel gekommen seid. Falsche Spur würde ich sagen – lass dich überraschen.»

Der Ermittler war so auf die nächste Frage fixiert, dass er die Einladung zum Nachfragen nicht wahrnahm: «Hast du mal was von Schläfli oder von Krämer im Zusammenhang mit Kinderpornografie vernommen? Scheint eine internationale Sache bis in höchste gesellschaftliche Kreise zu sein.»

«Nein, sagt mir nichts. Du meinst nicht den Fall mit dem englischen Starmoderator?»

«Keine Ahnung. Ist auch egal.»

«Das», Lüthi schielte zu ihm hin, «nehme ich dir bei bestem Willen und bei allem Respekt nicht ab. Aber ein gut gemeinter Ratschlag unter Freunden: Pass auf, dass du dich nicht wieder verrennst und dir noch mehr Ärger aufhalst. Denk an die paar Jährchen und deine Rente, die du dir wirklich verdient hast.»

«Wie aufwändig ist es», der Polizist blickte zur Bar, um seiner Frage noch mehr Nebensächlichkeit zu verleihen, «digitale Bilder zu retuschieren? Ihr hattet doch mal so eine Geschichte. Ein Kopf auf irgendeinen anderen Körper kopiert, um diese Sexaffäre zwischen einem Politiker und einer Nutte zu dokumentieren.»

«Selbst ausgewiesene Experten, unter anderen auch solche aus eurem Haus, konnten nichts nachweisen. Seither haben sich die Möglichkeiten des Manipulierens noch einmal massiv verbessert. Warum meinst du?»

«Eigentlich tragisch», Tagliabue drehte sich erneut zur Bar, die inzwischen verlassen war. «Der Kerl erholt sich von seinem Stress. Lass uns weiterziehen.» Er erhob sich, Lüthi folgte. Der Pianist versuchte sich an «Killing Me Softly» von Roberta Flack. Der Kommissar hätte «Killing the Hard Way» den Vorzug gegeben und bereute, die Waffe im Alfa liegen gelassen zu haben. Er konnte sich im Moment gut vorstellen, die Aufforderung «Don't shoot the piano man» mit einem Lächeln und einem Zündholz im linken Mundwinkel zu ignorieren.

«Wohin gehen wir?», fragte Tagliabue vor der Tür.

«Ich trinke mein Bier an einer Wurstbude und gehe nach Hause. Wie gesagt bin ich an einer heißen Geschichte. Internet, Mac und eure Inkompetenz machen es möglich.»

«Dann gehe ich auch heim. Allein macht es keinen Spaß.»

«Wenn wir schon beim Thema sind», Lüthi zündete sich eine Gauloise an, «wie gehts Jade?»

«Weiß nicht», Tagliabue wandte sich ab und warf im Gehen über die Schulter: «Erste Minute Neeskens auf Penalty. 1:0 Holland oder besser: die Niederlande. Fünfundzwanzigste wieder Penalty. Breitner mit der Drei zum 1:1. Zwei Minuten vor der Pause, wie es nur die Deutschen können, der Bomber der Nation aus der Drehung zum 2:1. Die Schützen des ersten und des letzten Tores mit der Dreizehn – deshalb lediglich die fünf Zahlen. Das war vielleicht ein Spiel. Solche Typen gibts längst nicht mehr: Alles stromlinienförmige Millionäre, die für eine Handvoll Dollar die Mutter verkaufen würden, um sich einen neuen Sportwagen in die Garage zu stellen oder sich aus purer Langeweile und aus Identifikationsmangel mit Team, Fans und Trikot eine weitere Tätowierung in die Haut stechen zu lassen. Damit sie wenigstens etwas Profil haben und sich an die Namen und Geburtstage ihrer Frauen und Kinder erinnern können. Gibt es eigentlich schon eine Technologie, um Tätowierungen wie Bilder retuschieren zu können?»

Der Journalist verstand die Frage nicht und entfernte sich in die andere Richtung: «Pass auf, dass du nicht wieder auf die Fresse kriegst.»

Wachsam schlängelte sich Tagliabue durch die Massen. Die Straßen und Lokale des Quartiers hatten sich gefüllt. Er entschied, *direttissima* nach Hause zu gehen, um sich endlich seinen Breil Pur mit einem Fever-Tree Tonic zu gönnen. In Umkehr des Mischverhältnisses nannte er das «Tonic Gin».

Als er seine Wohnungstür verriegelt hatte, spürte er das iPhone in seiner Hosentasche vibrieren. Eine SMS: «Schön, dich wieder mal, wenn auch nur distanziert, zu sehen. Was ist mit deiner Visage passiert? Deine Nüchternheit und der Vollbart stehen dir recht gut. Trotzdem heute Nacht nicht. TSJ.»

Mit einem gut gefüllten Glas in der Hand fläzte sich Tagliabue in seinen Lounge Chair und streifte mit seinem linken Fuß die Schuhe und die Socke vom rechten Fuß und umgekehrt. Er stierte düster vor sich hin, beobachtete sein Bild im dunklen Fernseher.

Zwei oder drei Tonic Gin und viele Gedankenspiele später legte er sich ins nicht frisch bezogene Bett. Die Angst, Nase, Kissen und Matratze in weitere Mitleidenschaft zu ziehen, hinderte ihn daran einzuschlafen. Die Tatsache, dass er völlig unüblicherweise einen Mittagsschlaf eingestreut hatte, half beim Einschlafen auch nicht.

Um vier Uhr morgens setzte er der verzweifelten Suche nach Schlaf ein Ende, stand auf, duschte und rasierte sich, zog sich an, trank seinen Espresso und machte sich auf in Richtung Büro.

18

In der düsteren Straße vor dem dunklen Haus erinnerte er sich an Lüthis Warnung, die wie ein böses Orakel geklungen hatte. Noch aufmerksamer und vorsichtiger als üblich nahm er den Weg durch die Stadt entschlossen und bis zur letzten Faser angespannt in Angriff. Im Quartier traf er noch auf letzte Überbleibsel des Vergangene-Nacht-Lebens. Zuhälter, die ihre Angestellten und deren Entgelt für ihre Liebesmühen einsammelten. Gäste aller Kontinente, die ihr Hotel suchten. Besucher aus der Agglomeration, die, falls nicht ihren Geldbeutel, so immerhin dessen Inhalt vermissten. In den Seitengassen sah er Männer, die ihre Blase an der ersten Hinterhausmauer zufrieden erleichterten, und Frauen, die Besoffene und anderweitig Trunkene an die Wand stellten, um sie wie auch immer zu erleichtern.

Je weiter der Ermittler ging, desto weniger traf er auf anderes menschliches Leben. Im zu Ladenöffnungszeiten so belebten Einkaufsviertel erblickte er in den, weshalb auch immer, grell erleuchteten Schaufenstern lediglich sein eigenes Spiegelbild. So verwaist und tot hatte er die Stadt nie erlebt – er hatte die Phase getroffen, in der es schon zu spät für Nachtschwärmer und zu früh für Frühaufsteher war. Die Menschenleere behagte ihm, er war sich seit Langem wieder einmal sicher, nicht verfolgt zu werden – andererseits wusste er, dass ihm im Fall eines Übergriffs keine Seele zu Hilfe eilen würde. Allerdings erkannte er da keinen Unterschied zu belebten Orten am helllichten Tag.

Von seinem frühmorgendlichen Spaziergang erfrischt und motiviert erreichte der Kommissar das Polizeipräsidium. Er stellte sich mental bereits auf dumme Bemerkungen des Portiers ein, den er schon öfter spätabends, aber noch nie frühmorgens angetroffen hatte. Er öffnete die Tür, fand den Empfangsbereich verlassen vor, was er zwar für fahrlässig hielt, ihm andererseits die Möglichkeit gab, nur von der Kamera bemerkt ins Gebäude vorzudringen. Der Minutenzeiger klickte auf den einundzwanzigsten Strich, während der Stundenzeiger auf der Fünf verharrte, als sich Tagliabue an der Glasbox vorbeischob.

Um keinen Lärm zu verursachen, entschied er sich gegen den Lift und für den Aufstieg zu Fuß.

Im bläulichen Schimmern des Bildschirms erkannte er das Gesicht des Assistenten. Der war im Bürostuhl, Kinn auf Brust, die Beine übereinandergeschlagen und in sich zusammengesackt, eingenickt. Das ruhige Ein- und Ausatmen übertönte den Computerventilator, aus den übergestülpten Kopfhörern war kein Laut zu vernehmen – der Vorrat an Heavy Metal oder Akku war im Lauf der vergangenen Nacht anscheinend ausgegangen. Lächelnd den Kopf schüttelnd schlich Tagliabue zu seinem Tisch.

Nach etwas mehr als drei Stunden intensiver Arbeit vor dem Bildschirm schmerzten seine Augen, sein Rücken und sein Hintern. Dafür fühlte er sich hervorragend auf die Gespräche mit Poth und mit Stierli vorbereitet. Lautlos erhob er sich, um einen faden Becherkaffee am Automaten zu holen. Beim Öffnen der Tür stellte er fest, dass sich das Präsidium mittlerweile gut gefüllt hatte. Trotz der sagenhaften Schlechtigkeit des Kaffees und der Menschen kehrte er nicht direkt ins Büro zurück, sondern nahm einen langen Umweg durch die Korridore auf sich.

Mit leerem Becher kam er zurück. Eine Hälfte getrunken, die andere verschüttet. Worüber er nicht wirklich unglücklich war. Die Qualität der Brühe unterbot ihren miesen Ruf bei Weitem.

«Für einmal nicht zu spät», wurde er von Deubelbeiss, der inzwischen aufgewacht war, begrüßt. «Leiden Sie unter seniler Bettflucht? Oder hat Sie heute jemand aus dem Nest gestoßen?»

«Ich habe immerhin ein Bett, was mir bei Ihnen nicht der Fall zu sein scheint. Haben Sie hier übernachtet? Stehen Sie auf und sehen Sie draußen nach, ob unsere zwei Gäste hier sind. Und, nur ganz nebenbei: Ab und zu eine Dusche, eine Rasur, eine frische Zahnbürste, ein Kamm und gewaschene Kleider könnten Ihnen guttun. Ich muss mich schämen, Sie so rauszuschicken.»

Der Assistent tat, als würde er aufstehen, sank aber in seinen Stuhl zurück und drückte ein paar Tasten. «Die hocken nebeneinander auf der Bank», kommentierte er das Bild der Überwachungskamera.

Der Vorgesetzte näherte sich und betrachtete die Liveübertragung der Männer. Diese hatten die Kamera bereits erblickt und verzichteten aus Respekt vor Mikrofonen darauf, sich zu unterhalten. «Wie haben Sie das gemacht?» Er deutete auf den Bildschirm, ohne sein Erstaunen zu verbergen.

«Ich habe die Kamera angewählt», meinte der Jüngere, als sei das die einfachste und alltäglichste Sache der Welt.

«Und welchen der beiden knöpfen wir uns jetzt vor?»

«Poth», antwortete Deubelbeiss ruhig und ohne den Blick vom Bildschirm abzuwenden. Mit der Maus zoomte er die auf der Bank aufgereihten Männer heran.

«Holen Sie Stierli. Unser Trueboy hat mich schließlich im Castro warten lassen.»

Ein kaum wahrnehmbares Grinsen huschte über das Gesicht des Assistenten, der sich langsam aufrichtete. «Nur zu meiner Information und aus purer Neugierde: Handelt es sich um Verdächtige oder haben wir die zum Vergnügen eingeladen?»

«Sie sind die einzige Hoffnung, die Erwartungen sowohl der Staatsanwaltschaft als auch des Polizeikommandanten und der rachedurstigen Öffentlichkeit zu erfüllen. Krämer darf ich nicht einladen, weil Huber ihn für unantastbar erklärt hat. Aber das ist alles halb so schlimm. Habe ich Ihnen das nicht dargelegt? Menschen wollen nicht Gerechtigkeit, sie wollen Schuldige, sie dürsten nach Vergeltung. Auge um Auge, Zahn um Zahn. Damit sich die Welt wieder im Gleichgewicht befindet. Und jetzt gehen Sie schon! Bringen Sie mir Stierli in den Verhörraum. Und wagen Sie nicht einmal, sich auch nur zu überlegen, ob Sie mich bitten wollen, beim Verhör dabei zu sein.»

Bevor der Assistent den Satz in seine Teile zerlegt und verstanden hatte, setzte der Vorgesetzte noch eins obendrauf: «Sie stören. Sie sehen schlecht aus. Sie stinken. Und so wie ich Sie kenne, verfolgen Sie mein Gespräch sowieso, indem Sie sich in die Kamera einwählen – schließlich müssen Sie ja Ihren Onkel informieren.»

Den letzten Teil hörte Deubelbeiss nicht mehr. Er hatte das Büro bereits verlassen und die Tür hinter sich zugeschlagen.

Der Kommissar wartete ein paar Minuten, bevor er den Weg zum Verhörraum einschlug. Als er eintraf, saß Stierli weit zurückgelehnt auf einem der zwei Stühle, um es sich so bequem wie möglich zu machen. Das Gesicht dem Eingang zugedreht, um sich nicht überraschen zu lassen.

«Herzlichen Dank, dass Sie sich für diese Sitzgelegenheit entschieden haben, so behalten wir Sie besser im Bild.» Tagliabue winkte in die Kamera. «Aber Sie kennen diese Situation. Wie lange läuft Ihre Bewährung noch?»

«Das wissen Sie genau! Könnten Sie mich endlich darüber informieren, wieso Sie mich vorgeladen haben?»

«Hat man Ihnen das nicht gesagt? Da muss ich mit meinem Assistenten ein ernstes Wörtchen reden.»

Tagliabue setzte sich dem Vorgeladenen gegenüber und lehnte weit über den leeren Tisch: «Ich weiß, Sie haben Schläfli ermordet.»

Wie von der Tarantel gestochen, schnellte Stierli in kerzengerade Stellung: «Sind Sie eigentlich vollkommen bescheuert?»

«Das steht gerade nicht zur Diskussion. Sie haben mich auf das Anwesen von Schläfli verfolgt und wollten mich im Geheimtunnel verschwinden und verrecken lassen. Weil ich in der Universität aufgetaucht bin, haben Sie Angst gekriegt. Sie dachten wohl, ich sei Ihnen auf der Spur. Sie wollten mich eliminieren, um nicht ins Gefängnis zu müssen.»

«Ist das alles? Ich kenne diesen Schläfli nicht. Habe ihn nie getroffen.» Stierli entspannte sich etwas.

«Wir haben Ihre Fingerabdrücke in der Villa gefunden.»

«Das ist nicht möglich.»

«Es gibt eine weitere Verbindung zwischen Ihnen und dem Ermordeten. Sie haben Geld von ihm erhalten. Zweitausend Franken sind an Sie geflossen. Über ein Konto, das dazu diente, die Transaktion zu vertuschen.»

Der Verdächtige hörte regungslos zu. «Sie sind wirklich durchgeknallt», flüsterte er mehr zu sich selbst als zum Kommissar.

«Sie erinnern sich nicht an zweitausend Franken?» Der Kommissar ließ den Studenten nicht aus den Augen. «Dabei sind Sie doch immer knapp bei Kasse.»

«Wie sind Sie zu diesen Informationen gekommen? Das ist doch eine Verletzung des Bankkundengeheimnisses.»

«Sie pflegen Ihre, wir unsere kleinen Geheimnisse. So bleibt das Leben spannend, nicht wahr?»

«Ist das alles? Mehr haben Sie nicht?»

«Ich denke, das dürfte reichen. Wenn ich daran denke, was uns Ihr Freund erzählt hat, und wenn ich mir ihre Vorstrafen ansehe, stehen meine Chancen gut und Ihre schlecht.»

«Poth?», stieß Stierli verunsichert aus.

«Überlegen Sie gut: Wer von Ihnen beiden ist zuerst bei uns eingetroffen?»

«Er ist etwas später gekommen.»

«Sehen Sie. Ich hatte mich schon mit ihm unterhalten. Er hat Sie belastet. Schöne Freunde ... Unsere Beweise, die Indizien und Aussagen von Poth bringen Sie in ziemlichen Erklärungsnotstand. Und die Samen und Sporen, die wir im durchnässten Teppich gefunden haben, stammen nicht aus unserer Zeit. War anspruchsvoll, Experten zu finden, die sich darin auskennen und konkrete Angaben machen konnten. Aber wie konnten Pflanzenreste aus Urzeiten in die heutige Zeit gelangen? Sie sind im Eis gereist – klingt gut, nicht wahr? Vom Gletscher in die Villa in einem Nobelquartier hoch über dem See, über allen Normalsterblichen. Unsere Recherchen führten vom geschmolzenen Wasser zu Ihnen als Studenten der Glaziologie, passioniertem Gletschergänger und Tourenskifahrer. Und zu Ihren Vorstrafen, zu Tobias Poth. Den Rest hat Ihnen dann Ihr so genannter Freund besorgt.»

«So ein Schwein ...» Und Stierli begann zu erzählen.

Rund drei Stunden später, die Beamten hatten ihn noch länger sitzen lassen, saß Poth auf dem freien, wieder erkalteten Stuhl, auf dem sein Freund zuvor ausgepackt hatte.

«Danke, dass Sie sich die so wertvolle Zeit genommen haben», startete der Kommissar die Vernehmung. «Das Gespräch mit Ihrem Kollegen hat um einiges länger gedauert als geplant. Es war auch viel aufschlussreicher als gedacht. Sie haben also Herrn Schläfli nicht gekannt?»

«Wie ich Ihnen schon sagte: Nein.»

«Bitte, wie wir es in unserer Schulzeit gelernt haben», Tagliabue lehnte sich genüsslich zurück, «formulieren Sie einen ganzen Satz mit Subjekt, Verb und Objekt. Damit deutlich wird, worauf sich Ihr Nein bezieht.»

Poth ließ sich nicht anmerken, dass er nah davorstand zu explodieren: «Nein, ich habe Schläfli nicht gekannt.»

«Und der Kommentar in *HEUTE* unter Ihrem Pseudonym bezog sich auch nicht auf Schläfli im Speziellen, sondern auf Leute wie ihn im Allgemeinen? Trueboy69 meinte alle reichen Säcke, die auf Kosten der anderen leben. Das war eine Art Sozialkritik, die Sie einfach mal loswerden mussten. Und der Fall Schläfli bildete, Sie verzeihen mir diese Formulierung, nur den Aufhänger?»

«Ich finde die Wortwahl unpassend, aber das steht hier nicht zur Diskussion. Eventuell hat jemand anderes den Kommentar unter diesem Namen verfasst.»

«Haben Sie einen konkreten Verdacht?» Der Polizist sah ihn unverwandt an.

«Könnte jeder gewesen sein», nahm Poth das Blickduell an.

«Zum Beispiel ihr Freund Stierli?»

«Er ist nicht mein Freund. Wir haben uns nur ab und zu mal an der Uni oder zu einem Bier getroffen.»

«Das war nicht meine Frage.»

«Stierli? Weshalb nicht. Er kannte mein Pseudonym. Es könnte auch Zufall sein, dass ein anderer diesen Namen eingesetzt hat – jemand, der ihn im Internet gelesen hat. Wer publiziert einen Kommentar schon unter seinem richtigen Namen?»

Abrupt brach der Ermittler den Blickkontakt ab und zog sich zurück. «Und wenn ich Ihnen sage, dass wir Ihre Fingerabdrücke in Schläflis Villa gefunden haben?», eröffnete er die nächste Runde.

«Dann halte ich das für eine Lüge», ging Poth in Deckung.

«Drei Fingerabdrücke auf einem Heizungsregler im Keller von Schläflis Villa stimmen mit jenen überein, die Sie auf dem silbernen Visitenkartenetui hinterlassen haben. Sie erinnern sich doch an unser Meeting? Wie Sie sehen, hat das Treffen immerhin bei der Polizei, falls ich es so ausdrücken darf, einen ziemlich nachhaltigen Abdruck hinterlassen.»

Die Zweierkombination erzielte erste Wirkung. Tagliabue setzte nach: «Und Sie wollen mir immer noch weismachen, dass Sie Schläfli nicht gekannt haben?»

«Was heißt schon kennen», wich Poth ungelenk aus, «oder wollen Sie von sich behaupten, dass Sie jemanden kennen? Kennen Sie Ihren *papà*, Ihre *mamma*, Ihre Freundin?»

«Hören Sie mit dem philosophischen Mist auf!», schnellte der Polizist vor, um seine nächste Attacke zu lancieren: «Sie wurden öfters dabei gesehen, wie Sie zur Villa fuhren, ausstiegen und hineingingen. Es war meist ein rotes Auto von Mobility.»

«Die sind immer rot.»

«Die Daten zeigen die zurückgelegten Strecken und weisen diese zweifelsfrei Ihnen als Fahrer zu. Aber vielleicht hat ein anderer Ihre Identität benutzt.» Er zog sich aus dem Infight zurück, um etwas Luft zu holen. «Bleibt die Haushälterin, die Sie gesehen und sofort identifiziert hat», bluffte er.

«Die portugiesische Putzfrau, die immer rumgeschnüffelt hat?»

«María Pinto ist keine gewöhnliche Putzfrau», erwiderte der Kommissar. «Ich gehe nicht davon aus, dass Sie Schläfli zum Schachspielen getroffen haben ...»

Die Frage traf Poth unerwartet: «Wie kommen Sie auf die absurde Idee? Was haben Sie bloß mit Ihrem Schachspielen?»

«Nur so, ein kleiner Scherz meinerseits. Entschuldigen Sie. Wären sehr teure Schachpartien. Sie könnten davon leben, als Profi.»

«Wovon reden Sie überhaupt?»

«Wir haben uns überall umgesehen. Schläfli hat in mehr oder weniger regelmäßigen Abständen zum Teil hohe Summen an Sie überwiesen. Ich gehe davon aus, Sie haben die nicht fürs königliche Spiel erhalten.»

«Woher wissen Sie, dass dieses Geld an mich floss? Haben Sie das Bankgeheimnis verletzt, Sie lausiger kleiner Schnüffler?»

Endlich hatte Tagliabue den Gegner aus der Reserve gelockt. Er konzentrierte sich und kümmerte sich nicht um den *trash talk*: «Selbstverständlich haben wir Hansens Okay im Vorfeld der Ermittlungen eingeholt.»

«Wer ist dieser Hans?»

«Dr. Steffen Hansen, der leitende Staatsanwalt im Fall Schläfli», erklärte der Polizist. «Wofür haben Sie das Geld erhalten?»

«Ich denke nicht, dass ich, und schon gar nicht Ihnen, eine Antwort liefern muss.»

Als ob er nachdenken würde, erhob sich Tagliabue, drehte dem Besucher den Rücken zu und schritt zügig zur Tür, um sich unvermittelt wieder umzudrehen. «Wie Sie wollen. Dann liefere ich Ihnen eine Hypothese: Sie haben Schläfli mit Ihren Diensten verwöhnt. Der arme Kerl war nach dem Tod der Gattin allein und suchte etwas Vergnügen bei Ihnen.

Soll doch vorkommen, dass Typen mit Männern und mit Frauen rummachen. Für die These spricht, dass wir DNA-Spuren am Leichnam gefunden haben. Ein Teil davon lässt sich Ihnen zuordnen.»

Misstrauisch zog Poth sich in seine Ecke zurück, um sich eine neue Taktik zu überlegen. «Schläfli war ein Kunde», begann er zögernd. «Ich kannte ihn, lange bevor er seine zweite Frau traf und heiratete, um diesen schönen Schein der intakten, leider kinderlosen Ehe aufrechtzuerhalten. Die bessere Gesellschaft hätte einen wie ihn niemals in ihrer Mitte akzeptiert – für ihn als Emporkömmling gestaltete sich das von Beginn an kompliziert. Ohne Krämer hätte er es nicht geschafft. Der hat ihn in den höheren Kreisen eingeführt und uns miteinander bekannt gemacht – sie hatten beide die gleichen Neigungen.»

«Welche Neigungen?»

Poth musterte Tagliabue und rang mit einer Entscheidung. Er zögerte. Der Kommissar spürte, dass ein Insistieren kontraproduktiv sein würde.

«Ihre Partner mussten möglichst frisch sein. Je jünger, desto besser. Vor allem Krämer war eine perverse und sadistische Sau. Die zwei machten sich gemeinsam auf die Suche nach Frischfleisch, wie sie es nannten. Als ich älter wurde, wollte Krämer nichts mehr von mir wissen. Dafür verlangte Schläfli Exklusivität. Er hatte panische Angst vor Krankheiten. Bei der Arbeit musste ich weiße Handschuhe tragen. Nicht so reich, aber ebenso irre wie Howard Hughes. Das verhinderte Ansteckungen und klärte die Kräfteverhältnisse. Hier der Meister und dort der Diener. Wie bei einer Putzfrau.» Poth lehnte sich zurück und schien erleichtert. «Es ist also unmöglich, dass Sie meine Fingerabdrücke in seiner Villa gefunden haben. Die DNA-Spuren lassen sich mit meiner professionellen Arbeit für ihn erklären. Ich war im Haus, aber – um auf die mehrfach gestellte Frage zurückzukommen: Ich kannte Schläfli nicht wirklich. Und es wird schwierig für Sie sein, mir nachzuweisen, dass ich mich zur Tatzeit am Tatort aufhielt.»

«Da muss ich Ihnen recht geben.» Tagliabue erhob sich. Er erinnerte sich an Lüthi und ihre Unterhaltung über «float like a butterfly, sting like a bee». Er tigerte im Rücken von Poth umher, damit der gezwungen wurde, den Kopf nach links und rechts zu drehen, um den Gegner nicht aus den Augen zu verlieren und auf die nächste Attacke reagieren zu können. Das Katz-und-Maus-Spiel dauerte etwas an, bis der Kommissar zum nächsten Schlag ausholte.

«Stellt sich noch die Frage, wozu Sie das Eis brauchten, das Sie von Ihrem Freund Stierli erworben haben. Gut, um abzulenken, werden Sie jetzt erklären, dass er nicht Ihr Freund ist. Das ändert aber nichts an den Tatsachen. Er hat eben ausgesagt, Ihnen einen größeren Eisblock kurz vor der Tatzeit am Tor zum Anwesen persönlich übergeben zu haben. Er habe zwar nicht gewusst, wofür Sie das Eis brauchten, und auch nicht danach gefragt.»

«Wenn Sie einem Vorbestraften glauben wollen», meinte Poth süffisant, «woher soll er das Eis haben? Etwa aus dem Institut geklaut? Das wird ja immer abstruser, und Sie noch peinlicher, was ich für kaum möglich gehalten hätte.»

Der Ermittler kannte die Reaktion aus jahrzehntelanger Erfahrung. Er lächelte im Wissen, dass er den Fisch an der Angel hatte, und ließ ihn etwas zappeln, gab ihm noch etwas Leine. «Sie behaupten, Stierli nicht zu kennen. Wer kennt schon jemanden, nicht wahr? Als begeisterter Gletschergänger hat Ihr Kollege Ihnen den in Auftrag gegebenen Eisblock von einer Tour mitgebracht. Er hat ihn in der Gefriertruhe seiner Großmutter zwischengelagert, bevor er ihn Ihnen ausgehändigt hat. Dafür haben Sie ihm die zweitausend Franken überwiesen – ein ganz hübsches Sümmchen für ein bisschen gefrorenes Wasser.»

«Ist es verboten, für etwas einen überrissenen Preis zu bezahlen? Der Markt bestimmt ...»

«... den Preis. Ich weiß. Einer Ihrer Maximen. Ich wundere mich einfach, warum Sie nicht bei irgendeiner Tankstelle *crushed ice* oder *ice cubes* für Ihre Drinks geholt haben. Warum um alles in aller Welt brauchen Sie so ein großes Stück Eis?» Tagliabue bereitete sich auf die entscheidende Attacke vor.

«Ich habe also übertevertes Eis gekauft. Von Stierli, der es aus einem Gletscher geschnitten hat. Sie merken selbst, wie absurd das klingt. Doch nehmen wir einmal an, es wäre so gewesen. Was wollen Sie damit beweisen – und vor allem: Wie wollen Sie es beweisen?», versuchte sich der Verdächtige aus der Umklammerung zu lösen.

«Ein Stück Eis von diesem Format herzustellen», fuhr der Ermittler unbeirrt fort, «halte ich ja noch für möglich. Sicher verfügt man im Institut für Glaziologie auch über die entsprechende Infrastruktur. Aber in einem gut dokumentierten Wissenschaftsbetrieb würde dies auffallen und Fragen aufwerfen – viel einfacher war es, das Eis vor Ort zu holen. So jedenfalls hat es Ihr Freund, oder eben Nichtfreund, dargestellt.»

«Und wenn schon. Ihre Beweise sind längst dahingeschmolzen. Haben sich aufgelöst.»

«Nicht ganz. Für unsere Fachleute des wissenschaftlichen Dienstes war es einfach, die Spuren im Teppich unter der Leiche mit Ihrem – Sie haben schließlich dafür bezahlt – Eis in Verbindung zu bringen. Und dies erst noch dank der Klimaerwärmung: Denn die Gletscherschmelze bringt nicht nur eingefrorene jungsteinzeitliche Wanderer zum Vorschein, sondern auch Spuren von Pflanzen und Tieren, die in unseren Breitengraden längst ausgestorben sind. Unsere Experten haben zudem Beweise dafür gefunden, dass das Eis vom Tor bis unter Schläflis Füße gebracht worden ist. Und in Großmutters Tiefkühltruhe waren dieselben Elemente zu finden, was die Geschichte Ihres Freundes erhärtet.»

Dieser Schlag saß. Poth zeigte Wirkung. Er fiel in sich zusammen und starrte benommen und leer auf den Tisch.

Der Befrager holte zu seinem nächsten Schlag aus: «Und die überwiesene Summe stimmt auch überein. Sie hätten gierig sein und etwas abzweigen müssen. Weshalb lautet das Konto auf den Namen ‹Perzetta›?»

«Wegen meinem zweiten Vornamen.»

«Der lautet doch Xeno.»

«Mein Vater bestand auf Xeno. Meine Mutter hasste diesen Namen. Wie alles, was meinen Vater betraf. Nur um ihn zu ärgern, nannte sie mich Zeno mit Z.»

Tagliabue gönnte seinem Gegner eine Erholungspause und zählte für sich bis zehn.

«Nun?»

«Schläfli war ein Schwein», begann Poth zögernd. «Haben Sie sich nicht gewundert, weshalb das Bild des perfekten Traumpaares nicht mit ein paar netten, adretten Kindern komplettiert wurde? Er hat seine erste und zweite Frau nicht berührt. Vielleicht hat seine erste Gattin seine Vorliebe für möglichst junge Knaben entdeckt. Mit ihrem Ableben hat sich das Problem gelöst. Ihr Tod wurde nie geklärt. Wahrscheinlich hat ihn einer seiner Freunde bei der Polizei und/ oder aus der Politik gedeckt.»

Zum ersten Mal empfand Tagliabue so etwas wie Sympathie für Poth, unterdrückte aber den Impuls, ihm zuzustimmen. Vielmehr forderte er das Gegenüber mit einer Geste auf, mit den Ausführungen fortzufahren.

«Nach dem Tod der Frau hat er die Finger von Kindern gelassen. Anscheinend hatte er Angst davor, entdeckt zu werden. Dafür wurden seine Fantasien – wie soll ich es ausdrücken – ausgefallener. Das begann mit den weißen Handschuhen und hörte mit seiner Eis-Idee auf.»

«Wollen Sie etwas Wasser?» Der Kommissar füllte das Glas des anderen, ohne dessen Antwort abzuwarten.

«Danke.» Poth starrte vor sich auf die Tischplatte, als ob die Fortsetzung der Geschichte dort zu finden wäre. «Schläfli vertrat die bizarre These, dass der Mensch die höchste sexuelle Befriedigung kurz vor dem Tod erfahren könne. Er hat sich obsessiv mit dem Gedanken beschäftigt und seinen eigenen Plan entwickelt. Vielleicht hat er diese Idee abgekupfert – das mit dem Kopfkissen reichte ihm irgendwann nicht mehr.»

Es folgte eine längere Pause.

«Ich sollte ihm diese speziell geknotete Schlinge – er hat mir präzise Instruktionen erteilt – um den Hals legen, das andere Ende des Seiles fixieren. Die Schlinge würde sich beim Schmelzen des Eises unter seinen Füßen langsam zusammenziehen. Meine Aufgabe bestand darin, den perfekten Moment abzuwarten, um ihn, sagen wir, gleich in zweifacher Hinsicht zu befreien, ohne das Experiment zu versauen.»

«Sie mussten das Eis organisieren. Dafür haben Sie Geld von Schläfli erhalten. Die zweitausend Franken haben Sie an Stierli überwiesen. Wahrscheinlich hat Ihnen Ihr, wie formulierten Sie so schön, Meister eine Erfolgsprämie in Aussicht gestellt, falls das Experiment gelingen würde. Aber Sie haben den Lohn nicht erhalten, weil Unerwartetes dazwischengekommen ist. Hat Schläfli den Halt verloren? Ist er ausgerutscht?»

«Das Eis hat sich zu langsam aufgelöst», erläuterte Poth leise, ohne auf den ausgeworfenen Köder zu reagieren.

«Ich weiß es zu schätzen, dass Sie nicht versuchen, mich zu belügen und auf Unfall zu machen. Wie ging es weiter?»

«Ich ging in den Keller, um die Bodenheizung auf volle Leistung zu stellen. Das Scheißding war total vermurkst. Mit meinen Baumwollhandschuhen habe ich die Sache nicht in den Griff bekommen, sondern bin abgerutscht. Ich habe sie mir ausgezogen, um den Drehregler endlich bewegen zu können.» Als suchte er nach einem Beleg für die Aussage, betrachtete Poth seine Handflächen. «Ich habe ihm noch gesagt, dass das nicht so schnell wirken würde. Das sei ein schwerfälliges System und seine Villa riesig. Aber er wollte nicht auf mich hören und hat mich nach unten geschickt, um zu machen, was er verlangte. Als ich dann zurückkam, hing er am Seil. Jemand muss ihn gestoßen haben. Ich weiß es nicht. Ich habe die Überreste des Eisblocks genommen, ins Waschbecken im Keller getragen, mit heißem Wasser zum Schmelzen gebracht und mich dann so schnell es ging aus dem Staub gemacht.»

«Jetzt enttäuschen Sie mich», schüttelte der Ermittler den Kopf. «Sie sagen, es war kein Unfall. Und Sie waren es nicht. Also muss noch jemand in der Villa gewesen sein. Und dann verlassen Sie das Haus nicht fluchtartig auf schnellstem Weg, sondern steigen in den Keller, um in aller Ruhe ein Beweisstück zu entsorgen. Für wie blöd halten Sie mich eigentlich, James?» Ohne auf die Antwort zu warten, legte er nach: «Und kommen Sie mir nicht mit Schock, Panik oder Verwirrung. An die Eisentsorgung haben Sie schließlich auch gedacht ...»

Poth stierte teilnahmslos ins Leere.

«Dann will ich Ihnen erzählen, wie die Sache abgelaufen ist.» Tagliabue studierte den Jüngeren und dessen Reaktionen genau. «Schläfli steht vor Ihnen auf dem Eisblock, die Schlinge um den Hals. Er beleidigt Sie, weil es nicht so abläuft, wie er sich das vorgestellt und er Sie gebrieft hat – wir kennen das Verhalten von Vorgesetzten. Sie regen sich auf, verlieren die Beherrschung, schubsen ihn vom Sockel. Die Schlinge zieht sich viel heftiger und viel enger zu als eigentlich geplant. Der Auftraggeber stirbt direkt vor ihren Augen. Sie geraten in Panik. Packen das Eis, legen es ins Becken und drehen die Heizung auf, um die letzten Spuren sich sozusagen in Luft auflösen respektive verdunsten zu lassen. Jeder Verteidiger wird natürlich darauf plädieren, dass Sie im Affekt handelten. Ich kann mit der Version leben. Bei Hansen wäre ich mir nicht so sicher. Sie kennen die Deutschen.»

Ungläubig schüttelte Poth den Kopf.

«Bei meiner zweiten Hypothese handelt es sich eher um Mord. Hier sind es niedere Beweggründe – aber das muss das Gericht entscheiden: Schläfli wartet angespannt auf den Höhepunkt des Herbsttags, und Sie beide haben keinen oder einen Ihrer Ansicht nach zu tiefen Preis vereinbart. Sie denken, jetzt wäre der ideale Moment für Nachverhandlungen gekommen.»

«Sie sind so pervers wie dieses Schwein!» Poth dämmerte, worauf der Kommissar hinauswollte.

Dieser ließ sich nicht beirren. «Als er Ihren Erpressungsversuch geradeaus ignorierte, haben Sie ihn an den Füßen gepackt und ins Verderben gezogen. Wenn Sie behaupten, Sie hätten das wegen der Kinder gemacht, die er jahrelang missbrauchte, dann wird man Ihnen das zugutehalten. Sofern Ihnen irgendjemand diese Geschichte abnimmt.»

«Die Kinder interessieren mich nicht. Warum auch, wenn sie von ihren eigenen Eltern verraten und verkauft werden? Für mich sind sie Konkurrenten oder, wie man heute beschönigend formuliert, Mitbewerber, Marktbegleiter. Das fällt aber nicht ins Gewicht, da ich Schläfli nicht umgebracht habe.»

«Das würde ich Ihnen gerne glauben. Und ich denke auch, dass Sie das glauben.» Der Polizist umrundete den Tisch. Es schien, als umkreise er sein Opfer, um im richtigen Moment sofort und unmittelbar zuzuschlagen. «Indizien und Beweise sprechen jedoch eine ganz andere Sprache. Am Heizungsregler waren nicht nur Ihre Fingerabdrücke, am Seil war auch Ihre DNA zu finden. An der Augenbinde und an Schläflis Körper konnten die Experten des Labors Fasern weißer Handschuhe nachweisen. Jener Handschuhe, die Sie im Heizungskeller liegen ließen. An denen fanden wir Spuren Ihrer DNA, daraus resultiert im Endeffekt eine vollständige Indizienkette. Und», Tagliabue blickte direkt in die Videokamera in der Ecke, «Sie besaßen, wie vorhin erläutert, ein Motiv für Ihre Tat.»

«Wenn ich Ihnen erkläre, dass mich Krämer zum kleinen Unfall mit seinem alten Weggefährten Schläfli, sagen wir, finanziell motiviert hat?» Nun studierte Poth den Ermittler genau.

Dieser ließ sich nichts anmerken. «Und: Was wäre Krämers Motiv?», fragte er so beiläufig wie möglich zurück.

«Ich habe Ihnen doch von den gemeinsamen Eskapaden mit den meist sehr jungen Knaben erzählt. Es soll Fotos von den beiden Schweinen mit den Kindern geben.» Poth wartete auf eine Reaktion seines Gegenübers, die jedoch ausblieb. «Krämer distanzierte sich immer weiter von Schläfli. Dessen Geschäfte liefen nicht gut, Schläfli geriet in finanzielle Nöte. Schnell verlor er den Anschluss und wurde ignoriert. Nach außen sah es aus, als hätte er sich nach dem Verlust der Gattin zurückgezogen.»

Mit einem leichten Kopfnicken forderte der Kommissar ihn auf weiterzureden.

«Krämer ließ seinen ehemaligen Freund sitzen. Da fielen Schläfli die belastenden Fotos der gemeinsamen Ausflüge ein.

Er begann, Krämer damit zu erpressen. Der wusste, dass das nie aufhören würde. Er wusste auch, dass sich sein ehemaliger Kamerad immer noch mit mir traf. Er rief mich an und bot mir viel Geld für den kleinen Gefallen – ich habe auch andere Jobs für ihn erledigt.»

«Sie heckten dieses Spielchen aus und hatten vor, es mit Schläflis Tod enden zu lassen.»

«Nein. Diese Idee kam von Krämer, und ich machte Schläfli diesen Vorschlag. Der war begeistert und freute sich auf diese, wie er es nannte, Grenzerfahrung. Ich musste bloß das Eis besorgen.»

«Weshalb sollte ich Ihnen die Geschichte glauben?»

Obwohl Poth lange nach einem Argument suchte, blieb er eine Antwort schuldig.

«Ich bin geneigt, Ihnen zu glauben. Aber da bin ich wohl der Einzige. Die Indizien sprechen für sich. Oder: Gegen Sie. Das habe ich Ihnen erläutert. Wer glaubt denn einem wie Ihnen, einem koksenden, schwulen Stricher? Der gegen ein angesehenes Mitglied unserer Gesellschaft, einen *old boy* aussagt? Hervorragend vernetzt, mit Einfluss in alle relevanten politischen, wirtschaftlichen sowie sozialen Kreise. Krämer, ob schuldig oder nicht, ist nahezu unantastbar. Ich erledige gleich drei Fliegen auf nur einen Schlag, wenn ich Sie überführe: Ich erfülle den Auftrag des Polizeikommandanten. Ich mache den Staatsanwalt und die Öffentlichkeit glücklich. Und ich stille den Hunger nach Rache an all denen, die mich in der Vergangenheit verletzt haben. Die mir einen Teil meiner Erinnerungen geraubt haben oder sie bis heute beherrschen.»

«Aber ich habe ihn nicht getötet. Als ich zurückgekehrt bin, hing er bereits tot am Strick. Ich habe mir zwar überlegt, Krämers Auftrag auszuführen. Aber der Gedanke ist nicht strafbar. Sonst wären Gerichte und Gefängnisse hoffnungslos überfüllt.»

«Sehen Sie», Tagliabue begab sich Richtung Tür, «es geht nicht um Wahrheit, um Gerechtigkeit oder um das Recht. Ich bin aber überzeugt, es geschieht Ihnen recht. Für die Gesellschaft geht die Rechnung auf. Der fiese Mord wurde endlich gesühnt. Das Gleichgewicht ist wieder hergestellt. Und das in doppelter Hinsicht.»

«Wie meinen Sie das?»

Der Kommissar machte kehrt, wisperte Poth ins Ohr, damit weder Aufnahmegerät noch Assistent mitlauschen konnten: «Ich habe Ihre Stimme wiedererkannt. Sie wussten nicht nur von dem Überfall auf mich, Sie waren daran beteiligt. Sie haben mir mit ihren Freunden in der dunklen Unterführung aufgelauert und hätten mich beinahe totgeprügelt. Darum wussten Sie von der hinterhältigen Attacke – dafür lasse ich Sie jetzt über die Klinge springen.»

«Krämer gab den Auftrag, es dem kleinen Tschinggen, wie er Sie nannte, so richtig zu zeigen. Wir waren erstaunt, dass Sie überlebt haben und so schnell, scheinbar ohne langfristige Beeinträchtigungen, zurückgekehrt sind. Sie sind zäh.» Poth grinste dem Polizisten frech ins Gesicht. «Wir hätten Sie umbringen müssen.»

«Großes Pech für Sie.» Tagliabue blitzte ihn mit eiskalten Augen an, um eine längere Pause folgen zu lassen. «Sie waren damals nicht mein Henker. Dafür bin ich jetzt Ihr Richter.»

Er ließ von seinem Opfer ab und klopfte an die Tür, die nach wenigen Momenten von außen geöffnet wurde. Mit dem uniformierten Beamten im Rücken wandte er sich ein letztes Mal zu Poth, der völlig in sich zusammengesunken war: «Sie sind allein. Alle Indizien sprechen gegen Sie. Sie werden schon sehen.»

Mit der Tür schloss er den Fall.

19

Zwei Wochen später saß der Kommissar warm eingepackt vor seinem Schrebergartenhaus. Er hatte den Rasen vom Laub befreit, das der Herbstwind herübergeweht hatte. Auf dem Weg in die Anlage hatte er am Zeitungsautomaten an der Tramstation den aktuellen Aushang von *HEUTE* erspäht: «ANKLAGE MORD!» Darunter in kleineren, nach wie vor großen Lettern: «STAATSANWALT FORDERT HÖCHSTSTRAFE.» Tagliabue hatte den verlangten Betrag aus der Hosentasche gekramt und in den Einwurf gesteckt. Zu spät hatte er bemerkt, dass schon alle Exemplare verkauft waren.

Er dachte an Lüthi und fragte sich, an was für einer Story der Journalist nach Abschluss des Falles Schläfli arbeitete. Er nahm sich fest vor, seinen Freund danach zu fragen, dann *papà* anzurufen. Er strich sich durch seinen gepflegten Bart, an den er sich inzwischen einiges mehr als gewöhnt hatte. Trotz der dicken Daunenjacke begann er leicht zu frösteln. Ausnahmslos zufrieden stand er auf, begrüßte einen Nachbarn, verschwand im Innern des Holzhäuschens. Er nahm ein Glas und entkorkte eine Flasche Barbaresco von Manuel Marinacci. Jahrgang 2009.

Für den folgenden Tag nahm er sich vor, dem Griechen das Ladegerät endlich zurückzubringen.

Epilog

Wochen waren verstrichen, und Tagliabue hatte einmal mehr eine eiskalte Nacht im Schrebergartenhäuschen verbracht, als er am Morgen von einem leisen Klopfen aus dem Schlaf gerissen wurde. Er stand langsam auf, schlüpfte in seine bereitgestellten Pantoffeln, schlurfte geräuschvoll zum Eingang und öffnete vorsichtig die Holztür, um nicht zu viel eisigkalte Luft eindringen zu lassen.

«Na, Bammert. Post für mich? An diese Adresse? Wie nett. Wo steht das Moped? Den Gratiskaffee mit Bestechungsgrappa beim jugoslawischen Italiener schon getrunken?»

Der Postbote zuckte die Schultern: «Ein Brief. Aus Brasilien. Für Sie. Kein Absender. Der Schrift nach von einer Frau.»

«Das geht Sie überhaupt nichts an. Verletzen Sie wieder einmal das Postgeheimnis? Okay, in der DDR haben Sie die Post der anderen immer gleich geöffnet und gelesen – das nenne ich Dienst am Kunden. Wenigstens sind Sie heute nicht so weit gegangen, nicht wahr?»

Angewidert vom Zynismus des alten Polizisten wandte Bammert sich ab und seiner eigentlichen Aufgabe zu.

Der Kommissar, selbst erschrocken über seine Provokation und die daraus resultierende Reaktion, kehrte ins etwas weniger frostige Innere zurück. Er setzte sich auf den Stuhl, öffnete den Umschlag mit dem Zeigfinger, zog die handbeschriebenen Blätter heraus, entfaltete diese sorgfältig und begann zu lesen:

Lieber Totò, ich darf Sie doch so nennen, oder? Wie ich auf den Kosenamen komme, den Ihnen Ihre Mutter schon vor

Jahren geschenkt hat? Nun, während Sie damals in meinem Fall ermittelten und viel zu viel über mich in Erfahrung brachten, habe ich mich auch äußerst intensiv mit Ihnen auseinandergesetzt – wer seinen Gegner besiegen will, muss ihn en détail kennen.

Und Sie waren ein starker Widersacher. Beinahe wären Sie mir auf die Schliche gekommen. Wäre da nicht Ihre hilfreiche Verbohrtheit gewesen. Sie mussten einfach allen beweisen, dass mein Schläfli hinter meinem Verschwinden steckte. Nicht nur das: Sie wollten ihm einen Mord anhängen. Aber im Grunde genommen hatten Sie recht. Schläfli hat viel mit meinem Verschwinden respektive meinem offiziellen Tod zu tun.

Während unserer Ehe hat er keine Gelegenheit ausgelassen, mich zu demütigen – nicht in der Öffentlichkeit, Gott behüte! Sofern es denn einen gibt, nein! Da galt es, die noble Fassade zu wahren und das Bild des perfekten Paares abzugeben. Aber Sie können sich nicht vorstellen, was sich im Inneren unseres Anwesens abspielte. Haben Sie sich eigentlich nie überlegt, warum aus keiner seiner zwei Ehen Kinder hervorgingen? Hätte doch in dieses Bild des an allen Fronten erfolgreichen Unternehmers gepasst, oder? Nun, Schläfli hat mich nie angefasst, sondern mich mit diesen Lustknaben betrogen – wobei das nicht mal der korrekte Ausdruck ist. Ich wusste ja, was passiert. Er hat keinen Hehl daraus gemacht. Er hat sich nicht einmal die Mühe gemacht, seine Neigungen vor mir zu verstecken – je jünger, desto besser. Dabei wusste er, dass ich mich nicht zur Wehr setzen konnte – ich war ihm mit seinen Freunden auf Gedeih und Verderb ausgeliefert, aber das ist eine alte und andere Geschichte. Ich gab ihm ein perfektes Alibi, niemand ahnte etwas von seinen dunklen Seiten. Nicht einmal Sie, verehrter Totò, obwohl Sie sich über Monate sehr intensiv mit ihm beziehungsweise sei-

ner widerlichen Persönlichkeit beschäftigt haben. Er hat mich immer behandelt wie seine Putzfrau, scheinbar befriedigt mit teuren Kleidern, eleganten Schuhen, exklusivem Schmuck und den obligaten Karossen für den Nah- und den Fernverkehr. Wenn er mir wenigstens etwas Beachtung geschenkt hätte, wäre ich mir immerhin wie eine Edelnutte vorgekommen. Aber so blieb mir der Status einer Angestellten – tatsächlich habe ich mich nicht nur gegen außen, sondern auch im Innern um alle Details gekümmert. Was blieb mir anderes übrig? Wie die Frauen der britischen Offiziere, die in Abwesenheit der Ehemänner nichts Besseres zu tun hatten, als ihre edlen Wohnsitze in den besetzten Gebieten mit immer neuen Extravaganzen zu versehen.

Eines tristen Tages, Schläfli hatte das Anwesen in der verdunkelten Limousine verlassen, kam mir plötzlich die Idee, vielmehr war es eine diabolische oder göttliche Eingebung: Wenn schon nicht mehr als seine Putzfrau, warum nicht ganz? Warum nicht in einer Rolle als Hauskraft und Racheengel zurückkehren?

Tatsächlich hatte ich mich schon seit längerer Zeit mit dem Gedanken getragen, ihn endgültig zu verlassen. Ein erster Versuch war fehlgeschlagen. Wobei «geschlagen» genau das passende Wort ist: Meine Abwesenheit von den gesellschaftlichen Events der Wintersaison wurde mit dem tragischen Unfall meiner Mama und meiner unverzüglichen Rückkehr nach Russland erklärt. Stattdessen kämpfte ich in einer noblen Privatklinik um mein erbärmliches Leben, tatsächlich war ich von Schläflis so genannten Freunden – er hat mich nicht einmal in der Situation körperlich angerührt – auf den richtigen Weg zurückgeprügelt worden. Dabei haben sie pingelig genau darauf geachtet, dass keine sichtbaren Schäden zurückblieben. Wer kümmert sich schon darum, wie es in einer oder einem drinnen ausschaut? Was für Narben sich in die Seele eingravieren, welche Ängste einen jede Nacht durch den dünnen Schlaf begleiten? Aber wem erzähle ich das? Sie machen nach dem Überfall in der Unterführung sicher das Gleiche durch.

Ich weiß nicht, lieber Totò, wie es Ihnen geht. Bei mir haben Schläfli und seine Schlägerbande nur das Gegenteil bewirkt. Mich im Willen zu fliehen bestärkt. Ich habe jeden Moment in die genaue Planung der zweiten Flucht investiert. Jedes Detail war perfekt arrangiert, jede Eventualität geprüft, jeder Schritt, jede Handlung orchestriert. Ich packte nur das Nötigste und habe dann den perfekten Moment abgewartet, bin gegangen. Danach lief alles wie geplant, wie am Schnürchen.

Nur mit Ihnen, Ihrer verbohrten Besessenheit konnte ich nicht rechnen. Mit Ihren Recherchen und Ihrer Penetranz, Ihrer verbissenen Suche und Ihrem Verdacht, mein Gatte stecke hinter meinem Verschwinden oder meinem Tod, haben Sie meinen Plan gefährdet. In Ihrem Schlepptau sind mir mein Ehemann und seine Freunde bedrohlich nahe gerückt – dieses Mal hätten sie mich totgeschlagen und tatsächlich ganz verschwinden lassen. Alles drohte zu scheitern. Zum Glück hat sich Krämer eingemischt und Einfluss genommen. Das erste und das einzige Mal, dass er etwas für mich, wenn auch gänzlich unbeabsichtigt, unternommen hat. Er wusste sehr genau, wie es um mich und Schläfli stand. Er hat ihn auf der Jagd nach «Frischfleisch» – wie sie es in grenzenlosem Zynismus und Arroganz nannten – begleitet. Aber dank ihm hat sich diese ganze Geschichte doch noch positiv für mich entwickelt.

Als Tatjana Schläfli offiziell für tot erklärt wurde und sie durch eine Raumpflegerin oder eine Putzfrau, wie Sie es auch immer nennen wollen, ersetzt werden musste, habe ich mich sofort um die vakante Stelle beworben. Der Dame von der

Agentur habe ich eine hübsche Provision bezahlt, damit sie keine anderen Kandidatinnen zuließ. Zum ersten Kennenlerngespräch, darauf konnte ich aus verständlichen Gründen gut verzichten, schickte ich eine alte Freundin.

Ein Gespräch, dank mir kannte sie ja alle Ansprüche des Hausherrn, hat ausgereicht, und ich zog wieder im Anwesen ein.

Zitternd und mit weichen Knien erhob sich der Ermittler, schwankte zur Kochnische, tastete nach der Grappaflasche und genehmigte sich einen langen Schluck. Er spürte die brennende Flüssigkeit, die sich langsam ihren Weg durch seine Innereien bahnte. Vorsichtig setzte er die Flasche ab, nahm den Brief, den er die ganze Zeit in der Hand gehalten hatte, und setzte die Lektüre fort.

Sie werden sich fragen, wie es möglich war, dass er nie bemerkte, dass seine für tot erklärte Frau mit ihm unter dem gleichen Dach lebte. Schläfli legte stets einen Zettel mit seinen Anweisungen auf das Tischchen im Hauseingang. Er notierte, wo ich welche Arbeiten zu erledigen hatte, und hielt sich in einem anderen Bereich seiner Villa auf, um der Putzkraft nicht begegnen zu müssen. Als ob ich – bis auf das eine, letzte Mal – Wert darauf gelegt hätte, ihn zu treffen. Zu unseren gelegentlichen Meetings unter vier Augen schickte ich jeweils meine Freundin, die er schon vom Vorstellungsgespräch kannte. Und falls wir es nicht geschafft hätten, uns aus dem Weg zu gehen? Wenn es zu einem ungewollten Treffen gekommen wäre? Nun, Sie haben auch nichts bemerkt, als ich meinen gewagten Auftritt bei Ihnen im Kommissariat hatte. Obschon Sie sich bei den Ermittlungen zu meinem Verschwinden viel intensiver mit meiner Person auseinandergesetzt hatten, als Schläfli es jemals getan hatte.

Dank der Maskerade und einiger gezielter, nennen wir es mal kosmetischer Eingriffe haben Sie weder bei unserem ersten persönlichen noch bei unserem zweiten Treffen im Präsidium auch nur den Hauch eines Verdachts gehegt. Ihr Spürsinn und Ihre Intuition haben Sie im Stich gelassen. Dabei war ich beim ersten Rendezvous noch nervös, dass Sie den Schleier lüften und mich noch entlarven und ihre Suche nach der Vermissten doch noch zu einem Ende führen könnten.

Fassungslos, brauchte Tagliabue eine Pause. Er ließ die Rechte mit dem Brief sinken. Ihm war nichts aufgefallen. Er hatte Tatjana und die beiden Marías nie in Verbindung zueinander gebracht – da half auch die Ausrede mit dem nächtlichen Überfall nicht weiter.

Vielleicht haben Sie in mir zunächst eine Frau gesehen, die ihrem Beuteschema entspricht. Danach war ich für Sie bloß das Rätsel, das Sie an sich zweifeln oder verzweifeln ließ – auf jeden Fall haben Sie sich vom Kern der Sache ablenken lassen. Das hat mich in gleichem Maße verblüfft wie beruhigt. An dieser Stelle muss ich Ihnen danken: Sie haben meine allerletzte Unsicherheit beseitigt, dass ich mit meiner Maskerade – unabhängig, ob als Super- oder als Putzfrau – irgendwo auffliegen könnte.

Vielleicht tröstet Sie die Tatsache, dass Schläfli dem kleinen Geheimnis auch nicht auf die Schliche gekommen ist. Er hat mich schalten und walten lassen. Als María habe ich mich zuerst um seinen Haushalt, bald um immer mehr gekümmert. Schläfli vernachlässigte seine Finanzen, und bald hatte ich auch diese im Griff. Dabei half mir mein persönlicher Assistent, sozusagen mein eigener Pirmin Deubelbeiss. Dieses IT-Genie ersetzte auch die Fingerabdrücke von Tatjana im Polizeisystem durch die einer unbekannten Person.

Und das lange bevor Sie mir diese nach unserem zweiten und bisher letzten Treffen endlich abnehmen ließen. Zurück zu unseren Transaktionen: Zuerst flossen die Summen von Krämers auf Schläflis Konto und danach auf ein von mir eingerichtetes Tarnkonto. Von dort transferierte ich das Geld dann direkt zu mir. Lange hoffte ich, dass Krämer hinter den dreisten Diebstahl kommen, Schläfli verantwortlich machen, ihn zur Rechenschaft ziehen würde. Zumal sich das Verhältnis zwischen den zwei verschlechterte. Leider war das lange Warten vergeblich.

Ich musste also selbst, im wahrsten Sinn des Wortes, zur Tat schreiten. Ich wartete Tag für Tag, Woche für Woche, Monat für Monat, Jahr für Jahr auf den perfekten Moment, um zuzuschlagen und mich für die jahrelange Erniedrigung zu rächen.

Dass ausgerechnet der Schachspieler, ich nenne ihn für Sie so, damit Sie sofort wissen, wen ich damit meine, die Lösung oder die Erlösung bringen würde, hätte ich mir nie gedacht.

An jenem Tag durfte ich vom Personalhaus beobachten, wie dieser Jüngling zur Villa hochfuhr. Mit dem Feldstecher beobachtete ich, wie er eine geräumige Styropor-Kiste aus dem Kofferraum hob. Ich machte mich auf den Weg zur Villa. Wie ich das schaffte, ohne entdeckt zu werden, fragen Sie sich?

In Tagliabue kroch eine Ahnung hoch.

Sie kennen die Antwort. Sie haben Bekanntschaft mit dem Tunnel gemacht, der das Tor zum Anwesen, das Personalhaus und die Villa unterirdisch verbindet. Der Gang wurde angelegt, um ein unbemerktes Betreten respektive Verlassen des Anwesens zu ermöglichen und die Angestellten so schnell wie möglich verschwinden zu lassen, nachdem sie die Aufgaben für die Herrschaften erledigt hatten.

Ich nahm also den Geheimgang, schlich mich in die Villa, hörte, wie Schläfli befahl, die Heizung aufzudrehen, und wie der Schachspieler kurz widersprach, um dann doch in den Keller zu steigen, um die Anlage zu suchen.

Das war die Gelegenheit, auf die ich so lange gewartet hatte. Ich ging zu Schläfli. Der mich ein weiteres, aber zum letzten Mal beschimpfte, als ich seiner Meinung nach zu früh in den Raum zurückkam. Zu seiner Entlastung muss ich anfügen, dass er jemand anderen erwartet hatte. Umso grösser die Überraschung, als ich ihm die Augenbinde von den Augen wegzog: Das erste Mal, dass er mich, dafür richtig, erkannte.

Ich habe ihn vom Eisblock gestoßen und mit aller Kraft, unterschätzen Sie nie die Kraft einer gedemütigten Frau, nach unten gezogen. Sein wildes Treten ging in ein übles Zucken über, wich irgendwann der Bewusstlosigkeit, gefolgt vom Tod. Ich machte mich so davon, wie ich gekommen war, bevor der Schachspieler zurückkam. Wieder im Personalhaus beobachtete ich aus sicherer Distanz, wie er sich etwas spät, aber ziemlich rasant in einem roten Renault davonmachte.

Mit offenem Mund starrte Tagliabue auf das Blatt.

Sie sind der Auflösung nur einmal etwas nähergekommen. Viel zu nahe. Was mich zwang einzugreifen. Als ich vom Personalhaus aus sah, dass Sie, lieber Kommissar, wieder ins Anwesen einbogen, war ich noch nicht beunruhigt. Aus der Distanz sah ich, wie Sie zur Villa fuhren, ihren gelben Alfa außer Sicht brachten und ins Innere verschwanden. Richtig erschrocken bin ich, als ich Sie von der Villa zum Personalhaus anmarschieren sah. Nicht weil Sie zu Fuß kamen, sondern weil ich mich in Sicherheit gewiegt hatte – Sie können sich meinen Schock nicht vorstellen. Als Sie dann auch noch den Verbindungsgang zur Villa entdeckten, da ließen Sie mir keine Wahl. Ich habe keine Ahnung, wie Sie sich aus der Falle befreit haben. Kompliment. Sie haben das Problem gelöst, was mich einerseits verblüfft und beunruhigt, anderseits nicht. Denn Sie haben mich beim ersten Versuch nicht gefunden, und Sie werden es auch dieses Mal nicht. Nicht, dass ich das Ihnen oder Ihrer Verbissenheit nicht zutrauen würde. Es gibt aber keinen Grund mehr: Mit Schläfli ist Ihr Antrieb erloschen, und Krämer bleibt für Sie für immer unantastbar. Was Sie aus der Erkenntnis machen, bleibt Ihnen überlassen. Für mich ist der Fall abgeschlossen.

Ich wünsche Ihnen alles Gute – vielleicht begegnen wir uns unter hoffentlich angenehmeren Umständen wieder.

Ihre María, Tatjana oder wen auch immer Sie in mir sehen wollen.

Der Kommissar setzte sich, legte die handbeschriebenen Seiten vor sich auf den kleinen Tisch.

Er brauchte Zeit, bis er sich ein wenig erholt und eine Entscheidung getroffen hatte. Dann erhob er sich. Begab sich zum Herd. Nahm eine Schachtel. Ging hinter das Schrebergartenhäuschen. Er legte den Brief auf den frisch aufgefüllten Komposthügel. Mit zittrigen Händen strich er das Streichholz über die raue Seite. Er beobachtete, wie die Blätter im Feuer auflohderten, sich in dünne, schwarze Kohlefolien verwandelten, zerfielen, sich in Fetzen in die Lüfte erhoben und davonsegelten oder sich auf den vor sich hin modernden Haufen legten, um vollständig zu verglimmen.

Er packte den Dreizack, den er kürzlich im Baumarkt erstanden hatte, und durchmischte den Kompost gründlich. Dabei dachte er an Jade.

Ebenfalls bei Zytglogge erschienen

Peter Beeli
Wolfseisen
Roman
ISBN 978-3-7296-5097-8

Davos, im Winter 1430: Ein Pferd kehrt allein nach Hause zurück. Vergebens wartet die Familie auf den Vater, den Landammann. Mit den Schneemassen, die das Dorf von der Aussenwelt abschneiden, wächst der Hunger. Der Tod rafft die Talbewohner dahin, die Särge stapeln sich vor der Friedhofsmauer. Der ungewohnt lange und harte Winter weckt bei den Menschen den Verdacht, vom Herrn für ihre Sünden bestraft zu werden.

Mit dem spät einsetzenden Frühling kommt der Vogt mit seinen Kriegs- und Folterknechten im Gefolge ins Tal, um Blutgericht zu halten. Seine Untersuchung fördert grausige Geheimnisse und einen Schuldigen zutage. Doch das Sterben nimmt kein Ende. Ein neuer Pfarrer predigt zwar Hoffnung, aber der Sommer bringt keinerlei Entlastung. Und dann kommt der nächste Winter.

Ebenfalls bei Zytglogge erschienen

Andrea Gutgsell
Tod im Val Fex
Ein Engadin-Krimi
Roman
ISBN 978-3-7296-5133-3

Ein fünfzig Jahre zurückliegendes Verbrechen, eine Mauer aus Schweigen um ein gut gehütetes Familiengeheimnis, eine faszinierende Landschaft mit dunkler Vergangenheit und erste Schritte in ein neues Leben: Die Freistellung setzt Ex-Kommissar Gubler schwer zu. Im hintersten Fextal arbeitet er auf Vermittlung eines Jugendfreundes als Schafhirte, um den Verlust von Beruf und Ansehen zu verdauen. Vierhundertfünfzig Schafe, ein störrischer Border Collie und jede Menge Selbstzweifel prägen seinen Alltag. Hinzu kommt die Hüttenwirtin Hanna, die ihn zusätzlich verunsichert.

Als er in der Nähe des Gletschers Vadret da Fex eine Leiche findet, wird er schlagartig aus seiner Resignation gerissen. Sein Ermittlerinstinkt kehrt zurück. Gublers Nachforschungen stoßen jedoch auf das Desinteresse der Einheimischen und den offenen Widerstand des Gemeindepräsidenten, der sich um den guten Ruf des Touristenortes besorgt zeigt. Oder geht es um mehr?

Foto: © Francesca Giovanelli

Peter Beeli
Geboren 1965, Kantonsschule im Aargau, Studium der Publizistikwissenschaften, Neuen Deutschen Literatur und Allgemeinen Geschichte an der Universität Zürich. Stationen bei einer Designzeitschrift, einer Agentur für Investor Relations sowie im Bereich Corporate Communications in der Zürcher Dependance einer globalen Werbeagentur. 2003 war er Mitbegründer einer Branding-Manufaktur, für die er heute noch als Berater tätig ist. Der verheiratete Vater von drei Kindern schreibt, arbeitet und lebt am Hallwilersee.

«Tagliabue» ist nach «Wolfseisen – Davoser Totenreigen» (2022) sein zweiter Roman im Zytglogge Verlag.